U0894717

FONGHONG

匣心记

伍倩 著

江苏凤凰文艺出版社
JIANGSU PHOENIX LITERATURE AND ART PUBLISHING, LTD

图书在版编目（CIP）数据

匣心记.4 / 伍倩著. — 南京：江苏凤凰文艺出版社，2016

ISBN 978-7-5399-9077-4

Ⅰ.①匣… Ⅱ.①伍… Ⅲ.①长篇小说－中国－当代
Ⅳ.①I247.5

中国版本图书馆CIP数据核字（2016）第054172号

书　　名	匣心记.4
著　　者	伍　倩
责任编辑	孙金荣
特约编辑	罗雪峰　李淑红　康天毅
文字校对	文　浩
封面设计	主语设计
封面插画	钱　妤
版面设计	李　亚
出版发行	凤凰出版传媒股份有限公司 江苏凤凰文艺出版社
出版社地址	南京市中央路165号，邮编：210009
出版社网址	http://www.jswenyi.com
经　　销	凤凰出版传媒股份有限公司
印　　刷	三河市金元印装有限公司
开　　本	700毫米×1000毫米 1/16
印　　张	19
字　　数	248千字
版　　次	2016年8月第1版 2016年8月第1次印刷
标准书号	ISBN 978-7-5399-9077-4
定　　价	35.00元

目录

匣心记

匣心记

第十二章 碎金盏

一

清明时的动荡刚刚平息，堪堪就已连端午也过去。五月份的炎天暑气迎人，榴花照眼，一派夏日景候。

青田的梦魇随日月消长而散去，每日对望着什刹海的清波与万花，在世如莲，清心素雅。而齐奢也一似从前在如园时，夜夜与她双宿双栖。虽则不事张扬，消息还是很快就传开来，朝野无不震惊，也就对青田愈加侧目，尤其是各路显贵女眷私底下猜测议论，生出了不知多少谬想天开的说法。那些早年与青田攀下了交情的，有几个闻讯前来，掉几滴重逢泪，更多的则装作不曾与闻，提起来只把嘴一撇，“原就是个贱行出身的，又做下了那样的恶心事，怎么不拉去浸猪笼？再登她的门，只能脏了我的脚。再说，皇上眼见年底就要大婚亲政，摄政王也是快下台的人了，再跑去趋奉他那野姘头做什么！”

政权更替像一股来自海面的强风，宦海中的每个人都感受得日益清晰。

少帝齐宏初露峥嵘，除例常的课业、理政与弓马锻炼外，还时常观书达旦，例朝上常有侃侃而谈之举。摄政王齐奢则锋芒渐敛，话说得越来越少，越来越多的唯有一句：“请陛下的旨。”如同一位新水手即将取代老船长接过舵盘，齐奢知晓，年轻人将带着船破浪扬帆，直到一颗又一颗从未出现过的星升起在海平面；而自己将退去到船舷一角，只能在回忆里抚摸那把他磨出了一手硬腿的缆和帆。

齐奢注视着自己的手，手间耀目的御用朱砂笔。窗外骄阳正盛，崇定院的值庐中置了许多大大小小的冰盆，一座五毒艾虎冰雕后，周敦现身朗报：“王爷，应公公来了，说皇上有旨意。”

齐奢掷开笔，叹口气，“请。”

司礼监掌印应习腆着肚腹，两手交抱于前，“皇上赏叔父摄政王鹅肉巴子一碗、羊肉水晶饺一碗、五味蒸滑鳝一碗、猪肉菠菜包子一盘、老鸭粥一锅、绿豆汤一壶，由御膳房伺候，免谢恩。”随即就把腰一弓，笑开了满脸的皱纹，“王爷，皇上惦记着您枵腹从公，特地叫老奴叮嘱王爷，这中午的天气正毒，王爷吃过了歇歇，不必事事躬亲，总要保重。”

白晃晃的夏光自院中黄桷树的枝桠间倾落，直投来檐前。齐奢正立檐下，一迭声地笑应：“总劳烦皇上记挂，叫臣如何敢当？也多劳公公亲自跑这一程子路。周敦——”

周敦马上把备好的红封袋递上前，应习接来手中，口里兀自谦辞：“次次都要王爷破费，真是却之不恭、受之有愧。”

应习去了没多大一会儿，御膳房便进崇定院开午饭。齐奢动了几筷子是个意思，剩下的就赏给了办公的吏员们。

也不知哪儿不对，总有些无情无绪的。当下叫往乾清宫递个话，说是下午不能够循例觐见，请皇上见谅。这便套车出西华门，往北回北府。

到得府中刚交申牌，日影浓艳地匝在东墙上，花从二堂一路开进去，牡丹、芍药、辛夷、瑞香、山茶、紫薇、绣球、罂粟、蝴蝶花……又有架棚结篱的蔷薇、木香、月季、刺梅、木槿、凌霄、荼蘼、珍珠兰、月月红……几对鹭鸶涉水嬉戏，花水掩映间，门额上一块石青地金字大匾，匾上“就花居”三字，劲秀圆润的笔意直透心脾，使人满腹的乱愁消解于无形。

齐奢没叫通传，蹑步进了就花居最北头的静殿。风轮在殿内飒飒地转动，吹着前头的一口冰瓮，冰上湃的有茉莉花，凉香满堂。山墙下一张红木镶大理石的长椅上，青田正倚身刺绣，玉兰色绸裙中半露出赤足，足尖染着十点娇红，反而是双手清素无色，左手伤愈的手指新生出一点指甲，似婴儿的乳牙，黑发已能在脑后绾起个小纂儿，纂儿心里簪一朵正当季的石榴花。

齐奢静望了一回，方才出声而笑，“从前懒得横针不拈竖线不动的，怎么这次回来倒变得贤惠了？”

七八个闲侍在旁的丫鬟本困得脑袋一垂一垂，这下全呵醒了。紫薇坐在踏凳上打扇，回过背来，拿扇柄在发根剔了剔，“哟，王爷回来啦。”

挂在桁架下的鹦鹉飞卿嘎嘎地学舌：“王爷回来啦。”

青田放低了手内的绣活儿，脸盘上浮起掩不住的笑容，“你怎么这时候得闲了？莺枝，再去倒一碗金银花露。”

“不用，有你这福根儿就够。”齐奢就手抓过了几上的御窑瓷碗，把青田喝剩的冰饮灌两口。那头晓镜领着小婢琴语和琴盟替他宽去袍服，又褪掉他脚下的镶边朝靴，另取过一双蒲里布面的陈桥鞋，接着冲大家嘴一努，一道退到了外殿。齐奢单剩着贴身的绿罗褶和清水袜，仰身枕在了青田的腿上。

“怎么了，大下午的突然跑回来？”青田拿指尖抹去齐奢才沾在唇须上的一点儿甜水，放去舌尖上一吮，“不去乾清宫教小皇帝看折啦？”

齐奢懒散地半闭眼，打喉咙底咕噜出半声：“没什么，忙得心烦。”

青田俯腰从脚踏上捞起婢女才丢开的轻罗小扇，一手摇动，另一手把男人额上的浮汗抹去。轻细的潮气在光线下变幻出金的颜色，仿似他整张脸都是金子打的，一碰，就会染上闪闪的金屑。

“忙得心烦，还是心烦来日无处可忙？”

她的话又令齐奢打开了双目，他定定地往上瞅片刻，就举高两手来够她的脸，“都说‘肚子里的蛔虫’，谁也没真见过，今儿一见，这蛔虫的小模样竟还挺可人。”

青田笑着拿扇面轻扣了下齐奢的脸面，他在她腿面动一动，哼一声：“这一转眼一年都过去一半了，想想明年这时候，一概国家政务我早已是不得与闻，只能一天到晚缩在这里刷刷马、拾掇拾掇你。”

青田骇异，“我又没得罪你，你拾掇我做什么？”

“废话，所谓‘无事生非’，我这么个大老爷们儿赋闲在家，再不给你找找碴，那还怎么活？”

“瞧你说的，又不是小皇帝一亲政就叫你解甲归田了，里里外外那么多事儿，少不得你帮衬呢。”

“正主儿上了台，我这偏门儿若还不知趣，凑在一旁指指点点，讨人嫌都还是轻的，弄不好就天眷不复、晚节不保。趁皇上还信我、敬我这个当叔叔的，我赶紧急流勇退，自此后两耳不闻窗外事。”他重重叹了声，又把两眼闭起，“我齐奢今年三十四，还不算老吧，可这辈子已经到头了，一眼看得光光的，后半世也就是个下野的破落户，到时候耍浑、犯病、借酒浇愁，你可别瞧我不起。”

青田见齐奢失落的模样，心间翻涌起涩涩的痛楚，却只同样悦然地向他笑一笑，道：“我刚被卖进槐花胡同的时候，《蕊珠仙榜》榜首的倌人是六福班的，名叫阿朱，又有个诨号叫‘夜明珠’，因为她肌肤通体凝白，白到了极处。当时有个有名的才子宿了她一夜，给她题了一首小令，其余的我都记不清了，只记得一句：‘醒来疑在雪中眠。’这竟不是文辞的夸张，那阿朱真就有这么白、这么光艳。可惜天妒红颜，后来有一位客人的太太瞧她不惯，买通了她身边的丫鬟，不知给她的饮食里下了些什么东西，也就半年不到的光景，让她浑身都出满了大大小小的黑斑，虽到不了毁容的地步，可姿色已是大打折扣，生意自然也一下子没了，就被掌班妈妈转卖去三等堂子，再没了音信。好多年之后，我已经出道做生意，有天出条子，在饭庄门前碰到个中年妇人，她和我搭话，我这才认出来，她就是阿朱姐姐，早变得面目全非。她拎着个篮子卖瓜子，顺带沿街拉客，是个暗门子。我不忍心，叫她别干了，以后我每月帮贴她几两银子，足够她过活。阿朱姐姐却说：‘也不是为了钱。以前我生得好，走到哪儿都有人盯着我看，一大堆男人围着我。后来脸坏了，再也没人多看我一眼。我要不干这个，就更没人肯陪我了，只能坐在屋里头对着自个的脸发呆，谁愿意对着这么一张脸呢？等你老了你就懂了，什么呀，也比自己对着自己强。’”

青田一厢打扇，一厢摩挲着膝头上齐奢的脸，神情浩远，“我想，权力之于男子，大抵就像美貌之于女子。一日当权，则万众瞩目、众星拱北；一日失权，则形影相吊、无人问津，只能自己对着自己。而这世上有多少人敢自己对着自己呢？个个都在拿美貌、拿权势，把全世界都引来，以期不用自己和自己多待一刻。自己那么讨厌，或是无趣，或是可悲，或欲念重重，或满心创痛……我就曾和这样的自己日夜相对，我晓得那有多艰难，艰难到我宁愿和死亡为伍，也不愿和自己做伴。是你守着我、帮着我，一点一点让我重新喜欢上我自己。”

她的指端滑过了齐奢一根根密而硬的睫毛，几乎可听到弦动之音——她的心弦。“小跛子，我怎么会瞧你不起？我从来没见过你这样勇敢的人，只有最勇敢的人才敢除去所有光鲜的皮囊，面对真正的自己。别担心，尽管无事生非、借酒浇愁好了，有我在。我同你保证，一切都会好的，就像当初你同我保证一样。”

依旧是紧闭着两眼的齐奢缓缓笑了，他正在品味着人与人之间最为难能可贵的一种情感，被理解，切肤之痛地理解。青田柔暖的手贴在他面上，他用一手覆住了它，“我一直都不明白怎么会这么离不开你，也好几年了，一天见不着都别扭，现在我有点儿明白了。是因为只有你，能让我踏踏实实地，把心里话全搁你手心里。”

青田双睫低垂，投下了弯弯的月牙的影，“这话你可伤着我了，我一直以为是因为本姑娘天生丽质，更兼驻颜有术。”

齐奢愈发地笑，拿手捻着青田腕子上一卷颗粒细细的蜜蜡手串，“不过你把爷跟青楼姐妹做比，还真比对了。想想这十年，没一天不是绷着的，说出的每句话都得先在脑子里过好几遭，听见的每句话也得在脑子里过好几遭，脸上就像扣了张面具，见人扮人、见鬼扮鬼，这下子可算是金盆洗手、出籍从良了。”他终是睁开眼，眼光恰落到青田才做了一半的绣品上，便取过了举在鼻前，“来，我瞧瞧咱良家妇女都做些什么活计。你别说，还真不赖，这是打算用在哪儿的？”

青田放开了那把六菱扇，从他手间抽回竹绷，拿指甲挑了挑线头，“不做什么，给你绣双冬天的夹袜。”

“我的乖，咱这可是在毒月里，你绣冬天的袜子？”

“我做活儿手脚慢嘛，你又不是不知道，不这时候动起来，怕天冷了赶不及。”

“嗐，爷的鞋袜还怕没人给做不成？穿都穿不过来。你本就不爱针线上的事儿，何苦受这份烦累？甭做了。”

青田反倒抽出了扎在缎面上的针，眯着眼又扎下去，密密走起了针脚，“唉，谁知道呢？人情冷暖，世态炎凉。反正你还政之后，是不会再有人送我二十两黄金一匹的料子了，你自己的衣物鞋袜只怕也不如往日精致繁多，还是趁早未雨绸缪，我也练练手艺。”随后她就转目于齐奢，把他气得挪位的五官觑上一回，甜叹了一声："我的三爷爷，您别自个傻生气啊，我这是给您机会让您拾掇我呢！"

齐奢忍住笑，一打挺就翻起来。青田支手把绣绷远远地抻开，"哎哎，针，针！看着，再扎着你！"

梁下的飞卿转着绿豆似的一对眼瞅住了二人，把脚上的金链拽得簌簌响，"啊！打架啦，打架啦！"

饶是有一室的冰，齐奢与青田依旧闹了个浮汗霪霪。最后紧压着身子四目相缠，眼里全含着笑。笑意先在齐奢的眼底褪了色，他放松了攥住青田的手，身体也随之懈了劲，瞳仁缓之又缓地游几游，便低下了眼皮，低下头，低下了声音，"小囡，我真还怪难受的……"

青田仍是笑着的，笑靥却不再明灿如正当时的盛夏艳阳，而只是未来的某个冬日里，一轮散发着淡淡光与暖意的毛太阳。她直起了上半身，把齐奢圈过来，"我知道，我知道。"她长久地抱住他，抚他的后颈，拍打他厚若城墙的背脊。无数次，他曾这么埋在她怀里，可这是第一次，他在她这一块身体上需索的不再是她柔软丰腴的胸，而是她有担有当的肩。

所以青田感到很庆幸，自己是个生着副好肩膀的女人。

二

日色西沉，归鸦噪晚。北府的花香由鼻尖淡褪，继而升起的，是千家万户的饭香。

纷纷烟色，比屋晚炊。

紫禁城中开饭的时间比平常人家早，还不到酉时，乾清宫就已开过晚膳。

太监们正忙于收拾肴馔，少帝齐宏则在内殿闲坐，喝着一盅加姜熬浓的普洱茶消食。怎料一转目间，竟见母后喜荷独自一人寂然无声地走来。

齐宏大惊，忙搁下茶盅见礼，“儿臣给母后请安。母后怎么也不叫人通传一声，儿臣好出去迎接？”

喜荷不曾上妆，干着一张脸，微有些发白的嘴唇仿佛两边被黏住了一般，只中间那一点儿动了动，“应习你带人退到外头，不许进来。”

一阵细碎的衣履之声后，殿中就只留下两道幽清的影。

喜荷在一张小几边坐下，把尖锐的下颌向齐宏一点，“皇帝过来坐吧，母后有件事要同你说。”

然后她贴过身，俯去到齐宏的耳际，一一、一一地说。

说毕，那从顶棚上垂下的三尺高的大宫灯的所有灯光就全打在齐宏洞开的嘴巴上。相当长的一段时间后，齐宏才强行吞咽下难以吞咽的震惊，狠滚了两口唾沫，“母后这是，这是要儿臣——，加害皇叔？”

喜荷满面的杀气，鬓边的点翠卷荷簪垂下一粒宝石坠子，悬悬半空，如鬼火，“不是‘加害’，而是‘防范’。”

齐宏把身体往后错了一错，“不，儿臣不信，儿臣不信皇叔有反心。”

喜荷胁迫似的前倾了上半身，流彩云锦宫装的琵琶袖阴阴软软地爬上了硬木几案，“你皇叔非但有反心，而且反迹昭彰。别的不说，只一条，战事已了多时，调兵的符信勘合早就该上交封存，他却一直死扣着不放，拥兵自重，为的是什么？”

齐宏硬起了嗓门：“为的是对付王家！”

“王家？”喜荷一拂衣袖，把这说法如尘埃般扫去，“今日的王家不过苟延残喘，就算当日鼎盛之时，比起如今你皇叔的权势也不过小巫见大巫。军务、朝政、人事，三分大权全被他一人捏在手里。况且比起王家来，他连名分上的顾虑都没有，想要黄袍加身简直易如反掌。”

“母后未免危言耸听，皇叔如果包藏祸心，岂会等到今日？”

“就算他不反，表面上容你亲政，也不过把你当汉献帝、晋惠帝 ，幕后牵线、予取予求罢了。”

“不，不会，皇叔不是这样的人。”

“宏儿，你别犯傻，你才多大？从出生就待在这皇城的一角！你皇叔却是十来岁就在鞑靼人的军营里讨生活，别个儿亲王都是安享尊荣，他是打过滚儿来的。这些年厉行新法、改革吏制，他什么样的险峻人情没有经过？刀尖上舔血的战场、鬼蜮伎俩的官场，他都能履险如夷。这份精明强干拿来骗你，还不跟玩一样？”

齐宏终是被引发盛怒，捶案而起，“母后你别说了，儿臣不想听！皇叔从未把儿臣视为汉献、晋惠之流，皇叔说儿臣会是圣主明君，皇叔说他是周公、儿臣是成王，儿臣信他的。”

喜荷向后靠住了系有堆绫椅披的椅背，又拿脚上的绢纱金丝鞋踢了踢椅腿，阴阳怪气道：“你、信、他？你凭什么信他？”

齐宏紧捏着两拳，凿然有声：“就凭皇叔从来也没骗过朕！”

喜荷瘦得皮包骨的脸上两颗黑眼珠向上瞪得直直的，她最终冷冷一笑，从袖内摸出样物事撂去茶几的几面。

原本昂然挺胸的齐宏一见此物，立即如遭雷殛：这物事，不是早该被他心上人的泪打湿、被她的手抚皱，每一个字都由她的舌尖刻上她心头吗？如何却连封套也不曾拆，像条末路般死死咬合？不是皇叔亲口承诺把它交给——齐宏的视野中浮起了白雾，淡却了信封上的御笔朱字——金砂姐姐芳启。

“死了，早死了，骨灰都不剩了，你还做梦呢吧！”喜荷的口吻已毫不似一个母亲，满怀着恶意的、刻薄的讥讽，“瞧见没有？你皇叔动动嘴皮子，就把你耍得团团转。他连欺君大罪也敢轻犯，还有什么是不敢的？”

一片空蒙中，齐宏的瞳仁褪了色，仿如死别中又一层死别。他用掌根抵住了眼皮，“皇叔为什么要欺骗朕？皇叔他、他怎么能欺骗朕？朕这么信他，朕一直把他当成……简直把他当成是自个的……他居然欺骗朕！”

喜荷是生死场里拼出来的人，怎不懂人心的崎岖？大恩如大仇。那最令人愤慨的背叛，就是那个你最信任、最崇敬的人对你的背叛。她自己，不就和那人早已是反恩为仇吗？当下，她不动声色地又改作一脸慈母的怜惜，注视着齐宏无力地一歪坐倒，而后她自己，则在他面前缓缓地起立。

“宏儿，你是母后身上掉下来的肉，这世上只有母后不会骗你、不会害你，你听母后一句话，事情不是看起来那么简单。这皇位本该是你皇叔的，他是嫡出，你父皇虽是长子，却为庶出，‘嫡在而立庶’，于礼法不合。而当初为了皇储之位，你父皇曾经害死你三叔的世子，之后又将他圈禁待死数年之久，你当你三叔心中会不存一点儿恨意？这些年，说句实在的，也的确是你三叔外固边疆、内保国本，辛辛苦苦打完了天下，却要让别人坐享其成，他就那么无怨无悔？退一万步讲，即便当真是咱们以小人之心度君子之腹，你皇叔对天子的威荣毫无恋栈，但他有军功、有政绩，放眼满朝的桓桓名将、矫矫虎臣，无一人不对他俯首帖耳。而你，你初出茅庐，一无所长，只要他在一天，朝臣们就会永远当你是个跟在大人屁股后的乳臭小儿。你难道不想自己当家做主，难道想一辈子都活在另一个人的阴影下？‘为天子者，不但须仁服天下，更须威加四海。’如果没记错的话，这话是你皇叔教导你的吧？那么还有什么比拿下他，更能树立一个天子的威严呢？”

喜荷从齐宏表情的微妙变动中看出了自己哄劝的效果，她耐心地保持着沉默。果然，久久的神魂缭乱后，齐宏的面孔开始恢复了血色，声线虽微弱，却已见锋芒。

“可何必非出此下策？只要再等上几个月，皇叔就会自动交兵交权的，就算母后有什么不放心，到时候再、再……”到底是未能宣之于口，懊丧地头一别，“不是保险得多吗？再说，如果皇叔已经交兵交权，那又何苦、又何苦……唉！”

喜荷的嘴角有几道水粉也遮不住的笑纹，她满意极了。她见证了儿子的长大，由一个男孩变成男人。这过程并非如很多蠢人所说的那样，通过和一个女人做生孩子那事，恰恰相反，是通过杀戮，杀戮他的父亲，一切的父权。

喜荷非常欣喜，但却徐缓地摇了摇头，“你皇叔的口碑难道你不晓得？除了早两年镇抚司的几桩冤案和那个臭——”差点儿脱口而出的“婊子”一词被生生咬住，她清咳了一声，“几乎无可指摘，朝野上下无不膜拜敬畏，倘若他肯按时归政，那就更成了天下的楷模。到时候你再动他，出师无名，不管成与不成，都落了道德的下风。只有名正言顺，才能事谐心遂。”

齐宏想了再想，又软弱地摆起手，“不、不，母后，朕不能这么做。朕、朕不能这么对皇叔，朕下不去手。”

这样的表现，喜荷很熟悉，就像儿子小时候学习迈出第一步时的胆怯，她懂得他所需的只是一声鼓励而已。她迈开了自己的脚，一步、两步，就走来几案的这一边，“宏儿，母后理解你顾念亲情，但你得知道，天子之所以是孤家、是寡人，就因为他只有国，没有家。这有九千九百九十九间房的紫禁城，只住得下一个人，而那装着全天下的龙椅，也永远窄得只能容下一个屁股。”

齐宏只觉满脑子噼啪乱响，一切都在被颠覆、被打碎，如一只布满了裂纹的蛋壳。而接下来的一幕，似乎令他除了破壳之外，并无任何的出路。

母亲站在离他半尺开外的地方，抬高手臂，摸到娥髻上的一支银鎏金华钗，“宏儿，实话对你说吧，这件事两个月前就已经开始秘密筹划，眼下一切安排妥当，只等动手。你若不同意，那就去向你皇叔告发母后吧。”她拔下了钗子，把尖利的双股钗头对准了喉头，“叔父还是母亲，你只能选一个。”

蓦然之间，外头十锦格上的西洋自鸣钟“当当当当”高声大撞，一共撞了六下。

阴阳五行　有云：终数六，主阴，刑杀。

三

叵测如人心的夜色，聚拢来，再散开。

而天色露晓时，另一镶嵌着鸡冠石和紫玉的自鸣钟再一次敲响了六声。这台钟摆放在北府就花居的客厅，钟鸣传进了套间，却并未令寝床上的青田稍有微动。她睡得很熟，白鱼似的身子片鳞不覆，肚兜和小衣全在地平上扔着，裸体在一条提花被中半隐半现，头深勾，嘴边挂着笑。靠外的半张床是空着的，洁白的象牙席淳然生凉，并不剩一丝余留的体温。

齐奢已离开许久了。

他的一天总是始于自我苛虐式的训练，马场，而后是角抵场。密封的石室内，沿墙点有一支支照明的大火炬，闷热难当，再加上其间每一个摔角手的汗如雨下，整个空间都散发出一种野蛮的热气。

一推门，太监小信子就几乎被扑面而来的热浪击倒，赶紧扶着门框稳了稳，凑到侧立一旁的周敦身边说了几句话；周敦用一样匆忙的步态赶去了场上。两两一对的摔角手共有四五对，齐奢在正中的场地上，与他对练的鞑靼汉子比他略高出一寸，黑得像拿炭搓出来的，向前狂扑狂推，又抬脚去踢。齐奢的右腿被踢了好几下，人也被举着差点儿要离地，又扭动着站稳，一下弓腰抵在对手的胸口，两手把住其后腰。对手从腋下来掏齐奢的后肩膀，二人来来回回地推扛了几下，再同时俯下身，四臂相缠顶在了一起。之后动作就完全静止了，只看到一条条高鼓的筋络直要破皮爆出。周敦就趁这一动不动的档口，冒着蒸出了白雾的汗气向主子附耳射语。齐奢听过猛地一咬牙，挤出了一声低吼，骤然间一搡脱开手，又躲避着斜过上身，两只长臂一上一下扣住了对手的颈和大腿扳起往前一掷。汉子着地时发出“嗵”的闷响，飞尘和汗珠一齐迸开。齐奢上前两步，弯下腰递出右手和他对击一掌，就势将其从地下拽起，又拿蒙古语喊了一嗓子。摔角手们应和一声，就接着一对一地扭打起来。

这壁齐奢自己下了场，大口大口地喘着粗气，急剧起伏的胸膛上蒙着厚厚的汗，浑身都是汗，汗水直流到眼睛里。他低头眨动着被汗酸住的眼，走到了离角抵房大门不远的一小块空地站定。几名小监围上来，替他解去了挂在腰间的蒙古袍，褪掉了裤与靴，拿滚烫的毛巾抹去油汗，另有四名太监拎着几只盛有井水的木桶围上前一泼。齐奢裸身站在当地，结实的两臀微微绷紧，两臂高高地向上举起，仰着头，在瀑布一样降落的冰凉里快意地打了个冷战。

直等鲜衣亮靴地出现在人前，残留在发根的水意仍未退。齐奢自个拿着条毛巾边抹边进门，又伸出另一手连连下压，“坐，坐吧！”

小客厅的黑香柏木茶几边，静候已久的客人是乾清宫的管事牌子，也是内宦大总管——应习。他屈膝行个礼，才把屁股重新挨在椅子上危危落座。

齐奢也在正首一张椅上坐了，毛巾随手一扔。他心知应习贸然登门定有大事，便向周敦递了个眼色。周敦连拍了两下巴掌，很快，厅内的二三十号太监全默声退出。周敦则守去了齐奢身后，屏息悄立。

到这时，齐奢才开言，疾徐有度，“公公有何急事，天不亮就找了来？”

应习摩擦着两手，辗转不定，“倒不是什么急事，就是，唉，怎么说呢？唉……”

齐奢从没见过这位叱咤内宫几十年的权监这样为难的神气，就更感蹊跷，却不露声色，反倒抬手指住了摆满茶饮的几案笑道："吃点儿东西再说，新镇的樱桃羹。我记着公公爱吃樱桃不是？这一批甜，当真不错，回头叫人送两筐到你府里。"

应习端起了几上的小碗啜两口，抹了抹头上的汗，"谢王爷，想不到老奴的这一点儿口腹之好，王爷也挂在心上。"

"内府二十四监都靠公公费神打理，应该的。"

"提起这二十四监，当年也是王爷一手提拔老奴为司礼监掌印，这些年又对老奴照顾有加，老奴粉身碎骨亦难报答。"

"公公如何突然想起来这些没要紧的话？"

"唉……"应习又把两只白白的胖手互搓了一阵，陡地心一横，"王爷，您还记不记得那个叫金砂的宫女？"

齐奢"嗯"一声，静待下文。

"当时圣母皇太后杖毙了金砂，后来又请王爷劝解皇上，王爷假说这金砂仍在人世，还叫皇上给她写了一封信。这信，是由老奴转交给王爷的，王爷没有收，而是让老奴直接烧掉。"

齐奢已知其意，淡薄颔首，"不过公公不曾烧掉。"

应习应声滑下座位，伏地拜倒，"老奴总觉得这信是皇上的御笔真情，就这么烧了，老奴实在不敢，也不忍，所以就在回禀圣母皇太后的时候把这信呈了上去，特意说，王爷吩咐了烧掉。唉，都怪老奴糊涂，想着要是太后动手烧了去，那是没关系的，如果由老奴来做，就是欺君大罪。谁知道太后她老人家也不收，还是叫老奴拿去烧掉。老奴拿着这信左也不是右也不是，想来想去，就、就，唉……老奴糊涂！老奴该死！"

齐奢伸长了胳臂，手向旁摆一摆，"周敦，扶公公起来。"他撩起薄绡长袍的袍襟，把一腿搭去另一腿的腿面，"公公但说无妨，这信怎么丢的？"

在周敦的搀扶下，应习站起，扑了扑身上的襕衫便衣，并不再坐下，耷拉着脑袋左右一摇，“没丢。”

齐奢和周敦都锁起了眉，一块儿凝住应习。老貂珰只干望地面，两片核桃皮似的嘴唇翕动着，“前天晚上，圣母皇太后突然召见老奴，问这信还在不在。老奴一时没转过弯来，说了实话。太后把这信要走了，又千叮万嘱地说——”戴着顶缨子帽的头终于抬起，被下垂的上眼皮遮住了一半的两只瞳仁朝前直视，“千万不能告诉王爷。”

很奇怪的感觉流遍了齐奢的全身，类似于随风而至的气味令一头野兽鬃毛倒竖，是感受危险来临的本能。他放下了架起的腿，全神贯注地回视着应习。

应习却再一次把帽顶对准了他，眼珠子瞟向自己的便便大腹，赫然严声：“老奴并非敢欺瞒圣母，只是王爷待老奴恩重如山，待皇上更是一片拳拳丹心，老奴不愿意看见皇上与王爷之间生出任何的嫌隙来。老奴是个笨人，不晓得皇太后要这信做什么，更不晓得为什么不能告诉王爷。但老奴在宫里几十年，却晓得，越是不让一个人知道的事，这个人就越该知道。”他真情流溢地喷出一口气，怅然而疲惫，“老奴这么早打扰王爷，就是为了这件微不足道的小事。老奴真心希望这只是件小事，是老奴人老了不中用，一脑袋油盐酱醋，小题大做。老奴这就告退了，哦，王爷赏的樱桃恕老奴不敢领，因为老奴并不曾来过。”

应习拜了两拜，爬起来倒退了几步，就转身走出去。

齐奢把目光笔直地投在那一副永远弯曲的后背上，直至其消失。随后，他睨向了身边的周敦。

周敦也正看着他，连两腮的疤痕也像是两只眼，一起鼓鼓地圆瞪着，“王爷，是不是请唐大人来一趟？”

四

在镇抚司都指挥使唐宁来到前，到得更早的是一则从刚开启的禁宫大门内传出的消息：昨夜，少帝齐宏突发急病。

消息一送至北府，齐奢即刻就起轿入宫，却被挡在了乾清宫宫门外，御医出来解释说皇上已服药卧床，须得避风发汗，因此免除一切探视。得到这个答复后，有无数种表情同时在齐奢的脸上盘根错节，看起来，就似乎是什么表情也没有了。他马上由乾清宫折向崇定院，门前业已等候着镇抚使唐宁。

唐宁只在崇定院逗留了半刻钟，即空身而返。但他离去时凛然的脸色与步态分明显示着，一些沉重到不堪负担的什么被他所带走。

少帝齐宏的这场病来得奇怪，亦来得猛烈。先开始不过是伤寒，又转为疟疾，寒热大作，御医束手无策，延过六日，竟至于要降旨征药。包括齐奢在内的许多王公大臣均有药物进献，并请求侍疾。宫里头留下了献药，却对侍疾的请求一概谢绝。在这六日内，再没有任何的外臣见过皇帝。

到了第七天，乾清宫起了一场火。

事情发生在日落时，乾清宫西院的弘德殿突然响起恐急的一声："走水啦——！"继而就见浓烟滚滚迅雷不及掩耳地弥漫开。宫人们一面奔逐，一面高喊着"护驾、护驾"，把病榻上的齐宏也架出了殿外。转眼间四面八方就不知涌出多少人，穿梭不息地救火。这些人均是一身的内侍补服，又在这样的黑烟与紧急中，也就再没有人顾得上辨一辨他们的脸。

火势并不大，只烧掉了配殿的一角。经过彻查，是一名小太监点灯时失手；肇事者当即被杖毙。齐宏受了惊吓，据说病体就愈发沉重，竟是大限将至。

摄政王齐奢再一次恳请探视，再一次被以"皇上病势剧变，入于昏迷"为由驳回。于是齐奢就静等在北府内，这时候他已经确定，一定会等到自己最不想等到的消息。

携带着消息而来的当然是唐宁。

“卑职大胆，令人纵火乾清宫，方才查有所得。”唐宁夤夜登门，双掌托着一张纸，高举过顶，“这是密探趁火场之乱在乾清宫寝殿内细搜而得，似是上谕的草稿，原文已被皇上毁去，此乃拓印纸本，请王爷过目。”

齐奢接过这张纸打开，即便已知晓差不多会看见些什么，依旧是刚看了个开头，面色就变得惨白惨白。似有无数的黑点子冲撞着眼膜，他一个整句也读不懂，只看见一些片段，血红的，支离破碎地飘过：朕冲龄入承大统，正值政多丛脞……叔父摄政王齐奢始尚小心匡弼，继则委蛇保荣……自恃长亲，藐视皇帝，奸弊百出，窃权乱政……内挟重资而膺重任，外善夤缘而任封疆……种种不法情事，殊难缕述……豺狼其性，蛇蝎其心……着即革去王爵尊荣，开去一切差使……言念及此，良用恻然……是岂朝廷宽大之政所忍为哉？……姑念其前劳，全其末路。

手里的纸张开始簌簌而抖，越抖越厉害。从纸上抬起头来的，转眼已是倍加惨白而震怖的青田。

“怎么会这样？”

就花居外的无数花枝映在窗上，此际望来，皆是森森然的枯爪。齐奢窝在屋角一张大紫檀三角椅里，脸容是这般黯淡而无色，以至于所有触到他周身的灯光，全都自动泯灭。

“‘一碗米养个恩人，一斗米养个仇人’，此话果然不假。青田，还好你在，要不谁能懂我心里现在的滋味？”

那副本软塌塌地在青田的手中垂落，她懂，当然懂。昔日被乔运则出卖的伤痛曾令她求生不得求死不能，而当时在身旁劝慰她的正是齐奢，可历史重演的一刻，望着手中这篇把一片爱国忠君染污为窃国欺君的好文章，望着这些既非钢又非铁，却比任何武器都刺人的文字，她却找不到另一些可以做盾的字来替她亲爱的人挡一挡这穿心万箭。她只好把自己挡去他跟前，像环抱一副烈士的骨骸一样，环抱他的头颅。

隔过了死死的静寂，齐奢再一次发声，或者由于闷在她胸口，声音有着可怖的窒息感："我十岁被父皇送到鞑靼当人质，从那以后，长达几十年，我总是做梦——同一个梦。梦里头，我在睡，睡着睡着一睁眼，就看见父皇提着一把血淋淋的刀站在我床前，然后我就吓醒了，浑身冷汗。在我被圈禁那四年里，几乎每一夜都会做这个梦，梦里有时是父皇，有时是皇兄，提着刀，站在我床边。他们的刀上全是血，那么多血，多到用世上所有的水也洗不净。"

他顿了一霎，把头从她怀中抬起，整个轮廓泛出一种深白色的幽光，仿似是一个午夜梦回，"甚至直到这些年，有时候我夜间惊梦，你总问我梦见了什么，我如今告诉你，这就是我梦见的。大概我摄政后不久，有一天皇上召我入宫，那阵子他还不满十岁，无端端的，赐给我一幅御笔的'福'字。像宫里头这些御笔御宝，什么福寿字、春条、对联，大多都是画师先给打出稿子，照着描上去就行了，皇上这幅字却是他亲自写的，他说他写了足足一整夜，足足几百张，这是最佳的一张。果真，他两只眼都熬得红通通的，但我心里头只有厌恶,那几年我一看见那张满是孩子气的脸,就像看见我皇兄,那个夺走我皇位、害死我妻和子的仇人。可怪的是，皇上却总喜欢缠着我，一会儿让我教他打猎，一会儿让我教他打仗，然而这只有让我更厌恶他。我接过他的字，敷衍着叩谢恩典，待要告退时，皇上叫住我，突然用那般怯生生的眼神看着我，对我说：'皇叔，朕有时候做梦，梦见你拿着刀站在朕的床边，朕醒来很害怕，和母后说，皇叔要杀了朕。母后却说皇叔不是要杀你，是站在你身边拿刀保护你。皇叔，你不会杀了朕，你会保护朕的，是不是？'那一瞬，我有种很奇怪的错觉，我觉着那孩子不再是我的仇敌，而是我自己——还是个孩子的我自己。那些儿时一夜一夜的孤立无助、惶恐绝望，刹那间全都回来了。当夜，我也是一夜无眠，一直想到了天光破晓，我把过去的一切，一点一点想了个遍。以前我总想着，皇兄当初为他这个儿子杀了我儿子，我的儿子就是为齐宏而送命，但那夜我不再这么想了，我在想，就当是齐宏这孩子替我的孩子活了下来。我清楚，没人比我还清楚，对于一个床边总有人提刀盯着他的孩子而言，活着是种什么样的滋味，现在轮到我做手里有刀的那个人，我不想杀了这孩子，我想护着他，如同我小时候一直所希望的，能有个人护着我一样。

“这些年我守在皇上身边，每一天都如临深渊。机衡之地，处处是数不清的诡诈阴谋、险恶风波，多少次我差点儿就丢掉性命。治军、治人、治国之道，我自己从生死关口里摸爬滚打出来的看家本领，毫无藏私、倾囊相授，把这拿血汗打理出的太平河山拱手献上，你当我舍得吗？可我一声不吭，咬着牙灰溜溜走人，只当是献给我自个的孩子。我多傻啊，傻透了，那根本不是我的孩子，那是条狼崽子！是那个杀掉我孩子、抄我的家、把我关进高墙里的兄弟的儿子！青田，你只管去我书桌上瞧，我连交回兵权的上书都拟好了，人家却要多送我一程：‘念其前劳，全其末路’——如何全法？高墙圈禁？！”齐奢笑了，笑眼里流出了泪。

青田吓傻了，她见过齐奢伤心，见过他淌血，见过他走投无路的狼狈，甚至见过他为她动情时润湿的双目，但她却从没见过他的眼泪，两道笔直的、寒光闪闪的泪线，割开他面颊。她吓得直将他浓密的眉睫扣进掌心，帮他抹、帮他揾。两手分开时，她的人已不自知地软倒在地下，抽噎起来，“这、这也许并不是小皇帝的本意，一切、一切都只是误会。”

齐奢的面容已恢复了常态，刚毅而强硬，“什么误会为君的不能宣召臣子对质，而要背后放冷箭？”

“那、那既然你提前知晓，事情就、就还有回旋的余地。反正旨意未下，不如、不如你赶紧把那上书递上去，自请解除了兵权，说不定就消了小皇帝的疑心。”

“我手掌兵权，他尚敢如此待我，我若再无一兵一卒，岂不任人宰割？”

“那、那怎么办呢？要不然咱们逃吧！对的，咱们逃。隐姓埋名、天涯海角，总还有条活路不是？”

“逃？凭什么？就因为我养了条白眼狼，自己就得当丧家犬？况且普天之下莫非王土，能逃多远，逃到哪里？”

齐奢吐出的每句话都是一爿刀锋，直坠而下。而今围绕着他们的，宛若长满了庄稼的丰沃土地，是一片长满了利刃的刀丛。

青田技穷词竭，在他脚下软绵绵地一歪，身体的每一分每一寸都是揪的、疼的、似火烧如冰炙的。可，不多时，她却举起了双手，先抹干自个的泪渍，再扶住他大腿，手里蕴满了力气，仰高的脸盘上也漾起了微笑，“那就留下！圈禁，就圈禁吧。跟你这些时候，我只去过你府里一遭，叫人骂了个狗血喷头。我有自知之明，从来也没敢想你能堂堂正正地把我接进门去，今儿我厚着脸皮开口求你，把我接进王府里吧！我知道那大门再不会打开，而我心里欢喜得紧，总算能踏踏实实地陪着你一辈子。吃不饱，不用怕，我从小老挨饿，有好多法子不让你觉得饿肚子那么辛苦。白天你就只管去跑你的圈儿，晚上我来给你暖被窝。有我在，管保把你收拾得利利索索的，不叫你脸上添一点儿多余的胡碴、身上有一件破旧的衣衫，还同今日一般英俊倜傥、纤尘不染。我弹琵琶给你听，跳色目人的胡旋舞替你解闷，我们一块在沙盘上写字、作画，日子总能一天天过下去。没准哪天小皇帝想明白，就放你出来了呢？再或者，他到底放心不下，赐你杯黄封御酒，就算只够一个人喝，我咬断了舌根子随你一起去。你从前跟我说宫里的秘闻，说那些殉葬的皇妃们入柩时，不管生前是多美的人，脸也得拿黄绸子包住，因为走得不情不愿，个个遗容可怖。要真有那天，我可同你说好了，我先走一步，你瞧瞧我是不是笑着的，是不是跟现在一样美。”

齐奢眼中的潮意仍未褪，他垂注着视线，望着自己两腿间拔地而起的一株甜蜜的、情浓孜孜的容颜：整张脸都干干净净地露出，乌发盘起在脑后，横插着两支玉簪花。他抬起手，用指尖抚过这镶有着烛光光晕的面颊，“见鬼了，这种时候，我却忽然记起来那一年，你跪在我脚底下请求替另一个男人赴死的样子。”他静静地含着笑，追忆起最初这女子令他震心的痴情模样，而今这模样就盛放在他自己的掌中，是苦海里的赤金莲花，华藏庄严、万德圆满。

青田秋波盈盈一笑，把脸枕去他腿根上，“呸！那不是个男人，现在不是，那时候也不是。姑奶奶我生张熟魏阅人无数，可认得的男人，只有你一个。”

全副绽开的笑扯直了齐奢上唇的两撇胡髭，“小马屁精该死，偏你嘴甜，爷这满腹邪火可找谁发去？”

青田笑笑地依在那儿，用戴着颗月长石小戒的右手轻抚过他大腿，隔着衣衫触到了那一块马鞍磨出的硬痂，“发火的日子还长着呢，眼前呀，我劝你早做打点。那些个御批御扎、内外大臣们的往来书信，该留的、该毁的，全都得一一理出来。还得提防着那些来抄家的奴才们往你文书堆里塞上几本违禁之书，故意砸坏御赐的物件，好再给你加些罪过，少不得还——哟！我忘了，你抄过别人的家，自己也被抄过家，我嘱咐你，岂不是班门弄斧？”

“那时候那个家是老头子给的，抄了就抄了。现在这个家是我自个流血流汗挣下的，就是为了家里头的你，我也不能再回去蹲那圈院儿。”

青田浑身一震，直坐了起来。她瞧见仅一霎，齐奢一脸的灰心气短已一扫而空，代之以空前的冷厉。对这打仗打惯了的男人而言，身受重创并不算什么，只要还有一口气在，总得先握紧了武器浴血迎敌。人心的战场，亦如此，更如此。

他字字如烙，刻入人耳内：“我一直没有告诉你，之前你在燕郊被劫，是西太后在暗中指使。这对母子，待你不仁在先，待我不义在后。君臣之道之于我，从不是‘君要臣死臣不得不死’，而是‘君视臣如土芥，则臣视君如寇仇’。

什么‘真龙’，什么‘天命’？骗骗旁人还行，我就生在这龙潭虎穴的帝王家，我唯一知道的就是：谁的拳头硬，‘天命’就是谁的侍从。”

只觉一股凉意直蹿上脊梁骨，青田磕巴起来：“三、三哥，你，你该不会是想……？你、你不说皇上突然病倒了吗？可能，可能他并不知情，这也是西太后瞒着他做出来的，你、你可千万别冲动。”

齐奢图穷匕见地一笑，“那小子最好是真病了，要不然，我保证他的病这辈子都甭想好。”

听着这一番凶刁狠鸷之言，青田的担心已不再是为了齐奢，而是为与之为敌的人。

五

皇帝齐宏的病，在整整十天后，如同病发时的毫无征兆，又莫名其妙地痊愈。次日，即是五月的最后一天。也就是这一天，将为每一个局内人把命运定盘。

长河晓星，四更。床上的一条薄毯下，躺着曾叱咤一时的奸雄王却钊，双目闭得死死的，似乎不愿往床边多瞧一眼。坐在床边的是他的三子，王正廷。王正廷对老父的态度并不在意，反而从细藤靠椅上俯过身，细心地帮其掖好被角，“父亲，儿子今日一去，必定翻转乾坤、重振王门，您老静候佳音。”

遥遥对应的，则是深宫内其胞妹东太后王氏的一阵冷战。太监吴染忙替女主托稳烟杆，“太后不必担心，早年事败是因为西面的从中作梗，如今可是西面自己要同主子联手，必然万无一失。”

“万一……”

“没有万一。”暗黝黝的乾清宫寝殿内，喜荷打断了齐宏的犹疑，“箭在弦上，不得不发。”

“不，儿臣不是想要罢手。”齐宏悠悠地吐口气，极郑重地凝目相对，“母后，你可答应过儿臣，绝不伤皇叔的性命，等政局稳定之后，会重新赐爵封王，让他荣养天年。”

喜荷置身事外地一笑，“你是天子，你做主。”

熹光初开，自冷青色的天穹下，渐浮出了宏伟得一层套一层、一城套一城的，一个无边无际连环套的，紫禁城。

所有人都已到齐，只等待着——

齐奢来了，迟来，仍不慌不忙地，带残疾的右腿稍微在门槛上挂一下，走几步，停住，“臣齐奢跪请两宫太后、皇上万安。”

沉沉的宫门在其身后徐徐地合死。

东暖阁中习设如常，以金漆九龙大椅上的齐宏为界，齐奢与王正廷在西，东边一道纱幕内并坐着喜荷与王氏。

“摄政王起来。”

是喜荷的声音，非常地淡，而静，静似结固。

齐奢的声音也不存一丝摇荡或起伏，端正平稳：“皇上圣躬欠安，臣几次三番请求入宫侍疾，却均未获允准。今亲见圣体大安，臣心甚慰。”

有人哼了一声，依旧是喜荷。隔着纱幕，影影绰绰的，她明黄色的金甲套拂过了身上百花撵龙的吉服，“今日之所以秘宣二位入宫，正与此事有关。皇帝无缘无故圣躬不豫，太医院上下却都诊不出个所以然来。直到昨天，有人在皇帝的床底下发现了这个——”

接替从前赵胜在西太后身边的位置的是他的徒弟全福，全福捧过了画得满满当当的一张纸，走近来，先后呈给座下的两人。齐奢皮里阳秋地乜一眼，王正廷也只点点头，这纸就又回到了喜荷的指间。

她再一次扬起纸张晃了晃，“这东西，学名叫作‘乾坤十八地狱图’，是用来做什么的，就不必我多说了吧！还好皇帝有上天庇佑，龙气旺盛，方才得脱大难。这种魇压的妖法，必须得有被害人详细的生辰八字。而就在皇帝发病的几天前，有人去过皇史馆，把记载着皇帝八字的玉牒悄悄地借了出来。”

此言一出，事情便显而易见。皇史馆里所存放的“玉牒”乃是记录着皇家子弟降生的地点、日期、时辰、八字、生母、在场人……等一切信息的档案。谁借走了齐宏的玉牒，谁自然就是下咒的凶手。

喜荷有意地顿一下，接着就唤：“王大人！”

王正廷肃然躬身，“臣在。”

“当天看馆的守军有一人知道详情，是不是？”

“回太后，正是。”

“此人现在何处？”

“就在外头等候传召。”

“带进来。”

人被带了进来，哆哆嗦嗦，形容猥琐，只知道磕头称“万岁”。喜荷厌烦地摁住了手边的金线蟒引枕，横锁起眉头，“你当班那天，有人去过皇史馆借皇帝的玉牒看过，有这事儿没有？”

那人眼皮都不敢抬，连叩了两下头，“有，有这事儿。”

“皇帝的玉牒机密异常，你们为何私自出借？”

“因为那人的面子太大，小的们不敢不借。”

喜荷猛把手往雕龙宝座的扶手上一拍，勃然震怒道：“混账！在国法前，面子又值几何？你如此玩忽渎职，就该狠狠治罪！”

守军更是魂飞魄散，叩首如鸡啄米，“皇太后息怒！皇太后息怒！小的不

敢渎职，小的虽被迫将圣上的玉牒借出，但也照规矩叫那人写下了借据。”

一直没有说话的东太后王氏此际将修长的脖子从真珠翠领里长探出，似一尾擎身直立的响尾蛇，“哦？借据在哪儿？”

“就在小人这里！”守军从怀里拽出一张纸，直直地举起在半空中。

王氏拨了拨鬓角的一支玉雕镂丹凤，耳下的金龙衔火坠跟着打了个滴溜，“写借据的人是谁？”

守军四方环视一下，再一次垂下了头，“写借据的人，就在这屋里。”

纱屏后，王氏跟喜荷对了个眼神，口气既紧张又期盼：“你不要怕，只管说，恕你无罪。”

“是。”该人放下了手，把手间的纸条搓弄着，“那人就是——”

“皇上！”已剑拔弩张的局势因这突如其来的叫声而得以暂缓片刻，所有人都调转目光，齐刷刷地望向摄政王齐奢。齐奢却只眼张张地盯视着御座上的齐宏，瞳仁里，有些什么在发亮，“皇上，行魇胜之术危害君王，此种欺君灭行，除了凌迟之外再没有第二条惩罚，若非证据确凿，不可轻言。”

齐宏直望而来，一下子泪就涌起。他记起了无数的怒风骤雨、大壑天险，亦记起叔父一次次为他的弓腰为梁、展臂作舟，记起他那双又宽厚、又有力的大手，是怎样在猝不及防的死亡面前把自身扔进去，把他抢出来；但他又即时记起，同样是这双手，掩埋了金砂的惨死。他知道金砂是母亲处死的，但一个人怎么去恨自己的母亲呢？他只好恨母亲指定的那个人，这个人一定有——必须有，可恨之处。譬如，奏折堆里，他永远有不解的难题需要那人的提点；百官中央，当他指示什么，臣工们却总把脸对准那个人，得到了首肯，才会重新转向他；猎场上，他要打犀牛、豹，任何比兔子大些的猎物，总要征求那人的同意；校军中，他被震吓得心惊肉跳，那人却面不改色地挥动一面绣有着金龙的旗帜，而那人麾下的万马奔腾，那些“万寿无疆”，那些“山河永固”，不该属于且只属于自己吗？

其实无须借口，当我们觉得一样事物太好，比方说权力时，就不会肯相信别人不想要。而即便我们碰上了不想要的人，也会觉得欠了他好大一屁股的债。还不起的债，最好的法子就是一笔勾销。就似一只雏鸡欲破壳时，那就全不用挑，鸡蛋里满满的都是它自身蓬勃的骨头。

齐宏吞咽了泪水，移走了同齐奢对视的眼神，沉下了刚刚有些外鼓的喉结，用开始生出青青的小绒须的嘴巴说："朕考虑过了，虽然犯在十恶，但为了避免舆论震动，将秘密逮捕此人，既不交部显戮，也不连累其家人。"

喜荷、王氏、王正廷，他们都看出齐奢已明白自个掉入了陷阱，因为在那张几乎从没有感情外泄的面庞上，那还揪住龙椅上的人不肯放的深邃的双眸里，写满了更深邃的绝望。他们眼瞅着他搁落了脸皮，唇角病态地牵抽了一下，"那就真是——天恩浩荡了。"齐奢把头缓慢地转开，对准了证人，"说吧，那人是谁？"

守军变得底气十足，毫无犹疑地朗朗掷词道："就是王正廷王大人！"

满室，一下子充满了静到了喧天的、寂厉的哗然。

许多副眼神，如算不清的算盘珠一样噼里啪啦地碰撞着，你望我、我望你……东太后王氏猛地挺起，髻顶的花蕊华胜簌簌乱颤，"你胡说！"

"太后，"其兄王正廷喝止，将齐奢上下一扫，毒恶地笑一声，"事到如今也不用演戏了，撕破脸皮罢了。来人！来人！来人！！"他原地绕了一圈，又冲去门前大喊，"来人！来人哪！李林，尹德全！聋啦？！人呢？！"

随着王正廷越来越歇斯底里的声嘶力竭，每个人都露出了毛骨悚然的表情——除了齐奢，他磐然如造物主，冷淡地审视着这一切。在踏进这门之前的许久，他就已探知到门后酝酿的阴谋：先是齐宏称病，而后由王正廷出头污蔑他因不愿还政而对少帝下蛊，在此被就地捉拿，秘而不宣地下狱，所有掌兵的亲信被传召入宫集体屠杀，下发早拟定好的圣旨公布罪行，抄家幽禁，政坛大换血——完美无缺。可惜这批阴谋家们忽略了一点，不管是东党西党或帝党，只要是人，就会变；而让大多数人改变，只需要一个合适的价钱。比如，一名皇史宬的守军，再比如——

齐奢举高了右手打个响指，这简短的“啪嗒”一声，就召唤来了王正廷撕破喉咙也没能召来的数十禁军，个个持刀荷枪，将还在狂嘶不已的王大人摁倒、拿布塞住口齿。

王氏已吓得泪流满面，喜荷也战栗不已，齐宏紧绷着身子张目四盼，好似在寻找着什么依靠。他们弄不懂精心策划的圈套是怎么反过来变成绞索，套在了自个的脖子上。他们望着面前那拥有着非人精明的魔头，一个个都感到了地狱里的极度深寒。

可最感到寒冷的，其实正是这魔头本尊。齐奢看着齐宏惶惶然的可怜相，就动了恻隐之心。他印象中，齐宏似乎还是个有着双亮眼睛、甜酒窝，一口一个“皇叔”叫得起劲，经常会无意地扯住他衣袖，看折子看累了就向他撒娇偷懒的孩子。他看着这孩子一寸寸长起来，长到他的肩、他的耳，齐上他眉头，随即就把一双仍稚嫩的拳头对准了他。当他在前夜亲自密审今天上堂的证人，接过伪造的借据时，其上的笔迹连他自己都会认为是自己写下的。而他懂这些字是怎么来的，就是从他写给齐宏的信上一个字一个字地抠下来仿的。这伺机而动、动则封喉的诡谲，一样是他的作风。所以把齐奢这老拳师伤入肺腑的，并非徒弟一双小拳头的力道，而是其花拳绣腿里师出本门的、致命的毒辣。

齐宏瞧着叔父眼中的神色忽热忽冷，突然就提步向自己走来。他下意识地攥住了龙椅的两端，无路可退地退。椅后的屏风中一阵环佩叮铛，抢出了风一样的喜荷。她头上的双凤翊龙簪翅须动摇，两手发颤地紧攒住，“摄政王！难道你敢非礼犯上？”

瞳仁里灌了铅一般，齐奢沉沉地扫了喜荷两下，退半步，“臣不敢。来呀。”

“有！”禁军们整齐划一，声若洪钟。

齐奢擘肌分理地一一吩咐：“王正廷谋害主上，丧心病狂，罪在不赦。尹德全你带人，立将人犯押下待勘。”

“是！”

“这些作法的符咒能进到宫里，自然有内应。为防这些人进一步为害御体安康，李林你带人，即刻护送两宫太后回宫，封锁门禁，内不准出、外不准入，同时暂将皇上移往西苑，好生看守，一概人等不得打扰。若有一点儿闪失，唯你是问。”

“是！”

“剩下的，给我好好搜搜这乾清宫，每一寸都搜仔细喽，看看还有什么——”齐奢含沙射影地、冷冰冰地咬着牙，“装神弄鬼的脏东西。”

“是！”

在东太后王氏一口一个“三哥”的哭声中，两个女人、一个少年，以及他们各自的近侍太监被全副武装的侍卫们极礼貌地请出。余者便穷狼饿虎地扑向了龙座、龙案、龙床……翻屉倒箧、破柜开箱。

齐奢就手拉了把金漆龙椅坐下，阴着眼观看所有，新仇旧恨一起涌上了心头：他的父亲、他的兄长、他的子侄……他大半辈子都在被皇帝们轮番欺侮，这是他漂亮的复仇。再没有皇帝能抄他齐奢的家，现在，是他齐奢，在抄皇帝的家。

他伸展开长长的两腿，一上一下搭去到铺着黄绫的御案上，接过内役跪奉的香茶，吹过后，轻呷了一口。

六

搜宫在未时正式结束，搜出的所有通信齐奢都一一亲自过目，锁定了朝臣中几个与政变相关之人，这头下令将这些人暗中处置，那头就明着将矛头对准了王家。抄家的大肥差自然是赏给了细作头子唐宁，当日傍晚就由他带着群一手浆糊桶一手封条的恶番们上门，连抢带砸，闹了个忽喇喇似大厦倾。有一些坏心眼的账房、西席见主家遭难，趁火打劫，趁抄家的官差还未到，直接冲入上房抢夺珠宝字画、大毛皮货，仆婢们起始还吆喝阻拦，阻拦不住，也索性蹚了浑水，只管把值钱的往身上塞，能塞多少算多少。

除去这许多无迹可查的失物，从王家所抄出的家产之巨依旧足以令人咋舌。但更令人舌挢不下的，是在东跨院王正廷的卧室中所搜检到的一样东西。那卧室里藏了间夹壁的小暗房，房内竟然是称病多年拒见外客的前内阁首辅王却钊，据仵作瞧已死了一年有余，却被掏空了内脏风作干尸，摆在一张小床上。一时间，朝野大哗，就在各方都认为又一场巨浪要平地而起时，摄政王却出面表示，皇上因对王太后的一片孝心，又念在王家数代殊勋卓著，格外开恩，魇镇案首犯王正廷本人与其两子由凌迟减刑为腰斩，其余王氏男子或斩立决，或绞立决，女眷家人免死，打入贱籍，没官为奴。而经外戚王家所援引的其余东党人，就在接下来的不到半个月里被各式各样的罪名打发了。

外朝动荡，内禁同样也不得清净。有一天夜里，二十四监总管应习悬梁自尽，死时披发覆面。他的死因很简单，悔恨。应习最初向齐奢告密，是担心在西太后的挑唆下，少帝对叔父心生不满，无非是提前示警之意，好令齐奢有所防备；却怎样也没想到竟会酿成这一场滔天巨变，而他则无意间成了齐奢的帮凶。老太监自觉没脸再见小主人齐宏，也就一无遗言地自裁了。正当风门水口，自然被传成是魇镇案的内应，但冤帽子没扣稳，即得昭雪，经镇抚司查明，应习其实是因自愧于有失职守而自杀谢罪，这一举动还令摄政王唏嘘不已，特赐吉壤，容许破土入葬。

至于皇帝齐宏，在案发后的三个月里则连发了五份诏书，先是称受惊过甚、气体违和，又说中蛊太深、无法坐朝，接下来申明需要长期静养，再宣布推迟大婚，最后决定暂不亲政，仍由摄政王代理国务。臣工们议论纷纷倒是有，但大多数却打心眼儿里松了口气，作为摄政政权的受益者，谁也不愿有任何变动。故而虽也有些灵光之人猜出了一二，也三缄其口。

一石激起千层浪，浪头也渐散渐息。再一展眼，又已是病马严霜之秋。

恰如由仲夏到深秋的繁华散尽，数月之隔，原本意气风发的王正廷已变作一个两鬓全白的小老头。他踉跄着，在比秋日更深的牢狱之底徐徐站起，露出了一口血染的、黄渍斑斑的牙：

“我就知道你会来的。”

石壁上只悬一盏气息奄奄的小油灯，几乎照不出来人的五官，只看到一只又挺又直的鼻子凸起在薄光里，两边的眼则陷于迷雾一样的深暗。处在这暗地，齐奢盯住王正廷看了一刻，就将手竖起在脸边一摆。跟在他后头的侍卫何无为弯身搁下了什么，就噤无一语地退出牢房。

地面上是一只银盘，盘里并置有一把匕首、一条白练、一杯酒。盘子的正上方，传来齐奢低沉而清晰的声音：“明日，即是明正典刑之日，本王实不忍看簪缨贵族受腰斩弃市之痛苦羞辱，敬请自便，不必客气。”

王正廷揉开了堆满秽物的眼角，“是不忍，还是怕我在法场上喊出什么不该喊出的事情？”

齐奢神色简淡道：“根本用不着本王操心，负责让你一句话也说不出的，是监斩官。”

“这么说，你只是出于善心？”

“出于善心。”

王正廷如释重负地笑了，“既然如此，我想借你的善心开解我一个疑问，成全我一个心愿。”

齐奢颔首，“说来听听。”

随着王正廷把嘴张开，就有腐尸一样的恶臭隐隐扑出，似乎人是早死去了，余留的不过是一具纠缠未了遗愿的阴灵，“你事前得知了我们将有所动作，就从皇上无故病倒，猜到是要以妖魇之祸做借口，顺藤摸瓜，查出了我们安插在皇史宬的人，把本来仿造你字迹的借条改为了我的，是这样吧？”

齐奢仍是毫无拖泥带水地把头一点，“差不多。”

王正廷冷不防把手挥起，齐奢一下遍体紧绷，却发现对方不过是捻住了脖梗上的一只虱子，放入口嚼着，又吐掉，嘻嘻地笑，“你能收买他，我不惊讶，但禁军世代都在我王家手中，我想知道你收买他们花了多少钱？”

齐奢也淡然一笑，开诚布公：“不便宜，光领头的尹德全和李林，一人五十万两。”

“呵呵，你可真肯下血本。”

“抄了你们王家之后，稳赚不赔。”

“那两个叛徒，很早之前就已经投靠了你，是不是？”

这回齐奢单碰了碰上下眼皮，“比你能想象到的还要早。”

“难怪，当年你大幅撤换湘军、鲁军，却一直对眼皮子底下的大内御林不管不问，原来你换的不是人，而是人心。”王正廷浑身打战地笑了，朝着天——暗无天日的地牢顶——不胜扼腕，“想我王氏一族，曾出过五位皇后、四代宰辅，辇下权豪第一，人间富贵无双。不想在我手中，全门覆灭。”他放平脸，已昏瞀的两眼射出了奇亮之光，“摄政王，不，表弟，我输给你，是我自己技不如人，黄泉路、转生台，绝无一丝怨念，只求你应承我，别为难我的小妹。她小小年纪就嫁入你们齐家，春花秋月，寡居多年，从未有失妇德，好歹让她在宫中安度天年。”

齐奢将眼眯成微狭，大概也就是一条活路那么宽，“她也是本王的表妹，更是身份尊贵的母后皇太后，没人有胆子为难。”

王正廷点点头，眨眼间，似乎又看到雕梁画栋的家，还是个及笄少女的王氏环佩风清、闲弄筝弦；再一眨眼后，曲终灯残。死牢里，望住了面前唯一的活人，道：“人之将死，其言也善。我就以善报还摄政王之善行，以一善言告知。”

“洗耳恭听。”

“你要小心——西太后。”王正廷又抓住只虱子，这一次，他用又长又黄的指甲将其掐死，弹开在一边，“如果这世上还有人能击败你，一定是她。不是因为她比你聪明、比你厉害，而是因为在你们两个间，你才是那个‘妇、人、之、仁’。”

齐奢雍容不迫地应答：“谨记在心。”

王正廷把双膝朝两边一曲，就撇腿坐下地。像因拿不定主意，就拿手，把银盘里的死器挨个抚过。而后他又撑着身再一次站起，徘徊了两步，“真怪啊，人活着，似乎唯一能够自己决定的事，就是怎么死。”

然后连齐奢这样反应极其迅捷之人都未及反应时，那已蹒跚如不能行的囚徒就掣动了身体，猛向身后的狱墙撞去。头骨碎裂的重响好似整一个时代的丧钟，飞溅在墙上的脑仁血浆用一条流畅的弧线对不远处簇新的死亡之盘，露出了一个挑衅的、轻蔑的笑。

鲜浓的血腥气令齐奢咳嗽了两声，他自袖间掏出一块白帕掩住口鼻，并没再多看一眼。回转身，一步一杵地，走出了大牢。

外面是晌午的浅淡日头，日边清风中，飘摇地，擦过了一只孤雁。

七

暮去朝来，季节荏苒。

距离摄政王齐奢那一场兵不血刃的神秘政变，业已过去了六年。

这六年间，皇帝齐宏只在三节、正旦或万寿之类的大朝会上露过几遭脸，亦不复曾经的翩翩少年，每每一副脸黄黄的病相，以“朕躬总未康复，深恐勿克负荷”起首，过渡到“叔父摄政王办理朝政，宏济时艰，无不尽美尽善，朕垂拱受成，方切倚赖”，因此以再次恳求叔父继续掌理大政而收尾。长此以往，就有一则秘闻不胫而走：皇帝的缠身痼疾并非源于当初王正廷的下蛊，而是被叔父齐奢下了毒，囚禁了起来，囚禁的地方就在南海里的南台上，三面临水，只有一桥接陆，桥上日夜有重兵把守。

曾有位耿直老臣，哪壶不开提哪壶地公然要求面见皇帝陛下，以伺真相。摄政王居然也答应了。改日就有太监带着老臣直趋西苑，进了正殿后一处高阁，指了个方向就让进去。老臣进了屋，不一会儿却掩面而出，原来里头竟是个洗头沐浴的宫女。要知道内廷中各宫殿布局、宝座安设皆不相同，外臣入觐该往哪里走、到哪里停、朝哪里跪，事先都要打听好，失了召见的仪注都还事小，像这样一脚踩错了地方，就是私闯内禁的不赦大罪。其实事情明摆着是有人指使太监捣鬼，但后来替老臣求情的同僚们却对此节略去不提，大脚趾都想得明白，如此诡诈促狭是哪位的主意。老臣最终蒙恩免死，杖责、革职、永不叙用。自此，再没人提起要单独面圣的话，但流言也随之愈演愈烈。而处于流言中心的几个人——摄政王齐奢、皇帝齐宏与东西两宫太后，则如处于风眼一般，静至静止。直到有一天，有一个圈外人将事情拉偏了轨道，把所有人都重新卷回了大旋涡。

这个人，这一刻，身穿一套青黑号衣，立于某座宅院正中。

"张华！"

有谁在唤他，这张华伸长了脖子，"先生？"

先生头顶青色阳明巾，身着白布衬里的青丝罗衫，脚蹬白袜，外穿黑帮浅口布鞋，看起来大概三十出头年纪，像是一位气质脱俗的硕儒，只满脸竟没有一根胡须。细认一认，就认出了，这是乔运则。

他并没有怎么变，依然是俊朗的五官与修长的身姿，年月流逝带给他的是一种更微妙的变化，令他整个人的质地都变得阴柔而黏腻，仿佛皮肤随时会融掉，化成黏液向下淌。但他的手，从前温柔灵巧的洁白双手却刚硬、结茧，干枯到假如被一张纸轻轻划破，皮肤就会向两边爆裂开，露出里面白森森的骨。他把这爪一样的东西向前递出，"把醒酒汤给我吧，我给吴义少爷端进房去。"

仆役张华头大身矮，唇上寥寥几根须。他将手内的托盘一晃，"不成不成，哪儿能劳动先生，还是老仆送进去吧。"说着就稳步前去。

此处是慈庆宫大总管吴染的家，因吴染常年随东太后被软禁在宫中，其养子吴义便成了家中的男主人。吴义也已娶妻生子，今日是孩子周岁，府中刚办完酒宴。吴义身为人父，自然多喝了几杯。

张华把醒酒汤送了来，吴义却拖手拉衣地扯住跟仆人一道进来的乔运则，"老师莫走！"

"少爷喝多了，坐下来歇一歇。"乔运则把吴义搀扶去桌边坐下，一面把脸转向了门前，"张华，来喂少爷喝汤。"

吴义却别过头，又将手臂一抡，"我好好的，清醒着呢，张华你出去！"

吴义有功夫在身，力气过人，随意一推就把张华推得一屁股仰跌去地上。

就在这瞬间，乔运则的目光无意间从哪里掠过，猛然一亮。他回身递出手，把张华从地下拉起。张华苦笑着拍了拍屁股，去地下收拾打翻的汤碗。

吴义又伸脚朝他肩上一蹬，“听见没有？叫你滚出去！”

张华歪了歪，赶紧把几块碎瓷片捡去了托盘里，佝偻着腰身出去了。

乔运则盯着房门合起，便扭回脸来转盯住吴义，细长的睫毛垂罩于他的瞳仁前，犬牙交错。“少爷，我有话和你说。”

“不，我有话和你说！”吴义早不再是目空一切的青葱模样，人发福了，两边肩膀被多余的肉隆起，把脑袋夹在中间，动作笨重地拍着桌子道，“老师，我心里不痛快！六年前魇镇之变，王家全族覆灭，只留下母后皇太后一个孤家寡人，名位虽在，却再不复当年。连她身边的所有近侍也一概被软禁，若非老师只是个干粗活儿的火者，怕也不能出慈庆宫一步。我都多久没见过父亲了？父亲从前是人人争相巴结的大红人，现在却像人人躲避的瘟神一般。若搁在几年前，慈庆宫管事牌子的孙儿做周岁，送礼的只怕要踏破门槛，你却看看今天！妈的！算了，那些个拜高踩低的小人们，难道还指望他们不成？只是我一干习武的师兄师弟，亏得以前那样要好，居然连我儿子周岁这样的大事也不上门来贺一贺。老师，我心里难受哇！”

乔运则在吴义的背上拍一拍，仿佛要把那份悲伤掸落在地，“少爷喝多了，你且听我说一句话——”

“我没喝多！”吴义打断他，把脊背一耸，“老师，父亲当初请你来教授我课业，是想叫我也跻身仕途。六年前恩科，我位列会试第三十八名、殿试三甲第十二名，赐同进士出身，这份功名原是东太后亲口允诺我父亲的，是我拿脖子上的这颗脑袋换来的！可还没等放官，就又被以科场舞弊之罪革名。如今，文和武我是一无着落。就连我老婆也瞧我不起，说生了个儿子又有什么用，将来还不是和我一样窝囊废一个？”吴义捏起了两拳，咯吱咯吱响，“不该这样的，我吴义这辈子不该这样的！我原应尊贵风光，替我吴家，不——邱家！光、宗、耀、祖！”

乔运则的目光微微地僵住了，吴义的舌头却前所未有地灵活，不停地卷动着：

“老师，事到如今我也没什么可瞒你的，我不姓吴，我姓邱，我叫邱志诚，我生父的名讳上若下谷，你听着可有几分耳熟？你一定听过他，他不是太监，他是条万里挑一的好汉子！当年他不惜三族尽灭，单枪匹马刺杀摄政王。我，他儿子，在六年后绕过一整支卫队，把摄政王的心肝宝贝折磨得求生不得求死不能！对，劫走那姓段的不是慈宁宫的赵胜，是我。我，让摄政王和西太后交恶成仇，把整个紫禁城都闹了个天翻地覆，我是窝囊废？妈的，我他妈是大英雄！”

乔运则目不转睛地听着，一脸莫测。

吴义自始至终耷拉着脖颈，两腮、两眼全被酒焚得火红，“不该这样的，我这辈子不该这样的。不该这样的……”他的口齿越来越黏，把一句话说了又说，头和眼皮也沉了又沉，“老师，你这辈子也不该这样的，是吗？我们之所以变成这样，全怪一个人，只怪那个人——”

乔运则正待回答，双瞳却像被线用力地一扯，牵向了窗边。

“谁在外面？”

他接着把声音提高了一分：“外面是张华吗？快进来，你家少爷醉过去了，打盆冷水来给他擦擦脸。”

窗外立响起一声：“来了！”张华嗟叹着推门而入，“唉，乔先生，少爷就是这么让人不放心，又醉成这样！大喜的日子，您说说……”絮絮叨叨地捧过了面盆，乔运则伸手来帮忙，谁知手一错，撞得小半盆水都淋淋漓漓地浇去了张华身上。

乔运则惊一声，又连说了几声“对不住”，两手就替张华扑打起衣衫来。

张华忙后退了半步，“先生，不敢当不敢当，小的没事儿，这会子先给少爷抹把脸，架去床上睡吧。”

乔运则收回了手，把沾湿的手指揩一揩，“你且去换一身衣裳，这儿交给我就好，我来照顾少爷。”

“那就拜托先生，我去一去就来。”张华抖了抖湿透的衣襟，合起门出去了。

吴义业已趴倒在桌上，嘴里还在嘀嘀咕咕。乔运则朝他望了望，端起了剩下的半盆水。

后来发生了什么谁也不晓得。只见过了半刻钟，房间的门打开，乔运则独自走出来，又回首一顾，就匆忙而坚决地离开。

乔运则离开吴府的时间是申初，酉正时，他出现在一个没有人会意想得到的地方——大内慈宁宫。

东披檐的偏室内，垂着一樘老旧不堪的珍珠罗帐。帐后，西太后喜荷亦是人老珠黄，瘦得连脸上的骨骼脉络也一清二楚。她斜靠在一张独板围子的雕凤罗汉大床上，以两根惨红斑驳的指甲揪弄着身上松鹤富丽褙子上一根脱丝的金线，无精打采，“慈宁宫有年头没进过外人了，你既然靠着三寸不烂之舌说得动守兵放你进来，我且不妨听听你有什么天大的要闻，竟需单独秘禀。”

乔运则头戴平巾、身着火者宫衣跪在殿下，“奴才在慈庆宫当差，因略识得两个字，被慈庆宫的管事牌子吴染请去他府里，闲时教他的少爷念书，已有经年。今天早些时候，这位少爷跟奴才说了一件事，他说他并非如外界所知是吴染的堂兄之子，他的生身父亲叫作邱若谷。太后不记得这名字不要紧，奴才提醒您一句，这就是多年前因行刺摄政王而三族被夷的钦犯；吴染吴公公的养子，就是这钦犯的亲子。”

隐于珠帘后的喜荷眼帘也不抬，只长长地拉拽着指间的线，“这就是你的要闻？”

"奴才还没说完。这位少爷还亲口告诉奴才，六年前，摄政王的外家段氏回京时，凌辱她的贼人也不是别个，正是他本人——吴义，或者该叫'邱志诚'。"

喜荷报以一声冷笑，"你以为慈宁宫今非昔比、门庭冷落，我就有工夫听你这些废话了吗？"

乔运则把上身微微地挺起，"魇镇之变后，慈庆、慈宁二宫日日受到监视，行动不得自专，皇上亦被迫迁离乾清宫，长居西苑，对外称作'调养'，实则遭人软禁，与太后您母子终年不得相见，鱼沉雁滞、音信莫通。而外头也已经传得很盛，说叔父摄政王终会有废帝之举，夺侄自立。"

喜荷一把扽断那线头，"这与你所说的有什么关系？"

"奴才在慈庆宫中有时也听得只言片语，其实太后您跟摄政王之间之所以会龃龉遍生，都是东边的主子与其兄长步步设局。假如奴才没猜错，最终导致太后和摄政王刀兵相见的，应该就是段氏遭劫之事，而摄政王到现在也并不知晓，这件事，其实是他冤枉了太后您。"

"事情到了这个田地，再说这些又有何用？"

"摄政王为人当狠则狠，胸襟却磊落，恩怨分明。假如他得知当初并非太后先行出手，心中对逼宫一事必生愧疚，有愧疚，事情就大有转机。"

喜荷一笑，下垂的嘴角生出密密细纹，似布满了钩刺，"想不到小小一个内廷火者，竟是摄政王的知己？"

乔运则也一笑，笑声中同样带刺，"不敢，奴才不过曾经是摄政王身边那位红粉知己的知己。"

喜荷狐疑地直起身，脚在脚踏上找到了金银丝玄罗鞋，下座步出。她拨开了珠帘，反复打量着地平下那一副风度绝伦的俊雅仪容，大感趣味地笑起来，"略认得两个字？你可真谦虚。想不到姐姐宫中的杂役竟也藏龙卧虎？幸会幸会，状元公——公，乔运则！"

乔运则昂起头，那黏糊糊、有些泛着油光的皮质下，骨骼的走线却如高崖飞瀑，流畅舒阔而兼具棱角，“贱名与闻天听，不胜荣幸。”

“听说早年你和那姓段的关系匪浅，可一朝高中就弃她于不顾，另聘了张侍郎的小姐。头先你从御花园的猴山调出，该也是吴染替你说的情吧？他那少爷能向你吐露真实身份，可见对你信任已极，你就这样把他们给卖了？啧啧，看来忘恩负义，还真是你的专长。”

“周公恐惧流言日，王莽谦恭未篡时。向使当初身便死，一生真伪复谁知。[1]”乔运则将薄唇轻轻一卷，便几乎如当年般潇朗入骨，“试玉烧三日，辨才待七年。太后不可拘泥于一事一时，许多内情，日久方显。觐见太后之前，奴才已向镇抚司揭发吴义，养子身份一经暴露，吴染与慈庆宫合宫内侍必遭大难。为免受牵连，奴才向镇抚司要求，由镇抚司咨请司礼监将奴才调离慈庆宫，调入慈宁宫。镇抚司对上变之人例有优待，已当场批准。奴才能通过层层的守兵进到慈宁宫，不是靠口中的三寸不烂之舌，而是腰间的三寸乌木牙牌。奴才现在，已经是太后您的人了。”

喜荷的笑容依旧充满了嘲讽，“我为什么要你这么一个人？”

乔运则仰首直视上方的女人，“此时此际，太后不过屈于形势，深藏若虚。来日匡正朝纲，扫荡颓局，扳倒摄政王，一定有用得着奴才的时候。”

一愣后，喜荷哈哈大笑，一根手指直点对方，“扳倒摄政王，就凭你？”

等嘲笑结束后，乔运则傲岸而叛逆地一字一句道：“就、凭、我。”继而他单手扶膝，站起，逼向前。

喜荷忙向后两步，脚下踉跄，“你、你干什么？”但已经晚了，她被一尊比自己高出一大截的身体困住，手腕被捉进另一双手，脸边挨上了另一张

[1]（唐）白居易《放言五首·其三》：“赠君一法决狐疑，不用钻龟与祝蓍。试玉要烧三日满，辨材须待七年期。周公恐惧流言日，王莽谦恭未篡时。向使当初身便死，一生真伪复谁知。”

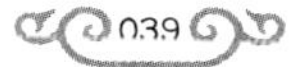

脸。不知是为这不要命的下等贱奴动气，或是为自己酥流滚滚的肉体害臊，喜荷满脸血红地低声拧动着，“狗奴才，你活够了！放开我，放开我，我要叫人了……”

“那我只好，堵住你的嘴了。”

在这句清平的调戏后，乔运则就吻进了喜荷的嘴。他感觉到这包裹在一身绫罗中的女人随着自己吻的深入，就如一幅绫罗的匹头在被渐次推展，抽走了卷骨，滑软欲落。他用两手一齐兜稳了她的腰肢，牙齿在她下唇上轻轻一咬，“太后，有多久，你不曾这么为一个男人心跳过了？”

喜荷自己也觉出了几欲破胸而出的心，但理智里仅存的一丝耻感仍令她把刚给吻得软绵绵的嘴放硬了，“下面光秃秃的，也配叫‘男人’？！”

乔运则颇有深意地一笑，笑容阴冷而妩媚，“太后大概不知道，除了下面那把式，还有一千种法子能叫一个女人快活。”他把一只枯瘦的、坚硬的手掌，隔着裙，卷入了喜荷的两腿间。

殿外阴乎乎地起了风，骤眼间，八方黑云际遇合会了。

乔运则向镇抚司告密的当日傍晚，两队黑衣番役就分头闯入了慈庆宫与吴宅。他们干净利落地逮捕了吴染夫妇、吴义的妻子与其刚满一岁的儿子，但吴义本人却不知所踪，只在他的睡房里留下了一小摊干去的血迹。

镇抚司立即出动了皇家猎犬，四条细犬向北追踪出不到一里地，就发现了被丢弃在街角的一件沾血的外衣。兴奋的狗群扑上前，把鼻子扎进那血衣中，却又几乎同时抬起头甩动着身子，痛苦地呜咽起来。

领头的番役大惊失色，拎起血衣闻一闻，也扭过头连连打了几个喷嚏，“辣椒面！这衣服里撒了辣椒面！”

“遭了，上当了。”另一位番役大跺其脚，“这几只狗的鼻子吸进了辣椒面，几个时辰内都不顶事了，有这几个时辰，那吴义早就逃之夭夭了。”

“他奶奶的，”领头的将血衣狠狠一掼，“辣椒面是吧？好，老子就让你一家人尝个够！”

镇抚司刑讯室的酷刑向来令人闻风丧胆，整整两大碗辣椒面被塞进鼻孔、揉进两眼之后，吴染夫妇却还是一字不吐，只是咳嗽，把肺都咳出的嗽。而他们的儿媳、吴义的妻子则满脸鼻涕眼泪地鬼哭狼嚎：“我不知道，我真不知道那天杀的逃到哪里去了！求求你们饶了我吧，我和吴义离断，我不做他吴家的媳妇了，你们放了我！”

刑讯官狞笑，辣椒面被撤下，一只铁托盘被端上前来。

先是铁锤，三个人三十根手指，一根根敲扁。

“说，吴义人在哪儿？”

吴染夫妇保持着沉默，吴义的妻子半昏着喃喃：“不知道，真的不知道，饶了我吧，叫我干什么都行，饶了我吧……”

接下来，是铁剪子，把肉一块块地剪去。再下来，是铁掏子，将大肠一截截勾出。最后，他们抱来了吴义的孩子，那个当天刚满一岁的男婴，割掉了他一只小小的耳朵。

祖母和母亲，两个女人同时发出了嘶哑的惨嚎，她们开始呜呜哇哇地喊出一连串的地方和人，有吴义曾经的拳师、师兄弟、相好的妓女……

搜捕队像章鱼的触角般伸向了每一个地方，将更多的人和家庭拉了进来，拉进刑讯室的汤镬中。那是一只铜锅，把活人放入，锅底小火慢煮，煮到浑身燎泡，再撒上盐醋腌制，整个肌体腐烂得筋肉乱掉、腥秽不堪，人却始终保持着呼吸和清醒。

这些人又招供出更多的人，然而整整三天之后，吴义的下落依旧是个谜。镇抚司得到的只有化尸坑里的许多黑红肉条，这其中有吴义的妻和儿，还有他的养父和养母：吴染和绿丝儿。他们没有过男女之实，不曾生育，可他们是夫妻，有一个名叫吴义的儿子。在未来，他将会为了他们，卷土重来。

或许是厌倦了腐肉的颜色与气味，第四日拂晓，曙色便不再降落于镇抚司这所人间地狱，转而落去一个天堂般的地方。

八

这里杏娇疏雨，李沉浓妆，玫瑰香灿，杜鹃织锦……一花未谢一花已开。千般异卉、万种芬芳间掩清泉一道，竹径底有一座月窟般的华堂，正是北府中齐奢与青田的爱巢：就花居。

当初修建这里是作为下野政客的退隐之地，而时至今日，这里的主人依然是帝国的最高统治者——真正的统治者。名义上，齐奢始终是“摄政”，年节时，也总会将“养病”的少帝齐宏由西苑请出，率百官朝贺，祝祷吾皇康复、早日亲政。但所有人都清楚，政权已是一把开了刃的刀，抓住刀柄的人绝不可能再把它递出去。倾天的巨变后，唯一不变的似乎只有齐奢自身的生活：凌晨起身骑射、角抵，早餐后入午门崇定院理政，夜间于北府的签押房内接见僚属。而每当他在射圃中逆着北京刺骨的晨风拉展铁弓，或在灯下批朱直批到双眼涩痛时，齐奢便对自己十年如一日的严格自律感到满意极了。

但他毕竟已人到中年，渐有了享乐的意趣。往年入乾清宫为齐宏讲解政务、伴其游猎巡视的时间，他现在用来和青田消遣风月。两人间，最初的那些缠绵万状、那些从无餍足、那些稍稍一挨近小腹就会出现的躁动与火热早已随时间而消逝，但有一种更深厚、更丰盛的情感把他们紧紧连接在一起。他们不再花整整的半日只痴迷地盯着对方的容颜和双眼，但每一次四目相交，他们仍旧感受到奇妙而温暖的震颤，有如骄阳炫目的盛夏过后，秋日天空的恬静与瓦蓝——偶尔间，掠过一群白鸽。青田已年过三十，却反有异样的娇艳，兴起时以明珠、以瓔珞装扮得明灿若仙，有些晨昏却又只穿着件半旧坎肩，裸露着双臂，懒懒地坐在窗边的斜阳下，把一颗杏脯在嘴里唆过来唆过去，像个返璞归真的少女。这些年的日子从容、静好，是一朵记忆中的金婆罗花，手一拈，即会令她破颜微笑，假如非说出现过什么搅乱她心境的事，大抵只有三件。

第一件，是五年前。政变刚过去不久，婢女十琴当中的琴竹忽变得多语多笑，且爱打扮得花红柳绿。青田看出了苗头来，就和齐奢玩笑着说叫他把几个丫头收了。齐奢回说："那路旁的小花单看时也未尝不赏心悦目，可一等移到了牡丹台上，就效颦邻女一般，更显出小家子气来。有你在这里，哪有心思到她们身上？"青田故意叫莺枝把这话放出去，总以为该叫琴竹死了这条心，谁知她竟装傻，照样在齐奢面前有意无意地做出种种伶俐样子来，不由使青田回想起曾经的萃意，就愈增了嫌恶，干脆和琴竹开门见山："你们几个原就生得都不差，你又更算是上上之姿，心气高一些也在所难免。只是我这个人心眼小，你既存了这个心思，我是不能容你的，可我要就不明不白地把你给打发了，谅你未必服气。这么着，爷今儿回来要做松骨推拿，我把推拿师傅给支走，你进去伺候，有没有本事留下，就看你自己了。"那天晚上齐奢推拿的时间比平时短了很多，出来时，琴竹脸上的新粉多了两道泪迹。齐奢什么都没讲，青田也什么都没问。又过了几天，她在睡前打着呵欠说："这几个小丫头都挺好，唯独那个琴竹和我不大合得来，送出去配人吧。"齐奢也只打了个呵欠，"你定，随你高兴。"琴竹就这么被送走了，这件事也就这么浮云淡漠地结束了。

第二件事，是两年前。南边一个著名班子来万元胡同献唱，青田便叫人在戏楼订了一个包厢。戏快开场的时候，隔壁包厢进来了几个太监样子的白面家人检查打扫，说话间透出一会子摄政王府的继妃与两位世妃要来看戏。青田心里头一跳，稍作犹豫就不声不响地退场了，戏也没看成。后来齐奢知道了，很不以为然，“你稳稳当当坐着就是了，大不了过去给继妃请个安，怕她吃了你不成？”青田正在收拾诗韵牌子，牌子用一只黄松木小柜装着，她把柜上的抽屉一只只拉开，一边低着头慢慢说：“我倒不怕继妃，你瞧你除了初一、十五回她那儿坐一坐，逢年过节住上几天，天长日久的只在我这里，继妃也从没和你计较过，自然是个宽厚有加的人。只是每年三节或是她生辰时，我都叫人厚礼相贺，她却也从不回应我一个字。我猜她心里还是介意的，只不过碍着身份涵养，不好表现出来罢了。她看见我自是生气难过，我看见她也得心虚老半天，彼此都不痛快，还不如躲掉了干净。”她的手指在抽屉上的刻字处滑过来滑过去，从“一东”到“十五删”[1]。齐奢笑着走过来，又把抽屉一一地推上，“你有什么好心虚的？”“我偷了人家的、抢了人家的，怎么不心虚？”“谁说你偷的抢的，这事儿我可以作证，您清白得跟小葱拌豆腐似的，是一块狗皮膏药非得黏着您不放，甩也甩不脱。”青田“噗”一声，“你可自己说的。”“我说的，狗皮膏药，黏着呢，看你揭得掉？”“别闹，别往我身上糊，热，哎哟，你看字牌子都撒了，全乱了……”这么一笑一闹，也就过去了。

第三件事却是大不相同，掀起了不小的波澜，不单在青田的心间，也在整个北京城的三街六巷间。这件事发生在去年年初。这么一日，有一位老妇跑去北府的门上，说她是段娘娘失散的亲生母亲，说自己是苏州人氏，娘家姓许，说青田本姓黄，学名叫做美熙，也知道她有个乳名叫“小囡”，又哭诉昔年因生计艰难而鬻女为娼的悔恨。门子也不知真伪，只好报了进去。青田听后怔怔了半日，最后咬着牙红着眼说：“我没有母亲。”结果第二天，老妇的尸体就在

[1]《平水韵》的韵部。

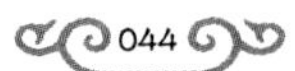

什刹海的岸边被发现，投水自尽的。有个丫鬟多嘴告诉了青田，青田几乎崩溃，大病了一场，烧得不省人事地说胡话："我活了一辈子，连亲生父母也不知是谁！我要让你也试试被抛弃的滋味儿！我还有那么多话要问你，你为什么寻死？你既寻死，便不该来找我，既找我，便不该又没有一句话就把我抛下。你怎么能这样？做母亲怎么能这样！"她清醒过来后，齐奢却对她说，整件事都是一个骗局。"我派人查过了，那婆子其实是秦淮河上的一个鸨子，段二姐到南京后曾在她那里借住过一阵，她就这么听说了一些关于你的琐事。后来她负上巨债，就冒出个异想天开的主意。人人都知道我宠爱你，你又是个孤儿，她便钻了这个空子，想讹你一笔罢了，见认亲不成，债主又逼得紧，只好自杀了。小囡，别难过了，那婆子并不是你娘。"青田始终也不确定，老妇和齐奢究竟谁说的是真话，但也再没有追究过。这件命案后来也传了出去，坊间就戏称为"假母认女"，既意指这母亲是个假冒的，又影射了青田的出身。病愈后，青田对这桩闹剧绝口不提，她身边的人也自不敢妄加谈论。

直到一个月前，青田才第一次坦承"假母"一事对她的打击，在她真正的"假母"面前——今年刚过了元旦不久，段二姐竟然自天而降。青田悄悄地把她接进了北府，晚上就留她和自己睡在一张床上，抵足倾谈。段二姐也一口咬定那老妇的确是秦淮河的鸨子，一说起口吻就分外鄙薄，"本来就有点儿神神叨叨的。"慰藉了青田几句，也不愿再深聊，只一个劲问她这几年的生活："听说连那些个王公达官的大老婆都对你巴结得了不得呢，乖女儿你可真成了金凤凰了。"青田苦笑着叹上一声："要说我如今交往的都是些极品贵妇，这话倒不假，她们一天陪着我抹牌、听戏、消磨谈笑……可不管在一起的时候多亲热，我心里头也清楚，在那些人看来我可不是什么金凤凰，只是只雉鸡而已，尽管也有七彩的翎毛和尾羽，可不过是个低贱的冒牌货。我试过对她们中的某些人真心以待，但结果都不尽如人意，顶好的，也不过带着猎奇的眼光把我当怪物刺探。

算了吧，她们都是些贵族小姐，永远也不会平平等等、平平常常地看待我，我也犯不上强求，大家相见同交欢、散后两不记也便算了，我的姐妹们都留在年轻时的那条胡同里了。对了，蝶仙和凤琴过得怎么样，都还好吗？”段二姐且嗟且笑：“好，凤琴赎身了，跟了个商人做二房，去宁波有几年了，听说不错。蝶仙现在也是自家身体，重拟了个花名叫游姝，借妈妈我的地方做生意呢。南京一整条花街就数她年纪大，不过也算是秋娘老去、冶艳入骨，捧她的大客不少。这次我进京，她死活也不愿一同来，说怕坠你的面子，只叫我带句话，让你惜福保重，也叫我以后不要再来了。妈妈原也不想登门叫你难看的，只是这次再回去，也不知这一辈子还见不见得着……”说着说着，便已是老泪纵横。

这一夜，青田自己也是梦啼妆泪红阑干。

段二姐回南京后，她总在夜深时回想起最初的绮艳生涯，有意想不到的恐惧袭上心间，身体就向身畔的人偎过去，紧紧地贴住。齐奢在睡梦中用嘴唇碰她一碰，有时会迷迷糊糊地问一句：“怎么？”青田就答：“做梦。”

长夜梦散，纱窗传入了鸟鸣啾啾，一线介于有无之间的微光浮现在天际，洒落于就花居的寝床前。锦幔珠帘内，关着幽暖的香。青田听到齐奢有了动静，便攀住他的腰。

“你要走啦？”

齐奢已支起了半个身子，又回转来。他的声音里带着笑意，在不见人面的黑暗中，似从地底涌出的一口泉，有汩汩的低沉，“昨儿又梦见什么了？一夜都不老实，醒这么早。”

青田的声音是泉上的浮草，缠绵而慵懒，“没什么，你走吧。”

齐奢重新躺下，把青田揽入臂膀。数年光阴早使得她一头秀发复生如初，此际软软地缠在他心口，带着茉莉花的芬芳，叫他的心也跟着软下来。“我近日里忙，老也没能好好地陪你一陪，总瞧着你晚上多梦难安，究竟是怎么了？”

“你该走了。”

“我不走，今儿赖赖床，你有什么话只管同我说。”

一丝眸光轻闪过，青田叹了一口气，“暮云昨儿来瞧我了。”

“嗯。”

“她怀孕了。”

齐奢顿一顿，“是吗？那是好事。”

“暮云嫁给小赵也有十一年了，仰赖你的照顾，小赵的‘宝气轩’现如今在好几省都有分号，他也算是京中首屈一指的富豪了。暮云夫贵妻荣，也还像年轻时那么能干，唯一的憾事就是肚子一直不大生长。小赵又不肯纳小的，暮云心里觉得对不住他，总是到处求医拜佛。到底是功夫不负有心人，前一阵叫她寻到了一位禳星告斗的道婆，神得很，只替她画了一道符吃下去，不出一个月就怀上胎了。他们夫妻俩高兴得不得了，孩子还没出生，已把金锁银锁不知备下了多少，只怕锁不住这宝贝。”青田的笑音里忽起浅浅的一丝忧悒，“三哥……”

他把鼻息印在她眉额，“嗯？”

“我想问你件事儿。”

“问。”

“听说你从前每每令姬妾服食凉药，从不许她们受孕，是为什么？”她等了一等，又添上一句，“你不愿说，那就算了。”

“和你没什么不愿说的，我在想该从何说起。”岑岑的寂静后，齐奢摸索过她的手，摁在了自己的心口，“你知道，我母后虽是中宫皇后，但因出身外戚王家，从得不到父皇的信任和喜欢。母后希望尽早确立我的太子之位，常常和父皇不欢而散。小孩子并不懂这些政治算计，我只看到父母一提起我的名字就会冷语相向，然后母后就垂泪不已，父皇则拂袖而去。我一直以为，父母不和全是我的错。十岁前，我最大的愿望就是希望父皇能抱我一抱，他从没有抱过我，但他常常会抱着我大哥，手把手地教他写字，亲自把他扶上马背，当我走近时，父皇就会转开脸，把我扔给那些太监。从一懂事我就懂得察言观色、揣摩人心，所有的努力只为博取父皇的青眼。我大概是天底下最用功的蒙童，我五岁上书房，不到三年，从四书五经到前朝实录都能生吞活剥地背下来，大哥长我整整两岁，却连一本《诗经》都念得磕磕巴巴。我并不妄想父皇因此就能更喜欢我，我只盼他至少能看到我，也能让我像大哥一样拉着他龙袍的衣袖，把脸埋进他肚子里。好像只要有一天他肯把我抱在怀里，我就不再有罪，母后就会重展欢颜。直到母后薨逝，我都没等来这一天。”

齐奢停顿了一刻，从鼻根深处发出了一声冷冷的耻笑，“那男人终于像一个父亲那样抱我，也是我记忆中他唯一一次抱我，是他把我送去鞑靼为质的前一天，那个拥抱又结实、又暖和，暖和得让我浑身发抖。后来我到鞑靼没多久，父皇单方撕毁和盟、发兵开战。我听到战报时是在夜里，我跑出去躲在最黑最深的草窝里，耳朵里听着远处的狼嚎，狠狠哭了一场。我同我自己说：‘齐奢，你没了母亲，打今儿起你也不再有父亲，你是你自个的孩子，你得自个把自个养大。’然后我就自个把自个给养大了。那些年，有时候真苦得像活在地狱里，可我真正的地狱，就是每当我想起我亲生父亲在送我下地狱前，给我的那个拥抱。”

齐奢的声调没什么特别的起伏，只是平和博然，宛若是经过了飓风与黑暗后一片依旧的清空，“早年王家还势盛的时候，周敦也问过我，为什么不要孩子。我同他说，是怕地位未稳，一朝败落难免拖累子嗣，来到世上就为白挨上一刀，那又何苦？可我心底的想法从没和任何人吐露过。我知道，对一个孩子来说，有一个终日泪眼婆娑的母亲和一个永远冷若冰霜的父亲是什么日子，我也知道，生在最高贵的金襁褓里，却身为最为卑贱的弃儿是什么日子。我从地狱里爬上来了，天知道我费了多大力气，可有很多孩子终其一生都留在那地狱里，我见过他们长大成人的样子，我一眼就能看穿他们。而今我肩上担负着江山社稷、万千子民的兴亡，可在我看来，仍没有任何的责任，比之把一条和我有关的生命带到这世上还要重大。我不愿像下崽子一样和不同的女人生上一窝，然后看着这些女人的孩子为他们的母亲、替他们的母亲争宠勾斗，除了胜与败、荣和辱、活着还是死掉，一生中再没别的什么。我自问，若做不到全心全意地善待一个女人，从而善待她的孩子，我就不愿成为一个父亲。”

青田的手搁在齐奢的胸口，能感受到其下那强壮有力的心跳。她没有白白地爱慕这颗心，当那样多稚弱的幼子已变作麻木不仁的成人，当一个又一个生命的受难者已一一变作了生命的帮凶，还好仍有这样的心，刚正慈悲。她宛然地笑了，“我却只想给你生个孩子，有你的模样，也有你的心。”

齐奢也笑起来，在胸前，把她的手攥得更紧，“既然你说起，我也不妨告诉你。曾经寿妃怀孕的时候，我考虑了很久才决定留下那孩子，可假如怀孕的是你，我确定，我什么也不用考虑，我会高兴得发疯。”

青田曼叹一声：“究竟只是妄想罢了，我这辈子都不可能怀孕的。”

须臾时光，齐奢在她耳边沉吟道：“倒说不准，不然你回头问问暮云，叫她把那神婆领进来你瞧瞧？若是靠得住，不妨也试上一试。”

青田含笑低下头，把脸埋入他胸膛里，“月满则亏，水满则溢。我在你身边已近事事如意，非要求个圆满，倒怕不知在哪里得不偿失，留些遗憾才是惜福之道。再说我又与暮云不同，她是个全人，只是那婆子说她命中本应无子，用法术替她回背回背也便好了，我却是喝了好几年的阴毒之药，这身子早废了，所以虽艳羡暮云，这一点心思想想就罢了。不过是觉着倘若能有个你的孩子，哪怕有天你离开我，咱们俩也一直都在一起了；在这孩子的身上血脉相结，永远也不分开。”

“好好的，偏兴起这样的傻念头。”他爱抚着她，手腿粗硬而手势温柔，“我做什么要离开你？”

“也不知怎么的，我近来时常忆起前半生，只觉命途的波谲难测。”泄漏入窗棂的天光已缕缕地爬上床沿，似痴情人的早生华发；又一声叹息从青田的唇间飘落，“今日，槐花胡同是否如昔？”

这一次，齐奢“呵呵”地笑出声，“你当爷傻，少跟爷这儿套话，什么槐花胡同梨花胡同，自打你出来，爷就没进去过。”

青田失笑，一拳就捶打在齐奢的胸口，“谁来套你的话？你自个喝醉了同我说的，那回你夜里头出去赴宴，下头人不是把如今郝家班的什么花魁玉祥叫来给你侑酒？爷可好艳福呢。”

“爷能告诉你，那就身正不怕影子斜。就那什么花魁，嘿，你不提还好。你们当年开花榜，那些个主笔先生不单要看每一节各人牌酒的多少，更得着着实实地考量声色技艺，榜上有名的，甭说你，就惜珠、鲍六她们几个，也个个都是才貌出挑的佳人，桃红杏白，各有千秋。如今这一票主笔却都成了毛延寿再世，我不许官场上买官卖官，也不知这流弊何时竟进到了风月场中，只要你有钱贿赂，他们便把你润色成有一无二的国色，没钱，便你是王嫱也被说成是蓬头鬼。倒把正经的花榜置之一边，反弄出个不当不正的名目叫什么‘前四大金刚’、‘中四大金刚’、‘后四大金刚’，随便什么歪瓜裂枣，只要花上个百来银子就能买一个金刚当当，名次高些，价钱也就高些，完事了还要像科考的黄榜团拜、白榜团拜一样，整治一桌筵席，再雇一班吹手，放几串鞭炮，自己弄一块金刚的匾额插了金花送到堂子里挂起。你想，就这么唯钱是论拔出来的金刚能有什么真材实料？你才说的那玉祥就是前四金刚之一，最多只不过算得上平头正脸罢了，内才更叫人不敢恭维，就因为肯花钱，被那帮穷文人硬生生地捧起来，不说她不会应客飞觞，反说那叫有大家风范，不说她不能调丝度曲，却赞她很有闺阁娇羞。这样的货色，爷从头到尾看都懒得看她一眼，真是连你一个脚趾头都赶不上，要不是碍着场面，真得当场吐酒就吐在那儿！”

“你快省省吧，把自个夸得这样高洁。那玉祥就是百般不济，好歹人家也是个十四五岁的小姑娘，正当青春，你这一把年纪的就不眼馋？”

“十四五岁的小姑娘有什么稀罕？有你这三十多岁的老太婆，顶俩小姑娘呢。”齐奢早笑着把手探进青田的亵衣，滑过她温热的裸肌，“你这虎狼之年，天天多少苛捐杂税自个不清楚？爷就有心在外头混一混，也是‘巧妇难为无米之炊’。我看你是闲得慌，镇日里胡思乱想，再等等，等过几个月入了夏咱们就去静寄庄，我陪你好好散散心。”

静寄庄是齐奢在乡间的别苑，过去几年，每年一入夏他便携青田移居消夏。山中风月好度日，不是载酒看花，便是垂钓走马。一想起，青田就在他怀中绽开了笑容，“那你再早早地叫我起床，咱们趁清露未晞去闻满池子的荷香。”

“你先起得来再说吧。”

“我还要去猎场骑马。”

“随你开心，做什么都好。床下爷听你的，床上你听爷的。”齐奢笑着贴来青田的耳际，“哎，我前儿在书上看见个新样子，咱俩试试？你先把腿这么着……”

青田一下子又笑又啐，“放着那么多政史之书你不瞧，天天只瞧这些混账书，偏你不嫌羞。我不来，哎、哎，你别浑闹，今儿还有例朝呢，还不快走？”

“不忙走，爷这两天公务繁忙，没在你身上好好地鞠躬尽瘁，亏了你多少全给你补上。”

齐奢说着就翻起在她身上，青田只是咯咯笑个不停。再往后，她的笑陡地低下去，嘤咛一声。周身的皮肤被他浓密的小胡子撩拨着，是除了他给她的吻之外，还有无数令人又麻又软的极细极细的小吻。仿似是一片和煦悠远的情天上，总会有一轮明月，与许许多多的星。

九

月沉星隐。

黑蒙蒙的长安街上开始亮起了一盏又一盏灯，是巡兵为早朝的官员照路。一停停大轿接踵而至，往紫禁城的方向赶去。

寅时三刻，当一列瓜斧号旗引着摄政王的仪仗进入午门时，三三两两扎堆闲谈的大小官吏连忙各自就位，按序列班。齐奢下轿，脚踏青蟒靴，身着填金腾龙盘云袍，头戴亲王旒冕，眼下、鼻翼边几道淡淡的纹路，下颌一部乌黑短须，满面霜威。偌大的广场登时鸦雀无闻。皇极门的金台御幄中，往年少帝齐宏的位置如今只剩一张空荡荡的龙椅，而齐奢就在往年自己的位置——那一张离龙椅只半步远的雕漆大宝座——巍然升座。彻空升起了回音历历的三声静鞭，大朝开始。

散朝后，齐奢移轿崇定院，与祝一庆、孟仲先等几位阁臣会商政务，接着一一传召进京觐见的几位外省大员，当中之一即是黄嗣权——青田在扬州暂住时，正是由其夫人代为照管。黄嗣权本就颇得齐奢的信任，数年来又在操江御史的位子上做出了几桩治河的功绩，可圈可点，这次被调任回京委以重任，晋为左都御史兼河道总督，齐奢另有一番恳切的叮嘱，黄嗣权洗耳聆训，再三叩拜而出。随即，就是唐宁求见。

继魇镇之变中因查获重大情报而立下奇功后，镇抚司都指挥使唐宁就一直是齐奢跟前的大红人。但这一天，唐镇抚使的脸色却黑得很难看。

“禀王爷，镇抚司数日前察知一件大事，不敢不报。慈庆宫管事牌子吴染家中的养子吴义，实为当年被王爷所手刃之刺客邱若谷之子，并且——”唐宁断了一下，“六年前段娘娘回京遭人劫持，真凶亦非慈宁宫的赵胜，而正是这吴义，本名邱志诚，邱家父子二人先后皆受东太后指使。现今镇抚司已将吴染及其家人处理完毕，只这吴义望风潜逃，不知所踪。属下已拘捕曾与其行从过密者挨个拷问，同时令九城布防，张影画形挨家搜查，一定将此人绳之以法。”

不长的一段话，却叫齐奢的神色连番几变。他久久地沉默不语，末了，仿佛撩开一张蛛网似的，举起手在鼻前一撩，“陈年旧事而已，不宜深究株连，随他去吧。”

唐宁犹豫了一下，拿不准摄政王口中的“他”指的是往事抑或逃犯。他瞧了瞧齐奢的脸色，没再敢发问，默然地叩了一个头，退去了外面。

外面，一片桃吐丹霞，柳垂金线。隔着窗，齐奢就望定这些飘摇相缠的柳线，望进看不透的恩怨情仇，忽地叫了声：“周敦——”

周敦趋步上前，“王爷？”

“你去慈庆宫打个前站，说我这就去给母后皇太后请安。”

自王族阖门被屠，东太后王氏已成惊弓之鸟。而数日前贴身太监吴染在孙儿周岁喜宴的当夜又被镇抚司带走，王氏就已知定是早年的两桩阴谋败露。何况乾清宫一变后，摄政王再无入宫请安之举，自是来者不善，因此当她目睹那微跛的脚步一步步踏入宫殿的正门时，已吓得魂不附体。

尽管如此，自幼的家教依旧使王氏端然正坐，傲气凌人，“摄政王无事不登三宝殿，敢问有何贵干？”

齐奢并没有向她行礼，他只是立在宝座下，望向王氏。他第一次这样放诞无礼地注视她，第一次注意到，她竟像极了他记忆里模糊的母亲，连同她们的遭际也如此相像。在一个金碧辉煌的家族和一个金碧辉煌的夫君间，被作为注码、作为棋子、作为木偶……孤独地、孤独地消磨掉人的一生。王氏甚至比他的母亲更为孤独，她的父母兄弟，她整个伟大的家族都已经被他杀掉、贬黜，她是最后一位王姓的贵族。她永远是贵族。六年的软禁生涯使得她原本白皙红润的面孔变成了惨白无色，优雅的凤目失去了宝石般的光泽，但她的发髻仍旧一丝不乱，正面金凤分心，头顶双龙挑心，左右金顶花簪，底沿五凤钿，凤嘴衔着金丝珠结，直垂在金罗密绣的宫衣上，每一分细节，都是一位皇太后接见亲王时应有的样子。

齐奢就这样看着王氏，自己也不清楚到底来做什么。

王氏也冷冷地回望他，将细眉一扬，"点烟。"

随侍的宫女浑身哆嗦，捧过了烟袋，又抖着直坠在地。

王氏触发隐痛，挥手就是一巴掌，"孬货！"

宫女立即触首认罪，此际，摄政王齐奢却突然走上前。王氏一愣，眼看齐奢捡起了地毯上的翠镶方竹烟袋，又打袖中摸出一块整整齐齐的帕子擦过，取了烟盘里的纸媒子，吹出火头，把烟嘴送来她嘴边。王氏本能地倾身向前，啜一口，吐出了一缕往事如烟。

她在烟雾里窥向他的眼，齐奢正眼对眼地凝望她。只一霎，王氏慌乱的心就陡然间平静，她不知凭什么，或者凭存在于他们间的血缘的微妙，反正她一下就懂得了，他不是来伤害她的，正相反，他是来告诉她，他永远也不会再伤害她。

齐奢走了，没有回头。他知道自己一辈子再也不会踏足这个地方，知道背后那座绚烂庄严的宫院里，一个酷肖他母亲的女子将在此埋葬终身。

大轿又自东折向西，有两只雀儿飞上轿顶盘旋打闹，弄出扑棱棱的动静。轿内的齐奢神思恍惚，仿似是心中最硬的某个部分在如冰块般化开，化得他一颗心都是水，沉甸甸的，且无住无定。他骤然把脚往轿板上一跺，伴轿的周敦即刻从窗口探入。

“不去慈宁宫了，回府。”齐奢的声音与心情相反，显得极生硬而干涩。

轿子随之笨重地调了个头，俯瞰之下，是只在狭长的红墙中匍匐的巨兽，吠吠地喷着气，充满了不安。

十

这便是紫禁城中齐奢的一天，青田在北府的一天则全然不同。

齐奢离去后很久，她才由鱼戏荷叶的绣被中探出一双藕臂，因幽欢密爱而微有些发肿的唇角笑意浓浓，“莺枝——”

继而，便听得门一响，伴着恰恰莺声。

“可算醒啦，这都快大晌午了。王爷朝乾夕惕，有人却只睡个不够。”一张容长脸儿上稚气皆消，疏疏的眉，小小一只胆鼻，双目却又圆又大，满室间一睐，秋水为神。声音比幼时更加地清亮和缓，仿佛金豆子一粒一粒、数得清清楚楚地掉落在银盆里。

青田一面笑，一面揽被坐起身，“你这小呆子，我只说你是个老实的，这两年也学会弄嘴儿了，‘有人’是谁啊？”

莺枝低鬟一笑：“奴婢却也不知道‘有人’是谁。”

青田端过盘上的薄荷香茶，另一手就往莺枝满垂细发的额前一弹，“罚你吃个榧子！”

主仆俩正笑着，另有一群侍婢手中各捧着银盆盥巾也进得房来，有的轻如浣雪，有的秀若餐霞，正是就花居中的十琴婢——去了一个琴竹，现今只剩下九个。从前王府里的晓镜、月魄几人皆已婚配，除去莺枝，便是这儿琴近身服侍青田。彼时洗漱即毕，琴盟、琴画和琴素三婢捧来了胭脂与水粉，开了梳头盒子。其中琴画是梳头丫头，正拿着牙梳替青田拢头发，琴语走了来，妍妍一笑，“娘娘，大理寺少卿左夫人来了，已在外头等了娘娘小半个时辰了。”

北府常有命妇造访，大小丫鬟都对各位官眷如数家珍。青田听了这一位，单以两指拈起一束发丝来，在指尖绕几绕，“我猜猜，八成是大理寺卿新近出缺，王爷一时没找到合适的人选，暂叫左大人‘署理’，左太太就上我这儿来兴师问罪了。”

梳头丫头琴画手最巧，嘴巴也最厉害，一面替青田把长发在头顶盘做个单螺，一面洋洋一笑，“她哪里敢兴师问罪，负荆请罪还差不多。这左夫人总仗着娘家是建国公冯家，在娘娘面前也摆出一副世族小姐的嘴脸，动不动就把她那家世表白一番，最讨人厌的。娘娘不喜欢左夫人，王爷自然就不喜欢左大人。这么多年，同榜的做到大学士的都有，左大人却还在大理寺少卿的位置上苦熬着。这回好容易赶上正职遗缺，依资历而论，由左大人升补乃是天经地义之事，谁想仍是个‘署理’。左夫人再不来求求娘娘大发慈悲，怕左大人这辈子都别想‘扶正’了。”

“小蹄子少瞎讲，”那厢琴盟呈上了首饰匣，青田指了指一把草虫啄针，由镜中瞟琴画一眼，“同我有什么关系？左大人官声虽不算太坏，可才具平庸，又欠谨饬，王爷向来瞧不上眼，不过看在他是个老资格的份上，他还痴心妄想呢！左夫人来了也是白来。”

莺枝在一壁拣出一支珠母簪，往青田的鬓边一比，青田摇了摇手，她便又放下，温言慢语道：“娘娘既不想见，推了便罢。琴素——”

后头的琴素忙将手里的一只大盘捧上，盘中是十余样各色鲜花，“请娘娘簪花。”

莺枝由花盘内选出一茎晚香玉，为青田簪于髻顶，“府里新从外头买了两个小戏，一个叫佩瑶，一个叫仲瑶，前儿奴婢撞见她们排演《长生殿》，当真是纤音遏云，唱尽天宝风流，有年头没见着这么好的孩子了，不如叫进来给娘娘来两出？不比听左夫人吐苦水强吗？”

青田一手扶鬓，揽镜自照，“也好。”

就花居外的过厅，一张雕梅花红木椅上坐着位穿红缎绣金衣裙的贵妇，便是左夫人。眉目算得上清明，鼻子两边高高地撑起两块颧骨，下巴高扬着，显得十分焦急。后厢秀帘轻动，婢女琴语婷婷地走出，“左太太，娘娘刚起，觉着身子有些不适，想是不能见您了，太太先回吧。”

左夫人的腮帮子一耷拉，满目失望。只好敷衍了几句请娘娘保重的话，带着几名侍女悻悻离开。

走到垂花门外时，见迎面来了一对十一二岁的女童，看打扮是府里的伶官，跟着个丫鬟往里头去了。左夫人心下一转，谎称掉了手绢，重新寻回了客厅，就听见一阵清唱自后堂传来，还有咯咯的笑声。左夫人回身而出，一面同贴身侍婢咬着牙根地咬耳根：“不舒服还有劲头听曲？哼，连那边王府的继妃娘娘也要顾念我的出身，格外优容，她倒把架子端上天了。且罢，容她得意，我就不信一个花街出来的下等货色能在我这样的世家之女跟前得意一世！走着瞧吧。”

妆房内，青田听着小戏们一曲清歌绕梁韵，无端刹那间，忆起多年前在怀雅堂被豪客冯公爷召之即来，此刻却闲坐王庭，将他的孙女挥之即去。人世转际，不外如此。

旧事仍未下心头，却有故人登门。

“娘娘，左夫人去了，外头又来了一位黄夫人求见。”琴语去而折返，轻将罗袖扑一扑，“以前没见过的，说是新任河道总督的夫人，刚从南边进京。”

“黄夫人？”扬州，瘦西湖，安庐——青田喜色一动，“行了停吧，别唱了。快请夫人进来。”

黄夫人依然是洒脱精干的模样，携十来名侍女丽妆而来，“娘娘！妾身拜见娘娘。”

青田忙以两手相搀，“夫人快请起。”

黄夫人仰面含笑端详一番说：“娘娘这一头头发可全长好了。”

青田掩颊笑一声：“是了，在扬州那时候成日价都要戴着帽子，丑死人了。”

“娘娘怎么样都好看，只现今妆扮起来更如谪仙似的。哟，这是莺枝大姑娘吧？”

莺枝含着笑，从青田身后走上前几步，压身向黄夫人一礼。

黄夫人拉过了她的手道：“果然娘娘会调理人，几年不见，出落得水葱一样。”

青田笑出了声来，“可不是？转眼也成了大姑娘了。夫人里头坐。琴盟，去冲一壶密云龙。”她将黄夫人延请至小客室内的软榻上坐下，十分亲热，“许久不见，我很想念夫人。早听王爷说有意把黄大人调回京中，今年总算成行了。我还特意问，是不是携了家眷一道？这下可好，夫人能常来同我说说话了。”

黄夫人亦是春容满面，“只要娘娘不嫌烦，妾身天天来请安。”

“北上走的是水路吧？可还顺利？”

“托王爷和娘娘的洪福，风足帆饱。对了，这一趟走得急，也没带什么，只有一些风土特产，还有几件玩物，想着娘娘还看得上眼。”黄夫人手一招，身边一名丫鬟就托上了一份大红礼单。

青田接来，称谢不已，“当年在府上叨扰一场，也没什么谢礼，今日反倒叫夫人破费，如何敢当？”

二人客套了一回，一道吃了午饭，青田方才送客出门。歪在躺椅上盹一晌，与莺枝说了半日闲话，又将黄夫人送来的礼物拣选一番，也就到了晚饭。用完饭，传伶官佩瑶和仲瑶将上午唱了一半的戏唱完，已觉得眼皮打架，却还不见齐奢。差了个小太监去打听，原来人早已经回府，不过一直待在“退轩”——就花居在北府的北头，往南有一带假山所隔的院落，正殿的二进是一座二层阁楼，即为退轩，乃齐奢接见臣僚之地。

“王爷在那儿同谁说到这么晚？”青田倚窗逗弄着鹦鹉飞卿，替它把翎毛梳了又梳。

一帘之外的小太监圆领襕衫，眉眼低垂而答：“回娘娘，王爷一个人待着看书呢。”

“哦。”轻绫长裙窸窣一响，青田扭转腰肢，一身的丰似多肌、柔若无骨，“莺枝，那你去叫人把那屏风抬上，跟我一道到退轩去。”

两刻钟之后青田就进了退轩的门，直上二楼。楼廊九曲阑干，正中摆放着一面水晶大镜，正照远处的什刹海。画船灯火、星影萤光，连泠泠的船歌也倒映在镜中，悠远动人。青田借杵于镜前的两挂风灯对镜理了理纱缎领，向后轻掷一声：“小心些啊。”

等里间的齐奢得着通报时，青田已跨进门了，一进门就娇笑如铃道：“爷为国操劳辛苦了，给爷送礼来了。”

齐奢坐在张花梨大桌后，把手间的一本书捏起，只见青田与一群侍婢后，还跟着五六个太监合担着一件酸枝插屏。插屏中是一块厚约一尺的水晶玻璃，中空注水，水中竟游弋着一群通体油绿的活鱼。机巧绝伦，似真似幻。

“这儿，就摆这儿。”青田一壁督人摆设，一壁笑吟吟地拍拍手，“怎么样？你一直抱怨说书房里少一件像样的插屏，这件好不好？这是今儿黄夫人送来的，倒是别出心裁，里头是黑龙江的竹鱼，你批文批倦了瞧上两眼，满目清——怎么了？”青田的声音小下来，插屏业已摆好，她的手脚却不知该怎样摆放。

以往也有几回，她心血来潮当他独处时探望，他总笑脸相迎，充其量边笑边皱起眉，“正忙正忙，别瞎打岔。”她就安静地退守一隅，为他烹一道新茶。但青田从未见过齐奢对她的不期而至有当下的反应：活像一头领地被入侵的兽，凶光毕露。

她略显失措地立在屏边，连忙道歉：“可是扰到你了？对不住。”

齐奢从座位上起立，瞪起两眼恶声恶气道：“以后没我的许可，不准擅自上楼。”

青田把身上的白银条衫儿揪弄两下，“以前不都随便来去，你也没说过什么。”

“现在我说‘以后’。”

青田定睛朝齐奢端量一番，放柔了语调：“你今儿是怎么了？心情这么坏？”

“心情好得很，”他高仰起下颌，“只是教你守点儿规矩。”

二人间偶尔也拌拌嘴，可鲜少有如此冥顽不灵之态。青田自觉颜面有损，即时顶回去：“我没规矩，爷又不是第一天知道，突然新兴起来，却也不知为了什么。”

齐奢直接把手内的书往旁边墙上“啪啦”一掼，震声暴喝：“混账！”

青田冷哼半声：“你在外头跟谁置了肮脏气，只管找他发去，少冲我撒野。”言讫将镂金裙一掣，足下生风而去。使女太监谁也不敢吱声，悄然跟出。

可等亥末敲过，青田见齐奢仍未归寝，就不由生出了丝丝悔意，对住莺枝长叹一声：

“都怪我，他一定是为什么事烦恼，我还和他顶嘴，当着那么多人叫他下不来台。唉，我什么时候变得这么沉不住气了？”

莺枝傍于一侧，盈然一笑，“王爷也算自食苦果，谁让他总惯着娘娘，可

不把娘娘这副脾气越惯越大？”

青田笑啐一口，“你也是叫我给惯的，说话愈没个分寸。行啦，陪我走一遭吧。”

当即又乘一座二人肩舆重回退轩。楼上的西厢内有一间用作小憩的卧室，两边夹道立满了守更的人，周敦和何无为都在，说王爷已睡下了。青田晃了晃手不叫他们出声，接过莺枝手中的一盏小灯，自个蹑足踏入进间。

靠着墙，一张笔管大架子床罗帐低垂，青田把灯放去了床头的八角台上，挂起一面帐子。床里的人手脚大摊，气咻咻地浓眉紧皱，却不闻一丝鼾声。她只道齐奢佯睡，笑着扒住他两肩，气息如兰，“哎，哎，还生我的气呀？好了，是我不好。这么些年什么时候也没分床睡过，没你在身边，我睡不好，跟你赔礼道歉，回去睡吧，要不我在这里陪你？那给腾个地方，哎，哎，别再装啦，好啦……”

她扯住他一只手，细笑撒娇，谁知他却猛地里将手一甩，手背正擦在她鼻端，似块石头般又重又硬，一下就叫她跌落床脚。另一头，齐奢则在梦中咒骂了一句什么，翻身向内。

过了许久——或许并没多久，鼻眼之间那刺心的辣痛方才减退，青田捧着脸坐在地下，满手都是被酸出的婆娑泪水。她知道这感觉很荒诞，也很不公平，他睡着了，他不是有意的，但她仍感到似乎是回到了某张摆放在记忆深处的、落满了尘灰的床边；与这床和床上的男人们相伴的，是永恒的痛苦和耻辱。

她擦拭着乱泪把头抬起，几上的小灯冷眼旁观，看床内那壮硕的背躯动了两动，发出了齁齁的鼾声。

后来青田回想起，变化就始于这一夜。

这一夜，她强抑下满心委屈退回就花居中，一场昏梦后早早就醒来，整个白天都快快不乐，只等着夜晚。但等到夜幕沉沉也没见齐奢的踪影，她开始如坐针毡，直至派出探访的太监回说王爷已在那边的工府歇息，她才上床安眠，但担忧却并未随之消解。毫无因由的夜不归宿，这是他第一次这样对待她，但青田很快就会明白，这绝不是最后一次。

第二天很晚的时候，齐奢倒是回来了，满面的煞气。青田见状便咽下了一肚子的话，只不痛不痒一句："用过饭没有？"

一顿饭齐奢都不怎么出声，连看也很少看她一眼，而对她所有的问话，也只以点头或摇头作答。这样的疏离在他们间绝无仅有，青田确定，绝不因前夜他们争吵了几句。发生了什么，很严重的什么。

"你没事吧？"

她的耐心是一根柔韧的蚕丝，直等到就寝，才以近乎缠绵的语气轻问。

"没事。"他简断似刀。

于是青田伸出手，隔衣抚着他硬邦邦的腱子肉，以期绕指柔融化那百炼钢，"三哥……"

齐奢忽一下坐起，薄绸寝衣擦过她面颊，微微的凉。"来人！来人！"

门外守夜的是琴宜和琴静，二人急急忙忙地应道："王爷有何吩咐？"

"去跟周敦说，让他传阿古拉去角抵房——现在！"

现在是深夜里丑时，而齐奢要离开温柔乡去同鞑靼武士摔角。被抛下的青田，在锦帐银床间，迷乱而不解地抱住了双肩。

接下来的日子里，青田一遍又一遍地问着齐奢同一个问题："你有愁思？"开始她在枕边问，抱搂着他的腰；后来她试着只在他看起来心情不错时提起，用熨帖而专注的语气，凝视着他的眼睛；再后来她装作浑不在意，边问边笑着往他嘴里塞一颗杏脯。而齐奢给她的答案每次都一样："没有。"最后一次他没开口，只一把拨开她正替他系衣纽的手，眼光极其阴冷地往下盯了她一盯，旋身走掉了。青田怀着无限的心事度过了一个长长的白日，到夜里头亥时还没有见到人，也只好睡下，但哪里睡得稳？正魂梦无着处，听见外头的人声嘈嘈，忙披了衣起来看，可不是齐奢？

她拢了拢衣襟，轻叹一声：“回来这么晚？”

丫鬟们正服侍着齐奢更衣，他一手将她们一拦，就朝这边梗起了脖子，“忙，不行吗？你有什么意见？”

青田见他行止乖专，自己的态度自然就放得极力谦让，“我并没有什么意见，不过看你这一段格外忙，想提醒你一句身体要紧，能早些回来，还是早些回来休息的好。”

“你少拿这幌子来压我，你当我不知道？你日日派了人在外头盘查我的行动，怎么样，查到了什么？”

“怎么能叫‘盘查’？你向来不是在我这儿，就是回继妃娘娘那儿去，每次回去也都提前和我打好招呼。可你现在老是突然一下子就没了影儿，又不对我说明，我心里头担心，还不能叫人出去打听一声吗？你若嫌我多事，那我以后不问就是。”

“你想问尽管问，能问得出来算你本事。”

“你既不想我知道，我又何必招你讨厌？反正你总是忙正事就对了。”

“你这话拐弯抹角地损谁呢？”

“我说的是正话，你自己偏要反着听。你不去忙正事，难道去忙邪事不成？”

齐奢摸了摸上唇的两撇小胡子，“我忙什么不用你来操心，总之我没工夫在这里守着你就是。”

青田本就有些头疼，眼下这疼痛更是一下下在头脑里钻刺，她扶住了额角喘上几口气，“三爷，咱们不这么一句赶一句的行不行？我哪里有做得不到的去处，或有什么对不住你的所在，总之请你明明白白地告诉我，我也好改过。老像这样见了面就吵嘴，日子还怎么往下过？”

齐奢把肩膀往上扛了扛，“你句句都指着我的不是，你还有什么好改过的？”

“我哪一句指着你的不是？”

“我忙了一天，这才刚进门衣服都没脱你就冲出来责问我晚了，这不是存心挑眼是什么？”

“我就事论事，说一句晚了，怎么就成了挑眼呢？你自己看看什么时候了，不是晚了，竟是早了不成？”

“爱什么时候就什么时候！我还告诉你，我乐意早回来就早回来，乐意晚回来就晚回来，你能干涉得了我吗？”

来来去去只是越说越拧，青田不觉一阵心冷，把脸扭去了一边，“就是你不回来，我能干涉得了你吗？”

齐奢冷笑了两声，“说了半天你只这一句说到了点子上，我现在就要出去，你倒是再派人来刺探我行踪啊。”说完从丫鬟手里头抢回了外衣，一跺脚就走出去。

这一走又足足走了四五天，自这次后，青田当面再不对齐奢多过问一句。私下把周敦找来了密询，周敦对着她一拍双手，“最近苗疆闹腾得厉害，王爷定是为这个犯愁。”有时却又为难地抓着后脑勺，“嘶，前年撤销关停的矿山似乎又偷开了几家，要不就是为这个？”可大多数时候，周敦也只不过苦笑着摇摇头，“实在没什么，风调雨顺、四海升平，奴才想破脑袋也想不出王爷还能为什么烦心。唉，忍吧！这来得突然，没准去得也突然，过一阵就好喽。”

青田听从了周敦的劝告，她选择了忍耐，而忍耐则是她前半世最为扎实的修行。只不过前半世，她忍耐的是许多男人的轻浮与狂热，现在，她所需要忍耐的是一个男人的轻慢和冷漠。由仲春至仲夏，情形每况愈下。齐奢晚归与不归的次数越来越频繁，人变得越来越阴郁。他开始公然地挑剔她、指责她，她对月伤心，他冷冷一句：“做什么哭丧着一张脸？”如果她强作欢颜，他又会暴躁地浓眉一揪，“有什么可瞎高兴的！”她讲话稍微多一些，他就会流露出一脸的焦躁，要么就干脆起身走开。在她的软磨硬泡下，他才肯陪她一起进餐，结果却摔了筷子，砸碎了两只碗。她化起年轻时筛酒待客的宴妆，琵琶与小曲，百般柔情蜜意，他却只把她轻轻放来他大腿内侧打圈的手重重地捏住，拽出来压在膝盖上。他已很久不同她交欢，屈指可数的几次，是生硬地粗暴地将她一把摁倒在桌面或地毯上，过程中一个字也不说，只是纯粹拿她来泄火——生理的和心理的，他现在像随时都对她怒火冲冲。身体秋毫无犯的夜晚，他睡在她枕边，她做梦，梦到了在御，哭着醒来，也吵醒了他。就在不久前，他还会哄小猫一般揉揉拍拍，哄着她再次入睡，或把自己先哄得打起鼾，但这一夜，“还嫌我不够累怎么着？专等我睡着了号丧。”他翻过身，背对她。齐奢完完全全换了一个人，只除了那一具因经年的弓马操练而始终保持年轻紧实的躯壳。青田的躯壳则经历着一场巨变，她迅速地憔悴下去：色斑与细纹，失去闪光与水分的肌肤……每一个中年女子都逃不过的，她也一样没有逃过。

就花居的夏花盛放时，段娘娘失宠的新闻就传遍了北京城。

十一

往年门庭若市的北府现今门可罗雀，那些曾与青田打成一片的亲贵女眷不再登门，偶有如昔前来的，青田也闭门谢客。独独有一个人，不管风光还是落魄，青田都愿与之赤诚相见，她就是富商赵氏的妻子，在许久以前，她是怀雅堂的暮云。

这日，青田亲至赵府与暮云叙话。暮云早不是一个婢子的模样，她上着五彩纳纱绣对襟衫，下着白碾光挑线裙，两鬓堆鸦，高鬟滴翠，少女时的丰润已褪去，更显出两腮的一点轮廓，颧下多添了两片俏麻。

青田指着这麻点子莞尔一笑，“恭喜恭喜，说脸上长斑怀的是儿子呢。可有快六个月了吧？倒不大看得出。”

“可不？马上六个月了，小赵也说我肚子小，大夫倒说不打紧，再往后就起来得快了。”暮云用两手一起摸了摸腹部，手指上几根金嵌撒孛尼石的镂雕护甲华光摄人，往外一指，亦是豪富之家主妇的气派，“晶儿、钿儿，快去端一壶冰梨汤，再送一个冰盘上来，这天儿可说热就热起来了。”

她身畔两个十五六岁的大丫鬟答应着下去，青田扇动着一柄工笔美人的白绢团扇，向四面一扫，“咦，坠儿呢，她怎么不在？她不一向是贴身伺候你的？”

暮云黑而密的眉很不自然地一拧，“哦，病了，养病呢。”随即她就面溢喜色，把手挽住了青田一同上炕，“我不着人去请，姑娘总不来瞧我。”

“你如今当家管事，还要帮着你掌柜的打理生意，多少忙不过来，且加上身子又不方便，我总来扰你做什么？”青田把团扇向后招一招，“去年我得了一块羊脂玉料，难得通体洁白、莹润无暇，一时没想好怎么雕做，也就一直放着。知道你有身子后，我想起这料子来，特叫人雕了座送子观音，又请大隆福寺的主持开了光，佑你母子平安。”

但见莺枝从后头奉上一只紫楠雕花手箱，箱内一只金漆小佛龛，龛里正是一尊精雕细琢的白玉送子观音像。

暮云令人收下，一面笑着，“姑娘同我还来这一套虚文。”

青田笑着摇动起手里的扇子，“不是虚文，现如今京里头至大的几间珠宝铺子全是你赵家‘宝气轩’的，你还有什么稀罕的？不过是我的一片心，取个好意头罢了。”

说话时那晶、钿二鬟已送了冰饮和冰盘上来，暮云由盘中连着拣几颗莲子放去嘴里。青田把扇子在手里搓弄着，偏头望着她笑，“你是有身子的人，可别太过贪凉，你瞧你月份都这么大了还这样瘦，万一激出病来可不是玩笑的。”

暮云调目朝青田长觑一回，“姑娘还说我，我上次见姑娘是半个月前，区区十几天，瞧着脸又瘦了一圈。”她把手里的一把莲子丢开，拍了拍手心，叹口气，“王爷还那样？”

青田慢慢将扇面盖在了额前，“还那样，跟他这些年，也从没见他这般过。夜夜不知去向，偶然回来一趟也没个好脸，横眉冷目、粗声恶气。”

暮云随之脸色一黯，“也没听说在外头另有什么人，王爷这是中哪门子邪了？”

青田的眼圈微一红，若一层易散的彩云浮起沉低。到头来，却又浅笑了一声：“我到你这里原是找人排遣的，你倒引着我去想伤心事。”

暮云也眨了眨眼，勉强一笑，“可不是我不好？哎，我想起来了，近来有个新起的角儿，唱须生兼武生的，叫厉传春，人倒是很年轻，却红得不得了，到处都捧着，戏价开得天高，还是一座难求。他这阵子正在万元胡同的华乐楼连续三天驻场登台，今儿是最后一天。恰好华乐楼的老板和小赵有交情，一直说请我去看戏，不管什么时候，总有头等座给留着。我叫人去说一声，咱们一会子去看戏好不好？”

青田仍有些落寞，摇首不语。

暮云推了她一推，“北府虽有戏班子，姑娘想起听谁的戏但管叫京里的名角进府伺候，可到底少了外头的那份市井热闹。回去也左不过一个人闷坐愁城，不如出门瞧瞧？”

“还是不去了。”

“怎么，怕抛头露面惹王爷不高兴？”

“我都十多天没见着他人了，我去哪里，想来他也不会在乎。”

“那就得了，姑娘还顾虑什么？”

“我顾虑你。大着肚子的人，怎好往戏楼里头跑？叫你家掌柜的知道，该怪罪我了。”

“嗐，小赵知道我闲不住，从不来管我，还老叫我多出去转转，省得坐懒了身子。趁我这肚子眼下还不大看得出，姑娘只当陪我散散闷，成不成？你也就带上莺枝一个，咱们利利索索的也不惹眼，看完戏就回来。晶儿，你叫个小厮马上去华乐楼，让给备一个二楼的雅间，说我一个时辰就到。”

暮云对青田恳切一笑，仿佛一直只是个丹心赤忱的小丫鬟，青田也向她一笑。对视间悠游欢喜，依稀当年。

将近黄昏时，两辆香车就来到了万元胡同。

华乐楼经过数次翻修，比早年更显华丽考究，整个大厅施金错彩，戏台朝北，三面楼座环抱，二楼中央是一套五开间的大厅，以槅扇分成五间雅室。青田、暮云及各自的贴身丫鬟跟随一名引座来到东首的头一间雅室内，两名杂役送上了新茶与各色小吃，就退到帘外侍候。

戏楼四处都坐得满满当当，楼下的空地上都站满了人，全抻着脖子、竖着耳朵，时不时喊一声好。台上的戏正演到一半，唱主角的头戴范阳卷檐白缘毡笠子，身穿攒珠净色银战袍，一张脸红白分明，仪表甚伟，扮演的正是《白水滩》中的十一郎。暮云拈着一面牙柄纨扇向下一点，悄声道：“想必这就是厉传春了。”

青田在一旁感慨一声：“倒叫我想起来以前唱这《白水滩》最拿手的是查定奎查六郎，那时常被蝶仙拉了来听他的戏，竟已是十多年前的事了。”

暮云将两掌的掌心轻轻一对，“眼前这个，我瞧比那时的查六郎还要好，做功出色，扮相更是出彩，又威又俊，难怪红遍九城。啧啧，可不知迷倒了多少太太小姐。”正说着，却看青田的眉毛微微一皱，似乎还带有着几分腼腆。暮云忙寻迹朝台上望去，竟见那戏中的十一郎目不转睛地盯住了包厢这边，目光就似他口中的唱腔，明亮而有情。

原来厉传春少年成名，是梨园一等一的大拿，捧他的票友非富即贵，故此心高气盛得厉害。这时在华乐楼公演，又是末一场，多少戏迷都是扛着铺盖卷等在戏楼外，居然有人中途才姗姗而至，惹厉传春十分不快。舞台上一壁唱作，一壁就向那包厢投去一瞥。但见座上有两名服御辉煌的少妇，其中之一竟恍若神仙妃子一般，镂玉为肌团琼作骨，春云作态秋水为神。厉传春惯于出入豪庭，见过的深宅女眷不少，自负也算见多识广，生平却从未目睹如此绝色，由不得一颗心七上八下。恰好正演到打棍[1]一出，嘴里念着戏文：“忍气吞声是君子，见死不救是小人！”熟极而流地便将头上的笠子掀起一丢。

谁料圆笠竟似有人性一般，顺着厉传春的一双眼直溜溜地飞出去，打了个回旋，端端正正就落进了二楼官座中那贵妇的怀中。楼上楼下一下子炸了锅，吹哨子鼓掌，比先前的叫好声还要高出百倍。

青田怀抱这天外飞来之物，丢也不是，不丢也不是，一时间鼻翅上晕满了碎汗，终是一扬手，又将这烫手山芋掷回了戏台。

满楼里几百张嘴巴、几百根手指一并翻飞了起来，厉传春自出道从未出过这样大的纰漏，到底是年轻，窘得下不来台。劈手接住被掷还的斗笠，冲着包厢的方向扎扎实实地抱了一个大礼，就把戏生生断在了这里。

华乐楼的戏提调是认识暮云的，因此也猜到了青田的身份，一路小跑着赶来了包厢里喏喏道歉。

“赵太太，您瞧，真是万分对不住。等这出戏一做完，班子一定重处他。”

[1] 这一出描写十一郎一时粗心，在白水滩误助官兵打败了青面虎的故事。

暮云气得满声咒骂："太不像话了，你们是怎么管事儿的？他一个戏子再红又怎么着，竟敢如此冲撞贵客？"

"哎哟，赵家太太，就是给他十个胆他也不敢故意冲撞您二位，确实是无心之失。连演了这几天，人也乏得很了，失手也不足为怪。"

"哼，知道是无心的才叫你来问，倘若是故意，还和你废什么话吗？"

"是，是！这就唤他上来亲自领罚，您说怎么着都行。"

暮云又责骂了几句，已听得"嗵嗵"的急步来到了帘前，紧接着就响起一个悦耳的男声："厉传春给二位太太请安。"

戏提调立即提高了调门："还不快进来赔罪？"

帘子一撩，就见厉传春走进来，脸盘上还带着妆，身形俊伟，直向青田和暮云躬下身去，"才不当心丢脱了斗笠，冒犯了贵人，请贵人降罪。"

整个戏园子，从琴师到观众无不张头向这里打望。青田一则只想快些脱身，二则见厉传春不过是个十八九岁的毛头小伙子，脸上连白油彩所覆之处也涨了个通红，谅他并非存心轻薄，便将指尖把扇穗子一揪，转向戏提调，"罢了，也没碰着我什么，不要为难他，大家都等着听戏呢，叫他下去接着唱吧。"

厉传春听这声音犹如莺啭一般，难捺地又向青田偷觑来，见她比在远处瞧时年纪要大些，眉眼处隐有几分愁态，更显得幽韵楚楚、耐人寻味。情不自禁看痴了过去，不觉间就把自个的头也抬起，那轮廓就为着亮相而生——目光眉彩，气若凌云。"感谢这位太太恕小的失礼之过，敢问太太府上在哪儿？赏个地址，改日小的备下谢礼，亲自到府上跟太太磕头赔罪。"

下头的锣鼓又响过了两通，座间有人起哄。青田别过脸去扯了扯暮云，"咱们走吧。"说着就起身要走，只急中出错，一脚绊在了楼面的地毯上。后头的莺枝不及搀扶，倒是厉传春眼疾手快，一把上前稳住，"太太慢些。"

他面上一双被勒头高高吊起的眼低低地斜睐她一下，又烫着了似的望向

一边，托着她的手也随之抽回，在自个的衣衫上抹一抹，活像个闯了祸的孩子。青田也分外尴尬，只忙把手搭住了疾赶而至的莺枝，夺路而去。

一阵香风后，包厢里已是空空如也。催场的锣鼓一阵紧似一阵，厉传春却兀自扭着头，目送着青田与几位女伴消失，喃喃而问：“这位女客是哪位公侯府里的宅眷？还是哪家贵戚王孙的艳妾？”

“哎哟，厉老板，”戏提调把双手在脸前凭空地摆动起来，“可别怪我没提前告诉您，您想谁的账都行，只千万千万别打这位的主意，问都甭问！座儿还等着呢，您快下去把戏唱完吧。”

华乐楼的戏又一波三折地唱了起来，楼外的车马早已辚辚去远。暮云同青田挤进了一辆车，五官也挤在一处抱怨着：“出来听场戏，也无端端地惹出事故，真倒霉。”过后却又“哧”一声笑出来，“姑娘，我瞧那俊小生对你颇有意思，一见你眼都直了，傻头傻脑的，还一个劲儿问你住在哪儿呢。”

青田以衣袖轻掩着腮边，一袖风月无痕。“别开玩笑了，我这般年纪，差不多都能给人家当娘了。哎，对了，忘了跟你说，我后儿就要陪王爷去怀柔的静寄庄，这一去又是三两个月，再回京怕得过了中秋了，到时候再来瞧你。你可一定凡事仔细，好好保养身子。”

暮云顿时瞪大了两眼，“怎么，今年避暑王爷还是不曾带王府中的妃嫔，而只和姑娘你一人同去？”

青田无声地苦笑，“他现今如此冷落我，我也以为今年不会理睬我了，谁知前几日却特特地叫人告诉我收拾东西。”

“我就说嘛！”暮云眉花眼笑了起来，“好好的，王爷怎么会说变就变呢？可能就是这一段政务繁杂，所以对姑娘浮躁了些。就连我家掌柜的有时回来还冲我使性呢，甭说掌国之人了。姑娘这次陪着王爷去乡间消暑，没那么多杂人杂事，相对说说笑笑的，用不了几日就恩爱如初了。”

青田还是那么样一笑，笑容似一滴落在旱地上的水，转瞬间干涸。她转眼望向车窗，窗帘上绣满了大簇的君子兰，随车身的颠簸，渐渐变作了远山含烟的花样。

车外，已是碧瓦琉璃、映天耀日的静寄庄。

十二

静寄庄位于北京东北的怀柔，占地百余亩，沿九渡河而建，殿堂苑景无一不巧夺天工。近几年人心居安，朝局稳定，摄政王方有闲情在此消夏，尽管如此，整个朝廷机枢均要同行，名为“别业”，实已成“陪都”。随行的官员依职级高低入住各处的楼馆阁台，齐奢的住所设于山庄中的一座三卷殿[1]——“正凝堂”，东西另辟两院，各绕游廊与正殿相通。寝殿在西院的“清淑斋”内，殿上檐步五举，飞椽三五举，柱高一丈，平出檐三尺，再加拽架，正将日晒遮蔽于外，殿后又有一片名为“镜溯”的大湖，湖水被机括风叶送至殿顶，下落为细水帘。故而无论外头的天气怎样炎热，清淑斋内都是清凉世界、人间瑶岛。

就在这座连酷暑中都一片冰冷的离宫内，青田感受到了齐奢对她变本加厉的冷遇。她独自熬过了整整三天，齐奢才露面。问他，他一脸的厌烦，“打猎去了，住在猎馆。你现在怎么这么啰唆，难不成到这里还想挟制我？”

青田不愿意才一见面就争吵，忙摇了摇手，“我不过白问上一句，也值得你跳脚？”

“是我跳脚，还是你平白惹事？”

[1] 建筑上“勾连搭”的一种做法。前廊为悬山卷棚顶，中大殿为悬山五脊顶，后窑殿与前廊相似，结构大于前廊，小于中殿，浑然一体，但从外观看却好像是三座大殿，故称“三卷殿”。

“我躲事都不及，哪里还敢惹事？我不过是说，你既然嫌我，就不要带我来，既带了我来，又把我丢在这儿三天不理四天不问的，你也不痛快，我也不痛快，却是为了什么呢？”

“据你说，带你来倒成我不对了？”

青田见齐奢又发起狠来，于是避开舌锋，只把手上的指甲一根根抚着，“你没有不对，我想，一定是我不对。只是三爷，我实在不懂我不对在哪儿，现在无论我说什么、做什么，总是不能如你的意。我该怎样才对，能不能麻烦你替我指出来？设若你也说不出什么，那想来便不过就是花老春无剩、日久恩渐疏，我竟也没有什么好办法了。”说到此节，心头的伤感再也无从按捺，化作了点点泪滴，一滴滴垂落。

怎知齐奢立即烦躁异常，一手遥遥地向她指住，“你少来这一套，休想拿哭闹威胁我！”

青田一怔，就只这一怔的工夫间，泪水更是潸潸不断，连带她的声音都哽住了：“三爷，你这么说不屈心吗？这几个月你只一味地作践我，我也只一味地忍气吞声，你竟反说我威胁你？”

齐奢把一只手掌随便在脸面上耙几下，鼻声咻咻的：“我好吃好喝、金门玉楼地供着你，怎么就‘作践’你了？你非拿大帽子压我，又摆出这副可怜虫的样子来，还说不是威胁我？好好，我惹不起躲得起，算我来错了，我这就走，省得在这儿你又说我‘作践’你。”

他头也不回地说走就走，青田越想越灰心，及登床孤眠，眼泪又往下流个不歇。次日早起才发现整张脸都哭肿了，正要叫人端冷水来擦洗，门却响了声，齐奢又走了进来。

青田连忙垂下头，借披发来掩盖着，又把手边的一方帐幕直偎到脸上，声音哑哑的，“怎么鸦雀不闻就进门了？”

齐奢很向她注视了一阵，神色倒算十二分的平和，“昨儿夜里哭来着？还生我的气？”

青田听他语调温存，更难受了起来，却也只收住了眼红微笑一笑，“我怎么敢生你的气？只求你少和我生两顿气，我就感激不尽了。”

齐奢也一笑而过，“原说今儿带你骑马，你脸肿成这样也是出不了门了，那改天再说吧，我先走了。”

然而这一改天就再也遥遥无期，青田也不敢问，生怕一句说不对又触怒了齐奢，因此一直到七月初，她几乎就没离开过清淑斋左近。齐奢也不大来，他除了接见臣工、处理政务外，据说只是没日没夜地外出行猎，青田不知他在广阔的山谷中打到的猎物是狼、是豹，还是别的更刺激、更激发他血性的什么。无月的夜半，她抱着双臂站在清淑斋的檐下，一个人回忆起往年二人在静寄庄度过的夏日：

他总是起床极早，但有那么一回，她睁眼时见他仍躺在身边，带着满目的柔情蜜意注视着她，心满意足地叹一声：“我真想一整天什么也不干，就这么看着你。”等过了午后，便有长日闲暇，有时他就持一根鱼竿静坐在镜溯湖边垂钓，她偎在一旁，膝头上放一本字帖，就这么连坐几个时辰两个人也说不了几句话，只偶尔把鼻尖凑在一块轻擦一擦。吃过了晚饭，他携了她的手沿着湖散步，边走边说边笑，经常一不留神就把湖绕出了好几圈，也不知哪来那么多可聊的。夜里头，星星好的话，他喜欢同她躺去露天的凉床上，懒洋洋地爱抚着，直到自舒适的惬意里一点点升起骚动的情欲，然后就在夜空中上亿只一闪一闪的眼睛的注视下欢好。随年岁的增长，他不再有年轻时的刚猛，但却更为温存、更为细腻。不过大多数时候，他们只是安静地共处一室，各自干着各自的，又怎么忽然一下子嬉笑怒骂、调情打闹起来，就如同一对最世俗、最恩爱的老夫妻。

旧日的幢幢幻影一帧一帧地扑上来，青田万感于心，一时感悦，一时自伤，一时热血沸腾，一时心如死水。一片迷蒙中，仿佛听见有人在吟哦着什么，定了一定神，才发觉是自己在黑暗中反反复复地低诵着：“白日在天光在地，君今那得长相弃。”[1]风把檐前的水帘扫来她脸上，青田打了一个冷战。

七月七那一天，齐奢回来了。近年来他之所以一入夏就迁居静寄庄，当然是因为不再似辅弼幼主时需每日入宫讲习政务，但还有很大一部分原因，是为了在七夕与七月九日自己生辰那天不必拘于仪制返回王府中，而是留在青田的身边度过。这一年，二人间的关系显然已大不如前，但青田仍像旧时的七夕一样，盛妆以待。头绾百花髻，佩金镶玉群仙庆寿分心，青玉双鸾挑心，镶宝鬓钗，錾金满冠，捧鬓、花钿、小插、啄针……珍珠与碎晶在她的衣上裙上挽臂纱上细碎地闪动，繁琐如心事一场。

她取一卷画轴，皓腕素手捧来他面前。齐奢有几分异然地接过，解开了缚绳展开画卷。画面上是他年轻时，身披甲胄而手持战刀，威风凛冽，气象雄浑。

青田的眼皮垂望着地面，意味幽深一笑，“这身甲衣是十年前你征讨瓦剌时所披挂，我第一次瞧见，当你是金甲天神。那时你出战归来，连战衣也不及脱就来抱我，你胸前的盔甲贴着我，冷冰冰的，却叫我满脸滚烫。现如今，即便我与你热血之躯贴身相拖，也觉得你好似身穿重重的铠甲，又冷又硬。我只是，很怀念那时候。”她停顿了一下，举目望住他，目光淡泊，“后日是你四十岁寿辰，今时不同往昔，也不知正日子还能不能见到你，刚巧今儿你回来了，就先把寿礼献给你吧，笔法粗陋不中绳墨，王爷贻笑。但愿王爷宝刀不老，青春常在。”

青田难以预料齐奢会有什么反应，他现在是如此地反复多变，哪怕他一把把这画撕个粉碎都不会使她惊讶。

[1]（唐）张籍《吴宫怨》：“吴宫四面秋江水，江清露白芙蓉死。吴王醉后欲更衣，座上美人娇不起。宫中千门复万户，君恩反覆谁能数。君心与妾既不同，徒向君前作歌舞。茱萸满宫红实垂，秋风袅袅生繁枝。姑苏台上夕燕罢，他人侍寝还独归。白日在天光在地，君今那得长相弃。”

一段悬心的等待后，她的心重新落回腔子里，有一抹已逐日罕见的柔情掠过齐奢的脸，他仿佛无所适从似的讪讪收起了卷轴，把嘴角对她提一提，“怎么会见不到？打从明儿起到初十，教坊司照例备了三天的戏替我上寿，还传了许多外头的名角儿，你不年年都陪着我去吗？这也快二更天了，去卸了妆上床吧。”

恰好整整半个月，她不曾与齐奢同眠——青田掐指算着日子。当他在她身侧躺下时，她胃里几乎涌起一阵痉挛。趁着他拈灭床畔的红烛前，她凑近他，把脸贴进了他的颈窝。

“三哥……”

她低唤里的暗示引人想往，齐奢的欲望即时应召而来，他把手放来她胸口。

这是他们之间最令青田怀念的时分，胜过那些会心一笑、那些玩闹亲昵，甚至胜过那些肝胆相照的秉烛长谈。青田记不清有多少次，她在春花边、秋月下、雨里雾里艳阳天……拖拥着齐奢雄健的身体狂欢到虚脱，他的身体是那么好！而当经历了他长达数月的冷漠与其间寥寥几次毫无爱意的发泄后，当他仿似又再一次对她动情般深吻上她双唇时，青田以为自己会忍不住哭出声。但其实，她毫无感觉——她完全放弃了自我的感受，单是全神贯注地观察着齐奢，他的一举一动。十年恩爱，她早已熟知他最为隐秘的地带和乐趣、嗜好和幻想，她只是单纯地迎合着他，单纯地想，重博他的欢心。

因此青田的动作与声音就好似是一摞小心翼翼叠放起来的瓷器，直到她听见“哗啦”一响，那破裂之声。事实上，她听见的是齐奢的鼾声，他就伏在她身上、在她身体里，打起了鼾。

“三哥——？”

青田震惊得无以复加，伸手推了推上面的男人。齐奢猛一下从她耳畔抬起，带着做梦的神情盯了她一瞬。待他明白发生了什么，简直比她还要狼狈。他急速从她体内退出，从她身上翻下，躺去了自己的枕上，“今天累了，睡吧。”

他被她打断的鼾声不久就粗鲁地、几近于无耻地继续响起。

而青田，则继续一动不动地瘫在一床的碎瓷中——她自己心脏的碎片里，回想着齐奢在她脸前惊起的一幕。就着残烛，她清楚地看见他密布着血丝、眼球发红的双眼，以及眼垂下几道纵横的皱纹；她亦可以想见她自己在他眼中的样子，素颜之上无法遮掩的碎斑和瑕疵，眼神里可怜又可鄙的祈求和悲哀。他们都老了，他们间死生契阔的爱也许也一样跟着老去，老成了一场昏昏欲睡的交媾。

一整夜，青田就这样空空地瞪着眼。假如她的心情还能以词句来描述，最贴切的一句莫过于：欲哭无泪。

十三

第二天是七月初八，齐奢一早起了床，由太监侍候着沐浴更衣，穿起亲王的礼服，一时间神姿焕发。周敦趋进里间来，两腮的皱痕把人显得比实际上要老，眼睛却依旧是圆溜溜、亮闪闪，面向主子一板一眼地行了一个大礼，“今日为王爷暖寿，镜潮湖西头的取欢园已经搭好了三座台子，一座是昆戏，一座是戈腔，还有一座是说书、杂耍。承应的伶工、艺人们都已经扮上了，王公大臣们也已经到齐了，王爷随时可以过去。”

那一厢青田亦是早起严妆，玉佩玎珰地半跪在齐奢身前，正替他整理革带、佩绶。齐奢摁住了她的手，转向周敦，“那就传饭吧。”

饭前，周敦、莺枝等近侍一起向齐奢拜了寿。齐奢也各人赏了一个荷包，荷包内是一两重的金锞子。好日子得了赏是值得高兴的事，但清淑斋里却没人敢露出一点儿笑容，因为齐奢的面孔绷得紧紧的，看不出有丝毫的生辰之喜。青田坐在他对面，也不说话，默默以一双金银丝镶玛瑙紫檀箸拨拉着稀粥里的几块酱瓜。

齐奢的早饭仍旧是一整盆肉，他自己抓着刀一块块剔着吃，吃毕，把小刀“咣啷”往银盆内一丢。琴盟和琴宜忙上前伺候他净手漱口，琴芳用木碟托上了一把银制细篦，青田伸手取过，“我来。”

她捏着银篦替齐奢梳去那些沾在他髭须间的食物碎末，可她的神思却不知在何处，两眼木木的。马上他就“嘶”了一声，青田这才缓过神来，“刮疼你了？是我不当心。”

她的道歉并没起任何作用，齐奢极度不耐烦地一把打开了她的手，“笨手笨脚，你还能干些什么？”

那银篦被打得飞出去，掉落在鸭绿色的绒毯上。青田抚着两手，满脸失色，立在里里外外的侍从间。

齐奢的脸上像是闪过了一丝歉疚，又夹杂着某种厌恶。他用拇指上的白玉扳指在唇边刮了刮，“人都到齐了，我先去取欢园，你晚些到也使得。”

琴芳已将篦子捡起捧走，青田瞄了她一眼，眼光就回落在自己缀珠缎子鞋的鞋尖上，“我不去了。”

齐奢扭过脸睇住她，“都穿戴好了，做什么不去？”

“不想去了。”

“年年不都去吗？”

“年年听戏都是各有坐处，王公宗室成一起，部院大臣成一起，亲贵女眷成一起，只有我是单独一个人坐在湖边的小阁楼上，即便不去也没人注意到的。”

他的口吻立即又变得恶劣起来：“爱去不去。”

青田不语凝视着齐奢拂袖离去的背影。是一张精致妆容下的枯槁面颊，凝视着一袭华服下一瘸一拐的步伐。

不到午时，乐声就从湖那边远远地传了来。一群侍婢原本也已妆扮一新，只因青田临时变卦而不能够赴会，个个在心里头描摹着舞台上的一出出好戏，不免有些唉声叹气的。莺枝本是出了名的性情温和，见状也不禁生起气来，“偏就有那等轻狂人，丧眉耷眼的给主子摆脸色瞧呢！”

青田伸臂拦了她一拦，“王爷的生日，不可口出恶言。”随后转向诸人和颜悦色一笑，“大家伙都出去瞧瞧吧，不怪你们，这一年一度的，九城声色尽萃于此，我平日里不爱出门子，你们一年到头也老跟我拘在府里头，好容易出来透透气，是该瞧瞧热闹的。去吧，都去吧，我发话了，这就去吧。”

九琴婢面面相觑一回，究竟难为情地拜一拜，欢天喜地地看热闹去了。莺枝望着窗下青田孤孤单单的影子，叹息一声：“娘娘……”

青田笑着摇摇头，坠钗上的紫瑛石珠结在额前轻轻地拂动，“来，咱们也出去，随便走走。”

莺枝憋回了眼目中的一痕微红，“唉”一声，随着青田出了侧门，往后头的游廊而去。廊道长得无穷无尽，映着树荫投下的斑斑浓影。走了一小段，却忽见有个梳着麻姑髻的丫鬟倚在廊柱边抱臂发呆，正是九琴里的梳头丫鬟琴画。她一见二人，赶紧迎上来，“娘娘出来散步？”

青田略带不解地一笑，“你怎么不跟着她们听戏去？”

琴画最是娇憨爽直的，当下满不在乎地把手一摊，“王爷做生日，尽管是天字第一号的大堂会，把北京城里叫得响的角儿都集齐了，可年年都是那些人，来回也听得烦了，更甭提那些教坊司排的的吉祥戏，端的是没劲透顶。琴素她们几个爱热闹，奴婢却只嫌稠人广众的地方总有些汗气怪味，不爱去的。只听说今年有个新走红的武生叫厉传春，外边传得怎样怎样好，天上有地下无的，奴婢倒是想去一闻真声。原说他也要来献唱，谁知又说出了事儿，不能来了，奴婢也就没什么兴头了。依奴婢说，娘娘不去对得很，反正又不能同王爷在一处，孤零零地坐在那小楼里，闷也闷死了。”

青田听着听着，只觉心头猛一紧，虚虚地依然挂着笑，“那厉传春出了什么事？”

“说起来怪吓人的，说是他在万元胡同的华乐楼连演了三天戏，结果就在第四天清晨，一出门就被一伙劫道的给拦了，东西抢了个光不算，还把人挖了两只眼，砍掉了右手。命虽是保住了，可就此再也登不了台。啧啧，四岁进班子练功，十九岁这才刚刚成角儿，就完了。保不齐是哪个眼红他的对头干的，真够绝，”琴画抱住了手肘抖一抖，“大夏天都噤得我浑身发冷。”

那日与暮云去华乐楼听厉传春的戏，青田只携了莺枝一人，九琴均不知情。此际听毕这一席话，青田和莺枝对看了一眼，有些细枝末节的什么飞快地在两人眼神的交汇处闪过，青田的嘴里涌起了一股铁锈的苦味，不能深究、不敢细想。

取欢园的戏一直唱到入夜，接下来还有赐宴，等到宴会结束，一更已尽。然后又过了两个更次，才见齐奢脚步踉跄地进了清淑斋的门，满脸上浮着笑，这笑脸并不能使青田略为宽心，他只是醉了。

她伸臂搀住齐奢，转脸向周敦低问：“晚宴老早就散了，王爷在哪儿喝成这样？”

周敦龇起牙，把手立在耳边摇了摇，一副不堪言表之态。青田知道再追问下去无非是自讨没趣，三台三天不重样的大戏，满城里的名伶都齐聚此间，有的是腰肢巧软的舞姬、珠喉玉貌的乐女、媚眼翻飞的小龙阳……还怕找不出人来陪着摄政王薄醉夜战？她脑海中浮现出许多糜艳的、淫狎的场面，是十几岁的自己，身旁是惜珠，是蝶仙，是槐花胡同里的香国姐妹，一群狂饮不歇的豪客正自她们的掌上、她们的口中，她们的乳间、鞋底……一口口地把酒咂下去，那些肆意而猖狂的脸，每一张，都是齐奢——

青田陡地拿手盖住了眼颧，制抑着微微颤抖的声音：“莺枝，把王爷手里的东西接过去。”

齐奢的手里握着一柄碧玺蟠桃玉如意，他嘿嘿地笑着，把它来回地挥舞，“当心，这是皇上所赐，上头的刻字‘国朝护卫’也是御笔，当心！”

莺枝递出两手，慌乱地跟随着齐奢摇晃不定的脚步和手臂。如意垂下的金丝流苏从她指尖上划过，莺枝抓一下，却抓了个空。齐奢松开手，如意掉下来，砸落在砖地上。

莺枝俯下身去捡，手还没碰到，人已仰出去。齐奢往她肩头踢了一脚，一张醉醺醺的笑脸骤变得愤怒而狂暴，“混账东西，让你不好生接着！来人，拉出去杖毙！”

莺枝瘫坐在当地，骇极无言。

青田亦骇然不已，只强堆起笑脸上前拾起了玉如意，递到齐奢鼻子下，“王爷别吓唬她，不过摔了一下子，哪就值得上动用杖毙的大刑呢？瞧瞧，又没摔坏。”

“没摔坏？”齐奢拨开青田，手势是醉汉特有的粗鲁，“摔了御赐的物件，就该死，若真摔坏了，那就是灭族的重罪。拉出去，杖毙！”

“王爷，是这丫头不小心，可罪不当诛。罚她一年的年俸也就是了，小惩大戒。”

“一样的话别让我再三再四地说，小信子，你们都是吃干饭的？进来，拖她出去。”

小信子果然领着两名太监进了房，伸手去捉地下的莺枝。莺枝这才从震惊中恢复一点意识，洒泪潸潸，“王爷！王爷饶命！娘娘，娘娘你替奴婢说句话！”

“住手！”青田喝止了小信子他们，绕来齐奢身前，她一手仍捏着玉如意，撑着另一手一起扶住了齐奢的两臂，眼对眼地祈望他，“莺枝是我的人，就当看在我的面子上，饶她这一回吧！”

“是啊王爷，”周敦在旁边忍不住出口规劝，“就当看在娘娘的面子上，饶了莺枝这一回，下不为例。”

其余的丫鬟也抖抖索索地跪倒了一片，“求王爷开恩！”

仿佛是醉得站不稳似的，齐奢往前跌了一步，一手就势捏住了青田的肩，“你们谁再敢替这臭丫头说话，一样都拖出去打死，让开。”

“王爷！”青田的眼泪已在眼眶里打转，攥住了齐奢的袍襟跪倒，“三爷，算是我求你成不成？我给你跪在这儿，只求你饶过这丫头一命吧！”

齐奢晃晃悠悠地低下腰，口中喷出的酒气似浓重的乌云笼罩在青田头顶，“你给我让开，甭多管闲事儿，今儿说什么这丫头的贱命也保不住。”随后他直起身，向小信子把手一摆。

莺枝哭喊了起来，在地下挣扎着，“娘娘，娘娘救救奴婢，救救奴婢！”

青田身一扭就把莺枝拦腰抱定，从几名太监手中死死地将她扯住，“王爷，王爷，求求你！不为别的，这几天正替你做四十整寿，多大的喜事，就冲这个也该赦免了莺枝！”

齐奢的口气蓦地里听起来平静而清醒：“再大的喜事，也不赦十恶重罪，十恶的第一款，就是大逆不道。”

“莺枝不过是个小小的丫头，怎么敢大逆不道？”

“她胆敢摔打御赐之物，就是大逆不道。”

“她不是有心的！”

“无论有心无意，摔了就是摔了，没有分别。你少再跟我废话，把手松开，让他们带出去行刑。”

“三爷！”收不住的泪由青田的面上纷纷迸落，“三爷我求你，我求你！”

齐奢俯望她，浑似满天惊雷俯望着瑟瑟发抖的凡人，“段青田你没听明白，我再同你说一遍。你手里这如意是皇上赐给我四十大寿的寿礼，上头那四个字，‘国、朝、护、卫’也是御笔。莺枝摔了御赐御书，哪怕是失手，也是大逆不道，她今儿个非死不可。带出去！”

“娘娘！！！”莺枝声嘶力竭地尖叫一声，急得嗓子都破了，眼看就要被拉走。就在这一刻，青田突然掣直了身体，一力把莺枝护去身后，两眼涌着泪，明光灼灼地迫视着前方的齐奢，字字刚硬如铁道：“你才是大逆不道！皇上早就被你囚禁在南台了，终年到头不见天日，什么御赐寿礼？什么‘国朝护卫’？全是你拿来哄骗旁人，哄骗你自个的！”她高举起攥在手间的玉如意，朝下重重一掼，“这破玩意儿我今儿还就摔了！你把我和莺枝一道推出去杖毙吧！”

随着如意落地“噹”的一响，房间在一瞬间声息尽灭，每个人都脸孔死白地盯住了齐奢和青田。

齐奢徐徐地、徐徐地举起手，青田站在他对面，三魂渺渺、七魄游荡，她猜他也许真的会把手落下来，从牙齿缝里说：“杀——了——她——”

但最终他什么都没说，他只是恶狠狠地咬着牙，挣出了一头的筋络，拿一根手指指在她鼻尖前，点两点。末了，绕开她，拖着步子往里头走进去。

等齐奢的身影全部隐没在隔帘后，莺枝方“哇”地哭出声，把脸藏进青田的裙子里，“娘娘，娘娘……”

青田一点点地软倒，回身将莺枝揽入怀中，“好了，不哭，王爷吃醉酒了，你别当真，没事儿，好了。”

小信子几个面带愧态地向青田行了个礼，退出去。九琴婢陆续地拂裙站起，又险些被里间一阵“乒乒乓乓”的乱响呵得重新跪倒。

青田将莺枝交进琴盟的怀里，揌了揌两颊的泪，一手扶着墙缓步走进了卧室。室内被砸了个稀巴烂，茗碗香炉碎片满地，紫檀雕花的椅杌横七竖八，墙上的两幅青绿山水挂着淋淋漓漓的茶汤。齐奢的人已打横在床里，响着震天的鼾声。

周敦跪在脚踏上，一手扛着齐奢的腿褪去了蟒靴，把人覆好在被内。而后他弓下腰打扫起满地的残骸，扭脸间瞥见青田，向她苦笑着，无声地叹口气。

青田就那么抱臂木然地观望，仿佛只是想冷眼瞧一瞧，人们究竟该怎么去收拾这锦天绣地里的，支离破碎。

十四

当夜，青田宿在了清淑斋的另一端。尘梦散，便是清空初白，七月初九。

她对镜施脂粉、画娥眉，把镜中的倒影定然打量，忽然重重地闭目，放落翠黛，静步而出。饭厅里，齐奢刚刚用过饭，正在低头漱口，瞧起来宿醉已醒，脸上是常日里泰然持重的神色，一面将口内的薄荷水吐进折盂内，一面翻起眼睇过来。

齐奢见青田将自己月画烟描，腮上涂有两片浓重的胭脂，直染上眼角，身穿羽纱掐花褙子，绉纱百褶宫裙，飘飘地垂着许多裙带，是贺寿时该有的喜艳。但她的发间却并未插戴任何的金珠银翠，一头黑发只在正中挑开了一条头路直直地分披在两肩。仿佛是华丽人生遭遇了什么骤变，来不及收尾。

她就站在那儿凝视着他，说："所有人都下去。"

齐奢回视她，放开了手内的银漱杯，没说话。

于是萧萧一室，唯余瑞气笼清。她来到他对面坐下来，吸了一口气。

"三爷，这个问题，我再最后问你一次。究竟什么使你、使我，变成这样？"

窗大开，窗外的镜溯湖倒映在齐奢的眼底。带着满目的烟波浩浩，他轻提起一边的眉，“变成哪样？”

青田盯在他眼睛里，眼仁微微地左右摇摆，末了一叹，移走了目光，“从前你我心心相印，如今格格不入，从前你我形影不离，如今形同陌路，竟夕长谈成相顾无言，终宵缱绻成同床异梦。我想知道是什么理由让你对我的一言一行、喜怒哀乐，从患得患失，变得不屑一顾。”

湖风吹进来，把窗边的紫绡帐吹得一膨一膨。齐奢仿佛是笑了声，“即使当真如此，你不照旧华衣美食、仆婢成群？便即有传言说你失宠，眼下我离京避暑仍令你一人随侍在侧，回京之后，那些贵眷命妇一定会对你逢迎如昔，你又有何损失？”

青田直盯了他半晌，继而一字一句道：“我不快乐。”

齐奢耸耸肩，“那又怎样？我们，还有成千上万的人都不快乐。”

她咬紧了牙关，“但你应承我的。”

“不不，不，”齐奢把手摇一摇，“段青田，你弄错了，我应承你的是一生一世，我现在仍可以向你保证，这一辈子，你将是我唯一的——”他停下来，搜寻一个确切的词，但最终出口的却是“外室”，这一回他真的笑起来，仿佛被这近乎于侮辱的说法逗乐了似的，“只要我活着，北府就是你的，你尽管可着劲儿地造，爱买三十两一钵的牡丹也好，一百两一匹的衣料也好，哪怕你用绫罗烧火、黄金铺地，我也绝不会说个‘不’字。至于快乐，这东西我自己手里头也没有，没法子给你，假如你实在要找，我也不拦着。”他向后仰起，展开修长的两臂大大伸一个懒腰，站起来，走出几步又回过头，“哦，不过你给我记牢，要找乐子，你顶好避着点儿人眼。毕竟说出去你还是我的人，像大庭广众之下姘戏子这种槐花胡同的做派，还是免了吧。”

青田唯觉得眼前一黑，恍似一顶滴溜溜被抛飞在半空的斗笠，周围的所有都旋转了起来。光影缭乱中，是一双被勒头吊起的俊秀浑朴的眼，一只掌心微汗的有力的手……这双眼和这只手，均在一摊血色中隐匿。青田浑身发抖地摁住了桌面立起身，声音已变了调："果真是你？果真是你叫人做的？那只不过是个年轻无知的孩子而已！"

齐奢歪过了头，嘿然有声，"如果我没记错的话，当年勾决御史裘谨器，你给了我一句话：'婊子无情。'而今看来也不尽然，区区一面之缘，你倒对那唱戏的俊后生十分牵心挂肚、真情流露。"

是血，他人的鲜血，自己的，瞬时间一股脑涌上来。青田瞪着血红的眼，双唇抖簌，好半日才磕碰着牙齿迸出些完整的词句来："你说得很是，我就是个婊子，而且从没比这些时日更自觉像个婊子。盘算着人家爱听什么才敢说什么，爱看什么才敢穿什么，笑不是为了自家高兴，而是为博人欢心，掉眼泪也顾不上为自个难过，而急着要换取他人的怜惜，就算在床上也只把这身子当做盛血的皮囊，辗转呻吟，无一不是惺惺作态。每日里战战兢兢地看人脸色，笑面相迎、背后泣血。你说得对极了，这就是婊子的日子！槐花胡同里有的是这样的日子，可在槐花胡同，我段青田是花魁，把无数瘟生哄骗得意服心输，然而在北府，在这静寄庄里，我身心尽费也讨不来对方的一丝欢颜，简直是这世上最最差劲的婊子。"青田紧攥着两手，挑衅地、戏谑地睨住了齐奢，"那么王爷，您又算什么？一位最挑剔、最难取悦、最精刮上算的嫖客？"

齐奢被挑起了怒火，连鼻翼都扩张，吁吁而喘，"你放肆！"

而这时，青田反倒亮出了一副玩世不恭之态，嘴角曼斜，一缕散发轻拂着颊边，"王爷记性好，我的记性也不差。我记着王爷曾说过，您是从地狱里爬上来的，您何苦费这个神呢？自管在地狱里好好待着就是了。眼前您所到之处皆成地狱，您自个，就是活生生的魔王！"她冲着他喊起来，喊声里有一整座炼狱喷薄而出。

"闭嘴！你给我闭嘴！"齐奢怒不可遏，一手直指住青田厉喝。

青田改颜一笑，“这就忍不了啦？我可忍了好久了。每回见到你，我只想和你说一句话：你头一次夜不归宿，我生怕你是出了意外，遭人行刺横尸街头；现今你每一次夜不归宿，我只怕你人好好的，却躺在另一个女人身边，而我甚至不知道，这两种滋味哪一种让我更好受些。”

日出了，金光洒在湖水上，如万顷烈焰。窗边的齐奢就立在熊熊的焰火中，被灼得嘶哑难堪，“段青田你咒我？今儿是我四十寿诞，你大清早的诅咒我？！”

青田报以一笑，笑容哀凉而凄清，“不是我诅咒你，三爷，我真希望你能从我的眼睛里看看，看看你自己是受了什么诅咒才堕落成眼前这副模样。你的模样我曾百看不厌，可现在只要多看一眼，就会让我做噩梦。”

齐奢的嘴角扭曲了，露出刀锋一般的牙。他连连地点着头，“好，好，你既不愿看见我，我又何必留你在身旁？来人！”

周敦领着头，十多个太监一拥而入。齐奢反剪了双手，看也不再看青田一眼，“把这女人给我遣送回京！”

之前的争吵声早就传出屋外，周敦情知事态严重，直接就率众跪倒，“咚、咚”地叩了两个头，“王爷息怒，王爷息怒！娘娘，娘娘您快跟王爷认个错，还来得及。”

谁知青田单冷冷地一笑，也扭头向外间唤两声：“莺枝，莺枝！去，收拾行李！”

周敦向前跪一步，摇动着齐奢的衣摆，“王爷，请王爷三思，请王爷收回成命！”

齐奢同样冷淡不已，只抬高了下颚一扬，“叫她滚！”

连长发也未及绾起的青田就这样被逐出了静寄庄，踏上回京的马车。三刻钟后，齐奢则蟒袍玉带，由卤簿请驾来到取欢园，接受各位亲王、郡王、世子、公侯伯子男五等封爵、文武大臣、翰詹科道……的贺寿之礼。

同时被他们遗留在身后的，是清淑斋的这一间小厅。厅堂里有着古书玉鼎、花樽春瓶，还有着一字字、一句句的挥之不去、绕梁不绝。曾抵死缠绵的嘴唇一翻脸就变作了刀与剑，情深处的细语皆已成锋刃的犀利。湖光静映着这一切，映着恬然的皇家庭园，与修罗场的凄艳无边。

第十三章 剔银灯

一

那是一座六曲红桥，欹欹斜斜地接着对岸的一片松林，林中黛色参天，只听得儿声清风荡漾，就自某株苍松下钻出了一头梅花鹿来。它朝前探过身，叼住了一束苜蓿草。

草被一位十三四岁的少女抓在手中，她朝旁歪过脑袋，娇声细气地问:“仲瑶，今儿十几了？”

叫作仲瑶的少女比同伴高出半个头，脸盘略带着英气，伸出一手轻抚着梅花鹿，“今儿已经七月二十了，今儿立秋。”她说完这句话，就将目光投向了前方树杪所露出的朱楼一角，“佩瑶，自从娘娘回京，还一次都没有传过咱们唱曲吧？”

这仲瑶和佩瑶均是北府所豢养的伶童，穿着一式的白纺绸衣裤配二蓝摹本缎半臂，双双立于林下，仿佛娇娜的树精。

佩瑶叹口气，低眼瞧着鹿吃草，“我要是娘娘，我也没心情听曲。”

仲瑶扁一扁嘴，“那也不好说。虽然王爷把娘娘从静寄庄赶回了北府，可到底接下来也没再对娘娘有什么严重的惩罚。没准就是两个人闹闹别扭，回头等王爷回京见了面，也就好了。”

“怕没有这样轻易。咱们俩是今年才进府，好些事儿不知道。我听他们讲，王爷宠段娘娘宠了十来年，一向是如胶似漆，竟不像个妻妾成群的王公，倒和民间挑葱卖菜的穷人一般，只守着这一个老婆过日子，除了十天半个月回那头王府的继妃詹娘娘跟前点个卯，没一天不和段娘娘一起的，待她更是千依百顺。可这一年开春以来，情景就大不相同了，王爷非但时常夜宿在外，而且动不动就发脾气，冲娘娘大呼小叫的，就花居里里外外都听得见，要不私下里都议论娘娘失宠了呢！原本五月份去静寄庄避暑，王爷仍像往年一样携了娘娘相伴，大家伙还有所疑虑，如今却看娘娘居然在王爷四十大寿的当日被遣返回京，那不正是应了失宠的传闻吗？想咱们被师父献进这北府，原以为是巴结上了好差事，现今看起来却是前途堪虞啊。”

“不至于吧，你不说王爷和娘娘都好了十来年了，怎么会突然一下子说不好就不好了呢？”

“也许就因为好了十来年了，段娘娘算起来也该有三十多年纪了，姿色定然衰减，不如以前受宠也是平常。”

“可那几次进就花居唱曲，我瞧娘娘美貌得很哪，一点儿也瞧不出是三十多岁的人。”

“嗐，这种事情怎么说得清？就是再美貌，看了这么多年也会看腻了。再者——”佩瑶把手中的苜蓿丢给鹿嚼着，回脸凑近了仲瑶，“外头都在传，王爷已经把皇上关在南台五六年，做戏也做够了，就是这两年便要自个登基称帝了。你想想，段娘娘从前是槐花胡同的妓女，成年累月地和她腻在一处，若是王侯勉强还称得上一句‘风流狷狂’，可有哪位明君圣主会同妓女牵扯不清的呢？宋徽宗可是亡国庸君！王爷要做皇帝，第一紧要的自然就是同这位段娘娘撇清关系。我瞧呀，她这野路子的娘娘算是当到头了。”

“谁给你们的胆在这里嚼舌根？！”

凭空而来的一声喝问，惊得那头梅花鹿拔腿投入了林中。佩瑶和仲瑶同时一抖，旋过了身来，“莺、莺枝姑娘……”

但瞧段娘娘的贴身侍婢莺枝由林间的青石羊肠小道上步步逼来，一双原本端庄可亲的杏眼闪出吓人的利芒，而她身畔则正是段娘娘本人。

这一下，两个小戏连跪也跪不直，瘫软在地求告着：“娘娘！娘娘恕罪，娘娘恕罪！”

莺枝满腔怒气地把她们拿眼剜一剜，话说出来一个字是一个字，比平日里更慢、也更亮了几分：“我当谁呢，原来是两位‘角儿’啊！怎么，演《长生殿》演腻了，在这儿演《相约》？我今儿倒要唱一出《拷艳》[1]。听着，你们俩去找管家郑文一人领一百杖，这便去吧。”

一百杖下去，人就是不死也要成了残废。二人惨无人色，不住地叩头，“莺枝姑娘，我们错了，求您恕罪，求娘娘恕罪！”

莺枝将嘴角往上干巴巴地一抬，“恕罪也没什么不行，我也是学戏出身，我跟师父的时候，有个师兄对师父不敬，师父指着一只炭盆叫她把烧熟的炭吞一块下去，就饶恕了她。你们现去茶房要一盆炭来，一样照办吧。”

双瑶眼泪直流，也不敢顶嘴，单是一个劲地磕头，发间沾满了根根松针。

相隔一丈处，青田一身青绉镶花的素衫素裙，恍如远在世外，发出了一

[1] 指昆曲《钗钏记·相约相骂》、昆曲《西厢记·拷艳》。

声遥远的叹息，“莺枝，好了。你们俩是仲瑶、佩瑶，对不对？我瞧你们才和鹿玩耍来着，那就调去鹿棚吧，随你们爱说什么，只管同畜生说个够。”

“娘娘！”莺枝犯起急来，“怎能如此轻纵了她们？死罪可免，活罪难逃，一人一顿板子是免不了的。”

青田色淡如菊，“你还记得萃意？”

莺枝一愣，忆起了昔年如园里咄咄逼人的大丫鬟萃意，也忆起了在其面前瑟瑟发抖的一对小戏。她咬住牙，把绣鞋朝地下一跺，“娘娘宽善，你们行了大运了！去吧，到郑管家那儿领罪去。”

双瑶尽管逃过一死，可一想到从此只能在鹿棚餐风露宿，由不得哭做了风欺杨柳一般，却也只得磕个头，趔趄着相将而去。

几株老松掩没了她们的身影，莺枝这才调转眼目，目光中既有怯意，又有怜惜，“都是奴婢的错，非劝娘娘来花园中走走，倒撞上这一对儿，说的都是些什么话！”

“实话。”离近一些看，青田更瘦了，简直是形销骨立，神情则冷淡而自洁，“自始至终，我都无法想通王爷为何性情突变，听了这一席话方觉醍醐灌顶，她们所说的原无半字虚言，只不该叫我听见。”

莺枝有些语塞，忽见高低曲折的一带红阑间，琴盟飘飘地走来。

“娘娘，娘娘，”她拢起手向这边喊道，“可找到您了！宝气轩的赵家太太来了，在就花居等着娘娘呢。”

莺枝忙在一壁做出了笑脸来，“呀，暮云姐姐来看娘娘了呢。”

青田挑动一下嘴角，轻掣挽于双臂的勾花披帛，返身走向了来路。

二

路上处处杂花满地，又有一个方塘，塘中层层叠叠半残的荷花，花间系着几只锦舟。再绕过一片垂杨，上几级石磴，就有十数间楼榭半隐半现于古树青藤间。过一座垂花门，迎面便是就花居的牌匾。四面花树碍首、香草勾衣，满庭芳。

庭中，四五个大小丫头正倚廊做着针线，一道立起了身来，“娘娘回来了，赵太太在那边静殿里呢。”

琴盟替青田打起了细银丝所穿的帘栊，殿中水磨楠木的花罩下，暮云的背影就立在漩几玉案旁，摩弄着案上的一架瑶琴。

“暮云。”青田出声相唤。

先是暮云身边的婢女晶儿、钿儿等人赶上前行礼，青田笑着抬抬手，“坠儿呢？总不见她，病还没好吗？”

“好不了了，已送回乡下老家了。”暮云扭回身，一件夹花长褙下，肚腹高高地鼓起，塞了只箩筐似的。

她紧攥住青田的两手，青田抽出一手来，含笑抚了抚她的小腹，“哟，你这肚子，一个多月不见就大成这样了。你倒还顾不顾里头这个，快临盆了也往外跑，疯了不成？”

暮云没有一丝笑容，只扯住青田不放手，“我真快急疯了，小赵那个死人瞒着我，昨儿我才听说姑娘被王爷遣回京了，这是出了什么事情？”

青田光是笑，把她拉着摁去椅上坐下，“琴画，拿个鹅羽垫子来给赵太太垫上。”自己也在对面坐了，把送上的茶信手搁在一旁，语调漫漫，“就是你听说的那样，七月初九那天清早我们大吵了一架，他就把我赶出了静寄庄，叫人送我回来了，迄今已过去了整整十天，也再没给过我只字片言。”

暮云听后，忧色布满了脸，“那，姑娘，那你还好吗？”

青田低下头，拧动着指上的一只银錾花嵌珠戒，垂望花心托出的一粒大珠，“冰冻三尺非一日之寒，这半年多我们是个什么景况你也知道，有今天没什么奇怪的，我心里早有准备。没什么不好，真的一切都好，不说欢天喜地，可也吃得下、睡得着。你不用操心我，只一心一意调养好自己的身体，安心待产。”

暮云正欲说什么，却看琴画手里抱了个蚕丝织面的软垫来，一壁为她放去腰后，一壁偏过脸向青田低询：“娘娘，大理寺少卿左夫人在外头求见，娘娘见还是不见？”

“左夫人？”暮云把一手撑去腰间，另一手在额角一拍，“冯公爷的孙女不是？”

青田点点头，“正是。”

“唷，据说冯老爷子前两天刚刚过世，她虽是出室女，也该大功九月[1]，这时候正在服丧，没事儿跑出来做什么？”

“就是呀，奇也怪哉，”琴画也鼓起了嘴嘟囔着，“自打娘娘回京，来探望的就只有晓镜她们几个以前的丫头，至于那些贵眷们，哪怕以前三两日就要来抹牌听戏的，多也不再上门了。这左夫人和娘娘的交情也不过泛泛，怎么倒来了？”

青田将一肘支起在几面上，指尖轻点下颌，“人家身世高贵，早就瞧不惯我这样出身的人，又因为她家老爷升官的事情对我颇多不满。今见我恩宠不再，必是来当面揶嘲，一解旧恨的。”

琴画一下直直地噎在那里，“是了，娘娘说得有理。待奴婢去开发了那蠢妇，省得进来给娘娘惹气。”

[1] 服丧的等级，由重到轻依次为：斩衰三年，齐衰一年，大功九月，小功五月，缌麻三月。

“慢。”青田举起一手，手已经瘦得筋骨凸现，但手上的龙凤祥云珠玉护甲却不减一分华美，“得势时，我倒不爱见她；今儿失了势，我却想会一会这位世家之女。请她进来。”

“娘娘！”莺枝在后头叫起来，座上的暮云瞟了一眼青田的神情，倒微微地笑了。她探手将自己头上的一件金累丝牡丹分心摘下，为青田戴去发髻上。青田原只随意斜绾着两支镂花流苏长簪，略显得清寒了些，此时叫这金光粲然的饰物一衬，立即平添了几许贵气。

“莺枝你这小呆子别嚷，等着看好戏吧。”暮云撤身坐稳，青田与之对目一笑，静待来人。

未几，左夫人便与几名侍婢进得门来，因正为祖父戴孝，着一身缟素，脸上却有隐隐的喜意。面对青田歪歪剌剌地行个礼，“妾身给娘娘请安，”又瞟眼觑了觑暮云，“这位是宝气轩的赵太太吧？以前见过的。”

暮云只皮笑肉不笑地略一抬身了事，青田倒十分客气周到，“夫人请坐。琴素，给夫人端一碗新调的玫瑰露来。”

玫瑰露盛在一只薄如纸的白玉碗里，颜色喜人、芬芳扑鼻，另有几碟点心小吃，色色精致得令人不忍食。

左夫人用素帕垫着一只粉红色的酥油泡螺，捏在手里拿着样儿地品一口，“摄政王爷常年在这里，因而就花居的饮馔精洁是出了名的，现如今王爷虽不大来了，倒也不见逊色，可见娘娘管理有方。”

话中带刺，刺得莺枝似一只鬃毛乱炸的小猫。她身前的青田倒依旧笑颜恬恬道：“我见天闲着，所以也有空照管这些，反倒夫人——我听说冯老公爷宾天，夫人身为嫡亲孙女，还在热孝之中，如何竟有精神来我这里呢？”

青田待左夫人向来不怎么热络，眼下却有些特假辞色之态。左夫人见了，只当对方因失宠势微而谦恭了起来，不由得加倍抖擞，“啧，不就是因为娘娘被王爷从静寄庄赶了出来吗？话说这些时日王爷待娘娘原就大不比从前，娘娘怎地还不知谨慎些，倒在王爷的寿诞当日出言忤逆，结果惹出这么一椿乱子。我们和娘娘这么多年来来往往的，当然为娘娘难过，因此虽身上有孝也顾不得许多，总要来探望探望才好。”

“我竟没什么，感谢夫人一片关心，另外也请恕我不便亲去夫人娘家府上为尊祖父探丧上祭，还请夫人节哀顺变。”

“说到妾身的祖父，”左夫人有意地加重了语气，“好像一度曾是娘娘的‘干爹’，不知可有这个说法没有？”

青田不动声色地笑了笑，“夫人说得原不差，我年少时去冯府出堂唱，冯老夫人还经常赏我些花翠汗巾之类，拿我也当半个女儿了。”

左夫人登时将两手一翻，腕上一对联珍珠素银镯相叩声声，“娘娘不提我都忘了，娘娘那时候还是槐花胡同的花魁呢。这位赵夫人——”她又把暮云连睃上两眼，“就是您的跟班丫头吧。娘娘该是随了王爷后才除去贱籍的，说也惭愧，妾身这些年不知叫了几千几万声‘娘娘’，竟从不知王爷后来到底给娘娘晋的是什么位分？是侧妃，还是世妃、王嫔？”

青田一手弄着裙上的如意结，好整以暇，“夫人这岂不是明知故问？我虽除了籍，可到底是倌人出身，又怎能跻身于宗室贵妇之列？既然这许多年我一直在摄政王府外另居，自然也只能算是房‘外室’而已。”

殿外有流莺乱飞，掠过槎枒的老树。左夫人暗叹这女人端的是皮糙肉厚，如此不登大雅之堂的身份居然能面不改色地脱口而出。当下，眼角就蔓出凉凉的笑意，“哎呀，这下可难办了。就是个摄政王府里堂堂正正的姬人、丫头，那也生是王爷的人，死是王爷的鬼。这‘外室’不三不四的，是个什么名头呢？岂不好似那没庙的孤佛，受不上半炉好香火？今日王爷动了气，能把娘娘逐出静寄庄，难保来日就不会把娘娘再逐出北府，到那时娘娘还上哪儿去？总不成再回槐花胡同里吧！”

这一下连坐在一边的暮云也好似发威的母猫，若嘴上生着两把须，必要根根直立。青田含笑向她投过一瞥，又转目于左夫人，将头微歪着，有意无意间，指尖掠过头顶的赤金牡丹，“嗐，大不了再剃了头当姑子去呗。那年我才还俗，头上戴不得金银头面，王爷就叫把这左近辟出了桃坞、梨院、杏村、梅岭、菊畦、兰径、桂岭……上百样的花卉供我插戴，就花居这名儿就是这么来的。我原是龙宫月殿翻过身来的人，烟花地绿云红妆，古佛堂光头净面，在我都不过平常。不比夫人，这顶上一头好发自出娘胞儿就没动过，难怪不晓得什么叫做‘春风吹又生’。”

她半弯唇角盯住了左夫人，亦是一只猫，一只慵懒、深沉的波斯猫，眯着鸳鸯眼伏在阴角里，仿佛随时会打起呵欠，然后自呵欠间呵出一根带血的金丝雀毛。

左夫人呆瞪住青田，没错，这女人可是被摄政王爷亲手捉奸在床、送进佛寺出家的！但区区一年后，就又被迎回这北府中捧得掌上明珠一般，天知道这妖孽对付男人有怎样一套！万一这一次她又重博恩宠，自己因今天的这番寻衅而见罪于她，那可是大大的不上算。

一股寒流袭来，左夫人的五官通通瑟缩，当即改换了颜色，“那个、呵，娘娘，娘娘多虑了，那一年娘娘被王爷送去了扬州，不也安然无事吗？今儿不过是从静寄庄送回京城，哪里又当得什么大事？凭娘娘与王爷多年的情分，必定宠眷无移。”

“是吗？”青田还那般半低着头，欲笑不笑地掀了掀眼帘，“怎么我听夫人方才的意思，好像是说赶明儿王爷一回京，就会把我这个‘不三不四’的‘外室’撵回槐花胡同做生意去了？”

左夫人见青田语态傲慢，断定她必已对挽回恩宠成竹在胸，愈发心惊肉跳了起来，忙不迭地解释："娘娘误会，娘娘误会了！唉，娘娘从一开始就知道，妾身因出身世家，从小有些被骄纵坏了，说话直来直去的，心中所想到了口里往往就成了另一种意思，所谓'词不达意'是也。妾身心里头只愿娘娘安康长乐，与王爷磐石无转移。可若说出的言辞里有哪句不中娘娘的耳，还望娘娘念在妾身的一片初心，切莫怪罪。"

青田气定神闲，将眉尖一挑，"我不过开个玩笑，夫人就急了。正是夫人那话呢，尊祖父冯老公爷以前是认我做过闺女的，讲起辈分来，夫人倒要叫我一声'妈'，哪个当妈的会同自个的儿女计较，夫人说是不是？"

这一招以彼之道还彼之身，令左夫人的面孔整个地向下一垮，又不敢强辩，不得不违心咕哝一句："倘若娘娘不嫌，就认妾身做个女儿也没什么不行的，改日等妾身满服，再备下礼物上门正式向娘娘拜认。"

青田婉转动人地一笑，"拣日不如撞日，夫人这次若不是'词不达意'，只在嘴里头说说，而当真想认下我这个'妈'，照我看，竟也不必大费周章备什么礼物，只现在这里纳八个头，也就算礼数足具了。"

暮云和莺枝已撑不住笑起来，左夫人的面色则一下白过了身上的丧服。几番挣扎后，心知不向这女人重重地赔礼她是决不肯干休的。尽管满腹愤懑，毕竟也移下座来，撩起粗麻裙就地跪倒，口称："母亲大人在上，受女儿四双八拜。"胡乱叩上几个头，便算交账。

青田噙着笑，将头上的金牡丹分心取下，"原不知你今儿有这份孝心，也不曾备什么，这本是你赵家太太的，我瞧着好看就借来戴戴，东西也还算拿得出手，只当给你这个干女儿的见面礼吧。你也谢谢赵家太太，哦，她与我是姐妹，你也该拜一拜，叫声'姨妈'的。"

左夫人气得手足冰凉，霎时就要发作，转念一想若翻了脸，先前那八个头就算是白磕了！只得又勉强向暮云拜过几拜，倒真有些丧气满面了。

青田叫琴素把牡丹分心交去到左夫人手里，俨然是慈母的口吻："今儿立秋，不独天有些凉了，我瞧着竟有些要下雨的意思，你且先回吧，省得路上不便，改日咱娘俩再叙。"

左夫人巴不得一声，带着下人飞也般地辞去了。

满殿的丫鬟都笑个不住，暮云更笑得前仰后合，"姑娘好痛快，我可有年头没见过姑娘放出当年槐花胡同的尖牙利口来整治人了。该！谁叫她奚落姑娘是倌人出身？她倒是世家女，可做什么一把年纪还要给倌人磕头，连倌人的丫鬟也得尊一声姨妈呢？"

莺枝扶着桌边的一只古铜壶，笑得壶中的竹箭也簌簌乱抖，"天，奴婢服侍娘娘这么久，浑不知娘娘这样会刻薄人。瞧左夫人到后来都快哭出来了，也只得吃了这个哑巴亏。"

青田也觑着二人笑几声，"趋炎附势之徒，哪个不是见风使舵？逢人得势则巧言令色，甘为走狗而不辞；逢人失势则投井下石，竟效恶犬之反噬。在狗前头，最忌讳的就是露出潦倒相来，只要外头还撑得风风光光，它就非但不会冲你叫，还会来舔你的鞋，谁管你实际上穷得叮当响来着？就像我，不过是虚张声势，哪里真有什么法子能使王爷回心转意呢？"

话音一落，笑声就稀稀拉拉地停止了，却有细细的雨，开始自檐上一滴滴飘坠。

雨越来越大，青田不断地催促暮云早归，又叫莺枝亲自持伞相送。二人快走到仪门时，暮云忽握住莺枝的手，摒退了四下，悄声相问："莺枝，娘娘这些日子到底如何？你同我实说。"

开言前，莺枝先沉叹了一声，叹息流散在半黑的天地与细雨间。"回京后，娘娘仍只是习字作画、诵经读书，每天里也照旧装扮得齐齐整整，开梳头匣子、用首饰箱，插什么簪子、戴什么戒指，精心不苟，瞧着仿佛和王爷在府里时没什么两样，可实际上精神总是恍恍惚惚的，夜里头也爱惊梦。暮云姐姐你是最清楚的，娘娘有个胃痛的病根，原已不怎么犯了，近来倒又一天闹一回。人吃得本来就不多，这一下更是茶饭减半，瘦得不成个样儿，经血都停了，这回就来了沥沥淅淅那么一点儿，吃多少阿胶、当归都不管用，晚上洗了脸，脸白得一丝血色都不见。而且，我疑心娘娘是染上了酗酒的毛病。后厢的酒柜里原放着好几瓶俄罗斯国的酒，一下子全没影儿了，九琴通不晓得，我也不敢问娘娘。还有娘娘养的那只鹦鹉‘飞卿’最是有灵性的，因这几个月王爷和娘娘总不大好，屋子里再没个笑声，大家伙也没人敢逗它说话，现如今这细羽家禽就像掉了魂似的，一句诗也不念，还自己把一身的毛都啄秃了，有天我撞见娘娘一个人对着它哭。可一旦到了人前，娘娘就什么也不露，一句苦也不诉，有时候我大着胆子劝她两句，她只是和我笑笑，若无其事似的。”

“娘娘自来是这个性子，你劝也劝不动。只是王爷对娘娘一向疼爱有加，两个人多少年连脸都没红过，怎么会一下子就成了这样？”

“咱们原也猜不出，可今儿无意间听到了别人的一番话，倒好似有些道理。暮云姐姐，我的本行是唱戏，打小我瞧着王爷和娘娘就是戏文里才有的神仙眷侣，可是王爷不愿意当天上神仙，想做地下皇帝。有那杀头的话，说王爷要登基称帝，故此才嫌弃娘娘的出身，变了心。不怕姐姐笑我呆，我早就想好了，终身不嫁，只跟在娘娘身边做个小丫头就是我一辈子的福分。可现在，我深恨自己怎么只是个丫头，什么也做不得主，非但不能使王爷和娘娘像从前一般，连替娘娘稍解忧怀也办不到。”莺枝眼里的泪珠儿溅开来，似剥落的晶石。

暮云的眼也红了，她默默地发了一会子怔，蓦地将手揿住莺枝的肩，“小呆子你别哭，我也只是娘娘的丫头，可龙有龙道、虾有虾路，丫头自有丫头的法子。我过几天再来，你等着吧。”

伞外的雨一直在下，下个不停，幽鸣欲泣。

三

这场雨一落，便是凉生枕簟、露冷屏风，暑气逐日消解，到了秋扇见捐的季节。

暮云是在过了七天之后又上门来的，抽出系在肋下通枝莲钮扣上的绢子掩住嘴，咳嗽了一声，“姑娘，我有话要私下同你说。”

而当暮云把那只檀雕小盒打开时，青田就明白，为什么她的话得“私下”说了。

盒子里装着两件物事，一件是木刻的一对小小人形，用丝线扎在一处，另一件是一张黄色的道符。

青田半惊半疑地瞅着盒子，暮云则切切地望向她，“姑娘还记得令我受孕的那位道婆吗？这是我向她求来的。这对柳木刻的男女她已作过法了，女偶身上我替姑娘写好了你的生辰八字，回头姑娘只需在这男偶身上以朱砂填上王爷的生辰八字即可。男偶的眼上蒙了红纱、心口塞了艾、手上钉了钉、足上粘了胶，是要使王爷眼中见你娇艳、爱你到心、守得死、走不开，这七七四十九根月老红绳把你们捆在一块，终身不分。等王爷再来时，姑娘就把这一对偶人塞去枕头里，把这张符化了灰混在茶水里给王爷喝了，上床行事，保你与王爷云雨团圆，恩爱一生。”

暮云凝注着青田脸上每一分表情的变化，低低地一叹：“我晓得姑娘不信这个，我原也不信的，可姑娘你瞧，我十年未能受孕，只吃了这道婆的一道符立即就怀上了。而且——我实话说了吧，姑娘以为我贴身的丫头坠儿去哪儿了？呵呵，你再想不到的，我怀身子四个月的时候，小赵跑来同我说要把坠儿开脸做姨娘！我这才知道，原来他们俩早就暗度陈仓。近些年小赵屡屡说我不能养，因此要纳几个小的，都被我生摁住了，好容易怀上以为能松口气，谁知还有这一出儿在后头等着我。我没肚子的时候都不容丈夫纳妾，如今大了肚子倒能容？哼，我对小赵说要考虑考虑，偷偷就找了这道婆来替我作了法。姑娘你说奇不奇？第二天，小赵就一下多嫌着坠儿那丫头似的，不是打就是骂，不出半个月就叫个人伢子把她给卖了，且自那之后，对我再没有过二心，竟跟小时候做穷伙计似的，服服帖帖。”

暮云干涩地笑一声，两只眼似盛满了碎玻璃，“姑娘你别这么看着我，我也想不到有一天，居然要用这些见不得人的压镇巫术去对付枕边人。可有什么法子呢？我都不知道那个年轻时又正直、又可爱的小赵去哪里了，这男人一上年纪，心性变得比咱们女人的容貌还快，什么子嗣为重、无后为大，他其实就是想睡年轻的女人！我这么大年纪才拼死怀上头一胎，那也简直就是妄图拿一车的烂杏抵消人家想啃一口鲜桃的心。姑娘，你老说我命好，其实身为女人哪里有命好的？就说坠儿那丫头，也不是勾鬼使就能勾了小赵的魂儿去，分明是小赵自个不争气，可我能拿小赵怎么办？到头来倒霉的不还是坠儿？我呢，就只当吞了口苍蝇，这挺着个大肚子，日子还得往下过呀。可姑娘，你和我不一样。我是小赵的妻房，他就是再在外头作天作地，我在家里也稳稳当当的。姑娘你跟了王爷十来年，他府里的继妃詹娘娘为什么对你不管不问？就是拿得准王爷连个‘通房丫头’的名分也给不了你，你永远也进不了他家门。你一房外室，若一朝真被扫地以尽，那就是无家可归，跟过摄政王的女人，哪个男人还敢接手？姑娘你难不成真再去槐花胡同开张？那天左夫人说的话咱们嫌难听，可细想想，当真难听得在理。姑娘你听我说，假若王爷能始终像当年一样待你痴心长情，就是给他做一辈子外室，那也值得。可一辈子那么长，谁又能说得准呢？等姑娘老到鸡皮鹤发的，还能保得住王爷不变卦？何况眼跟前，王爷就已经明摆着对姑娘心生厌倦。姑娘，我也身为人妇这么些年，夫妇之间两心相悦自然最好，互相算计也是中策，下策就是对方有算计，而你没有，到头来满盘皆输。

你不能不早作筹谋。”

这洋洋洒洒的一番话令青田的心也洋洋洒洒，东一片、西一片，左右摇摆不定，但她的手却已定定地触着这小盒——盒盖上凸起的七窍连云纹。

暮云又把盒子往前递了递，“姑娘，我知道你对王爷真情一片、不悔不怨，可不悔不怨，就能够不痛吗？你好好想一想当初和那姓乔的，这一回，可不会再有一位英俊多情的王爷使姑娘忘掉遭受爱人遗弃的痛苦了。”暮云的嘴唇柔软而坚定，最后轻嘘了一声，“姑娘只管放心，这种法儿只是令三爷爱你如初，不会对他有一点儿危害的。”

青田终于接过了盒子，暝色四围时，她将它偷偷地藏起。就在那一瞬，她突然想起了多年前怀雅堂艳阁中的那一只抽屉、抽屉里的那一包砒霜。

她人生中最大的希冀和恐惧，全在这里了。

并没过多久，八月十四那一天，就传来了齐奢启程返京的消息。其时青田正在吃晚饭，她放下了双箸，唇上额前忽渗出一层凉汗。

“琴盟，把饭菜撤了。莺枝，你把和胃丸给我拿来，然后也下去吧。都下去。”

莺枝替青田取了药，心里有话，又在嘴边咽下，回身再偷觑一眼，放下了水晶帘。

空屋中，青田独自攥着瓷瓶倒出了一粒药丸，正欲往口边送，却又神思一转，起身到了屋角的小四件柜边，伸手从柜底掏出一只不大不小的玻璃瓶。瓶子只半满，盛着透明透亮的液体，瓶身上贴着张黄纸签。

青田拔开瓶塞直对着嘴灌下，用手抹净了嘴角，长吁一口辛辣的酒气，烈嗽起来。嗽声方止，乍闻得一角有沥沥之响，是金丝架上的鹦鹉飞卿在扯动着足环的细链。她投目一望，就拎着酒瓶虚飘飘地向它走来，摩挲着声声相唤：“飞卿？飞卿？”

鹦鹉对她不闻不应，只把喙紧埋在胸口。胸前，如遭飓风连根拔起的芦苇塘，雪白浓密的长羽已剥落得东零西落，所剩无几。

青田猛一下捂住脸，“对不起、对不起……”她讷讷地哭起来，俯身跪倒。愈发强烈的胃痛攫住了她，同时，烈酒也自她胃里开始涌入了每一根血管，是一片汪洋在升起。这汪洋并不能使她的痛苦消减一分，但其巨大的浮力足以使一切可怖的沉重变得能够忍受。

她伸手扶住了云雕殿柱，就喘息着倚住柱身，空望向花窗，一面又举起了酒瓶。她知道，如果不在新一天来临之前把这产自于异国冰天雪地间的烧酒猛灌上一通，她就会一直盯着这漆黑的窗纸，目睹其一点、一点、一点、一点、一点一点再一点……变作苍白。

等被噩梦推出了梦乡，青田就从地下爬起，把酒瓶藏好，把床上的被褥拉开，再叫人进来叠起。她用玫瑰露漱口，用桂花油梳头，描画得月挂双眉、肌凝瑞脂，配上全副的金甲套，甲套上镂空着梵文的“唵”字。

当她做完这一切，就似一尊在众生之苦前始终金身宝幔、华眉净目的庄严神像，静等着这一天如一个劫数般过去时，琴素慌慌张张地闯了来，“娘娘，娘娘不好了，那边的两位世妃娘娘来了！”

青田面显异色，“什么？谁？”一经问出口，她自己就明白了。

紧接着莺枝也进来了，一扫斯文老成之态，碎步小跑着，“摄政王府的容妃和婉妃来了，不知来做什么，下头人不敢拦，眼见已到二门了。”

青田此际反而又稳坐，回身对住了妆镜，打开不久前才合起的金花玉凤胭脂盒，往檀口与双颊点丹砂、飞桃花，将一点素妆添做了盛艳。

红铅拂脸细腰人[1]，步向堂前。

---

[1]（唐）张祜《李家柘枝》：“红铅拂脸细腰人，金绣罗衫软著身。长恐舞时残拍尽，却思云雨更无因。”

四

未见人面先闻人声，低而嘈乱。青田绕过了软壁，打眼就见外厅立着数十名丫鬟仆妇，中间是两位珠翠满盈的贵妇人，正叉着手说话。一位身段高挑，眉眼醒目，穿着大镶大滚的葡萄纹对襟罗衫、翠盖妆花罗裙；另一位则弱质纤纤，柳叶眉、琼瑶鼻，穿龙胆紫掩襟袄、狐青色螺纹裙，十分的娇姿堪怜。

青田但知这便是齐奢那边府里头的容、婉二妃，当即慢款湘裙，道一个万福，“不知两位娘娘下降，有失远迎。”

厅中忽地静下来，容妃与婉妃提目，抛过了目光细细打量。她们的眼前是一名青春少妇，小小的椭圆蛋脸，双颊晕着淡淡胭脂，额头饱满，下巴圆润小巧，挺秀的鼻峰与极精致的鼻翼，嘴唇丰腴，月眉星目。乌发低低地绾着一个如意髻，髻底垂一只紫金镶猫儿睛的蝴蝶坠角，此外发间只稀疏几点珠钿。一袭碎珍珠点边的浅金缠枝莲纹褙子，黄玛瑙领扣，开襟处露出米色的细绉长裙，一道秋藕色绞丝披帛散散地拖曳在裙边。姿容妍媚，身段袅娜，娉婷几步间，萧疏而华贵。

二妃由头到脚地看了半晌，婉妃先笑一声，“好一个段青田！十年闻名，今日终得一见。容姐姐，你以为如何？”

容妃修长的身子欹在那儿似一苗秀树，于是就仿佛停栖于树梢的不知名的鸟儿，有不知名的幽恨栖在她眉梢，“早听说她是京城第一美人，故而来此之前我曾无数次暗想，必要当着这女人的面儿扔给她一句：‘不、过、如、此’。可现下，我还是不得不说，真真是个挑不出错儿的娇娃。”

婉妃的笑声益发娇糯，“我也这么觉着，所以心里头不由生气得厉害。”

容妃也吃吃地笑起来，“我也一样，越看她，就越来气。婉妹妹，那你说怎么办才好呢？”

婉妃把手抬起，一对虾须镯在她腕上千丝万丝地盘绕着，“赵妈妈，你带大家伙到外头等着。就花居伺候的人也都出去。”

莺枝紧攥着两手站在对面，含着满腔忧惧叫了声“娘娘”，却看青田笑着对她稳稳地点点头。她只得与余人齐齐一礼，退去了厅外。

刹时寂寂，只有檐前的桂花树轻送着满枝浓香。

婉妃往前走过来，鞋底踏着金砖地，玲珑有声，“段娘娘的涵养功夫可真不错，咱们姐俩在这里说了五六句，却不见您插一句话。”

青田这才和婉非常地一笑，“二位娘娘面前，不敢多嘴。”

“你就不问一问，我们二人为什么而来？”

“听两位适才的意思，好似是来‘看’我的。”

“说得极是。那你再说说，怎么你侍奉了王爷十年，咱们今天才来‘看’你？”

青田忖度片刻，依旧只一笑，“十年，是我承恩得宠之时；今天，是我色衰宠歇之日。”

婉妃拍了两下手，“果然是头上打一下，脚底板也响的人！这些年在摄政王府，继妃詹娘娘非但不许府中姬妾与你这里有任何瓜葛牵连，甚至连私下提一提你的名字也是不可饶恕的重罪，在明，这叫‘眼不见心为净，耳不闻心不烦’，其实人人都心照不宣，无非是防着谁又似当初的萃意和寿妃争风吃醋招惹到你，引王爷怪罪。”

容妃也走近来，方才的佯笑已荡然无踪，“府里头年纪大些的妈妈都说你是耗子精化身，手上有捉仙降神的绳索、勾魂摄魄的兵符。你凭着妖法为所欲为的时候，有王爷百般回护你，自没人敢近你的身，可一旦你现出原形，遭了王爷的厌弃，也不过就是只人人喊打的过街老鼠。”

婉妃跟着收起了笑容，只余一脸的愤愤，“段青田你这不要脸的狐媚娼妇，终于还有这一天！”

面对这字字饱含食髓之恨的辱骂，青田只是将臂纱轻拢，处变不惊，方寸泰然，“这一天，昔年娼门之猥贱，今朝长门[1]之幽怨，皆在二位眼前。二位想看的，都已看见。”

“不！”容妃猛地在旁边高叫了一声，伸长了脖子逼向前。她髻鬟间埋有一支金崐点翠芙蓉钗，钗头倒垂着一颗明珠，珠子几乎打在了青田额上，“没有，一点儿也没有。我们想看的远非这一个粉黛明丽、谈吐自若的美人儿，我们想看的，是你以泪洗面、老态毕现的苦痛模样！”

起了风，就愈把桂花的甜味阵阵地吹来。青田浅吸了一口气，唇齿间亦流曼出幽幽冷香，“容娘娘怎知我没有以泪洗面？我若卸却这一脸的脂粉，年纪也就都写在脸上。只不过多少年，各路贵人对我各样的非议，来来去去也脱不开我的出身是花街妓女这一条，而有哪个妓女不曾背地里拭净泪水、捺下伤心，而光彩照人、笑语嫣然地亮相？这原是我的本分，自小工多艺熟，不敢轻忘。我只能告诉两位，王爷对我不再垂爱，我心中的哀苦无以言表，可若两位执意要看我将这份哀苦挂在面上，泪痕宛然地憔悴于世人之前，那我只能叫两位乘兴而来，败兴而归。”

说出这段话的时候，青田内心的凄凉已如雪山崩塌，但她的脸却是险峰上的雪莲花，在皑皑白雪中沐浴着太阳金色的冷光，端丽华严。这一张美到无懈可击的脸，是在这个人人都咒骂她不要脸的世界上，她仅剩的唯一。

就对着这张脸，容妃瞪大了双眼，眼睛闪闪发亮而冷酷无情，随即她就高举起佩着錾花金甲套的右手。

青田的面颊上狠挨了一下，伴随着婉妃在一边的惊呼：“容姐姐！”

容妃转过头，露出了扭曲的笑容，“妹妹，你也来试试，痛快极了。”

[1] 汉武帝陈皇后被废后居于长门宫，曾千金买得司马相如作《长门赋》以期君王回心，“长门”之名遂千古流传，代指女子失宠。

婉妃好似迟疑了一瞬，接着嘴角就向上一牵动，娇瘦的身躯遽然如出鞘匕首，整个地朝青田飞扑过来。

青田的腮上、脖颈上都留下了划伤的血痕，她趔趄了几步，痛也不喊一句。

婉妃反倒是喘汗交下，两手发着颤，鼻孔也因兴奋而扩张，“你说得对，姐姐，的确痛快极了。”

容妃狞笑着向前踏了一大步，她比青田高出近半个头，肩宽手长，直接就伸出一臂自上扯住了青田的头发，另一手便再一次掴上来。婉妃也不甘示弱，出手将青田的衣领一揪，咬着牙谩骂：“有本事叫王爷来护着你呀？谁不知北府的段娘娘威风，九条尾巴的耗子精转世为王！脚踏着千家门、万家户，跟过的汉子倒有一拿小米数儿，照样把我们那位爷祸乱得抛妻忘家，反把你养在锦绣窝儿里头，正经王府的妃子娘娘们拍马也追不上，哪个敢和你有一分眉高眼低，立即惊天动地地反乱起来！如何这阵子夹起尾巴来了，‘哑巴挨夹杠——痛死不开腔’呢？你倒还手啊，怎么，怕啦，啊，段娘娘也有怕的时候！”

婉妃狠将青田一搡，青田胸前的一串珍珠项链“哗啦啦”地散开，珠子滚了满地。青田脚下一滑，忙扶住身后的一张香楠木桌方没有摔倒。她站稳、站直，拭去了嘴角的血沫，定目直视着二妃。二人面上上好的宫粉已有些脱落，皮肤干瘪、细纹丛生，老得简直触目惊心，远不是才远看起来仪态万方的样子。青田调转了视线，咽道一阵阵紧缩，“多年以来因我之故，而使府中的诸位娘娘宠遇稀薄、备受冷落，我也始终都抱愧于心。”

“你抱愧于心？”容妃手上的一根甲套被青田的头发刮住，滑脱来掉在了地上，金属击地的脆响完全被她的嗓音盖过，“哈，你瞧瞧你这里，满园万花盛放、姹紫嫣红，屋里头珠缨灵盖、灯彩无数，不是犀角玉石，就是翡翠玛瑙，一派烂漫富丽的气象。白日里你一觉睡到日头西，起来听听曲儿、逗逗鸟，过得比王母娘娘还逍遥；到夜里，和王爷鱼水情愫，说不尽的闺房之乐。我们呢？成年累月独守在空房，睡也不能睡，起也懒得起，一到夜里就呆呆地瞧着四壁阴森、一灯低暗，听着鼠子嘶叫、猫儿打架，一听就是十年！十年！！而我今年才不过三十五岁！这其中的辛酸苦楚你可以想见吗，啊？！这一切全是你这妖精害的，没有你，王爷怎么会这么对我，你就是个吃人不吐骨头的妖精！”

婉妃的脸上也渗满了粉汗，两颧涨得通红，“是，你这个妖精，要不是你和你那粉头姐妹，顺妃姐姐也不会叫王爷幽禁起来，一辈子再不能踏出院门一步！姓段的婊子你可知道，我一想起你就会恨得心口疼，我心口一疼，就让我屋里的丫头顶着石头去院子里罚跪。结果这些年下来，那么老厚的一方石板竟被活活磨去了一层。”

“婉妹妹到底手软，”容妃一面说，一面把两只袖子往上卷起，手腕上叮叮当当的金镯玉镯天摇地动地响起来，“我屋里有个小丫头子叫青蘋，我有时连想起这个‘青’字都觉得胸口憋闷，就叫她来，把她的脸腮全部用指甲掐得血烂，每掐一下，我都当是掐在你这贱人的脸上！”她裙角一飞，横踹出一只脚，狠狠地命中青田的下腹。

青田闷哼了一声，恰好踩到散了一地的珠子上，弓腰跌坐去墙角。她的头发已被扯得散乱不堪，丝丝缕缕地覆在胸前、肩后，脸上脂粉纵横，夹杂着粗一道浅一道的血迹。她将一手往高够，搭住那楠木桌的桌面想要站起来，却被容妃一把拨开她的手，居高视下地逼上前。

青田仰起脸，看到了刺眼的金光一闪。容妃拔下她头上长长的金钗在空中一挥，“指甲掐烂了还能长好，钗头划破的可就难了。今儿个我竟要好好地过过瘾，把你这千娇百媚的脸划它个横七竖八，看你带着一脸几寸深的伤口，还能不能魅惑王爷？”

青田终于喊出声，高举起双臂护在头顶，极力地偏过脸去。她听到容妃沙声啸叫着：“婉妹，过来摁住她，扒光这贱人的衣裳，看她往哪儿跑！”很快，她的腿和脚就被牢牢地揿死了，两只手的手腕也被容妃钳在了一处。就在青田以为她的一生都将似一匹锦缎被划破时——

“继妃娘娘驾到！”

“什么？”容妃骑在青田的身上，手里捏着那支钗扭过头。

一个穿着浅色衣服的丫鬟推开门跑进来，“二位娘娘不好了，继妃詹娘娘来了，轿子马上就抬来二堂滴水檐前了！”

婉妃先慌了神，手里头略一松动，青田已猛力一挣逃开在一边，喘息着系起被撕开的衣裙。

容妃则低声地咒骂着，一面摇摇摆摆地立起身来，“继妃来干什么？她怎么知道我们在这里？”

眼见另一个身穿茶色坎肩的娘姨跨过了门槛，听口气俨然是詹妃身边的近婢。

“容妃、婉妃二位主子，娘娘请你们出去说话。”

紧跟着，她环视一周，仔细地避开一粒粒滚了满地的珍珠，走来了青田身畔，用很轻的声音问：“段姑娘，你还好吗？”

青田只觉这娘姨相当面善，于是很端详了两眼，“是你？”

是晚晚。那一年青田携临终的在御冒雪夜赴王府，曾与其有过一面之缘。青田认出了她来，以伤肿的两颊对她挤出一个笑，“姐姐是几时出阁？”

“段姑娘还记得我？”晚晚有些讶异，她笑着摸一摸盘起在脑后的发髻，“我七年前就配了人了，是府里的侍卫。”

“恭喜姐姐。多年不见，又劳姐姐替我解围。”

晚晚向青田面上细觑几眼，见其在此般窘境下仍然是落落大方，唏嘘中不免有几分隐隐的敬佩之色，“继妃娘娘一听说容妃和婉妃偷往北府这边来，立即就跟着赶了来，让段姑娘受委屈了，还好没吃什么更大的亏。”

始终以来，由于齐奢对他这位继妃的尊重，青田也对詹氏保持着敬畏。而这是第一次，她和他的妻室离得这样近，透过半开的门扇，她已看到一乘金黄色的帷轿落在了廊前。

“我去向继妃娘娘请个安吧。”她对晚晚低语了一句，用双手将乱发理去颈后，摁了摁两腮，整一整裙衫，就走向了门外。

银灿灿的桂花树下，青田一步步下阶来，头颈低垂得似残秋后的荷茎，“妾身段氏，初次拜见继妃娘娘，请娘娘受妾身大礼。”说毕，即面向轿子行了一跪三叩之礼。

足有二三十个护卫、太监、侍女拥在轿后，轿帘紧紧地关闭着，自里头发出一个轻于蜻蜓落荷尖的微声：“瑞芝，你叫她把脸抬起来。”

“是。”立在轿窗边的一个丫鬟点点头，转向青田命令道：“段氏，娘娘叫你把脸抬起来。”

青田犹豫了一瞬，就缓缓地抬起脸来。她知道自己的样子看起来丑极了，红肿着眼圈，带着血痕和青紫。她想，在过去的年头里，詹氏一定也曾为了她而怨恨难过，那么她希望现在这样的一张脸能够使詹氏稍觉快慰。

她清楚地看到两根碧玉护甲伸出了轿帘，将帘子揭开了一道缝，缝隙后，有一双盯向她的眼。但青田看不到那对眼，她只好又伏低了上身，一绺散落的头发滑过她的肩落进了地面的微尘间，“娘娘贵步临贱地，请恕妾身仓促之中不曾远迎。今日有幸相会，若娘娘不弃妾身寒微，请下轿于内堂一坐，妾身再向娘娘敬茶行礼，请娘娘的指示教训。”

这次，轿子里的人又说了两句话，可青田听不真，单见那瑞芝把耳朵往轿窗贴了一贴，就端着两手高扬起脸儿，“娘娘说不必了，叫你回去。容、婉二位主子，这便也随娘娘回府吧。”

就听“咔咔”几声，套着曳衫背甲的轿夫们磨过轿杠，就抬起了轿子，乌泱泱的随扈一道退了出去。容妃和婉妃两个拖拖拉拉地走在最后头，忽地又趁前面一个不注意折返来青田面前。

“算你运气好！可你甭以为继妃救你一命就是看得起你了，人家不过是松松脚，给一只蚂蚁活路呢。也不撒泡尿照照你自个是什么身份，居然请继妃进去坐？难道还真以为人家的脚肯沾你这里的地吗？没的叫人笑掉大牙。”

“哦，差点儿忘了。我们听说前一阵大理寺少卿左永的夫人被你唬着拜了干娘，呸，那个糊涂虫！可她糊涂，你不至于也糊涂吧，还痴心妄想着能在王爷那里复宠？我告诉你，王爷今天晚上就到京了，可你想都不用想，他再不会往你这儿来的——王爷已有了新欢了。”

“就你被赶出来几天后，静寄庄一次晚宴上，有一小女子一曲菱歌，艳惊四座，就此被王爷纳之为宠，日日都陪在身边呢。”

“这小女子名叫桃儿，是宫中教坊司的歌章女乐，据说生得是窈窕多姿，赛过三月天的桃花，只有十、五、岁，还不到你的一半！”

假如说或多或少，青田还对她和齐奢之间残留着一丝丝希望的话，而今这希望也已如一个泡沫，炸开在她的腑脏深处。

这爆炸的巨力把她从内到外地撕碎，恍惚中，青田但觉五脏六腑流淌了一地，捡不起、拾不完，她的一整个儿都血肉模糊地化为了乌有。

她已看不清那是谁，只是一个晃动的影子，用超乎一切想象的狠毒语气一个字一个字地对她说：“就是这副样子，就是你眼下这副样子。我们想看的，终于看到了。”

“二位娘娘，继妃娘娘催你们呢！”

“来了，这便来了。”容妃和婉妃最后给了青田一瞥，脚步无比轻快地拧身远去。

北府的侍婢们这才纷纷跑上前来，莺枝冲在头一个，哭着抱住了青田，“娘娘，娘娘你没事吧？娘娘，娘娘！娘娘你怎么了，你说话呀，娘娘，娘娘……”

青田听而不闻，她的脑子里仿似有炮火轰鸣，而那震耳欲聋的巨响只是一个娇怯怯、甜酥酥的名儿：桃儿。

五

桃儿身着大红罗销金裙袄、彩画云肩，乌锃锃的发梳做垂鬟分肖髻，发髻中只戴一支蝶花吊穗金发簪，燕尾俏皮地斜搭一肩。两抹不粗不细的弓眉向上弯起，下头一对画眉眼，瓜子脸雪白，丰鼓的双颊生有着一层细而又细的绒毛，如待熟未熟的水蜜桃。

她的两腿盘在身下，露出描金牡丹花绣鞋，膝头一把雕制着“乐”字的红木琵琶，半低着脸儿微亢娇声：“残红水上飘，梅子枝头小。这些时，眉儿淡了谁描？因春带得愁来到，春去缘何愁未消？人别后，山遥水遥。我为你数归期，画损了掠儿稍。”

唱到关情处，一字一转，红晕满腮。蓦地里哪里一震，丢开了琵琶倒入人怀，一手捺去心口处，“哎哟，这车颠得人怕得来……”

马车的车厢铺着猩红绒毯，一进两间，半扇隔帘内若隐若现着一张长榻，外间则摆放着书案小几。齐奢就踞坐案后，一身鹰背褐金线蟒衣，双目深黑；与身旁娇艳的及笄少女一起，是猛虎与蔷薇。桃儿轻摇耳边的累丝玉兔金耳坠，低漾着流眸，“王爷，马上就进京了，等到了城里您怎么安置我？”

齐奢提动了嘴角对她一笑，“不是说过了吗？赐你王嫔之位。”

“这个桃儿晓得。桃儿是问，在哪儿安置我？”

“王府那么大，你一个小不点儿，哪儿安置不下？”

桃儿恍然有思，用指尖把垂放在肩前的发梢绕来绕去道："桃儿三生有幸能够服侍王爷，虽蒙王爷的厚爱赐以王嫔之位，可桃儿总归只是一名小小的教坊司歌女，恐怕王府里那么些身家贵盛的妃子娘娘们瞧我不起，凡事刁难。"

齐奢垂目下注，笑意愈浓，"那么你想如何？"

桃儿向上仰起脸，眼半眯，簇拥着两丛长睫毛，"顶好王爷在外头赐桃儿一处别宅，这样，桃儿既有名分能安安心心地陪伴王爷，王爷也不必拘泥于府里的许多规矩，乐得自在，才是两全其美呢。"

"你倒思虑周全。"

"王爷这是答应啦？"

"再说。"

桃儿立即抱拢他一条手臂，来回晃了一晃，"为什么再说？那个段青田出身极其低贱，不过凭王爷喜欢，昔年就赐住她天下第一园'如园'，我为什么不行？桃儿就再不济，比她还强出不少呢。王爷不说喜欢桃儿吗，王爷金口玉言，难道是骗人的？"

仿佛是瞧着一个孩子发出各种逗人的憨态，齐奢瞧着桃儿，把拳头抵在了口边笑道："如此说来，你是想住进如园里去？"

桃儿咬住了下唇一笑，"如园荒废多年，一时怎得闲工夫去修整它？反正王爷也絮烦了那姓段的，不如打发了她去，把什刹海的北府腾出来给我不好吗？"

齐奢这一次只是呵呵两声，没作答。车子又颠动了一下，桃儿满面的甜笑一顿，又去撼动他的手臂，"王爷，您倒给句话呀？"

"你进了王府就先住进我的寝殿，以示殊荣，我再关照继妃一句，没人敢轻贱你。"齐奢的眼中仍带着些若有似无的笑，拾起了被桃儿撂开的琵琶，重新递给她，"今日中秋，唱上一支《折桂令》吧。"

朝歌夜弦，唱罢了远山的薄雾，夜色便已是苍然欲合，露出了一爿满月来。

月光斜落进轩窗，在地面照出一小圈银亮的光。而在没有光的地带则蜷缩着一道暗影，眼泪在黑暗中由青田的面颊汹涌地淌下，她抖瑟如秋叶，心绪飘零。

他攻击她、冷落她，用最凉薄的方式对待她，他合法的妻妾们或对她百般凌辱，或不屑和她面对面地说一句话，并且——青田的心紧缩着揪成了一团——他又有了新的女人。但，难道他不曾说最动听的情话给她听？为她做最疯狂最勇敢的事？他和死亡背靠背地亲吻她，在满世界的蹂躏中保护她，他令她的每一天都繁花似锦、明媚灿烂……他的坏、他的好，她在他的恶贯满盈中一一历数着他的寸寸丹心，像蚂蚁搬运着腐食的残骸，像一条狗从一根早已啃秃的骨头上狂热地想啜下来一点儿肉渣。

他拯救了她，又杀害她，他为她塑起了七宝佛塔，再一把推翻。浮屠倒下来，把她压在层层瓦砾下，头顶身下、手边脚边，四面都是信仰的碎片，和自己的血污斑斑。

青田闭起双眼，把脸埋进了膝弯。一桄湘帘外，飘入了一声夜莺般的轻唤：“娘娘、娘娘？”

青田只管蒙着头，嗓音嘶沙而低沉：“让我自己待着，不要管我。”

帘外犹豫了一瞬，“娘娘，是赵家太太……”

缓缓地，青田抬起了脸。

时已至深更，赵府的深宅却灯火彻亮，一路点到了上房。

心焦如焚地奔下马车，还未踏入房门，青田已闻到了浓重的血腥气，令到她的双瞳也血红血红，“为什么不早点儿叫我来？！”

暮云的贴身大丫鬟钿儿抽抽嗒嗒，哭得好不伤心，“原还没到临月，可前儿个晚上太太突然害起了肚疼，产婆来看了说无妨，还慢条斯理地预备绷接、草纸，说生下来总还有一天半天的工夫。太太一边在床上揉肚子，一边还特特地叮嘱我们等母子平安再去告诉娘娘，免得娘娘干操心。谁知这足足生了快三天还只生不下，产婆也慌了，用手进去一掏，那血就止不住了。现如今孩子也没出来，大人、大人也……”

四周皆是哭泣的丫鬟、忙忙碌碌走来走去的家人媳妇、跪在小佛龛前念念有词的尼姑们……她们看到青田，自动分出了一条路。路尽头是一张床，床边半跪着一个满头大汗的老婆子，卷着衣袖，血一直染到她赤裸的大臂上。

青田身畔的莺枝先失声哭起来："暮云姐姐！"青田怔怔地将她拨开，自己一步步地朝前挨。暮云仰躺在床里，头下的枕本是蓝地杂花锦，已洇做了乌孖孖的一片，而陷在枕内的脸却是一色煞白，连眼珠子都白煞煞的，嘴唇大张，却没有半丝声音。青田的面孔遏然作变，"暮云……"

暮云的眼睛有所反应，涣散的目光一点点投过来，嘴巴张合数次，却只有喉咙底部所发出的嗬嗬的喘气声，已然说不出话来。

青田的上下牙关开始打架，是生死关口的剧烈碰撞，"暮云……"她叫她，"暮云，暮云……"

暮云似乎竭力想说什么，但青田看到的只是其面部轻微的、毫无意义的抽搐。青田的牙齿越抖越厉害，抖动蔓延至她全身，她用不停地发着冷战的手摸到了暮云的手，攥住，分不清谁的手更冷一些。

暮云在半刻钟后咽了气，连同腹中的婴儿，为新生而备的产房响起了死亡的悲哭。小赵闯进来，嚎叫着扑向暮云几乎流光了血的冰冷尸身，"暮云！暮云！你不能就这么走哇，你怎么狠心丢下我，今儿是中秋十五，说好我们要带同孩儿一家三口赏月的，你怎么就一个人走了？暮云，你回来，暮云！……"

他哭喊着每一个失去至亲的人都会哭喊的陈词，重复着千百年以来最为陈旧的哀痛，涕泗满襟。蓦地里，又扑身抱住了青田的裙，狠狠朝自己的脸上扇打起来，“青姐儿，全怪我，都怪我！是我没有好好待她，我总嫌弃她不能养，背着她偷丫头，在外头鬼混，她大肚子的时候我还为了纳妾和她吵，她是叫我给气的！青姐儿，你杀了我吧，你替她杀了我，我什么都不要了！什么宝气轩，什么京城首富，我全都不要了，我情愿只做个小伙计，一辈子只是个小伙计，和暮云一心一意！我只要暮云，我在这世上只有她，我只有她！……”

在赵府震天的哭声中，只有青田木然地直立，俯视着小赵以头抢地、悲恸欲绝。她是这样地羡慕他，她也想像他一样肝肠寸断地哭一场，可她一声都哭不出，只有咽喉里撕扯的利爪，焚烧着双眼的火，但没有一滴泪。这滴滴答答的，是血，这些仍温热的血不绝地由床沿滴落，一整片血海中，暮云僵直地横陈着，似一段被蛀空的朽木。青田猛烈地转过身去，她不能再看，一眼也不能再多看。

她两脚踩着空，身子飘飘荡荡地出了赵府，迷迷顿顿地向前走。有人在后头死命地叫她，青田充耳不闻，她只听得到自己的脚步一声又一声，是云板的丧音，月光在头顶不断地拉长，长做了一带无穷尽的素幔，铺满了整座城。

她不知走了多久、多远，遽然间觉得被谁扯住，“娘娘，您要去哪儿？您都这样直着眼走了半晚上了，到底是要去哪儿？”

青田回过头，看到了莺枝被泪水浸透的脸，她又把头转回来：前方远远的，有异彩夺目的花灯、语笑喧阗的人群，还有成群结队的香艳女子，似莺花若绮梦，一切是这样地似曾相识。青田微微地一笑，“我就要去这里，就是这里。”

这里，是东长安街，勾栏胡同。

胡同里的夫人庙正是娼道祖庭，八月十五夜，京中妓女皆来参拜。庙内，花蕊夫人的铜像依旧莲台高坐，下头挤挤挨挨焚香叩拜的依旧是恋恋风尘中的神女们。但见这一个润脸呈花，那一个圆姿替月，仿若是夜里的霓虹七彩，掩映生辉。拜过了，一站起，就有人叽叽咯咯地笑不停，拉过另一个的手，一同嚼起了槟榔，“哗”一口吐掉，唇边空留下一抹红……

青田痴痴地望向她们，这些新鲜的、美丽的面孔，是相隔山水迢迢的年岁去望影影绰绰的彼岸花，那是蝶仙，是对霞，是照花、凤琴、惜珠、二姐，是暮云和她自己……不过是刚在花蕊夫人的宝像前许过了心愿，正风情万种地把臂前来，向她这陌路人投过一瞥，就彼此说笑着经过她，消失了踪迹。

她谁都不剩了，每一个陪她哭、陪她笑，和她红着脸争吵又红着脸和好的女子，那些了解她的一切荣耀与疮疤，她也了解她们那华美的长袍与长袍下虱蚤的女子[1]，那些可以与之心肺相牵肝胆相照的女子，她们的张张笑靥都已随夜风漫天飞舞，堕入深不见底的忘川。她半生的见证者，至此戛然；她与这世界的最后一道防线，全线崩溃。

青田往下跪倒，泪终于淌下来，淌满了她的脸。就在这丰态妖娆的神像前，她全身伏地、失声恸哭，引得其余拜神的年轻妓女们纷纷向她好奇地打量。她们望着这陌生的半老佳人哭得整个人都在剧烈地痉挛，就似昏烛上一朵行将燃尽的花火。

六

烛熄，长夜即告终，以心碎，以眼泪。

天色见明，青田一脸的枯槁，还带着道道伤痕，但却已是衫裙整齐，坐在赵府的大厅中。

“当头有几件大事，一件是棺椁吉壤，一件是入殓，还有一件就是丧事料理。

[1] 张爱玲《天才梦》：“生命是一袭华美的袍，爬满了蚤子。”

你是暮云的夫君，她的棺材坟地由你去挑选。其余的——才我已叫钦天监阴阳司看时批书，小殓以巳正三刻为宜，大殓以明日辰正为宜，入殓时忌龙、虎、鸡、犬四生人，亲人不忌。移灵府中的妙觉阁，停灵七七四十九日，三日后开丧发讣。禅僧与道士我已遣人去请，到时候一百零八位高僧拜忏，九十九位道士打醮，妙觉阁灵前再有僧道各半百，按七对坛作法。这一个月，暮云的丧事就由我全权料理，我每日卯正过来，烦你腾出一间半间屋子容我做理事之用。暮云服侍了我小半辈子，也该我服侍她一回了。"

小赵陪坐下首，一夜之间已是眼眶塌陷，满颌的乌须竟作半白，双目失神地向前瞪着，挤出了一丝悲凄凄的笑，"暮云在天有灵，知道娘娘亲自来给她办理后事，必要给娘娘叩头谢恩的。棺木坟地之事不劳娘娘操心，一概交给我。我这就叫人收拾出一层院落来，再叫管家把家口花名册拿来给娘娘，府中上下听凭娘娘的调遣。"眉眼忽一震，洒下了成串的涕泪来，"我只求娘娘一件，娘娘若知道宫里头哪位画师丹青好的，烦寻一个来与暮云揭白传神[1]，我后半世也就守着她的影像儿过活了。"

青田的唇角也向上一卷，把脸转开一边，"你既有一颗心，我又何曾少了两只手？暮云生前的模样我记得清清楚楚，不消旁人来画她的遗容。"

当下便使人捧来屏插、颜料，闭目回想半刻，多半日就描染出一幅暮云的大影来：头戴金翠冠，双凤挑牌，身着大红妆花袍，胸垂绣带，恍然若生。青田凝视着自己笔下的颜色与留白，隔着浅浅的画纸与深不可问的生生死死，骤然间掷笔，掩面痛哭。

次日，大殓入棺后，又哭过一场，青田就在堂内升座，传齐了赵家一干听差媳妇，挑选了几个机灵老练的随在身边，剩下的数百人各自分派：有请裱

[1]揭开覆盖死者面部的白巾，为之画像。

画匠裱传神的、请裁缝造殓衣的、请搭彩匠搭棚的，又有守灵上香、举哀哭棺的，各处报丧、迎送亲客的，监察火烛、收管器皿的等等不一而足。发送讣文后，便把妙觉阁临街的门户敞开，两班青衣，诸乐大奏。小赵是京中头号富商，暮云又曾是摄政王段娘娘身边的爱婢，夫妇所结交的官家贵戚多如牛毛，闻得噩耗纷纷探祭，就有因青田失宠而懒于应酬的，也少不得遣人送上祭礼。于是赵府一天到晚人来人往，不能胜数。小赵白天在卷棚内招待祭客，晚间戏文散后，就在暮云的灵旁搭下围屏凉床亲自守夜。青田只在后堂监事，日日天不亮就到，至夜方归。这样忙碌着，竟把齐奢也全丢在脑后。早听闻他回到了京中，却不见来北府一次，有隐隐约约的传言说是把那宫中教坊司的歌女桃儿接进了王府整夜厮混，青田也不过问，只管为暮云奔走不休，方觉稍减心中的悲痛。弹指一挥间，已至九月中。

这天，天还伸手不见五指，青田便起了身准备往赵府去。外头正在套车，有人来禀："娘娘，周公公求见！"

周敦穿一套皂色绉纱便装，进门就磕下头来，"奴才拜见娘娘。"

青田下座相迎，虚伸出两手，"快起来，公公别来无恙？"

周敦定着眼向前一望，跟着就一叹："娘娘清减多了。"

一壁的莺枝沉不住气，插嘴盘问："可是王爷叫公公来的？"

令人窘迫的静默后，周敦干咳了半声，"是奴才自个好久不见娘娘，想来给娘娘请个安。"

深深的失望划过莺枝的脸，青田的心也跟着动摇一下，一丝钝痛由日以继夜的麻木中漫出，却依旧自矜地笑一笑，"傻丫头，王爷早有掌上莲花，岂还会记得眼中刺[1]？"

[1]（唐）白居易《母别子》："……亲人迎来旧人弃，掌上莲花眼中刺。……"

周敦点点头，“呵”了一声，“奴才不懂什么花、什么刺，可娘娘的意思奴才懂了。娘娘既然已经知晓，那便更好。这位桃儿小主一入府就册为王嫔，赐住于王爷寝殿的侧殿内，已是恩出格外，她却仍贪心不足，竟再三拿话调唆王爷，处处针对娘娘，看意思是非要把娘娘逼到绝地不可。奴才能说能做的，一定说到做到，只是人心歹毒，王爷的脾性又大不比当年，娘娘自己心里可千万要有个应对。”

仿佛是一脚踩了空，怔忡地一直一直地往下跌。“这样说来，她果真是深得王爷的宠眷？”

周敦停了一下，继而慢腾腾说道：“这位桃儿小主原是宫中歌女，那日在静寄庄的宴会上，以一身天女的装扮抱琴奏唱，就此入了王爷的法眼。王爷如今予她的这份宠眷，叫奴才冷眼瞧着，就恰便似这天女的仙衣叫一个末流的歌女穿在身上。当然，我们做下人的自是要尊奉王爷的心意，可王爷的心意越来越叫人难以领会。唉，奴才跟了王爷一辈子，反倒是不会做人了……”

青田的心中五味杂陈，红着眼圈朝周敦笑笑，“是我不会做人，这么半天竟干站在这门口说起话来。琴素，去倒茶，再搬张椅子来给公公坐。”

周敦举起手摇几摇，“不劳费事，奴才出来没向王爷告假，不敢久坐，瞧瞧娘娘便走。另外体制所关，奴才也不方便亲去祭拜暮云姑娘，只遣人送去了三牲祭品、缎帛彩缯、冥纸炷香、金山银山整一百抬，还请娘娘代为上祭罢了。娘娘自己一定节哀，莫使亲者痛、仇者快。”

泪水直冲了上来，青田忙重重低了眼，声音已是凄然欲泣，“多谢公公还惦记着暮云，还惦记着我这个人，那我就不虚留了，公公慢走。”

周敦佝偻着肩背去了，青田伫立原处，掌心摁着喉下的玉领扣，镂空的白玉，像是冰冷空寂的一点心。

至卯正，仍旧依时来到赵府。这一天正赶上五七，僧道开方破狱，传灯照亡。

这边放焰口、拜水忏，那边朝三清、叩玉帝，更有比丘尼搭绣衣、靸红鞋，在灵前诵经咒，热闹非凡。青田下车就直入妙觉阁，灵柩前彝炉商瓶、银爵香盒，悬挂着暮云的青绿写真。管事媳妇端过一张椅来放在对面，青田坐了，吩咐一声“供茶烧纸”，就对着她亲手所绘的画像，将万般难诉的悲苦一道纵声哭出。随着鼓乐齐发，里里外外的男女伴着她一齐哭嚎起来，哭了良久，方始收泪，便见一个专管迎客的婆子走来阶前报说：“娘娘，外头来了位小姐，也不说名字，只说认识娘娘，看她的样子十分有排场，只是穿得花枝招展的，实在不像来吊丧的，娘娘看是不是请进来？”

青田但听穿得“花枝招展”，心中暗想这是给倌人送丧的规矩，是槐花胡同的旧年姐妹？可暮云又并不算倌人，来人究竟什么身份，实在大费踌躇。“报知你们老爷没有？”

“老爷说，既说认识娘娘，不妨请进来。”

“那就请进来吧。”

很快便听堂鼓吹乐，孝仆们举着几盏罩灯自外引入了一位仆婢簇拥的女子来。而“花枝招展”四字用在她身上，竟不足以形容其万一。这女子至多十四五年纪，身段玲珑风流，上身一件赛榴花的绛色衫，系一条砑云影的雪光素练，斜映着滴翠玉的裙拖，头梳一抹斜，戴一头飞龙珍珠押发，簪一支鎏金掐丝点翠转珠凤步摇，两耳垂着全绿翡翠银杏耳坠，一双俊眼波光飞舞，一点红唇不语自笑，那种活泼而媚人的姿态，竟仿如一道彩光透入了死气沉沉的灵堂。

“你就是段青田吧？”她施施然走近，向青田的脸上细细端详。

青田并不认得对方，但却有些模模糊糊的预感；果然，少女对她露出了一排编贝般的牙，轻声一笑道：“我叫桃儿，相信你一定听过我的名字。”

挂满了灵堂的白戳灯从四面八方射过来，涌上青田心头的第一个念头居然是对自己模样的担心。她刚刚哭过，必然是脂粉狼藉，更显出多时的憔悴来；而她高髻上那一条银平纹链坠白珠抹额与一支双衔鸡心坠小银凤，身上冷素的雪里金遍地锦袄与银灰羽缎宫绦长裙，同这妙龄尤物的一身明丽放在一起，简直呆板陈旧得到了家。整个人，都似一件发了霉的衣料，活该被扔掉。

有一瞬青田浑身都冒起了虚汗，但这一瞬之后，她就挺直了腰，淡薄而端正，“此乃赵府奉迎吊客之地，若为吊唁，请移贵步；若为闲话，免开尊口。”

桃儿一脸少不更事的清纯，态度却老练非常，只微微地横波一笑，“我的话很少，只一句，就在这儿说吧！王爷要把北府赐住给我。”

到这时，青田反而坦然自若了。周敦的警告言犹在耳，而她触目可及皆是灵牌、灵幡、经榜、挽联、丧服、纸钱……绝望与悲戚布满了每一寸。这白惨惨的痛苦之国，她是女王，在她的国度里，没有人能够凌驾于她。

她昂起了下颌，寒星一样的眸子射在桃儿红喷喷的脸上，“那是你的事，我管不着。”

桃儿神情一变，也瞪起了一双美目，“你不从北府搬走，我怎么搬进去？”

“搬不搬，是我的事，你管不着。”

“哼，王爷念在你跟随他多年，才给你个台阶下，叫我来告诉你，你兀自生赖着不走，非等王爷自己出面来赶你，好有意思吗？”

“王爷赶不赶，是王爷的事，你我都管不着。”

桃儿原就面色粉嫩，这下更被噎得红破了双腮，半日才叫骂起来：“段青田，你这老女人怎么这么不知羞？王爷早对你厌烦透顶了，你就是死抓着不松手也不会有结果的！再说了，我瞧你也不怎么回什刹海那边去，这不都找到下家了吗？一个当主子的，巴巴地给奴婢治什么丧？多半是看上了奴婢的好姑爷，一旦被王爷下堂，就等着给自个的丫头填空，做续弦的赵夫人。倒也是万金贵婿，不亏着你呢！”

这空穴来风的毁谤令青田紫涨了脸皮，断声喝道：“死者在上，你嘴巴放干净一些！”

桃儿见激得对头发怒，更不由扬扬得意，“你自个不干净，我嘴巴干净顶什么用？瞧你没日没夜地只赖在赵府里，怕早就做下了首尾。槐花胡同的花魁就是不一样，听说是个烂瓢瓜，动一动水就响起来，背着这死了的，还不知怎么和那鳏夫胡天胡地地快活呢。”

“你——，你再敢说一句！”不知几时，小赵也来到了堂前，一一都听在耳内。只见他怒发冲冠、巾带勃然地冲上前。

“哦，这就是宝气轩的赵老板吧！怎么，还想打我不成？”桃儿毫无惧意，把明艳的香腮冲小赵一扬，“你个吃软饭的，倒打我一个试试？哼，谁不知道啊，这姓段的是个鸨儿，你老婆就是她手里的粉头，当年早就一块出脱给了王爷，你不过是个活王八、绿毛龟，若不是攀着你老婆的裤腰带得着王爷的提携，你一个乡下来的店伙计能做成京城首富？你也不出去抬头瞧瞧，现当今照的是什么日头？哪个才是王爷心尖上的人？你有种动我一下，我就叫你的宝气轩从宝库金山变成废铜烂铁。”

小赵强抑着，把双拳紧握，“你给我滚出去！”

“不用你说，我也不想在这晦气地方多待。”桃儿转过脸，重新盯住了青田，“话我已经给你带到了，搬不搬随便你。你也不想想看，你侍候了王爷十年，也没捞着半点儿名分，我只陪了王爷一夜，就被封为王嫔，怎么你以为你有本钱和我斗吗？凭什么，凭你老？呵，你要不服老，那就试试吧。反正你们槐花胡同出来的天生脸皮厚，从小姐到丫头，个个就知道缠男人。只是强把男人留在身边，可也要有那个福气消受，千万别像这棺材里的，以为奔着生，结果奔着死！”

小赵陡一下睚眦尽裂，抡起了斗大的拳头，“你他妈的——”

青田手臂一横捺住了他的腕子，小赵喘着恶气，“青姐儿你让开！”无奈青田将整个身体都挡来了前头，令他只能干在半空中抻着手，脸红脖子粗地死瞪住桃儿。

桃儿咯咯地连笑几声，“我也是多余，瞧你们俩一口一个哥哥姐姐，上手上脚的恩爱相，怕用不了几天，就又在床上被王爷双双拿奸呢——咦，为什么有个‘又’字？”她双珠笑盈盈、冷冰冰地最后向青田一瞟，“我就洗眼看着你这淫妇的下场。——走！”

她扭转腰肢，领着一众仪从姗姗而去。

七

桃儿才离开，就有亲朋前来上纸吊孝。青田退避后室，小赵应付了一番，随后也跟进来。

“方才为什么拦着我，不让我饱揍那小母狗一顿？！”胡须竖直如铁铸，铮铮地震颤着。

青田的眼光萧条凝重，投于一角，“你没听见她的话吗？眼前她正得宠，你若唐突于她，王爷必定降罪。暮云走了，你是她的夫君，别的我也无能为力，只能替她护你周全罢了。”

“娘娘，您在笑话我吗？让暮云走得风风光光是我仅剩的心愿，偏有人跑过来，把这心愿搁在脚底下踏了个稀巴烂！倘若这种时候，我还只顾自个的周全而不顾亡妻的体面，任人在她的灵前亵渎撒野，岂非枉为人夫？无论如何，我也不会就这么算了。”

“你可想好，你若执意报复，恐怕惹来滔天罪过。”

“我这条命早随着暮云去了，等她入土为安，我就把家业散个干净，削发云游去，倒在洋沟里就是棺材。我今儿连生死也置之度外，会把一条乱咬乱叫的小母狗放在眼里？”

“你说真的？”

“若有半字虚假，五雷轰顶！”孝冠素衣雪亮一振，嗓音如巨雷。

无端端的，青田忆起与暮云的最后一次相会，她塞给她的那对偶人与道符。她向小赵看了半晌，欲说什么，却又掉开脸，沉下了双眼，“暮云不单是你的妻子，也是我段青田这一生至亲至爱的姐妹，我绝不会容许她尸骨未寒，蒙此羞辱。我是决意要替她雪耻的，既然你也正有此心，那就更好办了。”她的眼睑跳一跳，一寸寸抬高，“喜欢满嘴喷粪的人，就该尝尝掉进粪堆里的感觉。干净脱身？想也甭想。小、母、狗！”

小赵有些讶异地瞧过来，瞧见青田直瞪双目望着堂外挂纸钱的黑漆木杆与白铜如意钩。但他知道她其实在望着别处，别处，定然有一张新荔容颜，巧笑多姿。

视线微一晃，这幻影中的脸蛋就生出丰莹的肌肤来，对镜一盼，娇态横生。桃儿拿指尖点了点自己在妆镜里的倒影，露出欣然的笑容。

镜中罗列着成群的青衣小婢，当中一名挨在桃儿的身后簇簇细语着：“小主今儿可把那段青田气得够呛，只是王爷并没有发话要赶她出北府啊，小主怎么就敢骗她？”

桃儿从镜边取过一只如意六角胭脂盒，一边斜斜向小婢一乜，“这老女人城府太深，你看王爷回京这么久了，她还能坐得住，又借着死了个丫头，装出那副惹人怜惜的憔悴样子来。王爷究竟和她有多年情分，最易纠缠不清的，我天天在耳边吹风王爷都狠不下心打发了她，万一哪天兴起回了趟北府，瞧见她心一软，让她复了宠，她根基稳固、人多路广，哪里还有我的活路？这叫先下手为强。我也没指望她能乖乖拍屁股走人，就是要故意气气她。她早就被王爷娇惯坏了，既然敢在王爷生辰的当日和王爷对吵，怎么可能咽得下叫一个新宠指骂的气？回头就算再见着王爷，也定要大闹一场。但凡她一闹，王爷必然更嫌着她，赶她走也是迟早的事。我不过提前知会她一声，算不上骗她。”

小婢满面崇敬道：“小主真是聪明绝顶。等赶走了她，那北府王爷自是要赐给小主的。”

“我日盼夜盼，可不就盼着这一天？在这摄政王府里，我不过是个王嫔，比上不足比下有余。就算王爷特加青目叫我住在他寝殿里，可每日照样要去风月双清阁伺候继妃尚食，和容、婉两位世妃低头不见抬头见的，还有其他那几位王嫔也都是世家出身，处处压我一头，多讨厌！”

“可她们都对小主十分亲热，尤其两位世妃很是欢喜小主呢，还送了小主那么些东西。”

桃儿“嗛”了一声道：“你懂什么？段青田把王爷从她们手里给勾走，独霸了这些年，她们个个恨那姓段的入骨。今儿见我踩着她爬上来，自是欢喜我，又盼着王爷既被我留在了府中，借着笼络我，迟早也能分一杯羹。”再一次“嗛”一声，挑着眉、低着头，把胭脂在掌心慢慢地匀开着，“那帮老女人也不想想，她们都多大年纪了？王爷十年前就腻味了她们，肉放了十年，今儿倒又能新鲜起来？再说，我好容易才得着王爷的眷顾，凭什么与他人共享？用不了多久，等她们发现王爷照旧对她们不理不睬，发现我比那个段青田更会吃独食儿，就该反过来恨我了。到时候，难保她们不仗着名分上的高低来联手作践我，我不趁着王爷爱我的时候早早离了这是非地，还耗着做什么？”

桃儿摊开染满了胭脂的两手，往面颊盖两盖，“我又不像段青田，没有什么名分，我可是正正经经受过册封的王嫔，若再能搬去什刹海自立门户，那该有多风光。更何况，什刹海的精致铺张又岂是这里比得了的？你不知道，就拿这胭脂说，咱们所用顶好的也不过是宫里头的茉莉花粉，什刹海的胭脂却是有专人特制的。据说要拿同色的新鲜玫瑰花瓣安放在玉臼、玉碾里臼成浆，再拿细纱滤出，用当年缫就的蚕丝和着珍珠粉一起压成一方方小饼浸在这汁子里，放在春分的太阳下拿百花的花瓣熨着晒上一整天，等干透了才收进胭脂缸中。用时取一张在温水里润一润，涂在脸上红香晶莹，皮肤就像会发光一般。”

“哎哟，不过是一缸胭脂，活活把人琐碎死。”

“这还不算什么呢。那段青田得宠了十多年，休说王爷赏的，就那些内外大臣为了巴结她也不知上献了多少奇珍异宝。京里的命妇都知道，她心爱之物中有一对祖母绿耳坠，入水后，绿光就如蜻蜓闪翅，耀得人眼都睁不开。还有一串项链是外洋的国王进贡的，几十颗粉油粉油的金刚钻，坠子上那颗足有银杏那么大，是无价之宝。这摄政王府里有名有姓的妃嫔，连管家的继妃詹娘娘也算上，统共加起来也赛不过‘段娘娘’一人的身家。你别瞧那女人今儿一副可怜相儿，这么些年可也享够福了。”桃儿撷起一支伏牛望月的金钗，在指间微微一转，“北府，和府里的一切，是时候换个主子了。”

小婢接过钗子，替桃儿别去脑后，“那还有什么说的，还不是全凭王爷一句话？如今王爷夜夜只要小主一人服侍，这样独一份儿的宠爱，十年前是段青田，十年后可是您。宠爱都移了，恩赏哪有不移的呢？王爷虽对旧情有些割舍不下，可小主这样足智多谋，只要放出本事来，怕有什么不成的？自古就是‘只见新人笑，不闻旧人哭’，北府易主是迟早的事儿。”

正在谈论之际，便听见“王爷驾到”之声。

十多个太监都留在了门帘外，只有周敦和小信子两人随同而入。齐奢走在他们中间，身上是泥金大团龙的亲王朝服，两肩稍向内扣着，脸上看不出喜怒来。

侍婢们忙拥上来升冠卸褂，桃儿也盈盈几步，屈膝行礼。齐奢打了个呵欠，“起来。”

桃儿直起了身子，适才的满面春风好似乍然间吹尽，吹来了秋意浓，不言不语地交叠着两手，萧索而忧悒。

“怎么，不高兴？”齐奢睃了她一眼，举手摒开左右。腰间的挂件、佩刀、马鞭还未及卸掉，就把手向桃儿递出，掌心向上。

桃儿将手搁进去，被稍稍一拽就伏来他胸膛前，狄青色的软纱寝衣半开半掩，露出她白得触目的一痕雪脯。齐奢的眼神自上轻擦过，显出一点笑意来，“受什么委屈了？”

桃儿拂了拂耳鬓，先举目向上一睇，才开口轻声说：“桃儿没什么委屈，桃儿只是替王爷委屈。”

笑意蔓上了齐奢的嘴角，“从何说起？”

桃儿把两手扣着他领下，手指抚着金彩的丝与线，“王爷大概也晓得，北府的段氏上个月有一名旧婢难产而死，段氏全不顾主仆之别，竟以姐妹的名义来替这婢女治丧。这倒也罢了，只听说她居然还搬到了人家夫家住下，亲自料理丧事，和那鳏夫日日在一处，借着守灵的名儿，甚至连睡觉也在灵堂里一起，不雅到了极点，外头的议论已难听得不堪入耳了。桃儿寻思着，这件事实在是有伤王爷的尊严，所以今儿就自作主张想去劝一劝段氏，叫她收敛些。没想到她见了我就破口大骂，说王爷不理她全是我害的，还叫我给王爷带话，扬言说什么‘别以为这世上就只女人多，两条腿儿的男人也满地走’，‘东边没的吃，西边也饿不死人’……我听她越说越不像话，一时间气坏了，就和她吵了两句，哪里料到那姓赵的鳏夫冲上来就要打我！要不是旁边人劝住了，桃儿能不能活着见到王爷还不晓得呢！我回来以后，气得一个人怔怔地掉泪。我就再不值什么，好歹也是王爷您的人，就说段氏不也是王爷的人吗？这样在大庭广众之下，叫外头随随便便一个下等商人动手来殴打王府里的干嫔，她就是不顾我，也该顾着王爷的脸面啊。亏王爷这些年待她跟皇后娘娘似的，她竟全不念一点儿旧情，桃儿怎么不替王爷委屈哪？”

一点一闪的泪光涌出，柔媚而蛊惑，是海上勾引迷失航船的虚幻的渔火，周围飘满了浮尸与沉船。

于是，就有什么在齐奢的脸上浮起，又有什么沉下。他有一刻完全的缄默，就在此刻，周敦咳嗽了一声，声音非常之响，响得非常不自然。

桃儿向一旁拧过脸，糅着泪的喉音陡然清厉：“周敦，你要说什么？”

周敦低着脸面，既不看齐奢也不看桃儿，因此旁人只看得到他的帽顶与帽珠。“奴才所闻，与小主颇多不同。据奴才听说，段娘娘每日卯时至赵府独自哭丧，随后即入后堂理事，时时谨言慎行，非但与赵家老爷恪守礼仪，更不见任何祭客，烧过黄昏纸就动身回什刹海，从无一日例外。今五七已过，偌大的排场从没出过一丝差错。来往祭客不仅叹服娘娘治事有方，且盛赞娘娘知礼自守。至于主子为奴婢治丧一节，不过见仁见智，有多少人嘲笑娘娘自贬身价，就有多少人钦佩娘娘宅心仁厚。”

“哟，周敦，”桃儿的语气满溢着挑衅嘲讽，“我若不知道你是伺候王爷的，还以为你是段青田的奴才呢。也不知她给了你什么好处，换得你帮她说好话瞎驴推磨似的卖力。”

周敦仍旧是深深地垂着头，“王爷在上，奴才不敢有一分欺哄，不过实话实说。”

“你说的是实话，那就是说我欺哄王爷喽？”桃儿重新仰脸对住了齐奢，明澈的眉目被戾气充斥，“王爷，您可别听这奴才的。太监原就是去了势的没根儿东西，他们嘴里能有什么靠得住的？王爷只看看这奴才，我这里正同您说话，他倒多嘴多舌地插进来，谁给他的胆子？怪不得向着那段青田，可不是和她一路货色？仗着王爷的势，反来拆王爷的台。”

周敦很慢很慢地把脸抬高，“奴才不敢。”

桃儿立即把声音抬得更高，“你瞧，还说不敢？主子话还没说完，他就忙着顶起嘴来了！”

除非与周敦熟识多年的人才能看得出他眼下有多光火，两边腮帮子的箭痕往里缩紧，脖颈与四肢都紧绷得不作稍动，只有一对灵活的眼珠猛一横，凝住了齐奢，“王爷——”

“周敦出去。”齐奢恼火的程度却是显而易见的，尽管他的声音一点儿也不大。

周敦即刻收住话尾，把手在胸前一划，小信子及一干婢女都和他一同退去了殿外。

桃儿见其被斥退，愈添得色，音色也就愈增娇嗔：“王爷，休听那奴才糊弄您。我今儿可亲眼看见的，段氏同那鳏夫出双入对，男的孝衣还在身上呢，两个人就肩挨肩手碰手的，哦，那姓赵的还管段氏叫‘青姐儿’，啧啧，当着满府的下人也不知道个忌讳。早听见说他们俩也是打小相识的老交情了，我只劝王爷，也管束管束那段氏，别把她在什刹海放野了，再整出当年和那乔——乔什么来着？就那状——”

“闭嘴。”还没听对方说完一半，齐奢业已向一旁踱开了几步，背转身。听到此处时，他终于打断了她。

桃儿对自己男主人的了解显然很不够，她仍旧向他的背影空支着手，将脚上的卷云嵌珍珠绣鞋巍巍一跺，“桃儿知道提起段青田就惹王爷生气，可——”

她的话再一次被“打”断。

是一条马鞭，鞭风掠在桃儿的耳际，力道大得直接就将她卷翻在地。她跌坐去屋角的大炕边，满目惊惧。

那黄铜把的皮鞭就在齐奢的手里攥着，人已回过身来，把鞭梢缠两缠。他脸庞上的所有表情都潜入其漆黑而茂密的髭须，仿如最后一线日光潜入了黑森林。

“你既然知道提起段青田就惹我生气，那就不要提她。有一个段青田惹我生气已经够了，其余所有女人都是用来叫我高兴的，叫我高兴的头一桩，就是听话。我的话，嘴巴只讲一遍，第二遍就用鞭子讲，相信我，你这样一个娇滴滴的小姑娘，绝不会想听到第三遍的。所以当我叫你闭嘴，你就闭嘴，懂吗？”

他一边说一边绕过她，岔开了两腿在炕沿坐下，将整束皮鞭都倒扣进左手手掌内，以鞭子的铜柄斜扳起桃儿的脸。桃儿明显受到了巨大的惊吓，就好像一个懵懂幼童第一次知道火会烧痛人、刀锋会割破手，她的神情极其深刻地表明了她已牢牢记住什么是不该碰的。先是有串串的泪珠滚落，次而是肿胀、渗血，晕开在她近似于透明的皮肤上。

齐奢自上睨着她，忽然就把盘踞着团团巨龙的长衫撩起，伸进了空出的另一手。一番衣料摩擦的响动后，他把双腿往两边分得更开，分出了一个人的空间来，“现在，把嘴张开。”

鞭子铜柄上镶嵌的牛角把手仍冰冰凉凉地抵在桃儿的下巴上，她怔了一瞬，但她那与容貌一样出众的智慧立即就令她跪直了身子，张开嘴。嘴唇的色泽迷人，不断地呼出温热的、微甜的气息，似一床红线细绣、熨暖熏香的好被，足以包容世间至大的欲望，与至深至重的疲惫。

齐奢始终握着他的皮鞭，一眨不眨地俯望着少女以及少女的一切动作，神色如同一个应有尽有的中年男人在镜前审视自己老态初显的裸体，衡量着与死亡的距离。

若干时间后，他向后仰起头，闭上了眼。

八

这一夜，那种青春女子特有的、极香沉的睡眠并没有降临在桃儿头上。漆黑的深夜里，她受伤的耳鼓一直响着嗡嗡的杂音，如沙场上的战鼓；头枕着粟玉芯缕金线的软枕，是一位士兵在枕戈待旦。桃儿意识到，这一场战争远比她想象的更为艰苦卓绝。

她抚着颊边被一个中年男人抽出的鞭痕，发誓要一个中年女人为此付出应有的代价。

其后的数日内，在齐奢面前桃儿都表现得分外乖巧，然而一旦独处，她便紧锁了两道乌翠的弯眉，唯一的执念就是如何除掉段青田。就在她苦苦思索而一无所获时，机会却自动送上了门来。

这日来了一名太监，自称是什刹海北府的人，说段娘娘与宝气轩的赵老板那日一时糊涂开罪了王嫔，二人甚感不安，段娘娘想将自己珍藏的一串西洋金刚粉钻项链献上，赵老板也有极品珍宝敬献，希望当面向王嫔致歉。

桃儿略一作想，爽快地一口应承，不想身边的心腹小婢却急态流露，叫唤了一声："小主！"

桃儿并不加理睬，只对着来人大点其头，"回去告诉你们娘娘，说我同意了，明儿一定准时。"

太监复命而去，桃儿这才转过脸，斜瞅那小婢一眼，"你要说什么？"

"小主，"小婢一副急愁交加的情形，"前两天王爷才为了小主私自去见段氏和那赵老板发了好大的脾气，小主还不学乖，和他们远着些才好？瞧瞧，这脸上的疤还没褪呢，倒忘了疼了？"

桃儿将指尖沿着颊上一道盖有着重重脂粉的鞭痕划过，几似狰狞地笑了声，"就是忘不了，才要加倍奉还。"

“奴婢不懂。”

“你才没听那奴才说，段氏和姓赵的预备献宝于我？”

“那便怎样？”

“人人都晓得，段氏的首饰称得上是京中贵妇之最，而那条金刚钻项链又是她最宝贝的；姓赵的则是数一数二的富豪，又是做珠宝生意起家，他口中的‘极品’有多贵重可想而知。这样两件稀世之珍突然一起跑到我手里，却是为什么？”

“赔礼告罪。”

“多重的罪，才需要这样重的礼？”

“小主是说——？”

“王爷那天动怒，无非是不信段氏和姓赵的勾搭在一起，迁怒于我，我又苦于没有什么真凭实据，只能忍了这口气。可要是我把段氏的这条项链和姓赵的献宝一起摆在王爷的眼前，就说我当日亲眼目睹了二人的丑态，他们心中有鬼，这才企图以巨珍贿赂于我。段氏的项链王爷自是认得的，而但凡出色的珠宝，珠市口的行家都能把来历去向说得源源本本，姓赵的赖也赖不掉，实证确凿，由不得王爷不信，那时王爷的怒气可不定冲着谁了。”

小婢茅塞顿开地一声：“原来如此！”

桃儿面上的伤痕因兴奋而发红，手指一路拂向了自己空空的颈项，“何况我久闻段氏那件珍宝的盛名，一般王公贵官家的女眷能有几枚西洋白钻的戒指、几只手串也就了不起了，段氏的这条项链却是几十颗粉红大钻，颗颗分量十足，又是名工切割琢磨的，翻头极佳，据说她在一年的生日上戴过一回，所到之处无不耀眼生花，没有一个贵妇在她面前不黯然失色的。这样的奇珍异宝，我若能据为己有，也戴出来在那些世家出身的妃嫔跟前显摆显摆，人生在世，那才不白活哪！”自己说着，也不禁自鸣得意地笑出来，“段氏也算聪明，眼看斗不过我就来请和，可惜聪明反被聪明误，以为下血本就有活路？我偏叫你血本无归！”

于是昏惨惨只见三更灯油尽，五鼓月衔山。月落，便是又一天了。

服侍继妃詹氏尚食过后，桃儿便换过衣裳坐了一抬小轿往前门一带来，约见的地方就在大栅栏以东的珠宝市，宝气轩的一间店面里。

店堂早已闭门歇业，门口立等着两个人。一名老仆在后，前头就是赵老板本人，脱掉了丧服，却也穿着麻布素衣，一见桃儿的轿落，连忙躬身以迎。

“那日承王嫔赐吊，小人却礼仪欠恭，回想起当真不胜惶恐。小人从事珠宝买卖几十年，虽不敢夸口有段娘娘那般的珍品，却也有一件罕物，万望王嫔鉴纳，聊表小人悔罪之心。请王嫔下轿，容小人屋里伺候。”

桃儿拿鼻孔对着小赵，“段青田呢？怎么没来？”

小赵更是将腰杆弓得虾子一般，“段娘娘就在楼上，王嫔请吧。”

上了楼，又蓦地手一隔，把跟着桃儿的一群婢子拦下，低声向桃儿道：“王嫔见谅，段娘娘一会子要向王嫔亲口认罪，有下人在面子上不好看，可否请王嫔让几位姐姐留在外头？再说，那两件珍宝也不好轻易示于旁人的。”

桃儿急着要看金刚钻项链，便只嘟囔一句：“这阵子倒知道怕丑了。”就向众婢摇摇手，自己跨进了屋门。

小赵随之在后，不声不响地推上了门锁。

这主屋甚大，穿过一座抱厦，又向里拐过一道小廊，才来到一间静室内。室中仅有一窗，窗外有一片柏林遮列如屏，尽管在白日间光线也暗沉沉的，只有窗框上各色宝石镶嵌的工细山水人物一闪一闪，如瑶楹玉栋。

小赵的神情也有阴暗的闪熠，神秘莫测，“段娘娘马上就到，在这之前，小人先有宝物奉上，抛砖引玉。王嫔您瞧——”

桃儿举目望去，见屋角摆有一口方方正正的大箱，洋漆描金，极普通的样式。小赵儿步走过去揭开箱盖，箱内是白绸衬底的格子，摆放着数件珊瑚头面，虽贵重，倒也寻常，桃儿不由得大感失望。正当此际，忽看小赵伸手下去在箱壁上抠了两抠，竟把整个格子全部抬出，原来箱底还有一层隔板，板子是乌黑的金属，敲击作响。小赵接着自腰间摸出一串钥匙，挑出一把插去到大箱侧面的哪里一转，“叮当”一声后，隔板上立即有两块簧片缩起，凭空出现了不大的一对圆孔，孔内有宝光散射，晕冷如月。

“王嫔请看，这也是一件外洋宝物，我宝气轩在京中两间分号，加上这一间总号，零零总总上千件头面首饰，最值钱的就是这一件。之前被盗过一次，后来好容易寻回，请西方的匠人按照他们的法儿做成了这个防盗箱。这箱子是精铁所铸，箱底和地板钉在一起，无法搬动，箱中有隔层，隔层上平时放置些普通珠宝，掩人耳目。去了隔层，就露出这块钢板来，钢板下有一个横档儿连着铜锁门，拿钥匙打开锁，就会分出这两个圆孔来，孔眼甚小，每孔单容一手，然后还要再将这锁门下头的铁舌扳起，否则一旦贸然伸手，或以挠钩进去掏摸就会触发箱底的机括，摇铃大振把看守引来。如此步步为营，叫那些江洋匪盗们就算忙活了半天也是一场空，故此这防盗箱有个美名儿叫‘海底捞月’，这心思甚是机巧，说出来博王嫔一哂。平日间拿取这件珍宝都是由小人亲自动手，今日既然王嫔在此，就请王嫔亲劳玉手，才知这里头是怎样一件举世无二之珍。”

桃儿单看这机关之繁复已被吊起了胃口，又被小赵天花乱坠地一说，愈发心痒难搔。仪态也顾不得，就将一条五色锦裙一撩跪去到大箱边，先把右手往隔板的孔中摸进去，没摸到什么，就把左手套入了另一只孔中。

此际，乍然又“叮当”一响，桃儿随之惊呼出声。但见小赵迅速把钥匙反拧了一圈，两孔内的簧片一齐弹出，竟把桃儿的两腕紧紧钳进箱内的隔板，进不能退不得。桃儿情知不妙，大喊了起来：“你、你快给我打开！你玩什么花样？来人！来人哪！”

小赵拔出了钥匙，掸衣而起，“王嫔小主，您的人都被请去后厅看戏了，大锣大鼓的，什么也听不见，您白白叫破了这副好嗓子。”

桃儿使劲把手往外拔，却反被越箍越紧。她伏腰跪在那儿，气喘吁吁，“你、你打算干什么？”

小赵一扫之前的殷勤备至，把头高高地昂起，又鄙薄、又阴狠地干笑了两声，“我生于农家，早年以学徒之身寄人篱下，受尽冷眼，只有我内人不欺少年穷。婚后与我夫唱妇随，琴瑟和谐，原该享福寿到百年，谁想天不从愿，竟与我相隔幽冥。我恨不能散尽了手中的万贯钱财，只求金碟樽俎、香花银烛，体体面面地发送她，就连段娘娘也出面料理、事必躬亲，偏你这小母狗跑来在灵堂之内淫词秽语！我内人一生宽裕温良、克全妇道，岂能叫你白白诽谤了去？今日这份大礼，就是我代亡妻段暮云送给您的，敬请王嫔笑纳。”

小赵言毕，将两手一拂，即退出了屋外。

桃儿的两臂被困在箱中，两膝着地，后拧着脖颈高声嘶叫着：“你到哪儿去？你给我回来！你这混蛋想干什么？你给我回来！来人！来人！来——”

“来人在此，悉听吩咐。”

桃儿听见这个声音，便将自己的声音猛一下收起，她朝后撇过了眼珠，无比水嫩的两颊仿佛在一霎间被抽干，“段青田？”

不知从哪里，也许只是自一室的阴暗中，青田一步步走出。她两鬓虚笼笼的，乌发在脑后绾做平髻，横贯一支玉龙簪，垂一弯缠丝碎水晶滴珠，蚕白色立领长褙，戗银线云褶缎裙，清肃端穆。她的眼神透冷透冷的，人却微笑着，只不过这抹吊在她唇角的笑，仿佛是母狼嘴里叼着的一只带血的白貂。

桃儿的脸开始发红、发涨，她又挣扎了两下，“是你！我就知道是你主使的！你这老女人疯了！这是什么野窑子的下三滥手段？”

青田的瞳孔明灭不定，但一直在微笑，“王嫔此言谬矣，这手段可大有来头。当今东太后先父、前内阁元辅王却钊老先生，在世时颇有男风之好，却又不喜一般的龙阳，独爱唱戏的小旦。只要他老人家中意，管你是红上天的角儿，也得伏地伺候。可也有几个不爱银钱、不畏权势的名伶，死活不肯相从，元辅就把人叫去私邸唱堂会，唱完后，借着赏赐的名义请人看这口箱子，说箱底有西洋的宝贝。等人一时好奇伸下手去，元辅就在一边拿钥匙往锁门里一拨，锁住了那人的手，叫他鞠着身子跪在箱子前头，扒了裤子就从后边硬上。据说有一回，把一个才刚十六的贴旦[1]就这么像狗一样整整锁了半个来月，百般凌辱，等放出来，人也疯了，没几天就自杀了，这口箱子也就此出了名儿。后来查抄王家，竟果真抄了出来，我一时新奇就叫人搬到北府来瞧了瞧，瞧过就忘了，一放好些年，没想到还有能派上用场的时候。”

青田的笑容全部绽开，将两手一摊，“瞧，‘老’也不是没有好处的，假如我不是个‘老女人’，眼下就不能笑着自夸一句‘姜还是老的辣’。而假如王嫔再老上一点儿，没准也就听说过这件老古董，不会吃这个亏。不过不要紧，等一会儿您从这里走出去的时候，我担保您一下就老了十岁。”

出于紧张、惊骇，或纯粹是肢体长时间被迫保持同一姿势的僵硬，桃儿的两臂出现了微颤，“你、你到底想干什么？”紧跟着她就“嘶”地吸了一口气，“他——他是谁？”

一个庞然大物从青田的背后闪现，是个又肥又壮的男人，却长着瘦长的刀条脸，眼睛里没有一丁点儿表情，并不是没有人的表情，而是连野兽或家畜的表情都没有，完全不像是一个活物。他迈着刻板的步伐向这边走来，挥出钉耙一般的手掌抓向了桃儿。

[1] 昆曲中旦角的行当之一，又名“风月旦”“作旦”，多饰演年轻活泼女子，嗓音偏细脆，不带水袖。

桃儿狂乱而无用地反抗着，“你什么人？你找死！我是王嫔，我是摄政王爷的人，你不想活命了你碰我？你给我放手！放手啊你！你敢！”

她绝望的样子活像一只被五花大绑即将下蒸锅的蟹，只不过不是被绑起，而是被脱掉。那男人毫无表情，三下两把就将桃儿的裙子推上去，扯掉了纱裤、小衣。桃儿的浑身都成了熟蟹的赤红，羞愤的泪水滚滚而下，满口谩骂个不停。

之后她突然尖叫了起来。

男人手里多出来个鸡蛋大小的什么，黏糊糊、软塌塌，硬往桃儿的肛门里塞入。桃儿一阵撕痛，扭动起身子，却觉那物事往她肠道里进得更深，烧得她整个腹部都一片灼烫。桃儿惊恐到了极点，放声乱叫：“什么东西？！你给我放了什么鬼东西？！”

“桃、源、散。”青田在一边迅速地，甚至是迫不及待地回答，随即她把手指轻轻慢慢地冲那男人扬了一下。

男人从桃儿的下体抽出了手掌，转个身，马上不见了。庞大、安静、肮脏、出乎意料，而令人全然无从抵抗……活生生就是命运本身来过了一趟。

桃儿已彻底崩溃，哇哇大哭了起来。青田则咯咯地笑着，“嘘——”她像逗弄婴儿一样，“嘘——，别哭，先别忙着哭，放心，您有的是时间哭，先听我说，听我说完。才那‘海底捞月’的箱子您说是窑子里的手段，可说错了，这味‘桃源散’才是。凡混过帘子胡同的人都晓得这味秘药，说起来也不过就是阿胶、糯米之类的常物，只不知是怎么熬制出的，一入后庭就化，化了就紧紧地粘在里头。哟，您瞧我，这人老了就是记性不好，最紧要的倒忘了讲，药里头还掺着男子剃下来的短胡楂、碎头发，半刻钟就在肠子里生根，不管吃多少荞麦面、多少泻药，再清不出的。只因帘子胡同里都是靠谷道吃饭的小龙阳，有时新买来了清俊的男孩儿不愿干这卖屁股的行当，师父就往他后庭里塞上这个药，种下病根，行话叫‘红毛风’。病一发，里头奇痒难耐，再好的角先生都不顶用，只有找活人来医这痒病，一天不弄个两三回就过不去。即便等年纪渐大做不得生意了，无奈里头长了毛，倒贴钱也求着人玩他。这药在帘子胡同里有的是，便宜的不过一二两银子，贵的十好几两的也有，我管他们要的这一副是整整五十两纹银的顶级烈药。上次和王嫔相会匆匆，也没备什么拿得出手的见面礼，就当是请您‘屁股吃人参——后补’吧！这药性也猛、量也大，就咱们说话的这一会儿光景，已经在王嫔的贵臀生根种下了。”

桃儿圆圆白白的臀部无助地抖着、晃着，人已快瘫软在箱上，“你、你、你，你什么意思？”

“王嫔怎么还要问？您就是用屁股想，也该想到。您带着这个暗病，随时随地都会发作，且不说王爷早就不好龙阳之事，就是他愿意走后门，也是四十开外的人了，不比年轻的时候一日数次不倦。哪怕他在王嫔这里分外青春勃发，也有无数的公务缠身，不能够日夜陪伴。王嫔病发时，王爷又不在，那可怎么好？远水解不了近渴，只好和王府那些护卫啊、守军啊暗度陈仓，或者有从前相熟的乐师、乐手，也不妨叫来暗通款曲。这样日日行藏不检，总有一日要被揭破，‘我就洗眼看着你这淫妇的下场。’——这话是王嫔送给我的，不敢拜领，原样奉还。”

“你、你胆敢陷害王嫔？你等着，我去告诉王爷，看他怎么发落你！”

“哧！王嫔，要不要我去外头借个脑袋给您用用？今儿在这屋里发生的一切，您对谁也不能说，说了，您这一张漂漂亮亮的小脸可就丢尽了，一辈子做不了人。那些坏心眼儿的，管保会在背后把您叫作‘毛嫱’、‘后庭花’什么的，多让人脸红啊！就算不被王爷逐出王府，也会被视如敝履、恩宠尽失。要叫我替您出主意，您回去后，顶好抓紧一切时间享受王爷的宠爱和王嫔的尊荣，横行霸道、挥霍无度，怎么舒坦怎么来，因为总有一天——也许是明天，也许是明年，您就会和奸夫被双双捉拿，然后被活生生剜掉子宫，丢去一把废柴里烧成灰，死无葬身之地。等您的死讯传来，我就会叫人开一坛御酒房十年陈窖的太白液，再传两个昆腔班子摆一整夜的大戏，乐得眼泪都流出来。”

桃儿仰起头往上望来，脸上仿佛蒙着一吊吊的灰絮子，“你胡说……”

“不，是你胡说。我暮云妹子虽生在烟花地，可守身自爱、出尘不染，一世的清白，最后竟躺在棺材里叫人大泼脏水？”青田一点点弓下身，把脸直抵到桃儿的脸跟前，而后“呼”一声扬起手，重重给了她一巴掌，“你这烂嘴的小母狗！”她死瞪住对方一刻，又笑了，笑得甜蜜而烂漫，“而我，我一个字也没胡说。王嫔，你会死，死得很难看。”

桃儿的头像断掉一般向一边倒过去，眼泪鼻涕唰唰地往下掉，把她的美貌和骄傲冲洗得一分不剩。

青田就俯着腰倨在那儿，手摸上了自己的咽喉——喉下的白玉套水钻菊花纹小纽扣，慢慢地拧开。无数道彩光喷薄而出，一条项链滑出她领口，颗颗硕大的粉红钻石在昏暗里流溢着光彩，又灿烂又冰冷地坠在桃儿的脸前。

“在你死前，让你开开眼。”青田眼对眼地看进桃儿的双目，满蓄着讥诮与恶意，“呵，和我段青田抢东西，没有金刚钻，你揽什么瓷器活儿呢？！”青田将一手捧在胸前，捧着那足以刺瞎人的一团巨光，在桃儿的两眼前一寸一寸地抬起腰，姿态优雅得似一位谢幕完毕的名角。

之后她调转身体，把疯癫的号叫和咒骂都抛在了原地。

莺枝等在楼下的一间小账房内，已研好了浓浓一池墨等待着。青田提笔，在一张花笺上写就寥寥数语，稍作沉吟，末尾添上一句“阅讫付火”。折起，封好，递过去。

“送给周敦。”

九

事情发生得比预想的还要快，不到三五日，周敦那边就传来了回信。

桃儿回王府后，派人从帘子胡同里偷偷寻来一个专治红毛风的，那人自称有一把金匙，可将毛发从肠子里尽数刮出，许多年老上岸的娈童全拜他妙手回春。于是堂堂王嫔，就在这江湖郎中的面前脱掉了裤子。不迟不早，恰好这时来了一个小太监给王嫔传话，说王爷有十万火急的吩咐，也不顾几个守门丫头的阻拦，戆头戆脑就直接推门进去了，正瞧见王嫔白花花的屁股被一个面貌猥琐的男人捧在手里。小太监吓得掉头就跑了出去，将王嫔秘约奸夫在王殿内私会这一极恶重罪上报了周公公。周公公上报了王爷，王爷当时正在崇定院批折，听后把朱笔往水丞内一掼，“秽不可闻。你去看着办吧。”仅仅一个时辰后，王嫔桃儿和那郎中就被一起丢入了近郊的一处粪池里，桃儿数次挣扎着浮出粪水，求饶、喊冤、恳请面见王爷，她最后清楚的言辞是诅咒段青田那老女人不得好死。而这时，行刑之人举起了捞粪的竹耙摁住了桃儿的头顶，将那一度如明珠鲜露般的美丽脸蛋插入了深深的粪便里。

桃儿再也没浮起来。

青田听完了整个故事后，只说了一个字：“哦。”

前来回事的小太监油光光一张红脸膛，很灵巧能干的样子。“关系王府的颜面，对外只称王嫔在夜里失足跌入了荷池中溺毙，这件事儿就算了了。”

“代我多谢周公公吧。”

“周公公说多谢娘娘，要不是娘娘叫他日夜派人监视着，不至于这么快就能捉住现行。”

青田嘴角一动，浮现出一点黯淡的笑意，“莺枝——”

赏银是早就备好的，莺枝捧上前，“公公留着喝茶。”

小太监连牙花子都笑出来，“多谢娘娘厚赏。”

青田又是茫然无所顾的一笑，那种笑容足以让一个信使认为自己方才所带来的并不是喜讯，而是大丧的噩耗。

暮云的殡期就在数天后。

辰正响板一敲，起棺，六十四人抬的棺椁在香烛亭、百花亭、引魂轿、功布招……的簇拥下，银山压地一般而去。至西直门外的坟地，冥器纸扎消逝在涨天的烟焰中，一把黄土，掩埋了逝者。

一路上，小赵表情麻木、目光迟滞，始终没有掉一滴泪。

该夜，赵宅突然起火，烈火烧了整整大半夜。就在一片焦土瓦砾的火场中，宅子的主人赵老板失踪了，生不见人死不见尸，留下了庞大的家产任人争夺，与半生的故事由人传说。

再后来，就到了下雪的时候。

天降瑞雪预兆丰盈，那雪花有些忽大忽小的，飘飘不定，降落在尘世间。

天色初暮，青田正坐在廊下望雪，把手伸进暗色的寂静的虚空，蓦见侍婢琴素自廊外上气不接下气地奔来，“娘娘、娘娘！王、王爷来了……”

青田见到齐奢的第一个感想，是觉得他老了。其实不过隔了短短的三个月，但他一向笔挺的双肩已沉陷内扣，两鬓也已见星星点点的灰白——又或是未化的浮雪？青田来不及看清，就已深深地跪倒，“贱妾参见王爷，王爷万安。”

曾有的岁岁年年里，每当他归来，她给他的都只是个粲然的笑，特别开心时干脆跑上来拿两臂圈住他，不开心了，就把眼皮子一撩、嘴一撇，“我都睡醒了一觉了，你才进门。”当然偶尔她也会装模作样地大礼叩参，他总是笑着一手就将她拽起，更有甚者，直接把她一抄双脚离地地抱进屋。但眼下，他只是从她低微的身体旁行若无事地走开去，扔下不咸不淡的一句："起来。"

青田起来，转过身，周身都是不自在。

"王爷来了。"

"不欢迎吗？"

"受宠若惊罢了。"她甚至做不到好好地和他对视一眼，但却不能不听着他，他语气中的每一分权力与威严：

"我有话问你，其他人都给我退下，到廊外伺候。"

仆婢们自两边流水一般退开，青田偷眼瞧过去，其中并没有周敦，或者叫做：同谋；而判官业已高坐堂上。青田开始捏手、揪衣带，把身上密纽小袄的纽扣一颗颗整理着，仿佛只为了找些什么能暂时把她和那男人隔开。在整座房间终于变得空荡无人的同时，她在自己的舌尖上找到了一句托辞："那我自己去给王爷沏茶，王爷少坐。"

连喘息的时间都没留给对方，她抬脚就逃入了里间。青田在厚厚的夹帘后怔立了一刻，才回想起往常齐奢爱喝的那种茶叶放在哪里。她开了柜子翻，却只来回地翻找不到，愈发方寸大乱，只在那方寸间乱拨乱捞。之后，从一堆存装着各色名茶的锡罐、玉罐里，"咣当"一声，掉下来一只小木盒。

令青田感到讶异的是，她早就忘掉了这件东西的存在，却在看到它的一瞬间就完完全全地记起来，仿佛那一幕往事也是直接"咣当"一下子从她心里头掉出来：暮云捧着这只盒，赤忱的面孔与赤忱的声音，"保你与王爷云雨团圆，恩爱一生。"

青田的手开始冒汗，如同这双手突然自己有了生命，冲上前替她打开了这只盒。盒子里，一对红丝线捆绑着的柳木人偶，与一张黄色道符。

青田猛一下又关上盒盖，做贼一样撇起眼望了望，倒瞧见苦寻不获的那一罐茶叶就摆在她眼皮子前，鬼使神差一样。

她就这么横下了心。

接下来，她动作很麻利地拣了茶叶、倒上滚水、引了烛火将那道符烧成灰、把灰烬混入了新茶。随后她两手攥着那对木偶来到床边，怔望着床上蜀绣鸳鸯戏水的枕与被，她记不清暮云说过是该放在哪儿，正当犹豫不定时，外间已传来了不耐烦的喊声："人呢？"

"来啦！"青田慌慌张张地把木偶往床里随手一塞，扯平被褥，捧起茶盘回到了堂屋。

屋里头数盏明角宫灯映着齐奢的脸庞，那种惨白的清晰已几近于残酷。青田鼓起了莫大的勇气望进他的眼，好似在与太阳对峙，自己的眼睛便需细细地眯起，眼角多出了几丝微痕，是撩动人心的媚气，"三爷先吃口茶，要问什么话，有一晚上供你慢慢问个够。"

齐奢的眉头打了结，在他疑忌的目光下，青田窘迫得涨红了脸，羞色直染到眼晕上，就更增楚楚可怜之色，"三爷，自你走后，我一人盖着那床旧被只嫌太冷、却又太大，可我还是舍不得换掉。那上头，有你的味道。"她将嗓音拿捏得如一把烧槽琵琶，如泣如诉，就是石头听了也要为之点头。

果然，齐奢愣了愣，苛刻的神色明显地有所软化。青田将那白瓷茶盅自漆盘中双手托出，似卑微地托起一个崇高的、易碎的心愿，托在自己的眉前。

只要你爱我，只要你还爱我。

血液里兀一阵翻江倒海，她心慌手颤，几滴茶水溅出，泼在了齐奢的裘衣上，一滴滴悬于他袖口狐毛的尖端，摇摇欲坠，无处容身。

齐奢用指尖一拂，就将几点水珠拂落，恢复了冷峭，"人蠢万事难。"

无论如何青田也想不到，终于把她压垮的，就是这五个字。太久了，久到了足有几生几世那么长，她都觉得自己像是一头牲口，他丢下的每一抹侮慢的眼神、每一句轻视的言辞、每一个冷漠的动作……这些琐琐碎碎的沉重，一样又一样，全都要由她来背负。她是每走一步都四蹄打抖的母牛，是瘦骨嶙峋连头都抬不起的老马，在暴风中跋涉，背上的负担一日重似一日。这五个字，就是她能够承载的最后的重量。青田知道，只要再多一个字——半个，她的脊梁骨就会被永永远远地压断。

周围的所有遽然间远去，又好似空前未有地明晰。她看清了，齐奢的鬓角确已早生华发。她看到他端起了茶盅，往嘴边送去。青田不再有任何的迟疑，劈手就夺回茶盅，把她心底里最后的一丝奢望亲手摔去了地下。

“茶水不干净。”她说得非常轻描淡写，但她明白，他不会听不明白。

齐奢的面部变化很小，两眼瞪大了一些，嘴角下垂，但这已是他所能有的最为震惊的表情了。“你向我投毒？”

青田嗅吸了一下鼻尖前的那口气，摇摇头，“暖情药之类的玩意儿。”说完她即刻竖起手挡在脸前，“不劳你开口嘲笑我，即便你再怎么嘲笑，也敌不过我在心里头对自个的嘲笑。”她又缓慢地放下手，一点一滴地、水滴石穿地，看入了齐奢双眼的深处，“够了，王爷，够了。”

齐奢也吸了一口气，大概只有石子大小的一口气，“什么够了？”

“全、都、够、了。”青田素颜似雪，冰天雪地的，直透进她眼神里，“王爷，我要走了。”

“你说什么？”

“你听清了。”

齐奢盯住了她，死盯着，“你再说一遍。”

青田仰首直直地迎向他，一对瞳眸神光四射，“我要走，离开，离开这里，离开你。”

寂静来得是这样突兀，简直活像是有第三个人直走了进来，听得到“嗵嗵”的脚步声。他和她一起聆听着这悍然的寂静，随后他一个人笑起来。

齐奢笑得止不住，边笑边说：“笑话！你把这里当什么地方，把我当什么人？许你说走就走？”

青田跟着笑了，笑得清凉而淡漠，“我要走，不需要得到任何地方、任何人的允许，只有我自己能做我自己的主。明天我就走，不，现在。”

“好啊，你走，”他逐渐收敛了笑容，只余下一脸的轻蔑冷酷，“现在就走，身无分文，我看你能走出多远。”

“我有私蓄、有文玩、有字画、有珠宝……怎会身无分文？”

“别做梦了，你的一切都是我给的，没有我，你什么都没有。想走，那就连身上的这身衣裳也扒下来还我，赤条条地出这个门儿。”

青田对着齐奢望了一会儿，叹一声：“君子相绝不出恶语，何必非弄到如此难堪？”她的叹息中满是惋惜，而后调子就一转，变得又尖、又冷，满藏着讥嘲，“王爷，您今儿准备来问我什么，我知道，我这就回答您：是，是我做的，是我一手策划王嫔之死，为什么死、怎么死，我全都清清楚楚。不过想来外头的人就一定好奇得紧，正红得发紫的摄政王新宠怎么好端端的突然溺死在荷花池？要是这时候，王爷的旧爱现身说法，就学那些个女先生，一张弦子一台鼓，往大茶园里的说书台上一坐，细细地与大伙说明，王嫔并非死在荷花池，而是粪窖，以辟谣诼，重正视听，会不会听者如潮？弄不好一炮而红，我就且不妨将所知的内闱秘闻全编成三十六回大书，一天讲一回，一年讲十轮，把我呀、顺妃呀，统统都编排进去，名儿我都想好了，就叫作《三足龟》，取典于《尔雅》‘龟有三足’[1]，好好讲讲当今举国至尊的叔父摄政王是怎么前前后后三次被绿云盖顶，当了个绝世大乌龟！”

语气中的挑衅活活似一根拨火棍，把齐奢的怒火拨起来有丈高。火从他

[1]《尔雅·释鱼》：“鳖，三足，能；龟三足，贲。”

眼睛里、他声音里扑出，使之双目猩红、嗓音嘶沙，“你、你……”

青田就直对着眼前这张令人棱棱可畏的面孔，笑得咯咯有声，“瞧您，还真生气了，同您开玩笑呢。买卖不成仁义在，毕竟也恩恩爱爱这么多年，我哪儿能这么丢您的丑？实在没活路，我只好重操旧业罢了。虽说我年纪大了些，可来头不小，但凡打出‘娘娘下嫁’的招牌，还愁没有瘟生捧场？怕不一呼百诺、要一奉十？我就只管精挑细选，到时候一概丑的、老的全不要，专拣那十八九岁、虎犊子一样的英俊贵公子，洞里迷香、眠花醉月，到底比在这寒窑里坐冷板凳强多了。春心所许之际，便在小伙子耳边将当年王爷您帷薄[1]间的累累战绩一一道来助兴，好替您歌功颂德、传扬威名！”

齐奢气息激荡，嘴唇发白，一侧鼻翼的肌肉不住地上下抽动着，手指直指住青田，却已说不出半个字。

青田轻抬起一手，把他的手从脸前软软地拨开，两眼斜睨过来，眼波流转，“王爷，您要把我扒光了赶出门，您这一身体面尊贵的黄袍可也就穿不住了，我担保在全天下人面前把您扒得个里外精光，连一片破布头都不会给您剩下。”

她面带险恶的笑，咀嚼着这不可一世的男人被狂怒扭曲的面孔，又忽地笑色一凛，声音冷冷地直坠而下：“我今儿晚上会暂住在棋盘街苏州会馆，明天日落之前，你顶好差人把我的那只小钱箱，还有首饰匣、衣裳，连同书房里的金石古董、书画碑帖全给我送来。您若肉痛，念在多年的情分，折现也成，拿八百万两的银票来，少半个子儿都免谈。”青田重新笑起来，似在湖海中扬起一尾风帆饱满、即将远航的船儿，她把脸儿迎着当头照下的明灯对齐奢扬起，“王爷，那么妾身就此告辞，您也多多保重，一别两宽，各生欢喜。”

她连最后一眼都不曾再望他一望，就回转了身去，纤丽的身影不沾一尘。

[1] 帷幕与帘子，引申为男女欢合。

“段青田——”

有人在唤她，青田于是定住脚，自她身后传来的声音是一个临终之人才会有的声音，嘶哑、绝望，夹杂着吁吁的挣气声，“你不准走，听见没有？我不准你走——”

青田回过头，她和他之间仅隔着数步，隔着一道浊浪滔天的怒江。她向他笑了，“王爷，唯一能让我留下的，就是您腰间的蒙古刀。”

齐奢往后跌了小半步，一手拄定了身后的寿山石桌面，他用另一手捂住心口，嘴角狰狞，呼吸浊重，“你、你给我站住！段青田，你给我，你敢——”狂乱的视野中，他看见门被打开，那女人头也不回地往门外纷飞的雪中去了，似一只展翅的白鹄。

青田决绝地向前走着，仿佛是整整的一生都被留在了身后，她的爱、恨，她鲜红乱跳的一颗心全都在身后了。然而这也就是为什么，她会觉得如此轻快。

一只脚已迈过了门槛，这时，她听到了一种异样的动静。仿佛是屋里的一切都一件接一件地响起来，唯独那个人不再有任何声响。

她迟疑了一瞬，再一次回目而顾。

那张石桌上的茶盘、桌后条案上的花瓶、香炉、座钟……全被扫落一地，紫檀雕椅也半翻在一边。齐奢硕大的身躯重重地向后倒过去，躺在了地板上，折戟沉沙。

青田愣住了，倒抽了一口气，“王爷？”微凉的雪刺入她喉头，整个人都开始发凉。她将已踏出门的那只脚收回，往里探了一步。“王爷？”她又叫了他一声，然后就向他奔过来。

在乌黑髭须的衬托下，齐奢的脸容惨白得就像刚从雪地里被刨出来，牙关紧咬，双目紧闭，一手还横在胸口上，五指的指端是阴阴的青色。青田去推他，使劲地想要将他唤醒，“三爷？三爷？——奢！”可他只是横躺在这里，没有半点儿反应，活像个死人。

被她留在身后的心现在回来了，狠狠地直向她撞过来，青田觉得胸口像是被自个的心脏撞出个血窟窿。她跪在那儿，用两手一起死死拽住了齐奢的手，哭喊了起来：“太医！来人！太医！！”

十

太医先到了，不多久，周敦也到了，十月的冬雪里赶得汗流浃背。一进卧房，就瞧见段娘娘容色凄凉地守在床边，床里头王爷阖目僵卧，额前、喉底插着些细针，一位太医正跪在下头捻转提插，另一位则在地平上跪着凝神切脉，右手三指有些微微的抖动。两个人周敦都认得，针灸的是太医院左院判，姓方；诊脉的是院使，姓刘。屋里头静得似一座古墓，太监、侍婢统统瑟缩在屋角，忐忑不安。

良久，才见方太医收起了针包，刘太医徐徐撤回了右手。

周敦马上前进了两大步，青田也一下绷直脊背，“如何？”

两位太医低低交换了几句意见后，刘太医膝行上前来，吞落了一口唾沫，“王爷的病由于思虑伤心，气血亏虚，复感外邪，内犯于心，心气痹阻，脉道不通所致，由来已非一日——”

床头立着张描金矮几，青田提手往几上一拍，满面怒容地立起了身来，“王爷的身子一直是你们两个人照看着，既然由来已非一日，为什么不早加疗治？”

刘太医立即伏低了身体，蜷缩成一团，“娘娘有所不知，春末之际，王爷已见心脾亏虚、功用失调，卑职亦曾拟方调治，王爷却只一味力疾从公，不肯用药，后来以至日常请脉亦不准许。卑职深感忧虑，屡次进言陈明厉害，怎奈王爷拒不召见，至今已有半年之久，卑职未得瞻视王爷金面。周公公了解内情！”

“没错，”周敦灵活的一对眼睛顿生黯然，一丝一丝地红起来，自言自语似的，“四月里的时候，刘太医就说王爷有隐疾，药都煎好了送上来，王爷却给倒了，又嫌太医院成天到晚小题大做，连请平安脉都免了。奴才也劝过好几回，全被骂回来，却只看王爷每日里角抵弓马一如平常，精神头也算好，奴才就想着王爷的身体向来比常人健壮，十年来连一次伤风都没有过，就算有些小毛病，怕自己也就好了，或者这病当真犯起来一回，王爷亲身试得了厉害，也就肯吃药了。谁料……”他直盯着床里的人，又极力将眉头一挑转过了脸来，整张脸扯得紧绷绷的，仿佛随时会破碎一地，“两位只管实说，不必忌讳。”

刘太医和方太医一起除去了官帽，连连磕起头来。

青田在一边攥紧了两拳，护甲直嵌入皮肤中，“说吧。”

还是刘太医将花白的修髯理了一理，稍微直起腰来，“脏痹日久不愈，寒凝气滞，血瘀痰阻，痹竭胸阳，阻滞心脉。当务之急则在扶正固本，滋阴益肾，气血双补，阳阴并调。只是王爷元阳不足，心肾不交，本源已亏，大是险象，滥补则恐阳亢，凉攻又怕伤气。卑职老朽，实无把握，不妨降谕征医，或请臣工举贤，再与太医院一同详加察看，这样更加稳妥。”

青田和周敦对看了一眼，心已凉了半截，咬了一回牙道：“王爷既是急症，哪来的时间征医举贤？况且两位都是太医院几十年的耄旧、杏林圣手，尚称不能，外头随随便便的大夫叫人如何敢用？你这样说，无非好给自己留下卸责的余地。你们放心，尽管放开手来治，不要顾虑别的，等王爷大安了，自会重重地恩赏你们。”

刘太医也和方太医互换了一个眼色，低首伏俯，“娘娘言已至此，卑职不敢推脱，必定尽心一试。王爷的病，证属重险，若能熬过七天不见逆证，方无大碍。”

“若是有逆证呢？”

“这——，卑职就不敢再往下说了。”

“恕你无罪。”

仿似挣尽了全身气力，刘太医才吐出颤颤悠悠的一句：“实实虚虚，恐有猝变。”

太医陈述贵人的病情历来都有所保留，此时竟如此直白地说出来，可见是病入膏肓。满屋子人都大失颜色，青田只觉猛一阵气涌心促，重新跌坐回椅上，大恸无语。

却是周敦显得异常地冷静，他弯腰对住了两名太医，脸上是一种兵逢绝路的破釜沉舟，“这七天无论如何也不能见逆证，从现在起，二位日夜在这里值宿，片刻不能放松，随时听传请脉，眼前先斟酌着合定出一张方子来。莺枝，你领两位大人去前头，叫厨房开一桌饭来，一边吃饭一边商议。其他人也都下去，封锁整个就花居，王爷发病之事不许走漏出一个字。”

窗外的雪势猛烈起来，已成了雹子，噼噼啪啪击打着檐窗。青田的眼神只定在齐奢身上，他就那样躺着，不言不动，庞然而支离，如被孟姜女哭倒的长城。她茫茫然地伸出手去，仿佛是想把这遍地的断壁残垣一一地重新砌垒，还以昔日的气象雄浑。手还在半空，被谁接住了。周敦扶住她，半跪去地下，定目凛凛地瞧上来，“娘娘，国不可一日无主，王爷卧病的消息一旦传出，必然朝局动荡、银价波动，回头等王爷苏醒，若再为国事烦心，而不能摒绝忧烦、静心颐养，于病势又是大为不利。娘娘看呢？”

青田只游目瞟了周敦一瞟，“一切拜托公公安排。”目光就又回到了齐奢身上，再无转移。

夜入三更时，就有两个人分别从热被窝里被拽了起来——“摄政王爷有急事召见，叫大人即刻去北府退轩。”门子这般传话道。于是内阁首辅祝一庆与吏部尚书孟仲先便睡眼朦胧、顶风冒雪地赶往什刹海来，不敢有一丝异议。莫说王爷有急事召见，就是召他们去作画绣花，也没有任何人会有任何异议的。

两位重臣到了退轩，睡意已全消，却不见摄政王，只看太监周敦衣冠整肃地等在书房之内，搓着手招呼了一句："二位大人好。"作出请安的样子来。

孟仲先连忙上前摁住了，拍了拍周敦的手，"公公可别多礼。不知王爷突然急召，有何要情？"

"唉。"周敦摇首叹息，愁绪见于面上，"孟大人、祝大人，事情很糟糕，段娘娘病危。"

"什么？"这是祝、孟二人再想不到的，莫不吃惊。定了定神，接着听周敦下头的话——

"是急病，上半夜突然发作，王爷闻讯马上就赶来了，太医说病势危重，能不能够见起色就是这几天的事。二位都知道，多年来王爷对段娘娘可谓是宠萃一身，就是头先略冷落了些，到底旧情仍在，不免多加垂怜。这几天，王爷说要寸步不离地陪着娘娘，国事是暂无心理会了，一切政务就交予二位，非遇有至危至急的大事，不用再当面请示，请二位协商着全权处置。那么，这些天就辛苦二位大人了。"

生死难舍自乃人之常情，祝一庆和孟仲先没有起一点疑心，皆郑重应承："遵王爷的谕，卑职必刻刻用心。""请王爷不必太过忧心，娘娘吉人神佑，必能安然无事。"

周敦这头消除了前朝的隐忧，又向就花居里里外外诸人三令五申，对外面只准说太医留守是给段娘娘医病。一番安排完毕，才又进得卧房来。

只见外头套间的炕上，莺枝和琴盟一起蜷身睡着，段娘娘一人守在里头的病榻旁。听到他进房，向这边望过来，"公公回来了。"

周敦也走去床边探头瞧了瞧，目光转回到青田的面上，长叹了一声，“娘娘歇着去吧，奴才看着王爷。”

青田鬓发蓬乱，散散地垂在两颊，阴影中的脸容更显得瘦怯，“公公忙了一整夜了，你去睡吧，这里有我。”

“坐更之事哪能劳动娘娘？娘娘快去歇着，有事儿奴才叫您就是。”周敦说着就来动手搀扶。怎知青田一把挡开了他的手，霎时间容色已变，一颗接一颗的泪珠涔涔滚落。

“公公，王爷这副样子全是我害的！他生日当天，我竟咒他横死，方才也是我，是我故意对他说了好些个刻毒无比的话，他是被我给气倒的。我不知道他身子不好，我真的不知道……”青田拿手蒙住了脸，自十指的缝隙间不断地迸出声声撕心裂肺的呜咽。

但只短短的片刻后她就收住了饮泣，把两颊的余泪一蹭，深吸了一口气，“这几天我来伺候王爷，王爷若好了，是大家的造化，若不好，我也是不能活了。”语气中的平静淡定像是在诉说一件再家常不过的琐事。随后她就拧回身，继续枯守在这一张寂寂的床边。

周敦无语地望一望，就退去到床脚，盘腿坐下，把头斜靠住床帮。耳朵里听见了罡风四起，从窗外，一直吹进人心里。

十一

接下来几日，两位太医尽展平生所学，开方调治。齐奢却只是昏昏沉沉，偶然睁开眼，目光从眼前的人与物上不着力地滑过，又闭起——那样子就像是个困倦已极之人，除了睡眠，深不见底的睡眠之外，什么都不需要。

而青田则正好相反，仿佛在这世上她最不需要的就是睡眠。她成日成夜地睁着眼，替齐奢喂药、喂饭、擦脸、按摩、翻身、剃须……或仅仅是一眨不眨地守着他。吃饭的时间，她也就在床边草草地拨两筷子白饭、喝一口参汤，几乎是粒米不进、滴水不沾。不管谁劝她好好地歇一歇，她一概不应声，最多转过两只黑洞洞的大眼睛，眼神直接看到人背后去，“哪儿歇不一样？我就在这儿。”抱臂在病床边趴一会儿，随病人最微小的一个动作或稍重一些的呼吸即时惊醒。

第三天的凌晨，青田忽一下从迷迷蒙蒙中坐直，把上身倾进床里去，“三爷，三爷你怎么了？三爷！”

周敦也立即从床尾惊跳起，展眼一张，见齐奢依旧人事不知，头却在枕上使劲地向后仰去，嘴大张，喉咙里发出极滞重的吁吁的喘声，浑身抽动。周敦一看，由不得心惊胆战，“爷，爷您这是怎么了？太医！太医！”

晚上轮值的是方太医，就在外间待命，一听到呼叫就推门赶入。见到这景象也是大为惊骇，忙跪去地下，扯住了齐奢的一手切起脉来。

“王爷的脉象，关脉尚有后力，但是寸脉尺脉不实——”

“这关口你吊什么医书！”周敦大怒，连连地跺脚，“只说到底是怎么回事儿！”

“命门之火不能发散，痰壅气塞上涌咽喉，王爷重病之际体气过弱，吐之不出、咽之不入。”方太医加快了语速，手也跟着抽开了医箱，“卑职马上为王爷施针，刺天突、内关，豁痰开窍。”

一番施救之后却不见好转，反见齐奢抬起了双臂，软弱无力地在胸前又抓又挠，似乎想把胸口扯开。青田与周敦在一边愣眼瞅着，心急如焚，眼看随时间的流逝，齐奢的呼吸越来越浅促，脸色由潮红变成了一种发青的深白色。青田再也忍不住，扑倒在他身前痛哭出声：“三爷！三爷！”

齐奢的胸膛激烈地起伏着，人竟一下子打开了双眼，眼底是茫茫的震怖与黑暗，直勾勾地正对着青田，一瞬不瞬。青田一把紧握住他的手，双唇乱颤，“奢……”

下人们全听见动静疾趋而入，许多杂乱的脚步里，仍可以清楚地捕捉到齐奢嗓子里的喘声，就似是一条湍急非常的河流被挡在一扇门背后。外间的自鸣钟“叮当叮当”地敲起来，每一下都漫长无比。齐奢的动作开始渐趋停止，喉间的那条激流缓下去、沉下去，青田眼睁睁地看着淤泥填塞住他的眼。太医阵脚大乱，哭叫从四面断断续续地升起，青田死攥着齐奢的手，陡地打了个冷战，调目睇住了还在捏着毫针乱插乱转的方太医，“是不是痰吐出了就没事了？”

方太医一脸的蜡黄，“嗯？”

“是不是？！”青田的声音似乎是从丈高的地方直接砸落在地，震得人脚底都发颤。

“是！是——”

第二个“是”字还未收尾，便见青田扎猛子一样俯过去，两手捧住了齐奢的脸与他双唇相贴，极力地嘬吸。恰在此际，刘太医也冠帽不整地冲了进来，一把就将齐奢抽推着坐直，在他背后拍打推拿。

很快，就有“咔”的一声。青田的头向后倒了一下，拧过了脸来，一手扣着咽喉连连地咳嗽，咳出了一口浊痰。那扇门被撞开，河水流动了起来。齐奢的呼吸声畅通了，脸上也涌起了血色，他重重地长吸了几口气，瞳仁昏蒙地左右晃动几下，就又失去了知觉。刘太医轻扶着他重新躺下，方太医已是汗湿重衣。周敦一手扶着床柱，一手摁在腹部，像挨了一记老拳似的半弓着腰，不住地念着“阿弥陀佛、阿弥陀佛”。莺枝含泪在目，捧上了茶杯和漱盂。青田吐掉漱口水，一手掩嘴望向床上的齐奢。

她的神情并不像刚刚救了他的命，反而像一个即将在风浪中殒命的人抓着海面上的最后一根浮草。她就这么用眼神死死地抓着他，一刻也不放。

经过这一次，大家更是片刻也不敢掉以轻心，随时都有好几双眼睛监视着齐奢的一举一动。平平顺顺到了第五天中午，青田又是只在床边喝了一小碗米粥就算午饭，却叫周敦、莺枝和琴盟几个下去吃饭，“你们不要急，慢慢吃，吃过了眯上一会子，叫琴语她们进来换你们守着就是。”

琴语、琴素、琴画三个进得屋来，新往炉中添了些香料，便各自默坐。暖香混杂着药气，沁得人眼目酸热。青田把发红发肿的双眼用力地眨两眨，又伸手在两颊拍一拍，探身将齐奢胸前的被子掖紧，随后，她的手就定在了团福密绣的锦被上。大雪是前夜里才停的，仍没有化尽，伴着檐头滴滴答答的融雪声，她听见齐奢在说话——梦话，这是整整几天几夜里他第一次开口说话，低低地呢喃着两个字，反反复复。婢女们皆紧张得微微发颤，青田的心也怦怦狂跳着，她闭住了呼吸贴近耳去，全神贯注地聆听。最后她听清了，齐奢唤的是一个人的名字，一个女人：“永媛”。他在唤永媛——他已故二十年的妻。

生死一线，魂牵梦萦，原来是这个人，居然是这个人！青田简直不敢相信自己的耳朵。除每年例行的祭奠外，她从没听过齐奢在任何时间提起过这个人。眼下，她听他一声接一声地唤着，她甚至能看到他那青春早逝的、永远美丽动人的爱妻怀抱他们夭折的幼子立在他梦境的出口，恬然微笑着向他招手。与此同时，有一股疯狂的恐惧攫住了青田，在意识到自己在做什么之前，她已一把狠拽住齐奢的手，仿佛要把他从其他人手里夺回来、抢回来。

他并没有醒，但浑身都震动了一下，手掌开始一分分蜷曲，带着些潮热的力气也握紧了她，下一刻，眼泪就从他紧闭的双眼中汩汩流出，似绵延的思念无尽无绝。“对不起，”他的声音有多微弱，其间所饱含的情感就有多么汹涌澎湃，“对不起，永媛，对不起。”

青田就这样任他攥着自个的手、叫别人的名，她明白，其实连她的手也只是别人的。他掌心火烫，她心底却涌起了寒凉的刺痛。青田熟悉这感觉，那些日子，每当她想起那个桃儿时就是这种感觉，每当她想起自己十年的朝朝暮暮敌不过另一个女人的二八年华时，而今，又败给了另一个女人的十年生死两茫茫。那么她这心血凝结的十年，究竟去哪儿了呢？

她咬住牙，等待心底的剧痛一点点散去，那大概用了相当长的一段时间，因为等她能够再一次正视齐奢时，他已又陷入了沉沉的昏迷，但攥住她的手仍紧得筋络偾张，刚硬的面容上两道若隐若现的泪光，是幽魂来过的足迹。青田细细地望住他，在这闪熠着微妙光芒的一刻，不再是一个女人与她的疯狂、嫉妒、偏执、伤痛一起凝视着这男人，凝视着他的，是医者、是父母。当她看到他这样无助而衰弱地静躺在这里，当他壮健如不朽的身躯竟会如腐尸一般凋败，多么崇高的荣誉与权力也无法挽救一分时，他曾爱过谁、他将爱上谁、他身边是谁、心底有谁，统统无所谓。最重要的，也是唯一重要的——青田的嘴角向上卷动了一下，把手从齐奢的掌心里徐徐抽开——就是他活着，以最冷酷而强悍的生命力，来好好地折磨她、侮辱她、伤害她，好好地，活下去。

她将手放去他满是凉汗的额头上轻轻爱抚过，转回了身。

琴语她们因离着稍远些，什么也没听清，正待相询，却见周敦推了门进来。琴语忙搬过一张小杌，“公公怎么就吃完了？”

“随便吃两口，垫垫就得了。”周敦径直往里走过来，朝床里张看，“王爷怎么样？”

“王爷方才发呓语了，”青田从肋下抽出手帕在鼻尖揾了揾，“叫太医进来吧，看一看要不要紧。”

守在外头的是刘太医，进来拿了一回脉，激动得胡须都高高翘起，“自今日，王爷就可以大为进补了。”

青田听过，一下将手帕咬在了齿间。周敦则立时间红光焕发，“岐黄一道素有‘虚不受补’一说，能够大补，是不是好征兆？”

刘太医响亮地往地下叩了一个头，“诸症皆去，不出三天必能‘报大安’！”

周敦把两肩往后仰了一下，还没说出什么来，却听得丫鬟们在身后同时尖叫了起来：“娘娘——！”

如同一根折断的琴弦，青田委地，晕倒了过去。

十二

而第二天午后，齐奢就醒来了，完完全全、彻彻底底的清醒。两位太医合诊后，吃了一小碗煮得烂烂的鸭肉粥，又服过一帖药，倚在床里养神。

周敦陪在一边，一会儿替主子拉拉靠枕，一会儿替主子理理衣边，乐得不知怎么才好。齐奢把手抵在嘴前嗽了两声，几番欲言又止，终究是问出口，带着些许迟疑：“呃，就是你吗？我病中恍惚，只觉得好像，她、她也在。”

周敦怔怔地盯过来，又低下头去，到一旁摸了茶壶，边冲茶边叹了一口气，“可不是？这几天几夜，娘娘就没离开过爷半步。头两天爷的牙关紧，娘娘就把那些豆腐、蛋羹叫人碾得碎碎的，一小勺一小勺地拿温水送着喂，一顿饭就得喂小半个时辰。爷吃了药发过汗，娘娘说汗水要洇着皮肤，替您蒙着被子拿烧得滚热的水一点点擦身，擦得自己回回一身大汗。每隔小半个时辰就替您翻一回身，夜里头也一样。又怕您头上痒，篦头就篦了两回。那天爷被痰壅了，差点儿上不来气，是娘娘口对口替您把痰给吸出来的。就连伺候大小解都不假他人之手，和奴才一起，屎尿亲涤。”他朝盖盅里吹了吹，把茶捧来床边，“药苦，爷吃盅茶过过口。”

齐奢的两眉间隆起了一座跨不过的山丘，他举起手将茶盅搪开在一边，“她人呢？”

周敦把手往回收了一寸，“爷好了，娘娘倒病倒了。太医看过，说是积郁构疾，再加上几天没合眼，也没好好吃东西，又为了爷的病焦忧难安，致使气血两亏且心神悸怯，得细加医药调养才是，现就在后头抱素阁里养病呢。”

抱素阁是就花居后殿中的一间小耳房，紧挨着书斋，平日里供午间小憩之用。小小结构，布置得极精致，几毯门幕皆用素色捻银线的纱绸，两边墙上糊着白花绫，一边是两架博古橱，一边挂着仇十洲的美人，东首一张檀雕小床，床帏半掩。床下的踏凳上莺枝抱膝蜷坐，低声和谁说着话，余光扫在这边，遽然惊起，“王爷！您、您下床啦？”

齐奢向她点点头，又将手肘向身后一掠，“你出去吧，周敦也出去。”

莺枝掉头向床上瞧去，青田靠着丝棉靠垫半歪在床头，长发拿一支犀玉簪绾起在颈后，身上披了件蜜色小褂，清瘦而单薄。她眼里带着些饧倦，向莺枝点点头，而后就回目望向了齐奢。

他该是刻意打理过衣容，整个人干净利落，连一副胡须都剃得四六不错，只到底经历了九死一生，依旧是病骨难支，右手里拄着根龙头杖，跛行的姿态比先前愈加明显。青田望着他吃力地一步一顿地向她走近，从死亡向她走回来，走到了床前拂衣浅坐，每一步都像是一个巨大的神恩，叫她感激得泪水盈眶。

她别开了双眼，自一片酸热的水光里垂望他搁在床边的手杖。

“跛了半辈子也没用过这劳什子，回头等痊愈了，马上一把火烧了它。”齐奢并不向那手杖一顾，深陷在眼窝中的两眼始终深凝着青田，专注得似扎在清泉里的一头鹿。

青田的眼目再一次泛红湿润——仅仅是听到他声音里一如既往的低沉与淡然。须臾，她卷眸相望，眸子里恢闪着清光点点，“三爷的精神极好，真叫人开心。”

齐奢猛地低下头，仿佛是在躲闪凭空而来的一击。随即他抬起脸直面她，“辛苦你了。”

“照顾你是我应当应分，何谈‘辛苦’？”青田拽了拽塌在腿上的绣被，微微笑起来，“突然间都这么客客气气的，倒还有些不惯。”

积雪已化尽，透过窗，许多的鸟儿在群噪弄晴。晴光扑在齐奢的脸上，他整张脸都变得瘦削而虚弱，但那种大权独揽的自若神气一分也没有变，这种神气让人看得越久、琢磨得越多，也就了解得越少。

“青田，我有话和你说。”

好似就等着他这句话一般，青田即刻接道:“我也有话和你说，我先说吧。”她旁视一刻，目光重回到齐奢脸上时，他以为她要流泪了，但自她眼中溢出的只是一点静秀的笑意，“我之前和你说的那些话是我有意气你的，全是瞎说，你不要介怀。我从前去香山的白玉寺烧过几回香，认识那儿的老师太，我会投奔她，只求三顿素斋、一张禅床。她若怕沾惹是非不肯收留，我就去东直门附近找一所房子，那儿杂人少，地段也算干净，有一间小院，再买上一个侍婢、一个十来岁的小厮，女的做些灶下杂事，男的看守中门、传递买办，我自在房中针黹营生、清静修行，也与在佛寺无异了。这些年我也攒下了几个体己，粗茶淡饭，一辈子足够，只打算带些四时衣裳，还有几件首饰，都是些过时的老样子，还是从前在怀雅堂的时候你亲手送我的，我留着做个纪念。等我病一好就从这里搬走了，回头你在，自和你另行告别，不在，今儿也就算打了招呼，大家彼此保重。”

有很长时间，齐奢一言不发，而后他自索自解地点点头，“你要走——还是要走，这么说来，你对我是彻底死了心了？”

青田迟疑了一下，把腿面上的两手一起翻开，带着笑，盯着一无所有的手心，“如果不是你，我的心多年前早已入土，你于我有重生之恩、再造之德，如今这颗心为你而死，乃是应有之理，甘之如饴。”她用一手覆住另一手，轻轻地收紧，自己握住了自己，“从八月暮云去世，我便深觉了无生趣，就像肝肠深处总有凄怆镳镳而鸣，一刻不休。直到做五七的那一天，那个——，你那个桃儿，她跑到灵堂来大闹了一场。我同小赵说，没人能这么对待我段青田的姐妹。自那以后我又有了活下去的意念，活着，就为了要那女人死。后来听到她被处死的消息，我却半点儿也高兴不起来，我忽然间明白，我恨她，不是为了暮云，而是为我自个，我恨她把你从我这儿抢走，可其实我知道根本与她无关。只是，没有她的时候，我还有一线希望，那也是我最绝望的时候。整个白天，我几乎什么都做不下去，看不进去书、写不了字，只待在镜子前把眉描一遍又一遍、衣裳换一套又一套，就等你晚上回来。今夜装扮得清丽素雅，明夜艳浪无俦，缠着你陪我谈天说地、听我鼓琴唱曲……你该也记得那一段。”

青田笑起来，眼里含满了碎光，这光一点点地黯淡，仿佛有人用脚在上头碾似的，“为了留住你，我可以出尽百宝，变成十个女人、一百个女人，可从看见那个桃儿的第一眼我就知道，我永远再不可能变得像她那么年轻，而你需要的也许只是年轻，在那女孩子身上，除了年轻，我什么也没看出来。其实早在那一夜，当你伏在我身上——待在我身子里睡着的时候，我已经明白，什么都结束了。‘出其东门，有女如云’[1]，世间的新鲜佳人任你予取予求，何必苦守着芳华渐逝、红颜凋落？我也听见过有人说，你将登基称帝，嫌我的出身不登大雅之堂，又或者你另有千百条理由不为我所知，但我知道，每一条，都会令我在每一天醒来自怨自艾、自惭形秽。三爷，我尽力了，我真的已经倾尽全力，我、我杀了人。年轻时，我做过不少见不得人的坏事，可亲手促成一桩谋杀……那桃儿是又蠢又恶没错，但再蠢再恶，也只是个无知的孩子，我要

[1]《诗经·郑风·出其东门》:“出其东门，有女如云。虽则如云，匪我思存。缟衣綦巾，聊乐我员。出其闉阇，有女如荼。虽则如荼，匪我思且。缟衣茹藘，聊可与娱。”

了一个孩子的命，没有一点儿仁慈。”

青田低低地垂首，双垂素袖，“有很久了，我晚上一定要灌自己半瓶烈酒才睡得着，而现在，即使我睡着，也只会一个劲儿地做噩梦，我总梦见那个小女孩从粪水里爬出来，要把我也拉下去。但这个梦最可怕的地方就是，我居然一点儿都不怕。就花居四处是奇花异草，芳香醉人，可眼下对我和一个粪池没什么区别，多少次你远远地躲着我，好像我身上有难闻的臭味儿，而我只能一个人待在这鬼地方像一堆垃圾一样往下沉。哪怕我绞尽脑汁，接着除掉你身边的下一个女人，还会有下一个、再下一个，我没办法杀光天底下所有的年轻女人。打一丁点儿小，妈妈就教我，只有美，巧笑倩兮、美目盼兮，才能留得住男人，可我如今对着镜子，觉得自己是那么丑，每一件为了留住你所做下的事，都让我变得更丑一点儿。三爷，我真的尽力了，只是我力有不逮，天意如此，我也不留什么遗憾。人生漫漫，聚散无常，你曾许过我一生一世，可奈何缘起而聚、缘尽即散，其中的道理并非当事者能够参透，也并无什么是非可言。我从不怨恨你，你也千万不要自责。你发病前我给你冲的那杯茶——我摔掉的那杯茶，是下了蛊的，据说能叫你对我至死不渝。天知道，这是我此生最大的希求，但用这种手段，不管所求是否成真，我这辈子都会瞧不起自己。我出身低贱，早已习惯了被人瞧不起，但来世上走一遭，至少该自己瞧得起自己。很久前，乔运则和我分手时对我说，我注定只是一个卑贱的玩物，被玩弄、被抛弃，我一生听过无数恶毒的言语，这是最恶毒的一句。三爷，感谢你这些年从未以玩物待我一日，也请你善始善终，不要让我耗尽最后一天等待被你抛弃，请你让我自己离开。”

透幕的雾色把一切都打得亮堂堂的，齐奢凝视着青田强撑不愿掉落的泪在她眼眶间冲撞无忌、星星凛冽，仿似兵器库内他一件件名贵甲衣所发出的冷光。眼泪，是她最后的铠甲。

可当他将她揽上肩头时，青田的盔甲就片片剥落，露出其下手无寸铁的一颗心。她哭得五内俱碎，声气几绝；假若哭泣管用，她会哭瞎双眼，哭出一片海来渡他回家，可青田明白不是这样的。她自己就生活在一座花海里，她推开窗，就会看到所有这些最为珍稀、最为殊艳的花朵是怎样一天一天地积蕴盛放，然后在有一天，遽然枯萎。但她总记得，竹篱边几株扶桑的樱花，永不会凋谢，只在晴好的天空下择一阵风，飘散如彩雨。

青田自己拭去了雨一般纷纷的泪，推开齐奢的怀抱，用布满了啼痕的容颜对着他涩然一笑。而他，则岿然坐在这永别的时刻前，如金刚不坏身，一衣红尘而满目寂然，“让我想想，该怎么说。”一刻深长的静默后，他说：“青田，你有几个自己？”

这是全然难以意料的一问，令青田不期然地张动了两下嘴唇，吐出的却是完全的缄默。

齐奢也并不需要她任何的答案，已然两目一敛，沉声自语了起来：“我来数数，你身子里有一个纯真烂漫的小姑娘、有一个淡泊坚忍的妇人、有个赤子之心的傻子、有个口蜜腹剑的骗子、一个精明得发指的老鸨子、一个市侩得可爱的奸商、学富五车的女学究、半吊子的女僧、有一个刚强的烈妇、有一个柔弱的贞女……当然，有一个倾国倾城的尤物，令我神魂颠倒、不能自已。你方才怎么说？要变成一百个女人？你本来就是一百个女人，你就是我的窑子、我的后宫。”

他抬起了双眸，直迎她目光里所有的愕然、惊惑与一丝隐隐的期盼，“那么我呢？我在你眼里有多少种样子？温柔的丈夫？蛮横的孩子？内敛自持的苦行僧？纵欲放荡的下流坯？……他们中的每一个你几乎都见过、都熟悉，但我身上仍然有几个人是你见所未见、闻所未闻的。其中有一个，叫他‘哨兵’好了。哨兵从来不睡觉，哪怕在夜里，所有的我都睡得像死过去一样沉，哨兵也睁着眼替我放哨，有时候他会在半夜生生把我摇醒，警告我：白天的时候，哪个大臣一看见我就把眼光避开，或者哪个细作总是无缘无故地说错一个词。哨兵能留意到其他的我自己视而不见的蛛丝马迹、细枝末节，他能看见还藏在鞘里的刀、三千里以外刚刚点着的狼烟，而且事后证明，他总是对的。他比佩刀站在我卧房外头的何无为他们，比一整支守在王府里里外外的护军还要顶用。我前半生都像是睡在悬崖边上，迷糊着一翻身就会掉进万丈深渊，我活下来不是因为有运气，是因为有哨兵。"

齐奢停顿了一段，上身微向前佝偻，如同头上的屋顶一直锲进他肩膀里，"另一个我自己，我不知该怎么称呼他，在我记忆中，他只出现过三次。我十七岁那年，当我的父亲和兄长合起伙来谋算我，当我干瞪着眼看着我亲生儿子死于恶疾、结发妻子悬梁自缢后，我悲痛欲狂，就在我哭得气都上不来的时候，那个我自己出来了，他趴在我耳边跟我说：'软骨头，你伤心死了，你伤心成这样，不是因为你父兄背叛你，不是因为你妻儿被你自个害死，只是因为你晓得，你再也无缘穿起那袭龙袍。'这是第一次。

"第二次，是十年后，就是你我相遇的那一天。那天黄昏我绞死了我四弟，他是我幼年最亲密的玩伴，也是后来皇兄软禁我时奉旨抄家的特使，我私藏了一件王妃的遗物，是我们新婚之夜她贴身而系的一条红绸汗巾，老四从我怀里搜出来，指着我的脸狂笑，然后他把汗巾勒在我脖子上，勒得我连舌头也伸出来。几年后我出来，就把他关进去，关得够够的，我就找个碴杀了他。我杀过不少人，大部分都是在战场上，但我不喜欢杀人，我只喜欢胜利。可那天，当我用一根弓弦绞断我弟弟脖子的时候，那个古怪至极的我自己又来了，他自言自语地说个不停，每个字都令我浑身作寒作沸。他说：'这才是好样的。前一刻这个人还活蹦乱跳，你来了，打个响指的工夫，他就在你手里头没了。你简直是神，你是个能把自个亲弟弟的脖子折成两半的神！这世上，再没什么是你做不到的。’那又鬼祟又专横的声音，我永远都记得。

“我第三次听到这声音，就是乾清宫魇镇之变前。当我最终横下心陈宫兵变时，哨兵先说话了，哨兵说：‘等一等，再想想，这件事不对劲，从西太后派人劫掳刑讯你女人，到小皇帝密谋陷害你，整件事都不对劲，哪里有个漏洞，漏洞大得简直四面透风。’但紧接着另外那个声音就蹦出来对我说：‘事实摆在眼前，不容狡辩！你为这对母子在前头冲锋陷阵这么多年，他们竟然在背后算计你！你要是连这个都能忍，就是天底下最大的龟孙子。你得给他们点儿颜色瞧瞧，就用你这双瘸腿把那小子踢得远远的，好好地教他一课：他那把龙椅是你给的，你一天不叫他坐上去，他一天就得靠边站。不是诬陷你谋反吗？你就反给他们看。这是自保，这是被迫，就连你自个的良心也没法说你一个不字。你也不想这样，但这样也不错，不，是棒极了！真他妈的棒！极！了！’——你猜他们俩，我听了谁的？”

齐奢笑起来，他转开目光，将其转向了满室的寂然，与岁月呼啸的洪风之中，“我幽闭了两宫太后，把皇上私囚于南台。在那不久后，就开始有人进献白鹿、白猿，每年总有几个县报称‘麦秀两岐’。去年，连治河的也说发现古碑奇文，上头刻有我的名字，钦天监也动不动就专折奏报，不是‘日月合璧’，就是‘五星联珠’……说穿了，我篡位自立如今乃‘众望所归’，只消以祥瑞美名为‘天命攸归’。我知道外头有人传，说我给皇上下了慢性毒药，哪里用得着？软禁的日子就是最慢最狠的毒药，我胡打海摔过来的当初都差点儿扛不住，甭说那金枝玉叶娇养大的孩子。周敦同我说，皇上常叫身边的太监克扣得衣食不敷，我也没过问，要是我开口怪责，受罚的人一定会拿更阴损的招数来治那孩子。我总忘不了那还是个孩子，一个我诚心相待多年的孩子，却又被我亲手扔去了一座孤岛上。这样的天气，窗纸也不能换一换，甚至连一口像样的热饭也吃不上，一天天等着活活被熬死。而我，则每一天都朝着本属于他的皇位，一步步走近。

“这条路我一直走得心安理得，直到今年二月底——二月二十六日。镇抚司报知，当年燕郊一案的主使不是西太后，而是东太后，更准确来说，东宫做局栽赃西宫，促使我和西边的翻脸。我当时在西边面前的表现，‘跋扈不臣’四个字当之无愧。依西边的个性，自然会鼓动皇上除掉我，皇上也自然会相信自己的母亲，而非一个手掌大政、拥兵百万的叔父。瞧，我说什么来着？哨兵总是对的。如果说在二月的这一天之前，我还一直相信是皇上负我在先，我问心无愧，这一天让我看清，是我一手迫使他有负于我，好让我堂堂正正地有一个借口能够免于归政、长操大权。魇镇之变，是我一生中唯一一次没有听信哨兵的，我听了那个鬼一样的声音。当年我看到皇上为我草拟的罪状时，我是那么地伤心欲绝，可那个声音，那个就从我自个心底最深处冒出来的声音，却是那么地——欣、喜、若、狂。直到多年后的今天，我才突然明白、终于明白，那声音是谁。”

齐奢又笑了一声，笑声如同被扼住了咽喉，“那是我父皇。亲情、人伦、荣耀、良知……什么都不重要，重要的唯有手中的权柄。我有数也数不清的自己，许多都令我引以为豪：高贵的皇室、驯良的臣仆、睿智的统帅、恩慈的长者……还有我最诚实的哨兵，他们中的每一个，他们所有人也没能拦住我听从了我父亲的亡灵。我恨我父亲，上苍见证，他给我的这条瘸腿就是我对他的恨，不再疼，但却永远是我的残缺，永远也不会好。我把所有的时间都花费在千锤百炼、吹毛求疵地造就我自己，一心要成为一个和他截然不同的人，就在我以为我成功的时候，父亲从地狱里给了我一个拥抱，告诉我，不光我这条瘸腿是他给的，我这个人从上到下、从里到外全部是他的造物，流淌在我身上的，是他的血脉。”

说这些话的时候，齐奢始终正视着青田，眼神黑得像坟土，甚至能听到墓铲翻动的声响，“曾经我预备归政前，你夸赞我，说我勇敢，说我是这世上最勇敢的人。你大错特错，我是最最卑劣的懦大，我没种面对真正的自己，没种指着自个的鼻子说：‘齐奢，承认吧，老头子永远年轻，你永远也长不大，一辈子都只是个任他拨弄的孩子。你败了，败得一塌涂地！’——所以我躲到了你的裙子后。当你对着我一无所知地微笑时，我在心里想：全是这女人害的，要不是为了她，我不会激怒西边，我不激怒西边，她就不会挑拨皇上，皇上不受人挑拨，我就不会发动政变，以至于今日骑虎难下。青田，我对你的种种挑剔、事事折磨，没有千百条理由，只有一条：我把你，当成了我自个的替罪羊。”

似有狂潮自地底涌起，一波一波在周身激荡。青田低声掩泣着，早已是泪流满面。她像是一直困守在泪河的彼端，空自遥望着河对岸的他如一座战城般铁桶森严，城头随时会飞落箭矢与流石，击溃她企图靠近的每一点努力。而眼前，她看到吊索一根根放低、吊桥一点点沉下，沉重的铁门发出锈噬的巨响，一无所掩地向她敞开。

“‘人谁无过？过而能改，善莫大焉。’青田，我全心全意，在此向你忏悔过去这些日子我对你犯下的过错。然而不是所有的过错都有机会更改，比如，我该如何踏上南台那座孤岛，向皇上——向那个被我陷之以罪的孩子忏悔？我这个人，早就是跳到黄河都洗不清的乱臣贼子，要么败寇，要么成王，没别的出路。我不可能把皇上就这么软禁一辈子，放他，我就得伏法认罪；不放，我迟早得杀而代之。估计是老天爷看我哪里不顺眼，用这促狭手段来整治我：‘跛子三，听好：一、蹲圈院儿，做回那个任由父兄摆布的输家；二、坐龙椅，当一个和你父兄一样的赢家。你选哪个？’”

齐奢重重地干笑了一声，神情就如同他的五脏六腑都被人打了死结。足足过了半日，他才继续往下说道：“我想不出该怎么办，这几个月，我日夜苦思却终无善策，只能够拖一天算一天。我平生经历过无数的惊涛骇浪，可天地再怎么摇晃，我也觉得总有一个我自己不动不摇地站在那儿。现在，我这个自己被打碎了，碎得连粉末都不剩。不用太医院说，我也知道情形不好，外人还看不出，但我自个心里头有数。从前我一天安排五十件事，没有一件我会忘掉，半年前哪天对哪个人讲过什么话，我也全记得清清楚楚，但那时候不行了，我常常健忘、犯糊涂。到六月，我晚上几乎已经没法入睡。你说的那天——我在你身上睡着的那天，我之前有整整三天没合过眼了。我把这一切全怪到你头上，一看见你我就忍不住火冒三丈，没事找事地到处挑刺儿，好借此发上一通火，完了我自己又后悔，只有尽量避开你，你却拼命试着把我拉出来，千方百计地让我对着你。我努力想克制住自己，可怎么也不管用。有几次我瞅着你眼泪汪汪的样子，突然间就像是当年我父皇瞅着我母后，他对她的眼泪向来嗤之以鼻，而我能感觉到和他一模一样的卑鄙怒火就在我自个肚子里升起。就这样，我成了暴君，你成了怨妇。我生日当天，你和我大吵，你骂我是魔鬼，骂得对极了。我把你拖下了炼狱，而我自己的每一天，也都在炼狱之门进进出出。"

窗外扑着簌落落的风，风住，便有寂静生出。唯余冬日的阳光透过明纸，绵密无声地落于地面。齐奢沉着而清冷的声线就自这些寂静与这些光之中，徐徐地徜徉而过。

"那时候，我恨不得你是个只知唯唯诺诺的平庸妇人，男人打了你左脸，你再双膝跪地把右脸献给他。可你根本不吃这一套，你狠狠地打回来，只有你能这么狠，我哪儿疼，你就往哪儿打。我没法子再面对你，我赶走了你，但即便你不在，我还是能一遍遍看见你最后望着我的眼神，你看起来对我那么失望、那么蔑视，活生生就是我自个站在两步之外看着我自个。我一想起这个眼神，仅有的念头就是要和你比一比——谁更残忍。因此，就有了那个小女孩。我故意拿她的年幼浅薄来羞辱你，况且在她面前，我是个十足十的大人物，她没见过我失魂落魄的倒霉样子，没摸过我在夜半噩梦时的一身冷汗，也从没试过让我把头藏在她怀里掉眼泪，她不会像你一样，一眼就看穿我是个可鄙的堕落之人，我尽可以在她面前装腔作势。我对她就像对一条狗——她对我，就是一条狗，一条长着女人的脸蛋和身体的狗。而你——”

齐奢长叹一声，那叹息声仿似深入骨髓，“遇见你之前，我从来不信命，我就是我自个的神祇，我造出了我自个。但看见你的第一眼，我就懂得了什么叫作‘命中注定’。也许我恨过你、诅咒过你，因为只有你能毁灭我，就像我知道如何把你搞砸一样，但你和我，永不可分离。一个人同他的宿命，怎么分离？是你，让我欣然接受宿命的存在，让我愿意同它和解。‘出其东门，有女如云。虽则如云，匪我思存。’[1]天底下有的是缤纷绝色的面孔，但我只在你这张柔弱的脸上，认出了宰制我的天意。”

迷蒙的烈光在青田的眼前颠倒耀目，她只觉自己的双手被他摸索进手中，他托着她的手，把自己的脸埋进去，有滚烫的什么啄在她掌心里，青田分不出是他的嘴唇还是眼泪。过了许久，她才能慢慢看清眼前的一切，她看到齐奢从她两手中抬起头，满目赤红如血涌的深情，“我昏迷这几天里不知做了多少乱梦，都记不得了，可有一个梦，我记得真真切切。在梦中，我走在一条隧道里，隧道又深又长，长得好像我一辈子都孤身走在里头似的。终于，我看到了出口，一束光从前面透进来。然后，我就看到了——我看到了永媛，我看到我妻子抱着我们的孩子，就站在光亮里向我招手，她还是少年时的样子，所有事情发生以前的样子。”遏然间，有哽咽自他几乎不流露一分感情的声音中升起，似被逝年滚沸的急流，汹然涌动，“二十多年了，我等了足足二十多年，她终于肯来见我。她含笑望着我，向我伸出手。我突然明白过来这条隧道是通向哪里，但我不觉得害怕，只觉归心似箭，恍如游子重归故里。我的腿一点儿也不瘸了，

[1]《诗经·郑风·出其东门》：“出其东门，有女如云。虽则如云，匪我思存。缟衣綦巾，聊乐我员。出其闉阇，有女如荼。虽则如荼，匪我思且。缟衣茹藘，聊可与娱。”

我向她跑过去，跑得那么快，生怕她会在我眼前消失不见。我马上就要够到她的手，这时有谁猛地从身后拉了我一把，我回过头，看见了你，你紧紧攥着我的手，把我往回拉。我好像是第一次看见你，随之我就记起了一切。我看着永媛的眼睛，和她说对不起，她的脸一分分变黑、变模糊，她的手就在我指尖融化，她怀中的婴儿啼声如诉，我痛彻心扉，却怎么也不肯放开你的手。我舍不下你，青田，这婆娑世界，我舍不下的，唯有你。”

床边熏笼中的炭块一星一闪地燃烧着，青田终于懂得自己为何如此地善于忍受苦难，因为生命最大的奖赏永远藏在苦难中，如明艳的火藏在枯死的木头里。火焰就是他的目光，他不再说一个字，只以这样灼热、明亮、摧枯拉朽的目光裹挟着她，等待她的回答。

青田回望着他，他要她答什么呢？世界上一切美丽的、神秘的言辞，已全被他说尽了呀！她什么也给不了他，只除了这满眼的、满脸的、满身满心的热泪。她整个人一软，哭倒在齐奢的胸怀。

齐奢拥紧了她，听凭她潸潸的泪把他打湿、把他浸没。有如眼睛被泪水洗刷，与悲伤永别。他就这样抱持着青田，与她交颈擦鬓，“我想你，”他低哑地呢喃着，“青田，我想你。”

青田用以回应他的拥抱与情话的，是拳头，她简直是咬牙切齿，重重地抡起一拳砸进他胸窝。齐奢被捶击得咳嗽了起来，但他笑了，一边咳一边低声唆使着：“打，使劲打。”

青田当真是狠打，一拳又一拳，咚咚有声。她打到自己的手臂都酸疼，打到不剩下一丝力气，才勾着头瘫倒，哭得死去活来。齐奢揽她在臂中，许久许久，久到那些曾将二人隔开的所有漫销魂、形影怜、相思累万千的夜晚，通通随风远去。

十三

有道是“病来如山倒，病去如抽丝”，齐奢显然不在其列。自醒转，他康复的速度就几如追风逐电，不到两天便扔掉了手杖，四天后就已行动自如，到第七天开始照常视朝。反倒是青田结结实实地一病不起，长时间埋下的病根一下全发作了起来，先是咳，又转成高热、呕吐，下有崩漏的症状，竟至于不能下床。除刘、方两位太医外，北府又自太医院传来一位荣太医，这位荣太医专擅妇科，长年出入北府请平安脉的，青田的脉案、药方、起居他统统了然于胸。三位名医的一起调护之下，青田虽病得不轻，但却并不算危殆，过了十来天也就日见起色。

由于之前周敦早就散布过消息，称突发重疾的是段娘娘，这时也只报说段娘娘转危为安，是以对请脉的医士论功行赏，特赐三位太医重金并紫蟒袍等珍物，刘、方二位还有格外的恩典，赏加四品京堂衔，原本太医院做到顶也不过五品，这一下就已跻身小九卿，仕途腾踔。这自是为着二人将摄政王自阎王殿前抢回的奇功，但外界一概不知，只当是为着医好了段娘娘才有这样极厚的封赏；又看期间摄政王不仅辍朝了整整半月之久，且复朝后其形貌之消损简直令人震骇，必然是为段氏的病忧劳过甚，那么她在王爷心中的分量也就不言而喻了。

这样一来，先忙坏了各位亲贵大臣的内眷们，你追我赶地跑来北府探段娘娘的病，说起来一个个好生懊悔：“眼瞅段氏就差被扫地下堂了，谁猜得到怎么竟又凭空复宠？早知道热灶上一把，冷灶也该上一把！失宠的时候没搭理她，这会子还得重新巴上去，倒白费了先前多少年的工夫。”唯一意气扬扬的就是大理寺少卿左大人的夫人，那日遭青田的戏弄被迫叩认为母女，让贵族家的亲戚朋友们笑话得好久都不敢出门。这下可抖擞了起来，一口一个“我干娘”

如何如何，“我干娘早就私下里同我说了，她自有法子重夺恩宠，不过是故意拿出一副气数将尽的样子，要看看平日间那么多围着她的人谁是真心、谁是贪图她的风光。”这样的瞎话也居然有不少人信以为真，托请左夫人在她“干娘”面前多多美言。

一时间，送成药的、送药材的、送补品的、送食料的……数不胜数，像是鹿茸、党参、阿胶等贵物，北府里堆得能当柴禾烧。青田惯来是荣辱不惊，只当笑料讲与齐奢听：

“托您老的洪福，这阵子我这里车水马龙、门庭若市，不像前些时候，连想搓个雀儿牌都找不齐牌搭子。”

她仍是清瘦的、无血色的，但眼中已有了神光，身上披着件遍挑紫葳花的缎面白狐袄斜在床里，衣脚上垂有一圈豆珠，一笑，沥沥细响。

齐奢的气色也好得多，身上单只半厚不薄的一件黑色掺金外国呢子夹袍，佝着肩凑在床角的炭盆前，“我也听琴画她们说了，那些个宫眷命妇前阵子见我待你淡了些，全躲着不出头了，这阵又三天两日往门上跑，满口子‘加意珍摄、早复康强’，真亏你还能够笑面相迎。”

青田不以为意地笑一笑，“跟红顶白，人之常情。我若为这个生气，哪里气得过来？再者说，也是我那时候自己不愿见人，有好几回人家结伴来瞧我都吃了个闭门羹，就此方才不再上门。”

正说话间，就见莺枝端着只托盘盈然直入，垂髻上一朵茜色绢花，妍生瑶阶，“娘娘有雅量，不把那些前倨后恭的嘴脸放在心上罢了。”

“我来。”齐奢端过托盘上的药碗，打开床角结花几上的一只小蜜罐，往碗里添了两勺蜜，就笑睨着指间的小瓷匙，很洒脱地一笑，“莺枝，这儿现也有一张前倨后恭的嘴脸，也请你不要放在心上才好。静寄庄那天我吃醉酒，把你给吓狠了。”他将药碗递给青田，笑着一努嘴，“你主子让我和你赔个不是，你就担待爷酒后无德吧。”

他说的是那夜里莺枝摔了玉如意，要将她杖毙的事故。莺枝一下傻在那儿，两片涂着香浸胭脂的小小嘴唇掀动了好几回，脸憋得赤红，深蹲了一个万福，“这可生生折煞奴婢了，敢劳王爷同我赔不是。”

“非但得赔不是，”青田笑睐着莺枝，将小匙在碗沿上轻轻一磕，“还要赔你一个好女婿呢。”

莺枝更是窘得头也抬不起，“娘娘别取笑，奴婢不嫁人。”

“二十多的老姑娘了，再不出阁，让人家笑话。王爷已叫人帮你留意细选，要在朝中挑一个人才、前途都拔尖的娶你过门当太太，后半世也就是朝廷诰命了。以后我若再失了宠，别的官太太不来瞧我，你是一定要来的。”

“奴婢不嫁！说了多少遍，奴婢这辈子都不嫁人！死也不嫁！”她一下子气恼起来，发丝都跟着颤动，几如烈驹的浓鬃。一扭身，鼻端生火地去了。

莺枝惯来沉稳，鲜少有这样的失态，故而齐奢颇有些讶异，望着她去后的空地笑起来，“好丫头，我只说她成天慢悠悠的不爱吭声，是个锯了嘴的葫芦，想不到还有这番泼辣劲头。”

青田在旁不疾不徐，一口一口地啜着药，“若中爷的意，也就不必在外头替她找婆家了。现放着眼前的好姻缘，翻翻黄历选个日子，给爷收在房里，岂不四角俱全？虽比不了十四五岁少女的含苞吐萼，好歹也算是桃李年华，比我这样的可强多了。”

齐奢放声大笑，笑颜里又有几分惭愧，“行啦，前前后后我都说了几大车好话了，就差给你跪地谢罪，还动不动就含沙射影。唉，我真是悔得肠子都青了，就为了一时赌气，现在在你跟前弄得简直是没法子做人。青田，你看我天天忙完了公务，还亲自来病床边伺候你，不就巴望着你能快些好起来吗？莺枝说你晚上总睡不好，多思多梦，你还老想着这些给自己添堵，病怎么能好呢？”

青田把只喝了一小半的药撂去一边，直向着齐奢瞪起眼来，秋波含酸，“我的病没什么要紧，倒是爷要保重身体，太医院脉案的底子现还在那里放着，‘气血不充，心肾交亏’，若不是放纵过度、酒色斫丧，怎么会闹出这样的病症来？”

齐奢的脸色霍然间一振，语调肃然：“你这叫什么话？别的事儿都可以由着你说，独独这事儿咱可得弄清楚。”

青田难免有几分惴惴，只把缀在袖口上的碎珠捏弄着，溜一溜眼角，“什么事儿？”

“就是爷的肾到底是为了谁亏的！”他一个鹞子翻身就矫捷地纵上来。

青田憋不住又是气又是笑，把他推搡着，“快起开，瞎闹什么？”

“啧，怎么是瞎闹？灯火通明看得真真的。”

“别看我，我又老又病，没的玷污了爷的眼。”

“这才是瞎说呢，多大一个美人儿，爷可忍了好久了。”

“去，你的病还没好呢，我的病也没好，回你屋子里睡去，各自将养。”

“老虎不发威，你当是病猫。爷的病早好了，你的病爷今儿晚上给你细细治一治，明儿也就好了。”

“别，不要，说了不要，松开！”

对一个病人而言，青田的力气大得过了头。她把齐奢已摸进她亵衣的手生生地摔开，两腮透红，眼轮也红起来，脸往一边别开，急促地喘息。

齐奢怔在那儿，整个躯体一动不动，唯独两眼频频地眨动着，仿佛不能够相信眼前的一切。他的确难以相信，他一生中从未遭受过此般冷遇，仿佛他和他的欲望都令人作呕。他看着青田的样子，往后退开去。

青田始终不看他，她将一手的指节抵在唇上，嘴唇有些微微地发白，“对不起。”

心脏仿似自一丛荆棘上滚过，齐奢咬住牙关，握紧了两拳又松开，“你没什么好对不起的，是我错，你该生我的气。”

“我、我不是生气。”一滴滴泪在她深垂的浓睫上凝聚，将落未落，“你每次回王府里去，宿在继妃那里也好，与其他妃子王嫔们夜宴也罢，甚或去外头和僚属们入席酬酢，我半点儿都不心慌，我笃定你心里只有我一个。可自从冒出这么个小女孩，我老是越想越难过、越想越害怕，满心不安。就连刚才，当你看着我、抚着我的时候，我也会突然忍不住想，你会不会想念她的皮肤，那么年轻、那么紧致，像熨过的绸缎，没有一点儿瑕疵——”

齐奢把几根手指摁过来，封住了青田未完的话，那丛荆棘依旧包围着他的心，他默坐一晌，从中寻觅着出路，从这刺入肺腑的痛楚中找一句肺腑之言：“青田，我同你说过，那小丫头对我根本就一钱不值。不错，年轻的时候，我的确像个守财奴，从王府的姬妾到帘子胡同的小龙阳，从最美丽高贵的处子到最卑贱秽亵的娈童，凡是能搁在床上的，我样样都要。可但凡一下床——其实在床上也一样，不管他们拿什么姿势同我纠缠，我们间照旧泾渭分明，他们的身体是他们的，我的是我的。说到底这就是身体的事儿，我这身体里只有我，跟蹲圈院儿似的，别个进不来，我也出不去，占有的人越多，我越觉出自个的孤家寡人、孑然一身。然而，当你脱掉我的衣服，就像是，你把我的皮肤也一起脱掉，我这个人，我全副的心力魂魄都和你融在了一起，那是、是——”

齐奢有些游移，仿佛在搜索一个精准的词语。词语如同另一个世界的使者，经由谁的口，翩然而来：

“合而为一。”

他和她同时说出了这句话，青田的声音是哽咽的，慵抬泪眼。齐奢凝住她，“你瞧，你完全懂我在说什么。”他压低了两眉，声音沉抑而空旷，“青春和肉体，我要多少有多少，但无论多鲜嫩的青春如何取悦我，我也只是一个人。唯有和你彼此取悦的时刻，我才在这只能自己赤条条来、孤零零走的世上，真正地，和另一个人在一起。拿十五岁的皮肤同我交换你，是拿一张羊皮，同我交换神迹。”

长长的沉寂间，他们对望，沉寂如岁月增长。几曾忘，那些被他们连通的身体所摇撼的床，以及每一张床最后是如何崩裂，露出那扇门。门的另一边，人们死掉又复生、消解又重聚，无谓你我、无有分别，那里充满了道与轮回，他们用彼此的身体，用最为露骨的下流，打开通往最高处的门。

齐奢托起青田的双手，把它们深深合入了掌心，“青田，在我心里，你胜过这世上的所有。一直以来，我对自己有多好，对你只有更好，如果我伤害你、报复你，那么我对自己也一个样儿。你要不明白我对待我自己残忍到什么地步，就想一想半个月前我躺在病床上的样子，我病了，病得差点儿死掉！那时候的我是个病人、是个疯子，但现在我已经好起来了，我希望你也能好起来。过口的药就在外间药锅上炖着，你还需要什么心药，告诉我。宽慰、忏悔、誓言？还有什么？我可以就在你床边说上个三天三夜，说尽所有我能想到的三生重誓来使你安心，然而说得再漂亮，也无非只是一场华词。罢了，有一个法子可略表我的诚心——”他靠近她，靠得极近极近，在她耳底说了两句话。

青田的两颊又一次泛出红色来，沾染着点点淡泪，仿若凌波而起的一株粉荷，“要死了，什么没廉耻的都说出来。”

齐奢将两手往她脸上一温，恰是采撷的姿态，“说真的，爷豁出去了，过这个村儿可没这个店了。”再不容对方多辩一句，他已俯过了上身。

青田还空自在男人的嘴里抢白着什么，但她的身体不会说谎，她的身体向他、也向她自己，诉说着这世界上仅有的真实：晕眩、昏聩、狂热、饥渴、水，许多许多的水；她的泪涌出来，从眼睛里，从腿根深处。他深情而激烈地游走在她荒芜已久的每一处，肌肤、睫毛、耳蜗、脚趾……周遭的万物轰然消解，什么也不剩，只剩她身上的这一樽身躯，她亡命之徒一样紧攀着他，悬空在一片红尘碧海、痴云腻雨里。他把她升起在三十六重的大罗天，而后让她在一方动荡的胸膛上，合身坠落。

青田晕倒在齐奢的怀抱，就像一个在海上漂流了几天几夜的幸存者被海水冲上岛屿，一头栽倒在温热的沙石中。

十四

翌日，青田就由抱素阁搬回了卧室养病，二人与昔年一般同床共枕，夜夜温热旖旎。到得十一月中，青田大病痊愈，白日里也谈笑有加，唯独心悸之症迟迟不见好。一剂剂的安神药吃下去，尽管不再失眠，且借着药力睡得极沉，但却总有噩梦萦回不去，三五不时地齐奢就迷迷怔怔听见枕畔的惊哭，叫也叫不醒，只好揽在怀中慢慢地拍哄："小囡不怕，做梦呢，没事儿，我在。"有好几回，他起床时发现熟睡中的青田紧揪着他寝衣的衣角不放，那么紧，以至于他得把她的十指一根根掰开才能脱身。他情知青田是前一段伤感太过而落下了心病，由不得满怀的疼惜歉疚，连公务都疏怠了许多，只加意相伴，以期替她早纾心结。

朔风日紧，一交腊月就是青田的生日，虽然她一再以"未免物议"为由请求蠲免了庆典，齐奢却很坚决，一定要"大大地热闹热闹"。北府的管家有了这一声吩咐，分外卖力，更不惜物料，甚至将府中的杏、柳等春花夏树都以通草、绸绫等做了花叶粘于枝头，一片喜气洋洋。初二那日，更是笙簧并奏、锣鼓齐鸣，戏台上轮番搬演戏文。大厅的轩廊外又设下了一座绳戏场，两端有高高的三叉木架，中间连一条长绳，一班自粤西进贡的苗女在绳上走挪腾跃，一边还巧笑放歌，那种精彩绝伦比之名角迭出的堂会又更加新鲜，直看得人赞叹连连。此般繁华荣宠，哪个不捧场？为段娘娘献礼叩祝的命妇比旧年只见多、不见少。青田含笑应对，不在话下。

酒至半酣，忽见数十中官身着补服，每人手中或盘或盒、或捧或抱，自厅外鱼贯而入。为首的一人正是周敦，眼含喜笑，端身扬声道：

“叔父摄政王特有颁赐，以贺娘娘芳辰之喜。年年今日，岁岁今朝！”

但见贺礼自衣裙首饰到文玩翰墨无所不包：一袭玄狐，一袭白狐，一袭染貂，一袭倭刀，一袭水獭，各色时新宫缎、苏绣新样衣料，两支迦南香镶宝珠凤，两支金镶珠石松竹灵寿簪，一对金福寿面簪，一对金蝠佛手面簪，一对金蝠磬双喜面簪，另有龙凤花钗、白珠花树、小簪、戒指、玉镯等，又有三柄金玉如意、三柄鎏金嵌珊瑚双桃如意、三幅名家手卷、三卷高丽纸……逶迤华丽，不可胜数。最后由四人抬入一株红木底座的珊瑚树，通体赤色，枝桠流光，而且足足有十尺多高，可谓稀世罕见。

列席的官眷们一片哗然，各摆出笑脸来称羡道贺，“娘娘大喜”“娘娘好福气”“娘娘福慧无疆”等美言不绝于耳，待背过了脸去，却是另一番窃窃的交头接耳：

“这可闹得愈发好看了。”

“不管散生日、整生日，年年都这么大操大办，咱们倒也见怪不怪。只以往摄政王爷向来不出面的，如今竟连这最后一点儿体面也不顾了。”

“段氏侍奉王爷多年，路人皆知，只到底没名没分的，哪里好就这么明目昭彰地赏寿？”

“哼，为了她，王爷出格出典的事儿也不知做下了多少。就说这些年，回回为自个庆寿都不放在京中，而放在怀柔静寄庄，不就是为了能叫段氏一道出席？”

“那叫什么出席，不过是她独个缩在戏台边的阁楼里，面也不敢露，还不就是只见不得光的老鼠？”

“就算是老鼠，也是只硕鼠！你们瞧瞧这些赏赐，真叫人眼珠子都掉出来。光那株珊瑚，现拿着金银都没地儿买去。”

“我暗地里数了数，一共有三十三样赐物，正合段氏三十三岁的寿数，端的是心思别致。”

“把一房外室捧成这样，可把王府里的正经娘娘们往哪里搁？”

“快快休提王府里的，我瞧也就是继妃詹娘娘还能隔三差五地和王爷说上几句话，其他人哪，王爷早都当她们死绝了似的。”

“啧啧，也不知段氏究竟有何等秘术，两次失宠、两次复宠，天下间多少妙龄美女，王爷竟被这么一个半老徐娘收服得死心塌地。”

“嘻，千年耗子精，自然魑魅通天。”

“嘻嘻，偏你拿这些怪诞不经的唬人，也不过就是窑子里的媚功，咱们良家妇女哪里能略窥端倪？”

“你们也收敛着些，虽有这锣鼓喧天，究竟隔墙有耳，仔细被段娘娘的人听见。”

“什么娘娘？不过白叫她一声，她还真成了娘娘了？谁封的？册宝在哪儿？我只不相信，若王爷登基称帝，还真能抬举这位当贵妃？”

“嘘——”

……

青田安坐上席，头梳高华精致的牡丹髻，环额一串飞星逐月的八宝抹额，一滴无暇明珠正垂在眉心，通透如天眼。她望向席间一张张精心雕琢的面孔，透过层层的浓重脂粉窥到了未经粉饰的另一面。一丝讥嘲的笑攀上她嘴角，她端起面前的金镶红玛瑙双结如意盅，为人世真貌，满饮一大杯。

夜色微阑之际，人亦已微醺。卸去了华妆，两颊依然余留着两片胭脂，是浓烈的娇艳，神绽彩光。

齐奢笑睨过来，“开心？”

青田言涩意缱，有无边的春情流溢，“开心，只是未免太过分了。”

齐奢将身上荔枝色的寿山福海长袍一掠，斜倚去榻上，“哪里过分？”

房内飘散着浓而暖的苏合香，墙上新悬着《麻姑骑鹿》，高足花架上一只青白釉美人觚里供着一把白梅，鲜莹可意。青田折下了一枝，在手内把玩着，“我晓得你特特要在那些个贵妇面前为我长脸，可这样招摇地大肆恩赏，不但又叫人非议你行逾不检，而且恐怕落下个侈靡之名。”

齐奢笑着将唇上的两撇小胡子一擦，挥了挥手，“不过十来年前，国家财政业已濒临崩溃，一年只区区六百万两银子，三年之收入只够半年之支出，太仓里银钱匮乏，连官俸、军饷、治河保漕这样的正常开销也常常拖欠。自我施行财政改革以来，如今一年进项已多达五千多万两，翻了近十番，一年之收入可抵三年之费用。上半年，已是第二次给全国官员提高俸银，百姓亦无不衣锦食肉、家殷人足。我又不是搜刮民间以供自个侈靡无度，如今自上而下，人人都比从前过得侈靡百倍，我怎么不行？莫说赏你三十三样珍物，就是三百三，也没人有资格说我一句。爷挣来的，爷爱怎么造就怎么造。凡事不过都该量入为出，国力凋敝自然要崇尚节俭，物阜民丰就该膏粱文绣、一掷千金。《管子》早有言：‘不侈，本事不得立。’为相者，当如管仲。”

“为相者？”青田将那束白梅停于鼻前，斜剔起眼角，仿佛嗅到了比梅香更幽细的什么。

齐奢恍有所悟地笑了一笑，“你个鬼灵精想说什么？”

青田抛开了手里的花枝，向着他注目细睇，“三哥，外头流言四起，你且给我一句真话，抛开种种的君臣伦常、错杂恩怨，你心中是否仍存帝王之想？”

外间的自鸣钟“咔哒咔哒”地走着，齐奢站起身来踱了两圈，又举起手抹了抹口面，“我不知道，”随即他嘴角一提，“你呢？你可愿我君临天下？”

青田“哧”一声笑了，转过了半身，娇捧两靥，“我吃醉了，你别问我。”

他走过来分开她的两手，逼住她眼睛，“你也欠我一句实话。”

青田的两耳挂着对蔷薇晶坠子，她熠熠生辉的瞳仁也随着这坠子左左右右地摆动着。继而，她眼底的明光就被低沉的睑皮所遮蔽，犹如浮云遮蔽了月亮。

“近来，我常做同一个梦。我梦见在夜里，可是天好亮，是许多的宫灯，就像那一年你迎娶王妃那样，比那还要多，有几千个身着红缎褂子的校尉拿着灯，照得天都是红的。那是皇帝大婚，迎皇后的凤舆入宫。老百姓都出来看热闹，我也在人群里挤着，然后——然后我就突然看见你，你骑着马，身上是龙袍、朝冠，我才知道，原来大婚的皇帝就是你。我拼命地喊你，但你理也不理，我冲出去拉你的马，你骑着白蛟，连它都认出了我，可你还是像不认识一样看着我。我在下面拽着你的龙袍不肯放，你就拿手把我的指头一根一根掰开，全掰断——”一瞬，似有无限的哀念涌起，可到最后，却无可怨怅地一笑，“在梦里，是真的疼呢。”

她付之自嘲地吐了吐舌尖，齐奢从旁看来，却无端一阵心痛如绞。他想起那些暗色的凌晨，他把她拽住他衣袍的手一根根掰开时，她总在沉梦中转侧难安，紧闭的双眼中泪水四溢，而后就自己捏紧了自己的手，眉头深锁、牙关狠咬、指甲深陷于掌心——就是一个人在啸然而至的、命运的巨轮前的样子。

齐奢托起了青田的两手，手上的护甲已摘去，十指纤柔，指端有轻微的畸形，是在扬州佛寺的苦役与燕郊地窖的酷刑所留下的印记。他把她的手捧在唇边，一下下亲吻着。青田有些害羞似的拔出手，依旧是笑吟吟的，“你知道吗？今儿宴会上有一群走绳的苗女，在一条架得高高的细绳上载歌载舞，演出百种把戏。我忽然间觉得，我就像她们一样，让所有人都看得目瞪口呆，一边赞叹着不可思议，一边暗暗地揣测，她什么时候会重重地摔下来。”她眼圈红了，抑或原就是红通通的，醉色缠绵的一派娇甜，又咯咯地笑出声。

齐奢的心一点一点沉落在谷底，他递出手，去抚青田潮热的酒面。工整的指尖绊在她颊边的几绺发丝间，跌撞数番、蹒跚半世，来到她细软的喉颈前，“青田，你再也无法全心全意相信我了，是吗？”

她笑着摆摆头，“我相信你，我只是——呵，三哥，多年来你待我一片深情，我也从不忍说那等扫兴之言来拂你的意，只是‘齐大非偶’这句古话并非等闲。我今年已经三十三了，还会变成四十三、五十三……这张脸、这个人，会一天比一天不能入眼。你教我如何设想，一名年长色衰的娼妓，能够同一位亲王——一位帝王，携手白头？这两种人真的是天上地下、云泥之别。”她重新用两手掩住了脸面，在自个的手里头发笑，“我就说我吃醉酒了，你偏让我说。”

齐奢无力地后退了半步，一霎间，他什么也说不出，什么也不想说。

疏落的梅影在窗纸上拂动，青田甜笑着踉跄了一步，伸出两臂把齐奢环腰围拢住，目光迷蒙地仰起脸，“对不起，你这样耗费心思地为我办生日，我却专说惹你不舒心的话。对不起，我错了，我这就给你赔礼。”

她将一手往高搭住他肩头，齐奢推搪着别开了脸，青田却只管扭股糖似的黏在他身上，拿手来拧他唇上的胡子尖，“做什么这么撅着胡子？生气啦，啊？别生人家的气嘛，人家好好地给你赔礼，爷爷说怎么样，我就怎么样。爷爷，哥哥，亲亲的好哥哥，你气我才那句‘齐大非偶’是不是？那你就来教训我嘛！”她嬉笑着，两手就来扯他棕眼的乌犀系腰，“你快让我领教领教，什么叫做‘齐大佳偶’，齐三爷越大，才越欢喜成双……”

齐奢见青田半醉半娇，吐出来的话益发不像个样子，不觉又无奈又好笑。她使劲勾住他颈子，把舌尖往他耳鬓处舐动，一只白白软软的小手已径直滑到他胯间，兜住了揉揉捏捏。齐奢闷哼一声，终究低下头，吃进她滚烫的、泛着酒香的舌尖，他一直垂在身侧的手臂缓慢地举起，包拢住青田的肩，把她的全部都护在怀里。他的手越来越紧，也越来越狂乱。彼刻便有了光阴，似飞鸟，雍容地由爱人们的身体边经过、消失。

而后，就只有沉而甜的呼吸，声声慢。青田睡得很熟，熟得完全感觉不到齐奢何时离开了她的怀抱，一个人坐起在床边。他就在暗迴的灯影下那么呆坐了一刻，接着从枕边的香茶盒里就手拈了根乌银挑牙，挑了挑床头的碧玉大银灯。灯芯猛地往上一腾，乍然间亮起。借着这摇摇不定的光亮，他回过头，凝望沉睡中的青田：她半边脸压在丝缎软枕里，把眼尾压出了两痕很深的皱纹，从前丰鼓的脸蛋已看得出隐隐的凹陷，鼻翼两侧的笑纹仍然很轻，但细看之下，确是看得出的，嘴唇半开，颜色被烈酒烧得火红，就令一道道皲裂般的唇纹无所遁形，还有淡淡的碎斑，东一点西一点撒在那直欺皓雪之光的白皙肌肤上。

她依旧是美丽的，但比起他记忆中简直惊心动魄的明艳，眼前的美丽多了一份惴惴的仓皇，就仿佛在这张脸周围，有成群的豺狼环伺。

这些豺狼，齐奢明白，叫时间。

他从青田脸上转开了目光，久久地望着灯光照不到的阴处。仿佛试图捕捉日与夜相连的秘密——一如年轻与衰老、欢笑与眼泪、天与地、他与她的相连。齐奢与这横亘万世的哑谜对峙着，不着一缕，默无一言。

第十四章 望吾乡

一

年关又至。

深阔宏伟的紫禁城内各处焕然一新，雕栏飞檐扎满了各色绸带，广场上竖起了黄缎大伞，大殿内摆上了古雅的铜鼓编钟，庭院里陈设出全套的青铜礼器。除夕一早，在西苑隐居已久的少帝齐宏于皇极殿露面，身着玄底六色章衣，日月在肩，星山于后，龙华两袖，玉带横腰；头上冕冠前后垂下七彩玉旒，又有六色玉珩导以朱缨，两枚玉石充耳直挂耳际。叔父摄政王也同样头戴罗绢黑漆、金圈金边的旒冕，繁饰隆重，宝玉堆砌，在团拜队伍的最前列领头为皇帝朝贺。其身后的亲贵百官们随之呼喊着“万岁万岁万万岁”，一边磕下头去，一边升起了一个共同的预感：用不了多久，金台上那病恹恹的青年就会被身上沉重的服裳压成一捧一吹就散的齑粉，而其下那健硕高大的中年男子将步步动地地登上金台，毕竟他们二人间最多只差着十步远。十步，哪怕对一个腿有残疾的人来说，也轻松得易如反掌。

可谁知过了新一年的一月、二月，直来到三月的季春繁华，也不见有一丝更天换日之声，只有软苏苏的风，蛱蝶双、云烟袅。与皇城根隔南海相望的南台岛亦一派红蓼白蘋的安闲美景，可美景后的殿宇内则就是另一番景象了。

家具堆满了尘灰，地上有落叶，桌上茶碗里是一泡发馊的黑汤，炕上的，是一模一样发出馊味的齐宏。他双眼眍瞜，两颊塌陷，咳嗽了两声撑手坐起。窗角下一个晒太阳的小太监白眼一翻，任皇帝自己拖沓着步子蹭向屋外。一路上又有两个太监闲坐叽喳，均视若无睹。齐宏一个人蹒跚着，一件素绒袍的袍尾被杂草石块刮得褴褛破落。他一直走到了岛的尽头，随后就呆望着被吊起的通向西苑门的木板桥、桥下海子的绿水，与水那头永远层层叠叠的守兵们，一分分地蹲下地抱住了头。空阔的水边，是一副一耸一耸的、脆瘦的背。

为这春色洒下穷途之泪的，并非只齐宏一人。

深院沉沉独闭门的慈宁宫中，齐宏的生母西太后喜荷攥着一条落花流水花样的手绢，筋络满布的一只手没有戒指、没有护甲，唯有的一串细手链是泪珠子串的。自乾清宫一别已足足七年，她再也没见过儿子一面，相见只有在梦中，在梦中，他一次比一次更加消瘦。念及此，一些痛就似刀裁肺腑，一些恨就如火烙肝肠。这一条手绢全哭透了,就要另一条。递手绢的是一只皮肤紧绷、骨节凌厉的手,手尽头却是一张线条柔和而俊俏的脸庞——乔运则把脸俯向前，喋喋向喜荷说起了什么。

隔着层圆光罩，太监全福正趴在炕底掏灰。一张尖尖的狐狸脸已见松弛，肿肿的眼泡更加鼓突了些，两颗眼珠子骨碌一转，偷着朝里间窥去。他见太后娘娘在那宠奴的劝解下面色逐步好转，最后竟“噗”地破颜一笑。全福膈应地别过脸，心中一阵酸一阵苦。师傅赵胜死后，他取代了师傅在西太后身边的位置，成了这尊贵而孤独的女人在漫长的软禁岁月中最为倚重而信任的“男人”——假如你看到过那些春风秋雨的夜，全福俯在西太后的脸边替她拔去一根忧伤的白发、默默聆听她哀苦的叹息，你绝不会说这不是一个女人和一个男人的夜。但从去年的春天“乔公公”从天而降后，一切就都变了，和一个才过子建的状元、貌赛潘安的美男比起来，全福只不过是个乡下来的傻小子。自此，太后再也不会和全福多说一句话，她只会说“全福出去，没有传召不许入内”，然后和那个乔公公在房里一待就是大半天，这总使全福忆起多年前女主人和摄政王幽会时的场景。全福对乔运则充满了难解的怨恨，好比一个失宠的宫妃对夺去帝王恩宠的对头的怨恨。而这恨——不管全福如何挥舞着手中的棕帚——也只挥不掉。他愤愤地走出殿外，唾弃不已：“呸，去你的狗状元！”

东边的慈庆宫是一般的幽深冷寂，珠帘不卷。帘后，东太后王氏披着件软银轻罗长衣独倚在槛边，长发随意地散落在背后，如担着两肩幽恨。如果她灰蒙蒙的瞳仁里偶尔闪动起一点光，也并非因着园中的春色，而是掠过她眼前的往事：她的父亲、她的兄长们、她曾拥有的权力与荣光、她辉煌的家族……一如掠过王谢堂前的燕。那燕儿早已落入了寻常百姓家，王氏的目光却不知该落在这孤冷深宫的何处，任何一处，都是朱栏、影壁、墙，连时间都被禁锢在这四四方方的牢笼中，一动也不能动。她猛地长吸了一口气，“吴染，装烟！”接着她就想起来，吴染去年就死了，死于镇抚司的惨酷刑讯，族友尽灭，只有其养子吴义人间蒸发。一名宫女蹑步而来，捧上了水烟袋。王氏狠嘬一口，木木盯着消弭于无形的烟气。她只希望，假如自己活着时不能像那吴义一般人间蒸发，至少死了后能化作一缕青烟，自由自在而无影无踪。

然而，并非所有人的春天都是死水一潭。

眼前的一双明眸中就有着深千尺的桃花潭，香动渊然地望着自己，也望着他。

“回来啦。”青田在镜中凝眸一笑，香艳艳一把腮，光彩神飞。

齐奢甫入妆房就怔住，他见青田身着缠丝掐花袄，牙色细锦裙，外罩一件梳头用的宁绸长背心，发如玄缎般披散着，正坐在镜台前卸除晚妆。不过是家常旧景，其中却散发出夺魄的娇艳，就好似有个灯芯子在人腑脏内烧着，照彻了一整副皮骨，由内而外地，只是光，只是耀目。

不单是青田，连围在她身后的莺枝、琴画、琴盟和琴素四婢也笑吟吟地潮染双靥。她们见了他，分别放下了手内的错金头油盒、阔齿牙梳、小宝匣和白玉罐，互望一眼，一同屈膝为礼，“王爷大喜。”

齐奢大为错愕，手抚着腰间的减金绞丝带，倒也蹙着眉笑起来，“我有什么喜？”

侍女们相视一笑，宛如几只百灵的合鸣，余韵婉转：“娘娘有喜！”

“不是，究竟我喜还是她喜啊？”话毕，齐奢就恍然大悟，脸色有重重的震动，“你、你们说什么？”他问着莺枝她们，却把脸转向了青田本人。

她依坐在青鸾宝云雕漆妆台边，笑笑的，睃了他一眼，又垂低了眼目。

有生以来，齐奢头一遭觉出喜悦是种有形之物，庞然而幻丽，伴着金钟与法鼓向他走来。他不能自持地向青田走去，弓腰扶住她，“真的？”

她依旧是笑，桃李不言，下自成蹊。

踩着这云英铺就的绮道，在这丰硕的春华秋实前，齐奢几不能成言，“你、你不是，不是……”

“是，”青田婉婉地低笑着，“我早喝过那东西，喝了许多年，照理一辈子都不可能生养。太医说，许是因为我这些年养尊处优、保养得宜，再加上前几个月很是进补调养了一段，故而使得气血健旺，得孕结胎，说是胎象稳固，有一个多月了。”

齐奢定定地、定定地看着青田，突然间就笑出来，直接将她一把搂过，抱起来双脚离地地团团转。青田大笑着尖叫，丫鬟们也笑做了一团，边乐边急得直嚷:“爷您可轻着点儿！”

“哦,对对对,轻点儿,轻点儿。”齐奢忙把青田搁落,乐不可支地捧她的脸、摸她的发,真不知怎么才好。好一会儿才意识到自己的忘形失态,脸都窘红了,冲几个丫鬟手一摆,“你们四个一人赏一袋金瓜子,都去吧,领赏去。”

莺枝与三琴含着笑叩喜退出,门扇开阖、衣袂轻扬间,一股温风带起了廊下的薄玉铃,轻扑着桃花纹的绡丝透帐。帐后,青田笑着遮起了妆镜上的锦袱,五指滑过其上湘绣的喜鹊登梅,颜面蕴秀而生光,“瞧你,高兴成这样。”

“当然高兴了,我真是想不到,从来没想过——小囡,我,我真是太高兴了！”齐奢只觉满腔子都是欲炸出来的惊喜,按捺不住,又将青田圈住了托起半空,仰着面狠吻她一回。

青田满目的烁烁笑意,将齐奢上唇的髭须揪一揪,身子稍一拧,“放我下来,我有事儿同你说。”

“唉。”他小心翼翼,简直往神龛里摆一台女菩萨一样把她摆去了软榻上,倾耳细听。

青田先将一匹长发拢了一拢,心思万万,丝缕入微,“今天来的还是荣保之荣太医,所带的药倌姓卫,叫卫帏,我已经吩咐过他们,我怀孕的事情不许走漏一点儿风声,连同莺枝她们四个我也吩咐过了,所以加上你和我,知道这件事的只有八个人。我的胎日后就由荣太医一个人料理,等孩子生下来,你把他抱走,交给王府里的继妃。詹娘娘知书达理、贤良宽厚,她会好好抚养这孩子的。”

一语方落,齐奢脸上的喜色便已成一副空悬的硬壳,随时会风干剥落,“你、你这是为何？”

青田笑一笑,仿佛因夺走了对方的欢乐似的,笑容里满是歉意,“人哪,什么都可以变,唯一变不了的就是自己是从什么人肚子里爬出来的。我知道你从不嫌弃我不光彩的过去，也不会嫌弃我生的孩子，你还会好好地疼爱他，你会给这孩子最精细的食物、最昂贵的玩具、最博学的老师……你会给他一切。可我能给他什么呢？我唯一能给他的，就是让那些个贵族玩伴们指着他的鼻子笑，说他不过是个婊子的贱种。”

“嘿！”齐奢喝断她，脖颈上滚起了青筋。

青田见他情急，婉然一笑，递出了两手理着他刀裁一般的两鬓，“三哥，你是皇子，就算衣不遮体、食不果腹，就算在草原上睡马厩，你一样是皇子，腰杆能挺得直直的。我呢？自小我就知道，就算穿得再华贵再体面，浑身挂满了金玉珠翠，可只要一转身，那些个当面笑脸相迎的人就会恶语相向，在我的背后指指戳戳。我早就除去了贱籍，可不管用的，在别人眼里，我一辈子都只是个下九流的贱民，哪怕我已经站在像你这样高贵的人身旁——尤其当我站在你身旁，你的高贵只会让我显得更低贱。这几年，你为了寿诞当日能让我相伴在侧，总带着我去静寄庄避暑，可摆戏的时候，所有王公贵戚都光明正大地同你坐在戏台子前，我却只能一个人躲在远处的小楼里，甚至不敢把身子往外探一探。即便这样，回头也有人向我道喜，说恩宠浩荡。每年我过生日，都孤身坐在热闹得不得了的人群里，听着那些个王侯诰命们言不由衷的祝福，只有这一回你出面赏寿，叫周敦当着大家的面对我说了一句‘年年今日、岁岁今朝’，一句话而已，可下面所有人的眼珠子都红了。前一段失宠，所受的白眼冷遇自不必多言，复宠后，有不止一人当面向我‘讨教’，究竟有什么房帷秘术能拴住男人的心？她们把这个当成对我的奉承。比当一个贱民更可悲的，就是当一个贵族堆里的贱民，承受超乎寻常的爱宠，亦承受超乎寻常的中伤和轻辱。我还在槐花胡同的时候就早已习惯了这些，这些并不能把我怎么样。可一个孩子，生于王庭贵地，娇生惯养，怎么面对这些？”

她温柔的掌心滑过他的颈项、肩头、臂膀，停留在他手背上抚搓着，“说起来，康王他们也有在外头纳了外室的，也生下过几个儿女，可差了一个名分，终是不能收归府邸。这些个流落在外的宗室子弟虽也都是亲骨血，却不能正大光明地姓齐，见了生在王府公府里的兄弟姊妹，也得绕着道儿走。但他们的生母就是再上不了台面，左不过就是些下等丫头、家人媳妇或贫家的女儿……饶这样，还叫人笑掉了大牙呢。总有一天，咱们的孩子会哭着跑回来问我说：'娘，大家都说你是个妓女，说我是父王在外头的野种。'我该如何和孩子解释？身在不属于自己的世界，处处是高你一等的眼光，你必须站得比所有人都高，时时刻刻自危自警，不可以跌下来，一下来就全完了。而就算你爬到了最高处，让每个人都不敢不跪倒在你脚边，你和他们也都心知肚明，没有谁打心底里尊敬你，只一个微不足道的眼神，就足以让你分明像天堂一样的生活变成地狱。其中的滋味我太了解了，一个懵懂无辜的孩子不该经受这一切，尤其这一切是我身为母亲的错，是我令他蒙羞。我不想这么对我的孩子，我不能这么对他。"

此时齐奢的神色已大不若前，空茫茫的一片，"总有办法的。"

"什么办法，抬籍吗？当年寿妃抬籍入王家，以闺阁之礼重嫁入你府中，大家不还是一样叫她'瘦马王妃'？你尽可以把我抬入冯家、戴家、詹家……任一高门华族，可你我都清楚这不过是掩耳盗铃、自欺欺人。纵使你再偏心，想方设法让咱们的孩子入册归籍，让他做龙子龙孙，难道大家伙就忘了他身上另一半贱民的血统吗？若是个男孩，便有拔山超海的气力、雕龙绣凤的文采，建下了伟业丰绩，功标青史，但只要让人从旁说一句'他是个窑姐儿生的'，照旧一生抬不起头来。若是个女孩，自己更不能有分毫的作为，终身幸福只系于夫家。当今世风，便是名门之女，只要是庶出，也多有不肯聘她做正房正妻的，何况一个生母声名狼藉的私生女？是，有你在，你护着孩子，他吃亏不到哪里，可你能护着孩子一辈子？这世上人情似纸、事势如棋，纵你是华盖金身，也要枉受多少的三灾八难，何况一落地就带着这么大一个疮疤，难道炎凉世态里能觅得一份好出路？这个孩子不知是上辈子修了多少功德，才修得到你这样一位好父亲，既有了这样的父亲，就不该被我这样的母亲拖累，他应该有——另一个母亲。”

“这怎么行？这行不通。”

“行得通。我问过荣太医了，他说我本就腰纤一握，只需以生绢束腹，再以宽松衣裳掩饰，身形绝不至暴露，临盆前两个月择地隐居，避人耳目。府中的詹娘娘则需服用停经之药使庚信不行，入冬后，腹系棉胎做假孕之状，直至我生产。这么多年，历年的正旦、元宵、清明、端午、中秋、重阳、冬至……凡这些重大节庆你全是在王府里过的，且每个月的初一、十五，也都会回府看望继妃娘娘，说曾有过房帷之事亦不为不可信。而凡人皆知，小班倌人只要一破身，均会长年服食阴寒绝育之药，谁也不会疑心我竟能暗结珠胎。这一桩偷龙转凤绝无破绽，只要继妃娘娘肯——她一定肯，她素来奉你为天，你说什么她都会照办。这个孩子一生下来就会是名正言顺的世子，他的祖父是皇帝、祖母是皇后、父亲是嫡出皇子、母亲是世族千金，他是金枝玉叶、天潢贵胄，和一把风尘贱骨的外室没有任何关系。他可以挺直了脊梁过日子，永不会为了自己的血统、为这世上唯一不能改变的事情而愧恨终身。”

榻边的一只金兽八珍炉中烟屑姗姗，不知是什么香，熏得人眼睛都发涩。齐奢木瞪瞪地凝视着青田，“你——怎么舍得？”

青田把两颊的散碎发丝轻拂于耳后，一张明净的脸容上，笑意无盈无缺，“刚被卖进槐花胡同那阵子，我常会怨恨我娘，那时候我还傻，自己总想着，等我以后有了孩子，就是穷到抱着他挨家挨户去要饭，也绝不会舍得抛弃他。而我实在不敢相信，上天竟如此厚待我，会赐给我一个孩子，一个你的孩子。今天荣太医说我有了喜信儿的时候，我一下就忍不住哭了起来，当然是喜极而泣，也是那一刻就已然明白，我必须抛弃这孩子。三哥，说句心底话，我情愿不要现在的高处不胜寒，我巴不得你只是个平凡男子，能和你心安理得地白首到老，一起抚养孩子们长大，谢繁华、乐淡泊，细水长流过完一生。只世事哪能尽如人意？倘若我不是怀有身孕，一辈子也不会和你说起这些来。你要知道，我绝无一点儿不知足的意思，你给我的已经太多了，能给的、不能给的，你统统都给了我了，只是横在你我之间的原就是天堑，非人力可为，哪怕是你这样一个几乎无所不能的人。还是那句话，人，唯一变不了的，就是从谁的肚子里爬出来。我们的孩子认不认识我、能不能叫我一声母亲，都不重要，反正什么也没法子改变我就是他的母亲。”

几乎不可思议地，齐奢傻看着眼前这神龛里的菩萨像用神才有的巨力，一直轻盈地在微笑。她甚至用两手来拉他的脸，把他僵冷的腮颊往上拽、往上提，“你呀，做什么吊着一张脸？笑一笑，就像刚才那样笑。这可是姑奶奶我这辈子最高兴的一天！”

她顽劣地直将他的脸扯至变形，又咯咯笑着揉搓两下。慢慢地，慢慢地，有一个笑，仿如天上的雨水在地下的池水里打出的一个个水圈似的，在齐奢的脸上飘忽扩散，“也是我最高兴的一天。”他说。

他没撒谎。多年来他始终存有个固执的顽念：这个无法生育的女人，是这世上唯一一个有资格替他繁衍后代的女人。今天，他的梦想终于成真。这确确实实是他最高兴的一天，同时，亦是他最为悲哀的一天。

齐奢前倾了身体，把他孩子的母亲抱拥进怀中。

他最终没能拗过青田，她也从未如此地执拗，从微笑着请求到哭泣着哀恳，直至他妥协。次日，带着这一荒唐的决定，齐奢回到了王府，与继妃詹氏会面。

年月消磨，詹氏却依然是那副模样。美艳的女子是插在水晶樽中的花，残败时分外怵目；而那些原就不起眼的则是窗外的一株冬青，也照旧日日地生长、老去，但昨天和今天、去年和今年看起来似乎毫无分别。詹氏是永久的庄重素淡，身穿一袭御罗料子的迎霜褐褙子，葱白裙，头上正戴着一件烧蓝坠大珍珠卷草，斜插一支盘珠卧凤，一根珠母抹额横贯在眉前。眉下的一对眼眸宁静颐和，注视着丈夫，听他讲完所有的话。

齐奢却一眼也不望妻子，只紧盯着不远处的一盏小书灯，灯把他面上映得隐隐地发烧，“当然，我绝不会勉强于你，如果你不乐意——”

“我乐意。”詹氏应承得很快，快而轻柔，仿佛对方请求她的只是把桌上的茶递一递。

这般的不假思索，连齐奢都感到诧异，他扭过脸郑重地端详了詹氏两眼，“委屈你了。”

詹氏宽然一笑，“我有何委屈？无非就是人前做戏，何况假戏过后，是真真正正王爷的骨血交到我手上，叫我做亲娘，这是天大的喜事。反倒是段氏——唉，照道理，有了这样的天作机缘，她本可以向王爷讨个名分的。王爷一直以来未有子息，又一向专宠她，即使她出身有亏，倘若生有男裔，把她抬籍接进府里来封一个王嫔，未必也就不可行。十月怀胎该是一个女人最得意、最张扬的时候，她却要这样偷偷摸摸地不见天日，挨足了月份，还要把自个身上掉下来的肉送予他人，不愿母凭子贵，只愿子凭母贵，当母亲的心可真是不易。”

一缕悯然浮现在詹氏圆润平淡的脸盘上，其意态间的温情足以令人动心，但齐奢并没有看见。他已又一次调转了目光睨着那盏灯，仿佛他所有的需索与失落皆在那星微的光亮里。

二

如是，青田怀孕的真相被彻底掩埋，公之于众的，则是摄政王府的继妃怀有了身孕。消息放出后，为詹氏道贺送礼之人比肩继踵。往年间，若不遇节庆，一个月中齐奢回王府的次数绝超不过三次，此时为顾忌舆论，整整一个月他倒有半个月都留宿于詹氏的风月双清阁。詹氏善解人意，倒反过来劝他回什刹海。

“王爷也该多体谅段氏的心思，这么些年她没离过你几天的，这又是个双身子，正在娇气的时候，王爷倒撇下她，就是对肚子里的孩子怕也不好，还是回去吧，啊。”詹氏一行说，一行往一碗奶子粳米粥中加入一小匙糖粉，搅化了递来。

似乎是避忌什么极苦之物，齐奢推开碗，神色枯淡，“我一回去，她就不住劝我来你这儿，你们到底要我怎样？”

詹氏见状也不再多言，出声叫两个贴身丫鬟服侍齐奢盥漱。她自己亲手替他换上了院绸寝衣，扶去床边，“我再做些针黹，王爷先睡吧。”

及至听到有鼾声传出，詹氏才放下手内的针线，走到隔断这头的宫床前，静观了入睡的齐奢一刻，就放落了垂帘，吹灭灯，自往另一头的另一张床上睡了。她把手放在小腹上抚着，一如每一位孕育着丈夫的精血的女子。青白的手掌伏于丝被上，是一陌轻云，曳尽了春深似海。

云山幻海之间，有成片成叠的云纱帐，随风起又随风止。北府的幽寝内，青田几乎半裸着立于帐后，莺枝弓着腰俯在她身前，把捆束着她腹部的绢布一卷卷打开。青田的腰身果然平坦如初，完全看不出三个月的身孕。她笑着抚了抚肚腹上还留有着一大片红色压痕之处，又抚了抚两眼也红迹斑斓的莺枝，“又瞎想什么呢？小呆子。”

她换上了睡衫，自己系起鸾带，“你先睡吧，我再做会子针黹。”

朗月明星，窗纱上有浅薄的篱影。守着盏清灯，青田在绣着一只手心儿大的虎头鞋，将透窗而入的星月与花香针纫分分、结线寸寸，甚而把自个眸内的笑意也一针一线地缝入这鞋里去。

夜，无痕无迹。

翌日正午刚过，齐奢就进了门。

“今儿事儿不多，看看你。”

就花居正值芳菲无涯，青田的柔鬓间却单横着一支白鸢尾，两带压裙的坠玉罗缨轻舞飞扬，衬着一串轻扬的脚步和笑声，“我没什么看头，好看的在后头呢，我带你去。”

她扯住齐奢的手往琴房去，门一推，但见正打眼的一面白粉墙壁已变得百彩光滟，绘满了风骨遒峻、色泽繁复的花树烟霞，尽得湍濑潺湲、缥渺难写之状，似是直从这墙壁就可穿入山石林泉间。齐奢不由得惊叹连连，走过去面壁细观，却骤瞧得画内一蓬松枝中的鹦鹉居然破画欲飞，边抖着玉白色的尾羽边高叫起来：“王爷驾到！王爷驾到！”

“这不是——”齐奢才认出这是鹦鹉飞卿，定目一瞧，发现原来壁画上钻了两个小孔，单留着鹦鹉架立脚和水食的管子插于枝叶间。不细看，当真叫人做神笔之疑。

鹦鹉又扑棱着两翅、直着脖子喊道：“王爷英明！王爷仁厚！王爷威武！王爷——”

“呔！”青田把两掌猛一击打断了飞卿的滔滔不绝，满面得色地笑眯着齐奢，“我画的，这机关也是我想的，好不好？”

“你可愈发古灵精怪了。”齐奢哈哈大笑，伸手去拨弄飞卿的羽毛，“敢情这些天你就忙这些来着？好是好，可画这一面墙要费多少精力，又得爬高上低的，万一跌下来可怎么办？你也太不叫我省心了。以后可不许，好好养胎才是正经。”

“你不知道。”青田笑着腰一旋反身靠住墙，便嵌入了画里头，是野林的巫山神女，婉婳盛丽，“看书抚琴，来来去去尽是些痛古伤今之词、闲愁胡恨之调，反惹得人伤春悲秋。反而在这里画上几笔，酣畅淋漓，什么都忘了。去年飞卿害病，到今年也没好透，就这两天伴着我在这里忙活，你瞧它现在多精神，连肚子里这个也跟着我一道开心呢。”

齐奢将手搁去青田的小腹上，隔着薄薄的几层叠纱一下就触及她衣下的束腹，好似是有捆子绢布直勒来他心头，压抑不堪。却看青田一副粲然的笑脸，不知是怎样地欢天喜地，他也就一笑，“小傻瓜。”

青田向着冰绡纱屉子望了望日头，就把双手来赶他，“难得你有闲空，回那边去陪继妃娘娘吧。”

“我今儿特地早早回来陪你的。”

“回那边去吧。同你说了多少次了，我一想起继妃娘娘就觉得羞愧难当，这许多年不单霸着她丈夫，到头来还得她替我抚育孩儿。说真的，我该当自己去给她谢恩，不过——”青田思忖了一刻，只将那回容婉二妃打上门来、而詹氏替自个解围的旧事一言以蔽之，“有一回机缘巧合，我当面碰见过继妃娘娘的轿子，娘娘不肯下轿受我的礼。她身份尊贵，定不愿和我这样的人照面，我也就不去惹人厌烦了，只多替她诵经祈福，也就是我的一份心。如今叫外头人看着，詹娘娘才是孕中之身，于情于理你都该多多陪她才是，你在我这儿我反而不安心，求求你，回去吧。”

“这么说，难道直到你生产前，我都不兴回来了？”

“我生产后，你才不兴回来呢。”青田飘开了眼神，向着鹦鹉说话，“继妃是孩子的亲娘，以后孩子大了，别让他觉着是外头的耗子精勾走了父王，方才冷落了母妃，我可不想孩子恨我。你忘了？你也说过，要全心全意待一个孩子，就得全心全意待他的母亲。”

也不知为何，一股子怒气陡然在齐奢的胸臆间升起。正当他就准备和青田大吵一架的时候，周敦在门外叫了声：“王爷，继妃娘娘说府里有事，请王爷有空回去一趟。”

这头青田一听，更从旁劝说道：“继妃娘娘从不催请你回府，一定是出了大事，你这就快回去吧，晚上也不用过来了，我都好，放心。”她睁圆了两眼，神情中简直带上了一点孩子气。

齐奢望着她，胸中的怒火便一点点止熄，熄成了一把灰：整颗心都灰扑扑的。他从鼻子里一叹，把手放去到她一双薄肩上捏了捏，“那我走了，你吃好、休息好。”

他转身离开，手底下始终带着青田身上那雕绣纱料的质感，千疮百孔的。

到王府的时候，不早不晚正好未初。一进风月双清阁，正殿里的西洋自鸣钟就“哐”一声，钟表顶部精金的小天窗后跳出两只起舞的蝴蝶。

詹氏早等在堂前，匆匆地行了礼。齐奢也知道必不是好事，却怎么样也没有料到，竟然是——

“容妃殁了。”

“什么？”齐奢的心头猛一跳，语气却还算镇定，“好好的怎么突然就殁了？”

“吞金自杀，昨儿夜里的事儿，今儿早上丫头发现的时候人都硬了。”

“自杀？”齐奢惊悚不已，“为什么？”

詹氏掏出随身的手绢，抹一抹残泪荧然，“说来话长。去年八月里，容妃和婉妃两个人曾结伴去过北府一趟，段氏和王爷提起过这话吗？”

齐奢摇摇头，隐隐然已有些明白了。

“唉……”詹氏也摇了摇头，似乎是很不值的样子，“就是段氏从静寄庄回京后不久，容妃和婉妃两个人上门滋事，对段氏大打出手，好在下人禀告我时还算及时，我赶了过去，否则后果更不堪设想。后来段氏因病复宠，自打那以后，容妃和婉妃就不对劲了，一天到晚说些四六不着的话，说段氏是妖精，专拿妖法迷惑王爷，以前王爷身边的萃意、寿妃都是她害死的，那个桃儿也是她用妖法害死的，得罪了她的都没有好下场。我劝过好几回，容妃和婉妃却说段氏就是要一点儿一点儿折磨死她们，饭也不好好吃、觉也不好好睡，不是算命就是上香，自己吓自己。尤其是婉妃，情形恶化得非常快，连请了几个御医也是白搭，上个月我看实在是不中用了，就叫人把她和顺妃关到了一处。结果前两天有个不长心的丫头竟偷偷领着容妃去瞧她，容妃一见之后大受刺激，非说是段氏施法害的，说段氏也要来害她。我还专叫容妃屋子里的人提防着些，怎知她不声不响地就寻了这样的短见。王爷倒也不用替她们惋惜，一对糊涂人。"

听到此间，齐奢的心反突突跳得更厉害，"你说把婉妃和顺妃'关'到一处，她——？"

詹氏又一次一叹，"为怕王爷烦心，我一直也没有说，要不王爷自个去看看吧。"

当下就传了轿，詹氏亲自随齐奢到了春和景明轩。春和景明轩还是顺妃为侧妃时的居所，规制仅次于詹氏的风月双清阁，宽宏富丽。但顺妃因与戏子查定奎私通而被废为庶人，多年来禁足于此，庭院荒修已久，处处是藤蔓杂草。

"王爷，我就不进去了。晚晚，你带王爷进去。"

詹氏挥手唤来了婢女，由她和周敦伴着齐奢进了大门。守门的两个粗婢先将几人领到正殿前东庑下的一间抱厦内，屋里头只一床一炕。床上平躺着一个女人，乱发覆身，脸色黄黝黝的，除去两弯柳叶眉还略透着些秀气外，整张脸都已被严重地扭曲，毛孔暴露，细纹堆叠，两只眼半开半闭，嘴巴却不停地喃喃张动着，有白沫从嘴角流下。一对小鬟跪在床前，抽抽嗒嗒地等待着问话。

而齐奢唯一想问的就是：这是谁？他知道这是婉妃，但他根本认她不出。正待注目细看时，床上的女人猝然间诈尸一般伸直了两手，尖叫出声：“她来了，她来了，她来了，那妖精来取我的命了！救命！救命！”

丫鬟们马上驾轻就熟地扑过去摁住她，婉妃被她们架在手里，整个的上身用力前抻，一壁瞪圆眼瞅住了齐奢，莫名其妙地咯咯笑，“王爷，吓死我了，原来是王爷！王爷你快来，你快来搂着婉儿，你搂着婉儿，那妖精就不敢来了。”

齐奢有些犹疑地朝前跨了半步，谁知婉妃倒别过头向后一挣，浑身发抖，“你快走，你离我远点儿！我忘了，你和那妖精是一伙儿的，你们是一伙儿的，你们全都是一伙儿的，你们都要害我，所有人都要害我！走，给我走！呸，妖精！我不怕，你来呀，我不怕！……”

她转过头向他吐口水，面目狰狞，状如恶鬼。詹氏的侍婢晚晚忙拉了齐奢一把，“王爷，走吧，婉主子认不得人了，犯不着跟她一般见识，走吧。”

齐奢像做梦一样被送出门外，里面还在大哭大喊，声音极其凄厉而刺耳，但他依旧听到了从正殿传出的一缕轻歌。他没叫人领路，径自走去，这条路他近十年没走过了，但仍走得很熟。那时，他常常沿着这条路去往顺妃的香闺，蜡炬双摇、鸳杯对酌，听她唱一首又一首两情相悦的歌。

歌声就在他眼前了，齐奢停下了脚步。

顺妃的寝殿叫做峭茜堂，匾额还在门楣上挂着，但门已不见了，代之以一道栅栏，整间房与监牢无异。隔着栅栏望进去，里头的墙漆剥落得只剩砖影灰泥，四壁皆空，连一件桌椅床具也无，只在墙角里放着一只恭桶，另一头铺着块旧得不成样的毡毯，原本的颜色都看不出。便在这毡毯上蜷缩着一条人影，那人背对着这边，把脸仰在穿过破烂窗纸的阳光中。

“小顺……”

连齐奢自己也不知道是怎么把这个名字叫出口的，始终低低回旋在这殿中的歌声就仿如一只飞鸟般降落，那人向他转过了头来。

日照有一种昏昏的分明，齐奢倒抽了一口冷气，后退了一步。

晚晚从后头搀住他，低声解释：“疯了有好几年了，有一年自个把自个的脸拿蜡烛给烧了，伤好了也就成了这个样儿。”

顺妃重新把那张脸扭了回去，像谁也没看见，什么也没看见一样，继续唱起了歌来。曾经如黄鹂的甜美嗓音现在已变得活似一只老鸹，不，秃鹫，秃鹫就在她自个的头顶盘旋着、盘旋着，像盘旋在一具腐尸上。

齐奢只在春和景明轩待了不到一刻钟，但步出大门时，他觉得已过去了一世之久。他试着回想曾与那些女子的花好月圆，却只什么也想不起。回首望，孟春四月的大好晴光里，身后的宏殿却显出鬼影幢幢的阴森来，仿若是夜里同谁银环金枕、缠绵熨帖，天一光，怀中只剩下艳鬼的一捧白骨。齐奢打了个冷战，一身衣衫浸透了冷汗。

当他看见小信子快步从前方跑来时，完全是如逢大赦。他太需要发生些什么事了，任何事，人间的事。

“王爷万安。”小信子行了一个礼，就来在他耳边急促地说起来。

齐奢听毕，踟蹰了一刻后，道：“传他去和道堂。”

三

和道堂外的翠竹凤尾森森，风来，即有龙吟细细。

穿越这竹径的，是一双安静如猫、矫捷如狼的脚步。步子最终停下来时，距离齐奢只有不到一丈远。

“奴才乔运则，给叔父摄政王请安。”

没有错，就是乔运则，来到了齐奢的面前。他在他面前刻意将自己的名字念得抑扬顿挫、一咏三叹，仿佛那是诗、那是歌，但那其实是另一个故事，曲折而跌宕——

自晨起，西太后喜荷就烦躁不安，头也不梳，粉也不擦，秃着一张脸走过来走过去，而后嘶叫一声："玉茗！全福！去，去告诉外头那些人，打开宫门，我要出去！"

玉茗和全福为难地对视了一眼，玉茗上前来，半是伤怀半是胆怯，"主子，自打魇镇一变后，咱们与慈庆宫内外就都布上了守兵，与宫外隔绝多年，出去谈何容易？"

全福跟着抹了抹眼里的两泡泪，"主子想是憋气得糊涂了。好在他们还不敢苛虐主子，一应月例供给都不曾缺的，主子想要什么，奴才去传话。"

"我要出去！"喜荷一把掀翻了桌上的一只螭兽香炉，香灰"轰"一下扑出，仿如恨与悲，掸不净扫不完。她在一地的灰烬中跺着脚，向仆婢们咆哮着："去，你们马上给我去！叫他们把门打开，让我出去！我要出去！去呀！去！"

玉茗与全福不敢违命，只得相将至宫门口。一番求告后，门前的守卫非但无一人有让路之意，反而个个都立眉怒目。玉茗和全福正欲知难而退，却见喜荷自个居然就蓬着头走了出来，黄瘦黄瘦的脸上像是有成群的蝗虫压过，遮天蔽日的疯狂，"统统给我让开，我是当朝皇太后，我要出去！你们胆敢违抗懿旨？滚开！给我滚开！"

守卫们起初有一些骚乱，但随即就面目肃然地各自立定，随喜荷又叫又骂、又捶又抓，只分毫不让。

喜荷无望而无力地软倒，大声哭号："放我出去，我要见他！和老三说我要见他！"

玉茗也挥泪不已，索性直通通地跪倒在地，"列位大哥，我们娘娘想见摄政王爷，就算你们不能开宫放行，好歹捎个口信出去，求求你们，行行好、行行好！”

其中一个生着长隆鼻的年轻人是这一队的头目，他双目平视前方，毫不旁瞬地铿锵道：“太后短少东西，或凤体有恙，奴才等可代为传信给内廷供用与太医院，除此外，一字不能进门，一字不能出门。”

玉茗摇晃着他的腰腿，苦苦哀求：“守卫大哥，这话你们这些年说了百十遍了，我们全明白，可娘娘都亲自出来了，你们不看僧面看佛面，守卫大哥，您就破例一回，只要给摄政王爷捎个信儿，成不成？”

守卫后退一步，头顶朝阳，威严如看守南天门的二郎神，“一、字、不、能、进、门！一、字、不、能、出、门！”

被全福搀在手内的喜荷猛地尖叫一声，把自己向前扔过去。守卫们挽臂列成了人墙，警跸肃森，那头目抽出刀。

全福颤抖着指住他，“你你你、你敢犯驾？！”

头目依旧是目不斜视，“请太后回宫！”

“请太后回宫！！”守卫们齐声大喊，喊声是削铁如泥的刀，把天空也劈砍成一块一块。

玉茗和全福抖抖索索地把喜荷搀回了殿内，喜荷一身瘫软地抽泣着，肮脏的涕泪满面纵横。玉茗揾着泪，自做恨声：“唉，头几年咱们虽不能出入，那些杂役宫人也还能进出自如。可自从去年慈庆宫的吴染被镇抚司锁走，这合宫上下连一只老鼠也钻不出去，过的是什么日子啊！”

全福把一双鱼泡眼向殿内一角瞟一瞟，“哼，吴公公的案子，还不是因为有那小人告密？”

就由这敌视的眼光尽处走来了一人，身披着朝晖，似利利刀芒，直走到西太后喜荷的座下，“太后，奴才有法子能见到摄政王，但摄政王肯不肯来见您，就要看您有没有法子。”

喜荷自满捧的眼泪中抬起脸，盯住了乔运则。

乔运则深凝着双目，日影西移，时光闪过，在面前回望着他的已然是齐奢。

这两个男人，不，一名阉奴与一名亲王，他们上一次面对面，还是若干年前，在他们共同的女人的床边。他们彼此对望了一瞬，就仿若鱼鹰俯冲进河中猎捕鱼虾一般，猎捕到对方脸上一切岁月的变迁。齐奢率先移开眼，他耷拉着眼皮、揉捏着眼角，声音里透出淡淡的懒散与浓浓的降尊纡贵；总之最上等的人对最下等的人该是什么态度，他就是什么态度。

“守卫慈宁宫的护军报告，说有内侍揭发西太后秘密交通外臣，你就是告密者？”

乔运则双膝着地，肩背微曲似待发弓弦，“一年前，镇抚司所办慈庆宫管事牌子吴染养子吴义一案，便是经由奴才揭发，奴才的话，护军不会、亦不敢轻视，故此将奴才押送出宫，向王爷当面秘陈。”

“那么，西太后私自交通的外臣是谁？”

“就是王爷您！”

齐奢现在抬起了眼皮，他看到乔运则整洁细白的牙齿，自其间滚出的每个字都经过了切割，斩钉截铁：“圣母皇太后召请王爷，宫门下钥之前务必入觐，否则，明日便请为皇太后预备国丧。”他又看到他自袖管中取出了一只错金豆蔻盒，高举过顶，膝行送上前，“盒中些微旧物，以充逝者遗念。”

耳边有万万个声音提醒着齐奢，不要打开这只盒，所有的祸患、灾殃、劫难……所有的不幸全在这盒子里，只要一打开，就再也关不回去。但那只盒早已自个偷偷溜进他手中，自个翻开了金色的背脊，把铺着层血红细绸的肚腹剖心剖肝地向他敞开。

乔运则偷眼观察着齐奢的反应，“王爷，奴才该如何复命？”

齐奢没有回答他的话，他只是盯着盒子里头，双目眨动着，“你退下吧。”

乔运则飞快地向他一扫就默然起身，退行至门前时，却忽然止步。他微微地仰起脸，这大雅不群的神姿浑然间令他身如琉璃、内外明彻。

“摄政王，在你眼中，我乔运则是否只是一名奴才？”

远远的檀雕大座上，齐奢叹了口气，那股子神气就仿如和他说话的是他刚从鞋底上刮下来的什么脏东西，“我眼中，根本就没有你。”

这一尊琉璃雕像在一刹那被粉碎，乔运则的脸、全身，都灰败、坍塌、烟逝。在见到齐奢之前，乔运则以为自己会不得不拼命压制宰掉对方的冲动，但当齐奢出现在他面前的一刻，乔运则发现他并不想宰了他，他想吻他，真的，那男人身上的气味实在是太强烈了。隔着中衣、贴里、褡护、圆领……隔着一身粗野的汗气与雄性的臭味，乔运则依然闻得到那一抹令人魂消骨荡的甜香——那是，青田的味道。多少次午夜梦回，多少次冷宵苍凉，多少次，在低矮残破的宫房内、无休无止的苦役间，他猛然追想起她的气息，而后面无表情地忍受那突如其来、无人察觉的阉割的剧痛。那把切掉他阴茎、剔除他睾丸的刀，每天都阉割他一次，八年，他被阉割了三千次。但三千次他们也阉不掉他，他永远是个男人，他想念自己的女人。

他的女人就是她，一生一世是她。但她，这活该被雷劈的背叛者，她有了另一位爱人。他们间最后那一次四目对望，她的眼睛灿烂得活像天上的太阳，就是那个随便你把眼睛睁到泪水乱淌，也没法子与之对视一眼的，太阳。

这对狗男女！他爱她，她看不见他；他恨他，他也看不见他。他们是高高在上的天，他们呼风、他们引雷、他们要晴就晴要雨就雨，他们根本不在乎地上的人们该如何在曝晒骤雨里艰难地讨生活，根本听不见来自地面的、低微而愤怒的吼声。和他们讲道理，就像蚂蚁和头顶淹下来的那泡尿讲道理，就像人站在倾盆大雨里紧攥着两拳仰首问天一样，幼稚而可笑。

乔运则死死地逼视着齐奢，一步、一步，退出了和道堂。

从头到尾，齐奢也没向乔运则投去过一眼，他一直垂目于金盒中的物事：一条龙凤双喜的明黄丝帕。

帕子有一些褪色，很旧很老，而且还很脏，散落着些斑驳的污渍，但齐奢明白，这不是污渍，这是一个人一生中少有的纯净时光。在一条刀剑林立的末路上，一位年轻、狠毅而热烈的女子，把她染着血的泪、沾着泪的血一起揉进这帕子里，亲手把帕子系在他手腕上。

齐奢猛烈地关上了金盒，但他分明已看见，一团异光四射的厄运以无法挽回的凶猛訇然腾出，熊熊地扑向整个天与地。

黄昏的晚霞在慈宁宫的飞檐鸱吻上恋恋不去，偌大的空庭琪树繁花，烟迷丛荫。蓦地里，重朦的绣幕后有谁闯入，“来了，太后，王爷当真来了！”

玉茗的声音还未完全消散，齐奢已从外头走进来，孤身一人，霞光就沾在他衣边上。深深的殿堂内烛火已点起，他盯着脚下自己的影，一跛一跛的，有说不出的仓皇。他很清楚自己为什么来，因为他不来，她就死给他看，而如果天底下只有一个言出必行的女人，那就是喜荷。但齐奢不清楚自己为什么在乎喜荷的死活，说到底，她是他什么人呢？长嫂？姻妹？情妇？仇敌？

他实在不知道该以何种面目面对喜荷，因此只能沉沉地低着脸，掩饰无措，“臣齐奢给圣母皇太后请——”

齐奢陡然间怔住，他看到一道身影自帘后走出，笔直地跪倒在他面前，令他赶忙也屈膝伏身，“太后您这是做什么？臣当不起。”

视角的余光中，他只可模糊地扫见喜荷，却清晰地听到她喑哑的调门，恰如一扇太久不曾开过的门发出滞涩的吱嘎声，“三爷，这里只有你和我，装腔作势大可不必，你我都心知肚明，你不是‘臣子’，我也不再有太后的权威可对你发号施令。我现在是求你，只是以一个母亲的身份求你，救救宏儿。”

齐奢游目下顾，回避着前方刺人的目光，“皇上好好地在南台静养，怎谈得上一个‘救’字？”

“不，皇上不行了，母子连心，我知道，宏儿要不行了，除非你发话，这天底下没人敢救他。三爷，你还在记恨乾清宫的事吗？那件事全是我一个人的主意，是我拿自个的性命要挟宏儿。今天，我也一样拿自个的性命要挟你——你！你是谁？四十年大风大浪，一个人被上百支矛枪指着心口也不会皱一皱眉头。我又是你的谁呢？我恐怕连你的一名弃妇也算不上！可你向我妥协了，来这里见我了，不是吗？那一年，宏儿只是个十几岁的无知少年，我是他亲生母亲，我把头上的钗子拔下来抵着喉咙口逼迫他对付你，他怎么张嘴拒绝我？三爷，一切都怪我糊涂，和宏儿没关系，你要如何报复，全施加在我一个人身上，就算五马分尸，只要能让你解气。可求求你高抬贵手，留我的宏儿一条命，求你了，救救宏儿。”喜荷呜咽着，艰难地吐出了下面几个字，“就当看在你我往日的情分上。”

这几个字似一缕自门缝中漏出的光，齐奢提目直视，也就看清了被这束光所打亮的喜荷，他一下被击中。在他印象中，喜荷的脸蛋是迷媚的、有煽动性的，嘴边的两盏梨涡盛满了令人心痒难搔的风情，但此刻他所见到的却是一个嶙峋的中年妇人，连挂满了她嶙峋面孔的泪都是颗颗嶙峋的。诚如她所言，他还是不清楚她是他的谁。她害死他妻儿，但她血雨腥风里救过他的命，她用最阴险的手段暗地里算计他，但也当面锣对面鼓地向他表白过最真炽的热情，她给过他她的身体，也双手献上过一颗心——被他挥手扫落在地。她被他恨过、念过、迷恋过、仰仗过、感激过、佩服过、心疼过、厌烦过、惧怕过、同情过……千百样感情，除了爱，他每一样都给过喜荷。

这一切也只有使齐奢更为迷惑，她到底是谁？他只知道，他生命中每一次重大的转折都与她息息相关，她是竖在他人生路上的界碑，他永远也别想避开她，就像谁也别想避开路口的选择：前行或后退、朝东或往西、成魔还是成佛。

喜荷就在眼前咄咄地逼视着，殿前蜡台的烛火扑了两扑，烨烨地照亮了风挡上的珐琅画，是一对龙凤。

龙翔天，凤栖地。

齐奢起身离开后，喜荷仍久久地跪地不动，一身旧却的盘梗绣服上明钉的珠片碎光闪动，仿佛她全身上下都缀满了眼泪。遂有一抹身影，如拭泪的手掌浑厚妥帖，由幕后踅出搀起了她。

温柔而慰藉地，乔运则把这可怜的女人搂入到怀中，一双眼却死盯住方才那男人消失的小路，发出冷冷的寒光。

几千几百道游舞的寒光，就成了一座浪摇冰影的大湖。湖的对岸，月馆云轩、门闼勾连，便是南台岛。

天色已很晚了，岛上只有一间殿内灯火辉煌。二十多个太监正围坐一堆痛饮恶赌，忽听见有同伴在外头怪叫一声："咦，那桥怎么放下啦？快些出来看，桥放下啦！"

太监们冲出来几个搭手瞭望，果然见南台岛东面的木板桥被徐徐放下，宛如一道天路，连接了一衣带水的两岸。一盏盏灯笼的接引中，抬来了一乘大藤轿，有兵士夹护两旁，随者甚众。

有个脑子最快的小太监扶了扶下巴，"妈呀！是摄政王爷驾到！快去禀告郑公公，摄政王爷上岛来啦！"

直到这时，太监们才缓过神来，呼啦而散，收拾赌局的收拾赌局，整理衣冠的整理衣冠，个个急得快上吊。就在大轿停在禁园外的前一刻，方才处置妥当，伏跪在道路的两侧迎接。

齐奢下了轿，直趋内殿，心下不由就对女人的直觉暗暗称奇。慈宁宫关防严密，南台岛一径难通，此二地简直与天南地北、海程迢隔可有一比，绝无法互通信息。但事实就在那里明摆着：横卧在床的是个仿佛每吸入一口气，都需花费极大力量的垂危病人——那就是齐宏，喜荷的儿子，当今天子。

这个季节的夜晚已是暖意融融，齐宏身上却套着件过冬的夹袍，又埸在一条大被中，纵如此，人仍显得瑟缩而羸弱，在整幔整床的明黄中，活像是埋在一捧黄叶子里的枯枝，一不留神踩上去——咔吧！——就会断掉。

似被屋中的骚乱吵醒，齐宏抖动着眼皮张开眼，搜寻了好一阵，才看清床边的人。

"皇叔来了。"他居然毫不惊，也不怕，还很宽慰地笑了一笑，"朕还怕等不到你了。"这一笑，便现出其眼角唇沟的皱褶。算起来齐宏今年也不过才二十四五的年纪，居然连鬓发也白了几根，唯独嘴角两边的小笑涡恒如旧年，秀朗且恬静。

齐奢俯望着他，离上一次新年匆匆一见已又过去了一季，这一季，将一副沉沉病骨彻底熬作了油尽灯枯。齐奢不由得转开了眼目，胸中百味杂陈，"皇上哪里话？"

齐宏却毫不旁瞬地凝视着叔父，嗓音中都掺着笑，除了笑，还有胸喉咔咔的喘息，"朕自己有数，不过就是这两天了，趁现在还有力气，朕要把想说的话，说出来。其实朕要说的很简单：皇叔，对不起。朕不是为所受到的惩罚而追悔，是真心觉得自个做错了，朕从登上这个皇位，就是皇叔守在朕身边，不知替朕挡去了多少危难、解决了多少难题。于公，皇叔除外戚、行新政，把一个烂摊子打理得焕然一新交到朕手上。于私，皇叔诚心实意、不辞辛劳地爱护朕、教导朕，甚至在生死关头不惜自己的性命挽救朕于万一。平头百姓尚且知道滴水之恩当涌泉相报，不论有什么借口，朕也不该以怨报德，以那种下作手段陷皇叔于不义。不过有一件事朕希望皇叔知道，即便在当日，朕也从未想过要置皇叔于绝地，朕只打算控制了局面后，就反指王正廷诬陷亲贵，从而彻底铲除东党余孽，再替皇叔平反，给皇叔分封最富饶的三省作采邑，让你风风光光享后半辈子的福。朕说这个，不是为自个辩解，而是朕知道，朕那天那么做，一定伤透了皇叔的心，知道这一点，皇叔也许会好受些。皇叔，这些话，朕一直想对你说，可一直忍到了今天，因为今天，朕就要被上天收去了，已经没必要为活命而讨饶，为求全而说谎。皇叔这么聪明绝顶的人，只要看看朕的眼睛就知道，朕说的每一个字，都是真的。”

齐宏的两只眼烁闪着晶莹的光，是滴滴朝露，随时会被新一天的太阳蒸发。

齐奢不忍看、不敢看齐宏的眼，只一个劲地眨动着自己的。齐宏由被衾内探出瘦骨成节的手，似幼年那样牵住了叔父的衣袖，“皇叔，你曾经手把手地教朕如何做一个天子，朕自问学得不算差，可惜命数所定，只能枉费皇叔的一番心血了。朕会手书上谕，禅位于皇叔，只请皇叔容朕的母后一席之地，切莫赶尽杀绝，另外替朕跟她道个歉，就说宏儿不孝，不能给她老人家养老送终了。”

有寒意隔着层层的衣料自齐宏的指尖透骨袭来，齐奢几乎忍不住打了个寒噤。他知晓，历史的一刻已来到，他即将成为这庞大帝国的堂堂正正的新主人。令世人顶礼膜拜的权力女神已解脱了最后一层内衣，露出她比一切后宫女眷都更为慷慨诱人的曲线，赤裸裸地横在他面前，向他保证一场他从未体验过的高潮，这是他应得的。早在他的父亲、他的兄弟曾为了这女人而把他当作祭品牺牲时，他就发誓要得到她。为了追求她，他也照样敬献过不计其数的血淋淋的人命。像父兄、像所有的男人一样，他享受与权力的媾和，但这并不代表他也愿意像他们一样任由这蛇蝎美妇恣意拨弄，尤其当她嘶嘶地吹着枕边风，伸出鲜红的凤仙指甲指住一个同样作为祭品的孩子说：杀了他，我就将完完全全地属于你。

齐奢懂得，这就是权力朝他索取的最后一笔血酬，摆在面前这座陈旧腌賸的龙床上的不是他的子侄，而是他自个的良心，悬悬万言，奄奄一息。

它死，他就将得到一切。他的选择就这么简单。

一弹指六十刹，齐奢犹豫了一刹，生死相隔的那一刹，而后他便转动了手腕，握住了齐宏冰冷的手掌，“皇上春秋鼎盛，不过是偶染微恙，药到自会病除，不过先要皇上自己屏绝忧烦，不可作此无谓之想。周敦！”

守在一边的周敦搓一搓眼睛上前来，“奴才在。”

“马上传太医，然后叫茶房熬一碗浓浓的参汤来，快。”

“奴才这就去办。”

床上的齐宏张大了嘴，像是需要更费力地呼吸，也像是多年前当他第一次明白自己即将成为一个可耻的叛徒时，降临在他面上的表情。

而那曾被他背叛的人，早已经抽身远去。

齐奢退出了寝殿，移坐配殿，稳一稳心神，便吩咐把一干人等召集在侧，赫赫然发问：“谁是管事儿的？”

一排太监中滚了一个出列，“奴才郑平叩见王爷。”

“皇上病成这样，你不知道请太医？不知道叫人给我通禀一声？”

这话问得郑平无所适从，心说皇上越早死，您摄政王不越早登基称帝，我们这不都是揣摩上意，为了助您一臂之力吗？可这话也不好明说，只好憋憋屈屈磕个头，“回王爷的话，皇上一直这么病恹恹的，三日好两日坏，谁也看不出是严重还是不严重，不敢惊动王爷。”

齐奢不阴不阳地啜了一口茶，随即就把手中的戗金茶碗直接照郑平的脑壳上狠摔了过来，“你当的什么差！皇上龙体康泰关系天下万民之福，就是打声喷嚏，你也得把脑袋提溜在手里当心侍候着。你记住喽，哪怕反了天，也轮不到你这种下流奴才糟践皇上。打今儿起，给我派人三班轮流守在病床跟前，但凡皇上有一点儿不好，我第一个就要你们这些个没王法的陪葬。”

茶碗滚开在地，郑平的额前已是鲜血淋漓，余人均皆顶门走七魄、脊上溜三魂，连刚进门的小火者手内的汤碗也被唬得哆哆嗦嗦。周敦忙接过，亲手端去里头。不多久，太医也赶来岛上。其实齐奢早有耳闻，齐宏有大半年都厌饮不食，亲眼一见之下，就知不是什么病。他少年时在鞑靼碰到过这样的饿症，人看起来虽已濒死，只一碗鲜羊汤灌下去马上就能缓过来，再好吃好喝地养一段，多半都能康复。果不其然，太医诊治后也说皇帝并没有什么大病，只是过于虚弱，需服药静摄。齐奢命其值宿照料，又亲自盯着药上锅，才起驾离开了南台。

藤轿抬过吊桥时，他呆望着四面黑而静的湖水，试图将心湖中的滚滚波涛一一平息。

轿子本该抬回摄政王府的，半道上齐奢却改变了主意，掉头往什刹海。他也不叫门子往里通报，一径就进了就花居。

几名侍女正在熄灯，齐奢忙向她们做个手势，悄悄问上两句。莺枝服侍他更衣，说娘娘早就歇下了。齐奢推开套房的门，先见坐更的琴画在地铺上蒙头沉酣，睡得死死的，他一笑，待要往里走，却就在卧房的帘外屏息驻足。

许久了，他都没心思静下来好好听青田唱一曲。她在里面独自哼唱着一支从未给他唱过的歌，不是昆曲，不是小调，没有任何的曲折与花腔，只是一段极其简单的旋律，她就以嗓音中最本真的温暖和干净把这歌谣轮回地低唱。齐奢在门前闭起双目，听了足足有半刻钟，只觉满心的缭乱动荡全在这歌声的拍抚下得到了安宁。他明白这是什么歌儿了。

他带笑将百子图的门帘掀开一角，见青田坐在灯下，双目绵绵地垂注着，噙着笑，在一针脚一针脚地缝制一件稚童的小衣裳。可无端端地，她的摇篮曲却忽然哽咽，针停了，手贴着下腹抚几抚，抽抖着上身哭了。在第一颗泪珠坠落前，她偏过了脸，没叫泪水弄脏手间的绣衣。

齐奢怔怔地偷窥着这一幕，他已算不清这是一天中的第几次，他被毫无准备地抛在赤裸且残酷的事实前。青田在他面前一直都欢天喜地，他就当她真的是欢天喜地——她何来欢喜？一个母亲经历地狱一般的生产之痛，是为了那之后在心口怀抱一座幸福的天堂，可青田，她什么也不会有。她肿痛的乳房永不会有嗷嗷待哺的小嘴儿吸吮，她温柔的手臂将是一环落满了尘灰的摇篮，那撕裂身体、扯脱骨肉的分娩的剧痛将伴随她永生永世。齐奢甚至能想象，五年、八年、十年后，如果他出于好意，把那个在继妃詹氏膝下长成的小世子强行押至此地给青田看上一眼，那自恃身份的孩子会连问声好也不情愿。青田则会表现得活像一个自卑的暗恋者，凝泪出神地盯视着对方，恨不得一把揉进怀里，却一根小指也不敢轻动，唯恐惹对方嫌弃。而那一张初具眉目的精秀小脸上也一定会挂满了明目张胆的嫌弃和鄙夷，小王子高贵的双眸认不出，他眼中这个出身卑下的外室，这笨手笨脚把捧给他的糕点都乱撒一地的老巫婆，是这世上最疼爱他的人。

青田仍在无声而剧烈地痛哭着，由门帘的缝隙中，齐奢看见珠罩琉璃灯的光线自她头顶倒扣而下，似一座金塔，把她端端正正地镇压在塔底。千年修行，情深似海，终是敌不过人妖悬殊的世道。她白白是个好妻子和好母亲，她配不上她的丈夫，配不上她的孩儿，这个女人生来就不配拥有一个家。可不是？她总是口口声声地感激他给了她一个家，但齐奢所能记起的，是每一个合家团聚的节日他都会丢下她，回到一座仪制所系的府邸中；他神圣家族的祭祀也从轮不到她奠酒奉饭，经她手的东西，天上的祖宗们是不会吃的；假如他撒手人寰，她连他的棺材边都休想碰，她会立即被驱逐出北府，给他送殡的资格也没有。而齐奢不相信，青田这样一个聪颖的女子会看不到前路的渺茫一息，但她什么也不要求，连这样无助凄惶的时刻，她也不肯用眼泪交换他哪怕一丝丝最为廉价的愧疚。当下，齐奢自觉就同一个奸诈的小商小贩没两样，过手的全是些镀了金的假币。他给不了青田一个妻子的尊严，却坐享身为她丈夫的乐趣；他枉自是她孩子的父亲，却无法让她抬头挺胸地做一个母亲。

这或许是他有生以来最为沮丧的一天，仿如所欠下的半生情债全部一本本、一笔笔地摊开来清算：容妃、婉妃、顺妃、喜荷、齐宏……所有曾和他有过亲密关系的人，不是在痛苦中死去，就是在痛苦中活着，甚至唯一一个能够抚平他的痛苦、一个他拼尽了全力使之免于痛苦的人，也如此痛苦地就在他眼前。齐奢想不通为什么，他做了一切能做的，却沦为这样一个彻头彻尾的失败者。

他放下门帘，后退了两步，原地站一刻，然后故意弄出了响动，很大声地笑，“琴画这蹄子，爷回来了还挺尸呢。”

琴画云里雾里地抹眼翻身，刚打着呵欠爬起来，那头帘幕一动，青田已由卧室里赶出，噬心的悲苦遁去无踪，一张脸盘又明净又悦人，“你晚上不是回继妃那儿吗？怎么倒又回来了？”仿佛门帘是戏台的上场门，戏子在台下的卑微辛酸皆掩在幕后，一亮相就是个满堂彩，谈笑风生颊。

对了，齐奢险些忘记，这是一位昔年的当红名妓，炉火纯青的演技原为其傍身之艺。是而，他也动用了政客拿手的演技，晏晏言笑：“我的好人，且容我一晚吧，没你我睡不踏实，好几个晚上没睡过个囫囵觉了。”

“琴画，去给爷打水。”青田半弹蛸蛴，钮扣微松，边扣起抹胸上的葵花珍珠扣儿，边笑着点亮了帘前的双宿夜莺折花灯。灯芯爆了一爆，结出朵大大的灯花来。她“哟”一声，斜溜着乌眸启齿嫣然，“都说‘灯花儿爆，喜事儿到’，当真灵验。”

明灯合照的室内，金玉满堂，璧人伉俪，一切都显得如此美满，似由冗长哀凉的整个人生中精选的一出折子戏。齐奢往软榻上歪了，笑睨着青田亲替他张罗着沏茶烧汤、抹脸擦牙，体贴入微地直至服侍他上床。

落寞的夜色是下场门的幕遮，把人和人都隔离得模糊，谁也看不真谁。齐奢的笑容已一丝不剩，很晚了，他仍不能入睡。他想知道，怀中的女子还有多少次这样的避人饮泣、强作欢颜？多少次需要重操旧业，在最亲爱的丈夫面前，像一个妓女对着一个嫖客，拿满脸的笑容来盖掩心碎？

黑暗中，他沉默地大开着双眼，以此来工整对仗，爱人不展的愁眉[1]。

四

一晃间，又至五月端午。这样一年一度的重大节庆，齐奢惯来是在王府里度过，何况今年继妃詹氏“喜怀六甲”，虽有容妃的丧事，也不妨碍府中大摆筵席。青田一个人在什刹海也挂菖蒲、悬艾叶，又兴致勃勃地和丫鬟们亲自动手包粽子，晚宴上酒兴一动，还少饮了两杯雄黄酒，到上床，便觉得小腹发起痒来。

莺枝忙替她解了束腹的绢布，盛了甘石水来擦洗，“前两天就说肚子上痒，太医还特特叮嘱了饮食要清淡，今儿偏就贪杯，瞧瞧，这可都出疹子了。”

“天热焐的，同我喝酒什么相干？”青田在只瓷凉墩上斜欹着身子，手里捏着柄凤衔花枝的团扇，满面的酒意可掬。

莺枝往上睃了她一眼，“相不相干奴婢也不懂，只等王爷回来照实禀告就是。”

“你敢！”青田把扇子一翻，“回头他又忉咄我半天。”

莺枝瞥着眼儿笑她，又与她换过了寝衣，正待端水出去，青田却拿扇子往她肩上叩一叩，“小呆子别忙走，我有事儿和你说。你坐下，坐下，这儿又

[1]（唐）元稹《遣悲怀》:“闲坐悲君亦自悲，百年都是几多时。邓攸无子寻知命，潘岳悼亡犹费词。同穴窅冥何所望，他生缘会更难期。唯将终夜长开眼，报答平生未展眉。”

没别人，拘这虚礼做什么？坐下。”

她硬揿着莺枝也在另一只墩子上坐了，先把她笑嘻嘻地左看右看，“你可得请我喝冬瓜汤了。”这“冬瓜汤”是北京土话，就是替人做媒的意思。

莺枝一听，脸腾地就红了，“奴婢知道娘娘要说什么，趁早别开这个口。”

青田把扇柄往手上一敲，“就我在这儿，你有什么好害臊的？我同你说，王爷已给你挑好了两个人，一个是宫里头的御前侍卫，一个是太医院的同知，都还没有定亲，家世、相貌、人品都没得说。作侍卫的若是肯上进，十年八年也就干起来了，到时候放个外任，能做到督抚也未可知。作太医呢，那就是雅流官儿，长留在京中，胜在优渥安稳。各有各的好，你喜欢哪个，自己说吧。”

莺枝垂着脸儿，把一双手左搓右搓，皮也不曾搓烂，“叫奴婢说，还是那句话，奴婢不嫁。”

“你是不喜欢当官的？那就像你从前暮云姐姐那样，找个富商家的子弟倒也使得，只要你不嫌人家俗气。你心里究竟怎么想，得给我一句准话儿才是。”

“娘娘，奴婢不嫁，就是问上一千遍一万遍，奴婢也就这一句话。”

“女孩子大了，还能在我身边赖一世不成？总归是要跟了人去的。趁着我说话还顶用，你把心底的想法告诉我，我也好帮你寻一个称心的人家。婚姻大事马虎不得，要不然稀里糊涂地随便指了人，到时候不中你的意，遭罪的可是你自个。”

莺枝在对面忽地猛一抬身站了起来，接着又“嗵”一声跪倒，“娘娘，奴婢不嫁人，奴婢只要服侍娘娘一辈子，娘娘真不要奴婢，奴婢碰死在这里也不上那顶花轿子！”言毕，真就朝地下一个个重重地碰起了响头来。

“好好的，这是做什么？”青田大惊，忙下座拦住，细细打量了莺枝一回，正色道，“莺枝，‘饮食男女，人之大欲’，‘男女居室，人之大伦’，‘男大当婚女大当嫁'……这些话可都不是白来的。你这个样子必不是因为害羞，你真拿定了主意不嫁人，好歹要给我一个像样的说法。否则我今日由着你，来日你若后悔，我岂不是误了你终身？"

莺枝把两手空捏了一阵，似经历了无穷的心潮翻涌，才向这边投目相望，眼中有棱角生出，折射着无数碎碎冷冷的光点，"娘娘，你记不记得有回你问过奴婢小时候的事儿，奴婢说忘了？其实，奴婢巴不得忘了，可却总记得那么牢、那么清楚，就跟昨天的事儿一样。那时候，奴婢还叫永莺……"

永莺的父亲是地方上一家大户，母亲是他的五房小妾。永莺四岁的时候父亲病亡，她和母亲就被正室太太一起赶出了家门。母亲带着她改嫁过两回，先后两次被骗走了全部钱财，第三次嫁人，嫁了一个杀猪的屠户，那年永莺已经六岁半了。有回母亲去镇上赶集，永莺自个在家看家，中午的时候继父突然回来了，说要和她玩一个游戏，就把永莺抱到了卸整扇猪肉用的大案板上。那木案板长年被猪血浸泡，人的血滴在上头也是红不红、黑不黑的一点两点，转眼就洇干。永莺爬起来，哭着叫疼，继父甩了她两巴掌，叫她不许说出去，"要不然就拿刀子宰了你老娘！"那以后，只要娘不在，永莺就必须陪继父玩这个她一点儿也不喜欢的游戏。这一日，娘又要出门去，她哭着抱住娘的腿，"娘，中午回来好不好，我不想陪爹爹玩游戏了。"娘的脸"唰"一下白了，问了永莺几句话，然后就揪住了永莺的头发往地下、往墙上撞，一面撞一面骂女儿"烂货""小婊子"，还有很多永莺听不明白的话，甚至整件事，永莺也一丁点儿都想不明白。当晚上娘和继父大打了一架，又过了几天，就有个唱戏的师父来家里相看永莺，看中了，叫娘在一张白纸上按了手印，就把永莺带走了。师父给永莺改了名叫秀官，说她扮相好，教她演一些生旦风情戏。有天正和小生排着戏，秀官打了个冷颤，站在那儿不动弹了。她也不明白是怎么一回事儿，但就在那一霎间，她终于明白曾发生在她身上的是怎么一回事儿。师父在一旁喝了又喝，最后用板子打醒了秀官。

莺枝声音干涩地讲完了永莺和秀官的故事，青田不做一声地聆听着，她怎么样也不敢想，上天给了面前这年轻的女孩子如此美丽的一双眼，只为让她早早就看见世上最丑恶的事。几颗大泪珠自青田的双颊直坠而下，她打开了双手，“可怜的孩子，我可怜的孩子……”

莺枝撞进她怀中，闷声哭了好一阵，自己抹干了眼泪，嘴里仿佛含了大大小小的碎石，“娘娘，奴婢不嫁。那少女怀春，多有的是看到戏台上的花前月下、笙歌醉眠，才被引动了心，可奴婢知道但凡脱去一身干干净净、漂漂亮亮的戏服，男和女就是肉案板上的事儿！奴婢宁愿一辈子在台底下看戏，也不想再一次被人脱得光溜溜的放到那案板上。”

青田不知该说些什么，她思索了半日，揩了揩泪，“好孩子，你所受的苦我不敢说全明白，但‘人为刀俎，我为鱼肉’我明白，我也曾是案板上任人宰割的肉。只是，不总是这样儿的。总有一个人，和他在一起，不是肉案板上的事儿，你在那案板上挨了多少刀，你以为那些伤疤永远都好不了了，他会帮你一一抚平。你会知道，什么是骨肉恩爱。男和女，固然是世上最丑陋的事儿，可也是最美好的事儿。”

“奴婢知道，就像你和王爷。”莺枝眨巴着泪光闪闪的双眼，率直地轻声说，“打小到大，奴婢夜里头坐更也不是一回两回，里头的美满旖旎总听得见一耳朵半耳朵的，可天下间似娘娘和王爷这样的天作佳偶又数得出几对来呢？就算奴婢借着王爷的指婚得配一个如意郎君，像娘娘才说的，家世、人才样样出众，这样的男子娶亲，不说怎样地出色，起码也要是白璧之身，摊上奴婢这么一个，就算碍着王爷的情面不敢说什么，可心里拴着个疙瘩，见了奴婢还能有好心气儿吗？就算人家不嫌弃，奴婢自己也会觉得高攀了这门亲，哪有一时一刻的舒心日子好过？哪怕奴婢真就撞了大运，盖头一揭开就两情相投，那便太平无事了吗？就说娘娘你，和王爷的这一份姻缘算得上是举世难寻了吧，难道娘娘就没有委屈吗？”莺枝伸出手，往青田的小腹上轻轻一摁，“再说府中的继妃娘娘，仪制尊贵无匹，难道也就快活逍遥了吗？奴婢没吃过猪肉也见过猪走路，来来去去的那些贵妇谁没有几篓子苦水？正室有正室的苦，妾室有妾室的苦，这女人哪，只一嫁了人，就没有不苦的。娘娘，奴婢不嫁。自从奴婢的身子叫那畜生也不如的继父给玷污了，奴婢就对男女之事早没有一丁点儿渴慕。这许多年在娘娘身边，奴婢也见尽了情海翻波的事，对夫妇之情也看得很淡。说句大实话，在娘娘身边，除了为娘娘的事烦心，奴婢自己是从没有一点儿烦心事的，日子就像在天上一般，到底奴婢做错了什么，非要被贬下凡呢？娘娘，奴婢真的不嫁。奴婢小时候是娘娘的抱猫丫头，如今奴婢给娘娘捧瓶儿，娘娘是观音大士，奴婢一辈子给你捧净瓶儿，谁也不跟，哪儿也不去！”

说着，莺枝便又向地下不住地叩起头来。青田只觉有满腹的话要劝她，张了张嘴，却什么也没再说。她不是观音，手中没有能洗涤苦难的净瓶甘露，她的那些话只是一滴一滴的蜜，往苦海中撒上几千几万滴，也无法使之稍稍有一点甜。

青田嘴里满是眼泪的涩味，她扶起了莺枝，再一次把她抱进了怀里。

那么这一桩亲事也只得就此作罢，后来背过了莺枝，青田把个中因由简单和齐奢说了两句，“麻烦爷空忙一场，我这个小呆子是死活不肯嫁了。”

齐奢听后默默了半晌，不觉恻然，“我只说你是个薄命的，谁想这小丫头更甚。”

天正下着雨，二人闲坐在花园里一座叠石小山上的绮阁内。阁外有芭蕉翠竹、老梅虬曲，皆半隐半现在一缕缕细雾后，雾气就从山石里涌出，又隔着道道的雨帘，托着阁楼如悬系半空。阁前楼窗大开，窗下摆着张洋漆小圆桌，桌上一碗冰湃莲子，青田就把莲子一粒粒地剥出了莲心，放进嘴里细细咀嚼。

“好在莺枝自个还想得开，她倒喜欢现在这样子，说一辈子自己一个挺好的，女人嫁了人只有吃不完的苦。”

齐奢也偶尔拣一粒，却是囫囵吃下，齿间就不免余下淡淡的苦香，“你呢？”

“什么？”

“女人嫁了人都苦，你苦不苦？”

“我？”青田抬起脸，她头绾慵妆髻，只戴一支全绿的翡翠押发，两颊和眼皮上擦了些胭脂，一对黑眸子里水汪汪地含着笑，“自打跟了三爷爷，我是醒着也笑，做梦也笑，日子啊，就跟这一样——”她用指甲将嫩绿的莲心一挑，把莲子往嘴里一扔，“压根不知道苦是什么滋味儿。”

齐奢笑起来，似有所思地垂下了眼目，他手中握着柄乌骨金箔折扇，将手指自扇骨上一节节拂过，“你那回说，巴不得我只是个普通人。青田，若我真只是个普通人，打渔卖菜的，你会不会比现在开心些？”

青田立即把两眼圆睁，“打渔卖菜的？你打的是鲸鱼、卖的是金菜，养得起姑奶奶我？”

这一回齐奢哈哈大笑，扇子一收就往青田的头顶敲一下，“你千万就住在钱眼儿里，一辈子甭出来。”

青田嘻嘻一笑，“要我说，小富即安，现在这份天下无二的排场是大可不必，你只做个清闲乡绅，家资也不必如何豪阔，能宽宽裕裕地过生活，不用受奔波劳碌的辛苦，就顶好。”

齐奢也笑着将下颌一扬，“哟，还挺会给爷分派，‘清闲乡绅’？看来你早发过这白日梦，细说来我听听。”

“既是白日梦，有什么说的，说了也白说。”

“说了也白说，才要说，若不然还说什么，直接去做不就完了？”

她抿嘴一乐，“我不说，日子已经够好的了，再多说什么都是人心不足，就叫你听着也寒心。”

齐奢把手里的扇子一抛，上身向前一俯，夹着肩，满面笑容，“当了皇帝还想当神仙呢，当了神仙还‘嫦娥应悔偷灵药’[1]呢，这人心原就是一山望着一山高，你一样，我也一样。再说我又不是不知道你，你向来不是那等指东说西的女人，你也不是不知道我，我又何曾是小肚鸡肠的男人？不过听你说说，我也跟着你发发梦，图个乐呵。说吧，忸怩个什么？说吧，快说，小囡说嘛，你瞧爷都和你发嗲了，你就说吧！”

青田“扑哧”一下笑得趴去了桌上，“罢罢，你这满脸黑胡子的和我发嗲，我可禁不起。”

“那你就说嘛。”

“我说啊，”她把头一歪，索性就枕住了自个的手臂，压得眼角斜斜上飞，不知飞到了几重白云外，“我说，你没有这些身份的羁绊，就是个富贵闲人，能大大方方地和我做一对世俗夫妻，两个人套一辆车，想走就走，想停就停，遍游五岳四海，选一处江南的水乡安度晚年。等老掉了牙，天天为你要把秦淮河上最红的倌人买回家当妾打得个鸡飞狗跳，那才是人生无上的际遇呢！”

齐奢攥拳抵住了鼻尖，笑，“玩话且放一边，你认真想回江南去？”

“是啊，我虽记不得家在苏州哪里，可我总记得家门前那一条小河、那几座桥。那时候爹爹常领着我打这座桥过到对岸，再打那座桥穿回来，我一嚷累，爹爹马上就把我抱起来，我坐在他手臂上，把自个的手伸得长长的去抹桥栏杆，上头刻着的一排小人儿我现在还能梦得到呢，在梦里，连爹爹的样子也清清楚楚，只一醒就什么也记不起了。可我想，若能够再亲眼看见那地方，我多半认得出的。我想回去找一找，我想知道我到底是谁。你得陪着我，等我一掉泪，

[1]（唐）李商隐《嫦娥》：“云母屏风烛影深，长河渐落晓星沉。嫦娥应悔偷灵药，碧海青天夜夜心。”

转身就能靠在你怀里。”

“还有呢？”

“还有，我希望肚子里的娃娃白白胖胖，吃起奶来像个小强盗。我才不要奶妈子，我自个喂他，就是成年到头睡不上个整觉也不叫他吃别人的奶水。咱们好好地疼爱他，教导他长大成人，若是个男孩儿，就给他留一份像样的家业，若是个女孩儿，就给她备一份体面的嫁妆。嫁娶的那天，我要同你一道并坐在堂上受新人的礼，哦，还得穿一条大红色的百褶裙。”青田吃吃地笑了，把脸合进了两手的手心，“哎呀，真这么老着脸皮说出来，自己听着都觉得没羞没臊。”

齐奢不明白青田有什么可没羞没臊的，诚然，大红色，那是新嫁娘的颜色，是正妻的颜色，是卑贱之人永不可僭越的颜色，但他从没见过第二个女子能把大红色穿得比青田还要明媚喜人。他的心肺间像是有锐器戳入，但他的笑容却比任何时候都显得没心没肺，“啧，小脸皮真薄，爷还见天儿念叨着你有俩孪生妹子呢，你看爷脸红过吗？”

“去！”青田飞过手来朝他肩头一拍，另一手掩着腮，腮上旧红未褪、又添新妍，层层地晕染着，令她的人仿佛只是水中的倒影、镜里的飞花。

齐奢睇着她，将手递过来牵住她的手，渐渐敛去了笑意，“青田，你再好好地往窗外看看，云蒸霞蔚、仙气缭绕，仿似令人身在九天。但这儿并不是九天，这儿是北府的合契阁，阁楼下的假山里埋的有炉甘石，遇雨生烟。透过这烟雾，你还能隐隐望见那头的水晶暖厅、三层戏楼。而我相信即使你闭上眼，也一样能看见咱们就花居外的千本名株、百种珍禽，还有你每日里餐桌上的龙肝凤髓、妆台上的奇珍异宝……所有你习以为常的一切，可都不是一个‘小富即安’能办到的。你真心愿意舍弃现在你身上和黄金一样贵重的衣料，去换一身平淡无奇的大红裙？”

青田撩起了眼皮向阁外的雨滴与淡雾静凝片刻，又回视于齐奢，意自凿凿，

"'良田万顷日食一升，大厦千丈夜眠七尺。'我才已说了，我对生活所求就是不必为吃穿行住犯难，手里头有几个闲钱，同家人和和美美地在一处。最凡俗的烟火红尘便是我的神仙日子，何须这万金堆砌的空中楼阁？"

"这可是你的真心话？我认真问你，你千万不要诓骗我。"

"你认真问我，我也是老实同你答。自古鱼和熊掌不可兼得，在我看来，没什么比心中的宁静还珍贵。你别瞧着我平日里爱好华靡，就以为我舍不下这些个身外之物。这样说吧，那冬夜里头两个人挤在一小床棉被里，可比一个人的八尺大床、锦衾绣被来得暖和。去年您老人家另结新欢，把我独自抛在这儿，我每天一个人照样吃几十道大菜，睡在上百间房里，戴着一身一头的珠宝，你当我是什么感受？——满桌子珍馐只让我想吐，一进又一进的大院子，可我只需要一个最小的角落躲起来，而那些珠宝，呵，每次摸到它们，我都觉得自己像个快饿死的人，但手边只有金子，成堆成堆啃不动、咽不下的金子。王庭贵地固然好，可在我，只应了那句'齐大非偶'。"她斜睇一眼，眼中撕旧怨作千金一笑，"倘若脱下这一身华服，就得以和你夫妇相称，携手去过生养儿女、平安恩爱的小日子，你会看到我脱衣服脱得比爷在那十五岁少女的床前还要快呢！"

隔在他们间的那只冰碗轻轻一震，冰块是清脆的，莲子是清香的，而齐奢的开怀大笑是动心而悦耳的，"得，算我嘴欠，非引得你又把这笔陈账翻出来。"

青田鼓起腮像含着口水似的，微微忍着笑，"唉，说这些有什么用呢？你生在帝王家，注定是不能有凡夫俗子的尘缘的，只多谢你肯花这一场工夫，来听我这些想入非非的话。"

齐奢抖一抖画扇轻衫，扬眉而笑，"别别，你别谢我，我谢谢你，'那件事'咱以后能不能不提了？你摸摸，爷这老脸都滚烫滚烫的。"

"干吗不能提？你自己做的事情为什么不让人提？不提也成，拿三千两现银的封口来，我今年就不提。”

“你也忒狮子大张口了，一年就三千，那一辈子得多少钱啊？”

“舍不得掏钱，那就只有赌债肉偿。”青田一头说着，一头就将一对波光飞舞的眼睛顺着对方贴身的漏地皱纱直裰、驼黄京绢的衬衣一路往下，定定地停在了某处，努着嘴儿笑。齐奢再一次爆发出爽朗的大笑，向着她摆摆手。她长长地在桌面上滑出双臂，像一只猫那样拱着背，眼睛又深又湿地睨着他，“已经三个月了。”

齐奢仍只是不住地摇手，“不行不行。”

“医书上头说行。”

“哪本医书会说这种鬼事？”

“真的行的，来嘛。”

“你怀着身子呢，这可不是闹着玩的。”

“没关系的，你轻点儿就好。”

“就在这儿？”

“嗯，里间不就有床吗？”

“那也——，下人都在外头，半山上，窗子还大敞着……”

“这阵子你学会怕羞了？年年静寄庄逼着我躺在荼蘼架下、芍药圃间、淇水之畔的可不知是谁？”

“你那阵不也不愿意吗？”

“那我最后不都从了你吗？你也从我一次，奢三爷，行行好。”

“不行，说不行就不行，少跟这儿歪缠。”

青田把整个身子向后一撤，抱臂靠住了椅背，下巴直抵住胸口，垂目不快。

齐奢瞅着她这样子暗笑不已，终于倾过了身去，贴着她耳鬓说了几个字，然后问：“好吗？”

青田没答话，只是满眼里笑意蔓延，咬着下嘴唇一个劲儿点头。齐奢将手背一撩，“里头床上去吧——你慢着点儿！”

凌云画阁外烟雨仍蒙蒙不断，阁内珍簟新铺，锦帏不卷；帷幕之后，蝙蝠已在它的洞穴中，青鸟已在它的蓝天上。

五

日难留，时易损。六月一到，就似一个大火球从天上直砸进北京城，烧焦了赤地。今年简直热得反常，就连水波环绕、重阴密树的南台岛亦是燠热难挨，偶有一星儿风，带来的不过是灼人的滚烫。道边的树叶被晒得蔫蔫巴巴，蝉嘶枯燥而干涩，一切都令人昏昏欲睡。

唤醒这一场瞌睡的，是黄绫帐外悄而又悄的一声：

“启禀皇上，叔父摄政王求见。”

齐宏一下由龙床上弹起，他打个了寒噤，揭开床帏。垂立在外的太监甚至能看到一粒粒霜花结起在皇帝的发角眉边，看到皇帝的嘴唇变得青紫僵硬，数次尝试后，才极其艰难地吐出一个字：“请。”

齐奢是一个人进来的，他一进殿，殿内的太监就都退出了。他面对倚床而坐的齐宏先行了三跪九叩的大礼，这才抬起头望过来。面前的年轻人又重新是一个年轻人的样子了：面若敷粉，唇若涂脂，整齐的黑发束在金冠里，九龙纱袍下的身体清瘦但结实，全身上下仅剩的病态与虚弱就是其眼神，活像被逼到死角的动物，满屋子乱窜地寻找着藏身之地。

“皇、皇叔不必如此，起来，快起来。”齐宏始终缺乏正视齐奢的勇气，他勾着头，空伸着两手，三番两次想把叔父从地上拉起来，却连其衣角也不敢碰一碰。

地下的齐奢只顾向侄儿凝神而望，露出了一丝欣慰的神色，“太医报说圣恙大有起色，虽时序入夏阳气上升，略有些妨碍，不过只要皇上纳食不减、忧烦不增，一到秋凉必能够康复如初，真乃天下臣民之喜。”

口吻真挚而且温和，但齐宏眼中的惊惶却有增无减，几粒汗珠沿着他额角滴答直下，人猛然间记起了什么似的，“皇叔等朕一下，朕有东西给你。”

片刻，就见齐宏手捧着一卷黄纸疾步而回，小心翼翼地将它递到双膝跪地的齐奢手中，“皇叔……”

齐奢迟疑了一下，接过来展开。他只略扫了一眼，眼神就改变，同一刻，少帝齐宏已面向他屈膝跪倒。

“皇叔，这禅位诏书是朕亲笔撰写，还请皇叔代为转交给内阁立即明发，自此而后，皇叔无须跪拜侄儿，该是侄儿向您三跪九叩，该是侄儿称您一声皇——”

“皇上！”齐奢抢在齐宏之前将这一声“皇上”唤出了口，千百种表情一齐涌现，但只短短一霎，这些表情就像是一群鸟似的飞了个精光，他的脸只恍如一只空空如也的掌心，什么也不剩地摊开着。

“《尚书》有云：‘皇天后土，改厥元子。’天子受命于天，除却皇天后土，无人能够改易国主。”齐奢平举着那封诏书，长久地等待着，直到对方颤抖着将其收回，方才徐徐将双臂垂放于身侧，姿态无比地驯顺，却更叫人心中惊动，“臣明白，皇上对臣依旧心存惧意，臣今日就是特来向皇上陈明，皇上没有任何理由畏惧臣，相反，臣畏您惧您，就像任何一名凛于天威、诚惶诚恐的子民匍匐在其君主的脚下。臣的话要说很久，请皇上上座，您坐着听，臣跪着说。”

只这一会儿工夫，被齐宏攥在手内的诏书已吃饱了汗，变得又塌又软，齐宏觉得自个的舌头也一样，他一点儿声音也发不出，只能扶着膝盖抖索着起立。命令他站起来的是一个跪着的人，但他绝无胆量违拗这个人半个字。

齐奢的话的确说了很久，久到天地失色、变幻人间，久到他跪在砖地上的双腿已完全失去了知觉。而在他能够强撑着重新站起身之前，座上的齐宏已扑下地，一头撞进他怀里。他把头埋在他肩头，号啕大哭着："皇叔！皇叔……"

齐奢的泪水业已泫然在眶，他死咬着牙关，在齐宏精瘦的脊梁上重重地拍一下，又拍了一下。

他四十一岁，他二十五岁，终于，他们不再是成人与少年，他们是男人和男人。像男人那样为权力而搏杀，像男人那样赢，像男人那样输，像男人那样惩罚，像男人那样接受惩罚，现在他们像男人那样地抱拥，仇敌抱拥着仇敌，血亲抱拥着血亲，如同折断的长矛抱拥破败的铠甲，坍塌的高墙抱拥干涸的孤岛。假若你对此仍有疑问，不妨去看看，镜子，如何抱拥镜子里你自己的脸。

十二个时辰后，一道上谕昭告天下，申明皇帝经过数年的静心调摄已圣躬大安，不日将迁回乾清宫，而被一拖再拖的大婚与亲政也将被重新提上日程。二十四个时辰后，钦天监的官员报说西北出彗星，自古星变皆出于政失，燮理阴阳咎不容辞，遇有灾异，照例该罢免宰辅，紧接着就有科道官以数款大罪参论阁臣祝一庆与孟仲先，二人连向摄政王见面申辩的机会都没有，就被贬去了外省。

凭空里连生巨变，朝野上下无不晕头转向、臆测杂生，只有一家人欢欣鼓舞不已，这家人就是通州闵家。女儿闵氏于十年前被选立为齐宏的皇后，虽仍住在娘家，却已废绝家人之礼，连祖父母见到孙女亦要跪拜，每日三餐由母亲、嫂子们照命妇服侍皇后的礼仪侍立奉菜。同时，家中又布派了宫中的禁卫专责严查门禁，亲属也不许上门，几乎已是六亲皆断。闵老爷闵夫人每每回顾当选时的争荣夸耀之心，再看看这上不上下不下的日子，怕是女儿顶着个皇后的名衔，宫门也未入过，就要做一辈子的活死人，常日老泪纵横。今见否极泰来，抱着头与皇后娘娘痛痛快快地哭了一场，就再一次架起膀子，热火朝天地备嫁妆。

自来天波易谢、寸暑难留，跌跌扑扑的工夫便至七月中。紫禁城慈宁宫，积攒数载的阴霾之气一荡而尽，牡丹亭畔，白鹤双栖，木香棚下，仙禽对舞。长松高柳的夹道内，西太后喜荷守一台小席，深坐花阴。她身上只着简居常衣，一袭鸦青色撒金纹藏青滚边袄，配藏青中衣、黑长裙，头梳高耸的双刀髻，髻上伏金蟾顶簪一对，髻边螺钿华胜，脑后银帘满冠，疏疏落落。一张脸枯槁而清消，一切曾有过的多情俏媚都被岁月的积垢层层掩埋，即使她笑起来——尤其她笑起来，两颊那甜美的梨涡已变成了干瘪的凹陷，令人望之生畏。但她的双眼却是满而又满的，满是喜悦、感动、泪，满是一个人——

齐宏。她的儿、她的命。

齐宏朝母亲投去一瞥，放低了手内的酒杯，“母后，儿臣已迁回宫中，每天都来向你问安，已连着一个多月了，如何还动不动就这般？”

喜荷狠吸了一口气，由玉茗的手中接过条鲛纱帕，往鼻翅下揉两揉，“母后总不敢相信这是真的，母后总怕——”

“不用怕，”齐宏拍了拍母亲的手，“儿臣今天能跟母后坐在这里雅酌观花，就说明皇叔业已彻底原谅儿臣了。”

“荒谬！三纲之内君为首，你是天子，你所做的一切都是天经地义，何需谁来‘原谅’？”喜荷警惕地扫了扫立在花丛外的宫人们，压低了嗓音，“倒是你皇叔，绝对令人无法原谅。你若当真能亲政，一旦时机——”

“好了母后，你又来了，当年就是因为——”齐宏略显厌烦地头一摆，金缨展翅冠上两根金尾羽颤动不已，亦做难以苟同之态，“算了，儿臣不和母后拌嘴，但儿臣真的不愿意再听到母后对皇叔有丁点儿的诋毁。有些事儿臣本不该说，可不说，母后就难以了解皇叔待儿臣的一片苦心。母后可知道祝一庆与孟仲先为何突然被连贬数级外放？皇叔说，此二人乃肱骨之臣，儿臣日后必有所仰赖，如今由他出面贬斥，待儿臣亲政后再加恩起复，好使二人念儿臣的恩典。皇叔已向朕许诺，最迟不过明年，只待儿臣对政务略为熟悉后，他便彻彻底底地下野隐退，彻、彻、底、底。”

喜荷重重地冷笑，“哼，我看你白吃了这么多年的苦头，连点儿记性也没长，居然相信那大逆之人的鬼话。”

齐宏两眉一提，轩然变色，“朕就是白吃了这么多年的苦头，全因为当初朕不相信皇叔！这个教训，朕永世不敢忘。”

一下子母子俩都虎着脸，闹僵在那里。

这时节，只见桌前一位身套飞鱼补服的太监走上两步，脸一抬，苍白如月华魅人。乔运则眉畔生情，低声地劝解：“太后，小心惹动肝气旧疾。”

这话正是个台阶，齐宏就势也放缓了语气，“母后别动气。”

“我怎么能不动气？眼看唯一的儿子和我离心离德，这样糊涂得离谱。”口中虽骂着，喜荷的面色也松动了许多，换做了一种哀哀的神气，“你一个孩子家懂得些什么？我告诉你，你皇叔他简直不是人，他——”

“母后！”齐宏站起身，一个字、一个字毫不容情地说，“朕早就不是个孩子家了，用不着母后时时刻刻地垂帘训诲，孰是孰非，朕有自己的眼睛去看，只怕朕在帘外倒比母后在帘内看得清楚些呢。自此时此地起，倘若母后再在朕面前污蔑皇叔半个字，朕就再也不踏入慈宁宫半步。君无戏言！”

口气生硬非常，已形同顶撞，叫喜荷哑口无言，反倒连生气也忘了。依然是乔运则，不紧不慢地唤一句：“全福，还不快把香炉移近些？太后您切莫激动，深吸几口这宁远香，平平气。太医说了，一急一痛最容易血气翻腾、引发肝疾。”

齐宏身上的缇色龙袍上有套针所绣的密密金线，正迎着阳光一晃，如满池碎金。他叹口气，跪倒在喜荷的面前，“母后，惹您生气是儿臣不孝，请您不要再逼儿臣做出更不孝的事情，好吗？”

就在这一刻，喜荷觉出自己老了，她自觉像一粒被岁月风干的谷壳，不再有任何的分量。轻飘飘地点点头，向一旁别开了视线。

齐宏这才和颜一笑，笑出了两颊的酒窝，云动影来，“母后，皇叔说今年九月的重阳大典要由朕一个人主持，这是朕病愈后第一次出现在百官面前，务必要精精神神的。趁这最后两个月，朕想把自己再养得胖一点儿，母后叫小厨房给朕多弄些好吃的吧。”

母子哪有隔夜仇呢？喜荷“扑哧”笑出来，将手帕一挥，赶开了落上玉石酒壶的一只小蜂儿，“还说自己不是小孩子？运则，皇上的话都听见了？马上吩咐下去，叫把皇上爱吃的灵芝野鸭煲、菊花炖乳鸽、孔雀开屏蒸鲈鱼、海参烩猪筋快快备上，哦，还有石斑鱼肝、淡菜虾子汤，再做个燕窝鸡丝汤。”

一直守在一隅的乔运则听一句、应一声，带笑向喜荷暗睃了一眼，转脚即去。

留在原地侍宴的是怔怔出神的全福，不知琢磨些什么。喜荷连叫了两声，他才急奔来欺身添酒，谁知缩手缩脚的，倒把酒弄洒了一大片。喜荷抬手就照他脸给了一下，带着满溢的嫌弃，“我瞧你越来越不中用了，燎了毛的猫儿似的。”

全福捂着脸满口“该死”，喜荷扔开了手里的帕，帕角的掺金珠线穗子垂在桌角，任由秋风拨弄。

“行了，起来吧。”

全福磕了个头爬起，满额灰颓。前方，乔运则阔步而回，修长的身姿超逸如仙。全福自惭地耷拉下眼帘，恨不得连耳朵也闭住。乔运则说了句什么笑话，把太后和皇上都给逗乐了。喜荷笑指着他的鼻子，把脸偏向齐宏，“这两年，也就是这奴才还能逗我笑一笑。哎，可惜了，你说这么样一个人，只为一点儿小事得罪了你皇叔，就被弄成今天这副不人不鬼的样子——”

“母后！”齐宏即刻改换了嘴脸，冷冷打断她。

老了，喜荷终于肯接受，在儿子面前，她的确老了。于是她就像个健忘的老人般慈爱地一笑，“哎呀，说说就顺嘴了，以后不说了。来，宏儿，再不提那些败兴的话，咱娘俩干了这一杯。”

喜荷笑着端起了自己的金杯，一饮而尽。仰首间，被艳阳晃花了眼，似一锋匕首出鞘的厉光。她的恨意竟有这样大，大到失而复得的骨肉、失而复得的自由都不能抚平；就似这一脸的老去红颜，无论用什么再不可抚平。但总会有什么，犹若一把被宫廷旧妇攥在手中的珠宝，能够给她的仇恨——这面目凄怖的仇恨——带来些冰冷的、华丽的安慰。

喜荷吞落了喉头的酒，右眼的匝肌抽搐一下，阴而凉地笑了。

六

冥然无息，夜色荼蘼。冥然无息，晓霞初凝。

朝阳穿过帘栊直晒上眼睛，仿佛是给睫毛缀上了一层华丽的流苏。青田将手背掩住了眉目，睡意迷蒙地“唔”一声。

莺枝在床外微微地俯着，甜声细唤：“娘娘，娘娘？醒醒。周公公来了，说有急事。”

周敦惯来出入内帷，青田并不消避忌，因此只穿着烟水藕丝中衣、玉青纱裙，一面梳妆，一面就在妆房里传见。问过几句话，不禁深感诧异，“这么急？”

周敦笑呵呵的，源源本本道：“王爷说，娘娘的身孕已有五个月了，掩饰起来一天比一天困难，何况北府来往的人口太杂，万一被谁窥出了端倪倒不美，不如趁着这阵子行动还方便悄悄搬出去。爷在东单的井儿胡同给娘娘找了所宅院，闹中取静，娘娘委屈这几个月，避开眼目安安心心地等待生产。今儿就是吉日，娘娘略收拾一下，奴才这就接您过去，一概穿用那边都有现成的，少什么再叫人回来替娘娘取便是。回头只放出话来，说这些年娘娘总随着王爷去静寄庄避暑，今年却因为继妃詹娘娘'有喜'，王爷滞留京中且常常夜宿于王府，所以娘娘一赌气就自个跑去乡下消暑了。娘娘敢同王爷闹别扭也不是头一遭，外头的人不至于起疑。"

青田拈了一支紫金步摇在发髻上比着，皓腕如玉，"哟，他还替我编排得蛮好，他怎么不说他又新纳了一位二八佳人，所以我吃醋跑了呢？"

周敦掩口胡卢而笑，"王爷早说了，这事儿娘娘准能叨叨他一辈子。"

青田自己也发笑，扔开了步摇，从花盘中拣一朵木槿簪入鬓边，"王爷都安排好了，我听他的就是。莺枝，你瞧着替我收拾吧，我既是去幽居养胎的，也不见人，不必多带什么，日常惯用的就行。哦，书房的笔帖颜色叫她们给我装上。"

待一切准备齐全，青田也吃过饭、服了安胎药，就坐上一停软轿，缓缓地从什刹海往东单去。那宅邸在井儿胡同的最里头，门口禁绝行人，格局虽比不上北府，却也楼殿巍峨，像是高官的官邸。轿子进了门，并不在轿厅落轿，反一径穿过几重院落来到了后院的花园。原来这花园内有一处很宽阔的水塘，柳影画桥，鱼跃小莲东，池边泊了一只十分精致的画船。青田此际已纳闷地笑起来，"到这里做什么？"

周敦伸出手，接她登船，"娘娘随奴才来就是。"

这时间正逢斜阳低垂，水天间落霞绚旎，小舟披霞光、破澄波，浔浔地走了一程水，绕过一片苇子地，停在了水边的一座小殿前。十数级石台深入碧波中，其上毛竹参天，萝薜倒垂，只小小三间房舍，正门一挂金丝藤红漆竹帘，一方红地绣金匾上写着“见心坞”。

周敦将青田搀上石阶，掀起了门帘，推开门，“娘娘请进。”他眼蕴笑意，替她在身后把门扉温柔地合拢。

青田站了站，才适应殿内的光线。曲室中，深垂着道道的纱罗红帘，被竹影波动不定的日照将帘角上细银丝所勾出的合欢花乍隐又乍现。青田游游疑疑，分帘而入，当最后一道纱幕滑过她指尖时，她望见了一所房间——一所大红色的房间。

红的毡红的毯、红色的桌围和椅披、红帐红幔、红枕红衾，龙墀凤幄皆一片赤诚的大红色，四面梁上、壁上，悬着盏盏的镂雕水晶灯，灯身贴满了红喜字。离幻流艳的灯影中，齐奢轩然正立。这四十一岁的男子，一如当年初遇时英俊——比其时更英俊：唇颌上下的几勾短须乌黑似上好徽墨，萧眉朗目力透纸背，头戴紫金冠，腰横白玉带，带下金八宝缀角，一套真红绛丝蟠龙蟒衣，领袖金缘，披红拦肩，是新郎的装扮。

青田一下子就掩口笑出来，“你搞什么鬼？”

齐奢只是在前头望着她，就好像他一辈子都守在这儿等她，等她走来他面前，听他说出她即将听到的每句话：“青田，齐奢真心爱你敬你，天地为证，矢志不渝，唯愿与你生生世世结为夫妻，永不相离。”他身边是一张大理石案，案头点着儿臂粗的红烛，烛下并放着三只朱漆大盘，盘内是一身新娘礼服、一套凤冠霞帔云肩围带，与一件文王百子的红盖头。齐奢将最后一只盘向前稍推了一寸，“你可愿为我覆上这红盖头，再为我，把它揭开？”

有一时，青田完全神魂失守、心无所知，仿似一辈子全涌起在心头。她永远也忘不了，她被亲生母亲卖了五十两银子，十年后她的身价翻了整整千万倍，洛阳纸贵，但再贵，也无非是薄如纸的一条命，任人泼墨涂鸦。只有眼前人，这个从天上掉下来的好人，肯把这样半打子凌乱污浊的命运篇章，以天子的朱砂笔，一笔一心，收写出如斯美好的结局。

这结局，就是一个女人立在她愿意为之忍辱、为之战斗、为之牺牲一切的挚爱的男子面前，所需做的所有，只是矜持地点点头。故而青田就前行了数步，似被一束神光所引领，被他明澄的眼光一直引来他身前，投上了自己彩光恢耀的双眸，点了点头。

齐奢微微地一笑，“先别忙着答应，听清楚了，我请求你成为齐奢的妻子，而不是亲王的王妃。”

青田一样笑起来，拂在她鬓边的木槿花粉白而芬芳，“若不能做齐奢的妻子，王妃的名分对我就一文不值；若身为齐奢的妻子，王妃的名分对我也一文不值。在众人所在的地方，握紧你手中的权柄，做你的王。在只有你和我的地方，松开你的手来抱我，做我的丈夫。”

齐奢向青田注目一刻，渐渐地露出一个笑容，一个圆满、光辉而静默的笑容，“若我手中的权柄，不能使我娶你做妻子，那就一文不值；若我有幸娶你为妻，我手中的权柄对我也一文不值。什么劳什子摄政王？爷不当了！九月初九，宫中庆典将由皇帝出面主持，而摄政王则会在古北口行在山的别墅中，与其外室段青田登高赏菊、闲度重阳。谁知，乐极生悲，时至夜半忽起火灾，因之前饮酒过甚，二人皆不及逃生而葬身火场。自此后，世上就再无摄政王与段氏，只有一对凡俗夫妇，在关外牧马放羊、生儿育女。等过上几年，连那场大火的最后一点儿余烬也散去，我陪你，带着孩子们，从草原一路到江南，逍遥江山、泛舟五湖。等老到逛不动，就写写字、种种花，带带孙子、重孙子、曾孙子、滴答孙子……万一不小心养出个傻孙子是个官迷，一门心思当大官光宗耀祖，咱俩就偷偷把门一关，咧开满嘴的豁牙笑死他！”

齐奢停下来，将指端抚过青田的额，经过她眉勒下一排青金石水滴，仿若有整片的蓝天蕴在他掌中，“我说姑娘，您到底是听懂还是没听懂啊？爷这是在邀请你——夜、奔。”

青田根本觉不出自个的泪在成片成片地往下冲，她木着眼，口齿顿涩，“你在开我玩笑。”

齐奢含着笑用两手合起她的脸，举眸望向了隐在重帘深处的一道夕阳，“我思前想后，再这么下去，我只能一条道走到黑，除掉皇上，登基自立。似我这等名不正言不顺的君主，终其一生都必须证明自己的合法和道义，被舆论所左右。到那时，我能给你的比现在还要少。哪怕跟言官们吵翻天，我最多为你争取到一个最低等的嫔妃封号，你会得到一处偏僻的宫院，每天的头等大事就是去皇后的坤宁宫晨昏定省——要坐稳这个皇帝，我一定会有一位皇后，甚至于每次召幸你，我都需要她的钤印。除去皇后，我还会有很多的嫔妃，跟她们生很多的孩子，以此巩固帝祚。如果你命好，会先我而死，反正后宫的女人从不用活得太长久，规矩是一过三十八岁，除皇后之外的任何宫妃都不得再侍寝。假如你不幸活得比我久，即使已经诞下皇子，也多半会被强逼生殉，所有地位低微、生前饱受妒忌的宠妃，就我所知，几乎无一例外是这个下场。好一些，也不过是在仁寿宫那种养老院里跟一群白头宫女闲坐谈天，一辈子就在走不出的东西六宫中，消磨至死。至于你的孩子，从第一天起就会成为所有人的标靶，陷于嗣君之争的漩涡，而他囿于出身，能赢得这场战争的可能性微乎其微。你最好的结局，就是后宫终老——我把它叫做‘圈禁’；而我们的孩子，在我死后，多半也逃不过这两个字。皇位之于我，不过就是让我心爱的女人和孩子被投进监狱——琉璃黄金做的监狱，照样是监狱。当然，我也可以退一步，交兵交权，还位与皇上，做回一个礼绝百僚的尊贵亲王。但我实在不敢保证，皇上，或者说他那位母后，不会哪天突然想起我劣迹斑斑的过去，秋后算账。我这半辈子，最艰苦的地方、最辉煌的时刻，世间百态全都经历过了，唯一让我觉得不能失去的东西就是自由，除了我自个的这颗心，什么也休想摆布我。权和势，在我已成了累赘羁绊，而作为皇子，能为这个国家做的我也都做了，仰无愧于天，俯不怍于人，现在我只想为你——为我自己做些什么。”

齐奢把抛在远处的目光收回，投向了青田，眼中满是烁闪的光华，似漫天的金沙兜头撒下，“青田，你是个弃儿，我也是，我了解一个弃儿最害怕、最痛恨的是什么。我不会让你抛弃你的孩子，不会让你下半辈子都活在遭受抛弃的恐惧中。我承诺过你一个家，你会有一个家，在这个家里头，你的孩子不是私生子，你也不是一个滑稽可笑的外室，你是堂堂正正的妻，有爱你的丈夫、敬你的孩儿，每日里一茶一饭琐碎度日，恩爱白头，平安偕老。”

青田的周身在颤抖，被他的每一字每一句、每一点声音所擂动，仿佛她的身体是他的一面鼓，她的鼓皮也被他擂破，沉入了穆然的寂静与虚空。由这虚空里，万物发出了乐音，繁星在夜空里旋转个不停，她伸手就能捉住故事的每一根线头，闭上眼也看得见命运每一丝透明的脉理。她是被擂破的鼓，是一只被砸碎的水罐，甘甜的源泉由她自身源源不绝地迸出。这不是眼泪，这只是心的狂欢。

齐奢凝视着他面前的妇人，凝视着所有生命的幻象如她脸上的脂粉般被冲刷个一干二净，露出其下真正的、喜悦的、发着光的容颜。他低声笑起来，“开心，爷能理解，毕竟谁家闺女嫁给爷都开心，但开心成你这副样子，是不是就有点儿过了？”

青田早已忘记了所有的语言，她只会哭，攥着两只手站在他面前又哭又笑。最终，她满身倾倒在他怀里，他笑着用嘴唇擦过她的发、她的额头、她的眉，用手为她揩拭掉泪水，“不哭了，不哭了，好媳妇儿不哭了。”

青田停止了啼泣，把泪容向着齐奢仰起，“你叫我什么？”

他含笑深望着她，深得仿佛她是他的骨中骨肉中肉，“媳妇儿。”以王的庄严，他把最尘俗的昵称就这样授予她。

青田再一次大哭了起来，像个迷路的孩童被带回了家。齐奢拥着她，又一次笑出声，只为了吻她，才将高贵的头颅低下[1]。

当整个世界都染上了夜色，当这夜色中仿似就只剩下两个人，齐奢凝睇着青田用无与伦比的优雅姿态解去了身上的衣和裙，将盛放在喜盘中的翟衣凤冠一一穿戴停当，对镜理妆，即使已微显臃肿的腰腹，亦不能将其难描难画的万种风情稍损一分。她淹然百媚，走去到喜床边坐下，冲他倾国一笑，自己给自己覆起了红盖头。

盖头下，青田垂着眼，能清晰地听见自己急促的心跳声。这是她的婚礼，真正的婚礼，并非一个权倾天下的中年男人对一个相伴多年的女人的交代，而是一个在星海下高唱着野情歌的小伙子为他看中的好女孩所献上的、最为饕餮的爱情的盛宴。她瞧着金喜秤挑入了红穗子，徐徐揭起她脸前的红帕。青田一分分地抬高眼，在挑牌所垂下的一束束薄金片子的流苏后望见她终身的新郎。有一只小拳头，像敲一扇门一样，在她腹中轻敲了两下。

从这一时一刻起，不复存在风靡万千、令柄国之主也成为裙下之臣的香艳花魁。她，段青田，只是这一个平凡好男子的，平凡而圣洁的妻。

七

沉沉锦帐之云，幽幽银珰之焰。三生之梦，两情缱绻，一夜既终，齐奢把青田坐拥在喜榻内，将细枝末节一一说与她知晓。

“我上月去信给苏赫巴鲁谙达，他已在关外秘密安排好一切，连你的收生婆都预备下了。最后这一个月，你其他都不消管，只把咱们的行李精拣出来就

[1] 黄耀明《下流》(词：周耀辉)：“不为日子皱眉头，答应你，只为吻你才低头。”

是，我预先派人悄悄地运出国境。”

“既要收拾行李，我还得回什刹海去。”

“你老实待在这儿吧，只把心上实在舍不下的东西开列出单子来，省得一回什刹海看见有的没的，越看越什么都想带走。咱们这回是诈死，你就当真死得了，单把那些头等的古物文玩、字画珠宝挑几样陪葬，剩下的什么都甭带。”

青田一听立时紧张起来，“那头一样，你赶紧让他们把我那几串金刚钻项链送来。”

齐奢把手竖起在眉前摇一摇，“哦，正好你说起，你那些西洋的珍宝一件都不能带，太惹眼，又不能戴出来，又不能变卖，带上了也纯粹是个累赘，就全扔在什刹海吧。”

这一下，青田的脸容倏然作变，“你意思，我就再也看不见它们啦？我都还没来得及同它们告个别呢！”

齐奢只一派早有预料的闲适微笑，“我之所以让周敦直接把你哄到这儿来，就为了不叫你在北府多加流连，快刀斩乱麻。”

青田瞧起来已快要哭了，半天也没挤出半个字来，好半晌，满脸凄色地当胸一捧，“爷爷，小囡喘不上气，小囡心口好疼……”

齐奢不觉好笑，伸手往她背上抚两下，“行啦，爷连这花花江山都抛下了，你那些什么金刚钻银刚钻的也不过就是几块破石头，不值当这样儿，啊。”

青田依旧哀哀地呻吟不住，旋即，横波一转，澄澄地睨过来，极凝重地向他道：“三哥，小囡想了想，其实当个外室也挺好的。要不私奔这事儿，咱再商量商量？”

齐奢纵声大笑，伸手就往青田的腋下呵痒，她只笑得往喜被里头藏，“哎哎，死鬼你也慢着点儿，娃儿还要不要了？肚子，肚子！”

二人笑了好一阵，渐渐地，有一抹暗影掠过了青田的眼。她的笑声低下来，

一手仍护着小腹，另一手则攥住了齐奢的腕子，手心里生出微微的凉汗，“三哥，咱们这样一走了之，继妃娘娘怎么办？大家都以为她怀着身子呢。”

就在某一刹，天际忽来了一场飘风疾雨，新凉了枕簟。夏季，结束了。

这一场溟濛秋雨直下了一夜一天，下到了第二天的夜深还不休，雨水带着花叶的气味潲入了窗纱，一树凤凰花被雨水打落，发出“扑扑”的动静，仿似谁声声入耳的凌乱心跳。

詹氏不虞丈夫竟夜半冒雨前来，有些手忙脚乱的，一面亲替齐奢解去他肩头的雨蓑，一面唤人为王爷烫酒暖身。齐奢道了声不必，摆摆手挥退下人，掩蔽了幽门。

“我有事同你说。”

他用很平静的声调告诉詹氏，段氏小产，故此得辛苦她再做一出流产的假戏来收场。

詹氏坐听，不防间已凄恻失色，盘桓在其鬓边的一串黑珍珠索索地摆荡，坠坠而惴惴，“好好的，怎么孩子就掉了？我今儿还说瞒五不瞒六，该是显怀的时候了，明儿就把棉垫系去腰上，谁知……”

并坐在另一端的齐奢扯了扯衣领，领上细滚着连理纹。他对詹氏充满了负罪感，背着她，他已与另一位女子秘密缔结了婚姻，而今又和这女子联手来欺骗她。他看得出詹氏是衷心难过，她甚至不自觉地抚摸着腹部，仿佛那里真有一条消逝的小生命。他实不忍再目睹她伤情，真心假意地叹一声：“这是天道好还，想我年轻时轻狂不知事，强逼着多少侍妾坠过胎，如今命中无子亦是天数，你也不必白难受。”

“不不，”詹氏连番地摇头，头上的珠串就愈发随之打着转，似风中的雨线，“王爷别说这种话，段氏还年轻，休养上一阵必能再次怀有子嗣。倘若王爷当真有心求子，府中也不乏年纪尚轻的姬妾，或于民间征选一些才貌双全的未婚少女入府也不是不可，只要王爷肯广施雨露，一定有肚子争气的。”

齐奢无神无彩地一笑，端起了桌上的一只五彩小盖盅浅啜一口，“你倒真真说中了，我今儿来也正为了这件事，征选民女入府是绝不可为，恰恰相反，府中的这些个姬妾，赶明儿你把她们全召集起来，按等各自赏赐一些薄产银钱，一个也不留，放归民间任从嫁遣。”

就是一个惊雷在头顶上炸响，也不会使詹氏更骇异一分，好久之后她才回过神来，滞滞地咬着舌头，“这、这、这是打哪儿说起来？”

齐奢放回了茶盅，手指将杯沿转动着，眼望薄瓷上锦鸡唱晓的图案，“上个月我在来你这里的路上，偶遇了两个姬人，周敦告诉我说，其中的一个我宠过她整整一夏天，可漫说她的名字，连她的脸我也记不起来，一丁点儿印象也没有。回想起这十来年我一直在外别居，委实冷落了府里这些人。前一段容妃自尽、婉妃发疯，其实大半的责任都在我。还有顺妃，看见她竟然变成那个样子，我心里很不好受，我记起当年她出事的时候我们最后一次相会，她对我已然是恨之入骨。现今府中剩下的这些姬妾，我想，多有与她一般深含怨意的，与其叫这班人日夜咒骂我，不如趁早放她们改醮，得享人伦之乐。”

“王爷，此事万不可为。若是民间男子把小妾或送或卖，倒属平常，可咱们这儿是王府，自古只有进人的，哪儿有出人的道理？不要提是王爷宠过的人，就是王爷连面儿也没照过的，进了这府门就得替王爷守这个节操，这原是女子本分，岂敢有怨骂之举？”

“想昔日魏武帝遗命，教六宫嫔御分香卖履，好使得她们免生杂念，替他守贞终身，结果又如何？晏驾之后，那些个妇人不过咒他两句呆子，全做了别人的姬妾。如今我又何苦在生前就讨这骂名？说句不中听的，我原就在女子守贞一节上看得并不重，就是我今儿死了，连你这一位正室我也愿你再找个人过活，何况是这一班女子？我既无心于她们，做什么叫她们苦熬着？还是打发了去，各人干各人的。设若还有在这里吃惯了安乐茶饭不愿再挪动的，那就当个闲人养下来吧，也算是替我自个积一番阴鸷。”

“王爷，你、你今日是怎么了？净说这些丧气话……”

齐奢依旧是悠悠地一笑，“话虽这样说，无奈你顶着这个继妃的头衔，限于身份怕是逃不出命去，却不如那些为妾的了。我与你夫妇近二十载，亏负你良多，自问实算不得一个像样的夫君，到头来却要累你为我枯守一世。”他对着詹氏叹了声，是月光落入一口古井的微响，“如果说我齐奢这辈子最对不住谁，就是你。”

“王爷说哪里话？”詹氏已哀婉欲泣，不绝地抽吸着鼻翼，“王爷始终以王妃的仪制厚待于我，将治家之权全权交予我手，不管何时另有嬖爱，也从不曾做出那等宠妾灭妻之事，将夫妻之情挂在心上。王爷自言‘亏负’，无非是指北府那一位。王爷既钟情于段氏便一心待她，倾爱知音，不拘小节，这原是至情至性之举，我之所以不许府中的诸人议论，无非是体面所关，也是怕横生枝节。直到去年，容婉二妃终于不顾我的叮咛私自跑去北府，我也才借机第一次亲眼见到段氏，她在阶前向我行礼，我不曾下轿受她的礼，段氏多半认为我是自重身份，故不愿与她相见。事实上，那天段氏刚刚受过掌掴，面带伤痕，狼狈不堪，可即便如此，却依然丰姿慑人，我见犹怜。我躲在轿帘后，实不能与之面面相对，不是自高自大，而是自惭形秽。若天意见许，本该让这样一位绝色丽人降生于公府侯门，与王爷作一对佳偶，怎知造化弄人，反是我这样一个人凭借出身之贵和王爷结为伉俪。我早就深知自己的资貌平庸，毫无过人之处，远不是王爷这般男子的良配，能够得奉巾栉已经是求之不得的福气，不敢再有任何非分之求。”

仿似是叫一场前尘迎面扑来，詹氏的脸骤被吹得烈烈地红了，连声音也给这飓风攫走，微弱不能闻，“说句不怕臊的话，我嫁进门十七年，拢共只跟王爷好过九回，我私心里总想着，这就是‘长长久久’了。可不是吗？就是王爷才说的，曾得宠过整整一夏的姬妾，到头来你连她的模样也想不起，可多少年之后，你却仍坐在我身边，和我倾吐衷肠，我还有什么可不满足的？”

二人间隔有一副螺旋小烛台，一圈又一圈微微的光照。在这样的晕轮中，詹氏略显刻板的平常姿容亦显出别致的清妩，似一树碧枝，在繁花落尽后方得入目。齐奢几乎算得上是震惊了，他是偏爱女子甜艳活泼的，自知待沉肃寡欢的詹氏素来平平，却也料不到竟凉薄至此。追想起十数年来，王府的一切全靠着詹氏替他约束打理，他只管接连地闹出风流韵事，到最后每每回府一坐，不过是听她报一报府中大大小小的事务，如同长官对着一位僚属，这位金枝玉叶的贵族小姐却始终如一地温顺相待，就连替他的情妇演一出假孕闹剧她也毫无怨言。对齐奢而言，她简直是个万能的神，有求必应、无所不可，直至这一刻他才明白，她只不过是个人，一个有着情思与渴慕的、热血之躯的凡俗女人。

齐奢握住了詹氏搭在桌边的手，低唤她的小名："若芬，若芬……"

詹若芬的睫毛抖动如枯叶、如鸦翅，落叶聚散，寒鸦栖惊；相亲相见知何日，此时此夜难为情[1]。"王、王爷，王爷该回那边去了，段氏痛失腹中胎儿，王爷还该多加陪——"她嘤咛一声，骤不成言。齐奢俯首吻在她手背上，烂熳烛光披上她睫翼，是昭阳殿的日影[2]。

齐奢的另一手往她一袭醉枣色的褙子中探入，抚进了软纱中衣，"今晚我在这里陪你‘十、全、十、美’。"

他将詹氏抱起到她房中那张从来只有她一个人的双人大床上，用最为细腻的方式与她欢好。这一切，和他对青田的爱全无关系。他只是做了人家十几

[1]（唐）李白《秋风词》："落叶聚还散，寒鸦栖复惊。相思相见知何日，此时此夜难为情。"
[2]（唐）王昌龄《长信秋词五首》："玉颜不及寒鸦色，犹带昭阳日影来。"昭阳殿曾为汉成帝宠妃赵合德的居所，代指君王恩宠。

年的丈夫，不久后，这女子会惊痛欲绝地收到他的死讯，再接着替他守几十年的寡。齐奢自问，他给那些早已被遗忘的朝夕之欢们留下的尚且是贵重万分的自由，作为这帝国中的顶级显贵，给唯一正式的未亡人遗留的不该只是滥竽充数的“长长久久”。他要送她一份体面的遗产：在熏软的烛光下，用心爱抚这胴体每一寸松弛衰老的肌肤，亲吻着成串的眼泪，用最坚硬的某处做些最温柔的举动。在这女子萧瑟孤老的余生里，这些闪亮的时刻，每当她守着窗儿、咀嚼黄昏时，都会一刻一刻、一颗一颗地流过指尖，直到被思念的金线穿做数珠。垂暮的年纪，她会如任何一位贵族老妇，终日只知道昏闭着双眼喃喃数念，但她所念的不会是空与苦，而是在空苦的人生的夹缝中，有一回，她曾被所爱，好好地爱过。

清晨的第一道曙光来临，映出了萧疏黯影。

床头，齐奢全裸着身体，半坐着。他一手轻抚枕上鼻息沉沉的詹氏，眼睛在昏黑的房间内扫视。这是一双垂死者的眼，眼目所及的一切，所有曾属于他的女人、财产、权力，不日间，即将永别。

千重的感慨于心头蔓延，耳边是漫天的雨水与满窗的湘妃竹，瑟瑟沙沙，如幽如泣。

八

待竹叶上的残雨消散，早秋的初寒便带来了两则关于摄政王府的新闻：一是继妃詹氏夜间赏雨，不慎在石阶上滑倒致使坠胎；二是詹氏强撑病体，遣散了府内的一干侍妾。

于是贵妇们穿梭登门，道恼问情。尽管詹氏极力维护青田，说当初自个有孕时段氏就在北府祈福，如今更向菩萨发愿，说情愿减寿，只求继妃娘娘身体康健，再得怀胎；至于发归姬妾则是王爷本人的意愿，她们或有高高兴兴出门的，或有哭哭啼啼不愿走的，也都酌情或放或留了。但人言可畏，谁也不肯听信詹氏的一面之词，三三两两间就聚出了另一种谣言来，说一切全是段青田那千年耗子精搞的鬼，因其自身无法生养，嫉妒继妃怀孕，又深恨王爷常回府走动，就把继妃咒得掉了胎，又用魇术操纵着王爷遣散了诸姬。这一段她之所以突然从北府不告而别，并不为在乡间躲暑，而是为闭关作法。

这话有鼻子有眼，几乎传遍了皇城左近，就连在东单隐居的青田本人亦有听闻，与莺枝好笑了一回便抛过一边，只管专心地挑拣细软、收拾箱笼。齐奢日日都要来相陪，为隐秘起见，特使一概仪仗照常在王府出入，他则微服简从而来。青田总劝他多回府里去，“你同继妃娘娘见一趟就少一趟，咱们还有一辈子呢，你这会子只顾着同我缠什么？”齐奢捧着她已隆起不小的腹部，光是笑，“也不知怎么，老觉得同你才是见一趟就少一趟，一时见不着都别扭。”青田笑起来，有蜜滴落在心头。

她太幸福，幸福得早已遗忘了年少时苦读过的每一部经卷；在那些天花乱坠的佛喻里，人生是一口枯井，人们攀附在一条被黑白二鼠不停咬啮的老树根上，当树上蜂窝里的五滴蜂蜜堕入人口中、令人深觉其甜时，根之已将断，顶有螯蛇，底有毒龙，且将有野火，烧燃此树[1]。

就在这对夫妇憧憬着即将为他们扫去一切世俗藩篱的大火时，堪堪已金风起、玉露零，节近中秋。

一树仙桂香生玉，树下是两个才总角的小僮，一左一右守在一扇虚掩的

[1]《佛说譬喻经》:“时有一人。游于旷野为恶象所逐。怖走无依。见一空井。傍有树根。即寻根下。潜身井中。有黑白二鼠。互啮树根。于井四边有四毒蛇。欲螫其人。下有毒龙。心畏龙蛇恐树根断。树根蜂蜜。五滴堕口。树摇蜂散。下螫斯人。野火复来。烧然此树。”

门前，一眺见四名轿班抬着一顶小轿，轿后又跟着数十肩挑礼盒的挑夫，二僮忙迎上前，先请出轿中之人。这人衫裳倜傥，总有三十五六岁了，但脸面上不见一星须影，一望即知是禁宫中官。

两位僮儿齐行一个参见之礼，“我们师父久候多时，乔公公请。”

乔运则微微地环顾，迈向堂前。

一时肃客上座，两位门僮便又重新回到了大门前，开始了小声的交谈：“这就是那位状元太监？百闻不如一见。”

“人家才是真有本事，当年被摄政王下令受宫刑的时候是四品员外郎，现在是三品慈宁宫管事牌子，倒还升了一级。”

“据说西太后被解除软禁的第二天就下懿旨把这乔公公封做宫中管事，你再瞧瞧方才他的排场，可见受宠的程度。等来日皇上大婚亲政，他身为皇上生母身边的头号心腹，怕不就是内宫掌印呢。”

“说得有理。既这样，师父还不索性把东西送给他，就算送个顺水人情，反还要他钱礼来赎？”

“你跟着师父也好几年了，如何还说出这样的蠢话？一行有一行的行规，这就是咱们净身师这行的行规。凡替人净身，就要把割下来的宝贝拿石灰埋了放去一只升里，再用红布包紧了升口放去房梁上，预祝那人进宫后红步（布）高升。有朝一日若那人发迹，就要来咱们这里赎回自己的身上物，好在入土时带进棺材里，留一个全尸。乔公公又与别人不同，首先净身时他已年纪老大，要不是咱们师父技艺精湛，他能不能活下来都难说。况且他当初是罪人，那玩意儿原该扔掉的，是咱们师父说再大的罪也不至于把人的根儿丢了，让人没脸到地下见祖宗！这才把乔公公的宝贝留下来。现如今他混出了头儿，正该额外地好好感谢咱们师父‘包一刀’才是。”

净身师包一刀是黑不溜秋的面皮，一腮短桩胡子，两只眼紧眯着高坐堂皇。

乔运则坐在另一端，身后立着名手持大红礼单的小火者，正在口清牙白地读那单子："纹银二百两，海龙皮一张，狐腿一张，水獭一张，染貂一张，汉锦十匹，火浣布十匹，西洋布十匹，其余花素尺头共三十匹，白米一石，胭脂米一石，白糯米一石，杂色粱谷共三十斛，龙猪两只，青羊两只，鲜鸡、鲜鸭、鲜鹅各五只，鲟鳇鱼十斤，对虾二十斤，干虾二十斤，丁香十担，冰片十斤，官烛二十斤，银霜炭二十斤，柴炭五十斤。"

包一刀的眼角终是舒展开，他把一只苍劲干瘦的手高高地举起。但见一根绳自梁上缓缓坠下，绳上系着一只米升。有仆人解下这升送上前，包一刀往包扎住升口的一块满是落灰的红布上吹了口气，掸了掸，"乔公公，两个丸一个势，全在里头。"

乔运则用双手捧过，一句话也没说，起身就走出去。一副身影肩展腰薄，笔挺修长。随侍的小火者挡住了在后追赶的仆从与轿夫，"公公说不用人跟着，他要自个走一走。"

从日照当头到日落西山，乔运则就抱着这只升游走在北京的坊隅巷陌。在他的回忆中，曾有一个年轻人也这样游走在这座城，每当经过朱门与红墙，年轻人都仰首翘望，深信有一天他也会拥有朱门与红墙与其后的一切：金钱、权力、女人、光耀门楣、子孙满堂。乔运则敢打赌，年轻人一定难以料想多年之后的心境苍凉，恰如他眼下，也早已无力回想当年的豪情万丈。像是一场梦，可梦也没有这样的荒唐，他们从他一百来斤的身子上夺走了几两重，就夺走了他所有的一切，他所有的一切都被塞进了一只填满生石灰的米升搁去到最高的房梁上，即便他终于和这只升久别重逢，把原封不动装在里头的几两干肉与千斤万斤重的朱门红墙、子孙满堂，把他血淋淋沉甸甸的野心与梦想就紧抱在胸前时，他依然永久地失去了这一切。

泪水从乔运则惨白的脸上疯狂地淌落，他知道路人们在偷窥他，他也知道从背影看起来，自己仍旧是气概昂藏，李泌九仙之骨、何郎十日之香，但只要一转过脸，露出光洁得简直可怖的唇肥与下颌，他就像被脱了裤子放在众目睽睽的广场上。他的人和他的人生，一样地不堪回首。然而他却回过了头——这一刻，有谁在他肩后轻拍了两下。

乔运则的两眼徐徐透出了精光。他怀抱着装有自己生殖器的米升，面对面地看清了背后的那个人。

这是乔运则在一天当中第二次，久别重逢。

九

晴好的日子匆匆飞逝，八月下旬，朝廷下旨颁定了明年皇帝大婚与亲政的日期，并宣布今年重阳节之日，久病终愈的皇帝齐宏将正式露面，亲自主持大典。而内宫则有传闻说，自皇帝迁回乾清宫后，摄政王就日日探望，叔侄俩经常连续数时辰长谈不辍，其情融洽。原本，魇镇一变实为摄政王篡位之举一说已盛传多年，如今天子竟复辟在望，于局外人看来实在是扑朔迷离，一时便有不少自诩洞悉内幕之人纷纷跳出来，什么样的说法都有，从稗官野史到怪力乱神，甚至还有用五行、八卦来分析利害、解译时政的。而只有最为缄默的两位当局者才明白，世事之多变，唯因人性；世事之恒常，唯因人性。

时至深秋，一片梧叶飘堕、枫吐火光之中，乾清宫终日在为九月九那倍受瞩目的登极亮相而耗尽思虑；东单的井儿胡同中，却有人酝酿着就在同一天的、永久的隐退。

夜来，芙蓉塘外几声惊雷，一场秋霖骤降。雨水轻打芭蕉，乱扫着秋窗。窗边，青田看着片片的叶影儿飘落进雨中，默默回身，凝眸清望，“后天就出发去古北口了，这一去再无回头路，你可真都想好了？”

半壁销金嵌宝连环槅前，齐奢倚靠着软榻，一袭罗袍上衍满了富丽生辉的凤尾纹。“你怕我反悔？”

“怕你反悔，更怕你后悔。”

“后悔什么？”

青田微喟，声薄而衣单，“世人都说‘大丈夫不可一日无权’，权是什么？就是金銮殿的那张龙椅。举凡天下男子，无论以文略、以武功，求的不过是离着那张椅子越近越好，近一寸，权就大一分。你今日已然与龙椅近在咫尺，只差坐下去，何况这是你自个拼着命争到的。你抛下到手的这一切，回头换来的，只不过是一个平凡得不能再平凡的家，说句大白话，‘老婆孩子热炕头’。芸芸众生谁不是这么生活，谁又稀罕这种生活？三爷，你千万想清楚，你的决定是扔掉所有人都求之不得的，去换所有人都不屑一顾的。来日，当你在梦中重历昔年俯瞰众生的绝顶风光，醒来后眼前将只有我和孩子们，我怕我们这几张或是太老、或太稚嫩的脸，实在担不起你的南柯一梦。”

听毕，齐奢先是默想了片刻，而后沉目浅笑，“你这一席话头儿起得好，‘大丈夫不可一日无权’。我不知道其他人为什么需要权力，但我知道我为什么需要，因为我没得选。我就生在一个以权力为生的家族，有权就如日中天、称贤称圣，无权就日薄西山、猪狗不如。想我蹲圈院儿那几年，一个三等奴才都敢对我呼来喝去，一朝大权在手，就连天子本人在我面前也不敢高声说一句话。不是我拼着命争权，而是没有权，我就没有命。我不得不踩着死路绝地，连滚带爬地来到金銮殿的龙椅前，你说我‘就差坐下去’，说得真客气，我其实早就坐了下去，个中的滋味一清二楚。称孤，道寡，永远记住自己是一个人，然后盯紧身边的其他人，必要时，杀掉他们每一个，管他什么亲血骨肉、外戚内臣，一律顺我者昌、逆我者亡，父挡杀父、佛挡杀佛，就像我父亲做的那样——就像我自个做的那样。”

齐奢自嘲地笑了声，笑声中不乏淡淡的怆然，“去年那场大病后，我始终在省察一件事，就是我对我父亲的恨，到头来是怎么把我变成他。我口口声声与他开战，可事实上，我完成了他未完成的战争，替他削平母族，替他开疆辟土，我的野心、我的权欲、我的所作所为全都在告诉我，我是他的儿子，或者说，全都在告诉他——都只为告诉他：我是他的儿子，我效忠于他。天知道，我到现在还会梦见他，站在我床头，提着那把血淋淋的刀。上一次做这个梦是四个月前，就在自梦中惊醒的一瞬，我陡然间彻悟，我与父亲的相像、我对他的忠心，不为别的，只为恐惧。就像是，这世上只有两个人，我和我父亲，假如我不变成他，操持权柄、定夺生杀，就会变成我自己——曾经的我自己，那个被父亲肆意迫害而坐以待毙的孩子。听起来荒唐吗？我自个简直都无法相信，老头子早就在他的七层棺椁里烂成了灰，我居然还在乐此不疲地陪他玩这个权力的游戏：父与子、强和弱、阴谋、鲜血、杀戮，然后下一轮，永无休止。这游戏从我落地就开始，到今天，我玩得够够的了。我厌恶再扮演其中的任何一方，任何一方都只不过是个满心恐惧的可怜虫，可怜到只有让全天下都对着他顶礼膜拜，才能觉出一丝丝起码的安全。

“我说明白了吗？对权力的热望，是我父亲、我这个家族赋予当初那孩子的，而他还弱小得既无法分辨，也无力抵抗，那时候对他而言，权力就意味着活下去。但眼下，这个已历经了重重考验、年过不惑的男人，所需要的早不仅仅是‘活下去’，他足够有资格活出自己的样子来。毕竟，若一个人不能按照自己的心愿生活，就等于没活过。我可不管我这心愿是特立独行，还是泯然众人，只要是发自我自个这颗心的，我就要一五一十地做到底。”

青田一分分绽开了笑颜，她走来齐奢的身边，坐进他怀内，向他仰起一对星光迷醉的明眸，“那是——？”

齐奢挺了挺胸膛，“我一直想成为名垂千古的诗人。”

青田怔了下，紧接着就笑得连连地揩抹着泪花，几不曾背过气儿去。齐奢则板着脸瞪住她，深以为恨，“段青田我发誓，你一定会为此付出代价的。”然而毕竟憋不住也跟着笑起来，递出手自背后揽住了她。少了繁衣叠盖，青田的孕态已十分明显，月青色的中衣尖尖鼓起。齐奢在其上抚动着手掌，似爱抚一盘皎皎的月光，连同他深沉的音色亦被辉照得清明澄澈，“我的心愿你才不已说了吗？‘老婆孩子热炕头’。尽管笑话我没出息好了，可我最想要的，却从没得到过的，就是家。青田，我想和你有一个家，一个真真正正的家。我们可以做自己不曾有过的父母，我们的孩子会成为我们不曾成为的孩子：无须为生存苦苦挣扎，在每夜的梦中下到无人的深渊，花半生的时间拼一身的碎片，他们永不会梦想寸步不离地守着一张孤零零的金椅子，他们只愿和所爱之人一起亲亲热热、自由自在，想去哪儿就去哪儿。来日，当我南柯梦醒，从梦中的金銮殿跌回到我们那个平凡得不能再平凡的家，看着眼前逐日老去的你和竿头日进的孩子们，我只会感激，在还来得及的时候明白：人不是为了屁股而活着，这大千世界原有万万种美好，都比坐上一张摆在最高处的椅子更重要。一路想来，我齐奢竟有何悔憾？前半世手攥乾坤、言易河山，后半世尽享天伦、浪荡浮世，此乃千载之下，第一快意人生！”

齐奢笑容飞扬，用满颔乌黑的髭须轻擦着青田的嵯峨云鬓，“我心既决，无怨无悔。你呢？你也不后悔吗？”

青田把领下的一小串水钻穗子拿指尖轻绕着，“我？我有什么好后悔的？”

“你有没有想过，你所见到的我一直是万人之上，皇亲贵戚、巨宦大僚，无人不对我奉若神祇。可一旦成隐匿于市井的一介白丁，升斗小民也不会待我略有殊敬，我将镇日里庸碌从事、寄情山水，拿这一双曾笔裁天下事的手帮你给小娃娃换尿片子，一身的神光褪得个一干二净，和路边的张三李四毫无区别。

你总说你高攀了我，可真等我权势尽消的这一天，咱俩一道并肩走在大路上，路人在后头悄悄地议论：‘也不知那如花似玉的媳妇怎么就嫁了个跛子，一朵鲜花插在牛粪上。’到那时，你不后悔？”

青田扭转过上半身，把两手搭住齐奢的两肩，正正地向他瞧过来，“齐奢，你也忒把我段青田瞧得小了。我在槐花胡同做了十来年生意，又跟着摄政王他老人家十来年，自来吃的穿的戴的用的，哪一样儿不是好上加好、尖上拔尖的？不是我说大话，就那能叫公主、贵妃们都直了眼的金刚钻，我也只当破烂似的，说扔就扔了。我这么一个见尽了凡间罕见的人，你说说，得什么物事才能让我觉得是捧在手上怕摔了、含在口里怕化了的宝贝？我告诉你，就是这个。”

青田头两句一出口，齐奢已展露出笑脸来，此时竟见她将一手顺着自己的肩一径就滑到了大腿，手心往他腿根里一扣，更引得他忍俊不已。青田故作顽皮地吐一吐舌头，“哟，错了，是这个！”

她笑着把手从他的两腿间移向他胸前，带着一目的柔光摁住他心口，“不识货的肉眼凡胎只看见你的腿跛，我却看见你这心上生着翅膀呢。那人生的大路上，所有人迈着他们好好的两条腿都跨不过去的坎儿、一摔到底的坑，只有你，会被你的心高高地举起。三爷爷，您在我眼里就是天神下降。我说我高攀，说的是这个，哪里说的是什么权、什么势？没错儿，那是倾天的权势，可也只不过是你这个人身上最不值一提的地方呢！”

华灯香雾，对影闻声。齐奢纵情地大笑起来，又连连地摇首，“好家伙！这世上各式各样的马屁，爷也敢大言不惭地称一声就没见识过的，可我媳妇这个马屁大王一开口，每每让人有耳目一新之感，拍得爷是浑身酣畅、满心受用。”

青田情眸眷恋，含着三分笑、七分娇，“谁拍你马屁？我才说的有一个字的谎，天打五雷轰。莫说你失掉了权势，你就什么都没了，流落到街边讨饭吃，我能一辈子跟着你当个丐婆子，也是我祖坟上烧了高香了。”

齐奢龇了龇牙，“你瞧你，说得多难听。爷的家底好歹也放在这儿，就是失了身份上的尊贵，也不至于就穷到让咱两口子讨饭去。”

青田滴溜溜两眼一转，“你家底很厚吗？”

齐奢跟着变了脸，乜着她又机警、又轻视地嘿嘿一笑，“段小囡，这么多年了，你最后到底还是没憋住。你是想知道哥哥有多少钱吗？哥哥不告诉你。”

青田也“吃吃”地笑着，却把两手插来他腋下，抵着他颈窝子蹭来蹭去，口里不住地腻腻地求恳：“哥哥，好哥哥，你就告诉小囡吧，你有多少钱啊？求求你了三哥哥，你就行行好告诉小囡吧，你悄悄的，和小囡的耳朵说……”

齐奢笑着把嘴唇贴近来，和她耳语了几个字。青田登时瞪圆了两眼，一直一直往嘴里吸着气，又长长地吁出来一口，“哥哥，我就说我配不上你嘛，你可不是一般的跛子，您老是这世上最最有钱的跛子！”她“嗵”地往他怀里一扑，把脸儿紧紧地偎着他，“我段青田这辈子是跟定哥哥你了，我若服侍得好，随哥哥高兴赏上一点儿，若不好，哥哥就只管拿钱砸死我。”

齐奢早笑得不可自抑，“你赶紧给我好好的吧，仔细这一身的流里流气全被肚子里的学了去。”

青田只伏在他怀内笑，一时抬起眼，二人目光交缠，眉目间留情，心坎里供奉。九陌红尘纷移心志，唯有凤毛麟角，才看得透这一场闹哄哄乱萧萧的你方唱罢我登台。是用了月老万丈长的千巧红绳，才绊得住一对彩凤双飞翼、灵犀一点通[1]。一片梦乡天地间，满穹的星月之光扑窗而入，青田同齐奢对抵着鼻尖，又轻又娇一声：“三哥……”

[1]（唐）李商隐《无题·昨夜星辰昨夜风》：“昨夜星辰昨夜风，画楼西畔桂堂东。身无彩凤双飞翼，心有灵犀一点通。隔座送钩春酒暖，分曹射覆蜡灯红。嗟余听鼓应官去，走马兰台类转蓬。”

不等她完辞，齐奢已陡有所悟，怫然变色，“没门儿，不唱。”

青田把手心在肚皮上打两个转，秋波送媚，“不是我要听，是宝宝要听，你给宝宝唱一支，就唱一支，你就疼疼宝宝嘛，哥哥，爹爹，爷爷……”

“成成成，停，啊，媳妇，唱！爷从了，这就唱。”齐奢自个先闷笑了两声，就把双手一起环住了青田腹部的隆起，将一段天籁，悠婉深沉地寻常道来。

青田听得如痴如醉，闭目神飞。是坐在一尾翠郁的筏上，看两带青山粼粼地滑过，单留下一割燕尾的波纹。她任由这筏儿荡着她、飘着她，直到骤一下倾翻——

“哎哟！”

她低呼一声，觉出腹中的胎儿端正一脚，恰踹进齐奢的两掌间。他的歌声亦戛然而止，惊叹不已：“嘿！嘿！你肚子里是个小子！”

“你怎么知道？”

“我和你说啊，爷唱了半天花花草草这小崽子都没一点儿动静，这才一唱‘白马和弓箭’，他立马就给了我一脚。”

青田笑睹他一眼，“乱讲。”

“啧，你还不信。来，我再试试。”说完就更紧地拢住了两手，再一次熨声而唱。唱过了两三个转折，果真又来了重重一下，这回是拳，小拳头把青田的衣衫都顶得高突出一块来。齐奢哈哈地笑着，拍案叫绝，“邪了门了，又是一唱到‘弓和马’他就来劲儿，铁定是个小子！好好，虎父无犬子，像我。”

青田也不禁乐出声，望着齐奢几近失态的欢颜，满目温煦，“傻样子，就值得笑成这般。”

齐奢仍是笑着，俄顷，凝目向她望过来，眼下有皱褶，一道道成熟而深沉的、时光的犁痕。“小囡，我有过孩子，也有过几个怀有我孩子的女人，可这是头一次，我觉得自己是个当爹的。”

青田含笑抚过他，由鬓发直到胡须，笑眼千千，“当爹的，给你娃儿想个名吧，都七个月了呢。”

“现在想？”

“现在想。”

齐奢横眉苦思，倏然直身而起，在屋中绕两圈，负手沉吟道：“大丈夫修身齐家治国平天下，爷样样都不差，只差‘齐家’，就叫‘齐家’吧。”

青田的目光抽搐了一下，垂在眉心的红宝石樱桃坠仿若娇唇两点，不语自伤，“这、这是什么鬼名字？又不通，又不雅……”但一等她留意到齐奢的神情，立即就要笑不笑地频频点头，“通得很，雅得很，好名字，好名字。爷这样吐属不凡，必能做一位流芳万世的大诗人。只是，若是个女娃娃呢，总不成也叫这个吧？”

齐奢一边笑，一边只竖起一根手指轻慢地摆一摆，“不、可、能！就冲这匪样儿，准是个小子。”

青田意起轻愁，“那我要真生个闺女呢？你不会不开心吧？”

齐奢“哈”一声，走过来半跪下，直接抱住她腰腹狠亲上一口，“我的好媳妇，甭说是个小美人，你就生出条小羊羔来，也一样是爷的心肝宝贝。”

“呸呸呸，什么小羊羔？”青田笑着啐一声，又笑着叹口气，“这孩子命可真好，还在娘胎中，就有这样疼他爱他的爹爹妈妈。”

齐奢的心思有一动，远忆蒙尘，“青田，明儿我想进趟宫。这一辈子再回不去那座紫禁城了，我要再最后一次看看我小时候的家，看看我母后当年的宫房，跟她告个别。你陪我一起。”他微哑的调子中有惘然，但更多的是释然。

青田的目光凝聚着这男人，看年复一年的世事起伏、悲喜苍茫在他优雅的黑眸子里留下了深深的印记，但却永远蒙昧不了一抹永恒的童真的湛然，恢闪如星。

她倾过身去亲吻齐奢，色授，而魂予。

十

晓卷珠帘时，雨已歇。细细的卷云在明蓝里弯着，如撒了满天的青花瓷片。

一停素轿早候在檐下，但齐奢与青田在井儿胡同里另筑爱巢原就是秘密，偕同入宫更不可堂而皇之，便由周敦先清空了庭中的杂人，才将二人请上轿。轿子又先一路抬回到摄政王府，在轿厅中另换过金黄轿衣的仪轿。这八抬大轿极宽敞，即使并坐也毫不显逼仄，轿夫们倒是觉出轿子比平日间沉了些，却怎敢问上一句，只管掉身向禁宫抬去。

一名清道太监走在最前头，嘴里发出“吃——吃——”的叫声，警告杂人回避，轿子左右有扶轿杠的，轿后也照例有举黄罗伞的，还有捧雨伞旱伞的、捧衣捧药的、捧食盒捧点心的、捧水壶捧茶具的等一众随侍。等迤逦进了东华门，齐奢就下令叫这几十号人不必跟随，自入轿就不发一声的青田这才敢悄悄问一句：“这紫禁城里头是个什么样儿啊？”

齐奢笑着握了握她的手，小声说：“早明白你好奇，我这不替你把尾巴都遣开了吗？你揭开窗帘来瞧一瞧。”

“我不敢哪。”

“不妨事的，谁活腻了胆敢窥视摄政王？就是不小心朝这儿看上一眼，离着大老远哪儿就看得真了？”

青田听他这么说，方才大了胆子，把轿窗的挂帘挑出了一条缝，偷眼往外看。她后指上佩着一对方壶集瑞多宝护甲，不偏不倚地正映在一轮红日下，发出一粒粒闪耀的宝光。

假如万物有灵，这一刻，宝光会自动熄灭，红日会隐去云端，赤金与宝石的护甲会化作石头与锈铁。假如青田和齐奢能够预知未来，她会戳瞎自己的双眼，他会拔掉自己的舌。

但没有人知道将发生什么，没有人知道：未来，已经到来。

一粒粒的反光如一只只离开蜂房的小蜂，在空中盘旋了片刻，然后就被卷入了扑杀的捕网。

十丈开外，乔运则眨了眨眼，确定自个不曾看错。他原是奉西太后之命，赏赐过节的点心给几位椒房贵亲，正走在路上就远远望见了一乘大轿。尽管少了平日里盛大的仪从，但宫里头无人不认得摄政王的轿座，统统闪避行礼。乔运则随人群跪倒，一双毒眼却狠狠地瞪视着轿子，继而，他就看见了从窗帘缝隙中漏出的这几点转瞬即逝的光。

乔运则多次见过齐奢，很记得对方的手上常年只一枚白玉扳指，而这显然不是柔和的玉光，这只可能是妇人的首饰所发出的华光。他的目光紧跟着就移向了轿夫的腿脚，脚步略显得滞重。乔运则现在可以推断，轿子里还藏着一个女人，凭直觉，他也猜得到那女人是青田。出神的一刻，大轿早已扬长而去，乔运则扭头痴望着，大半生的爱河沉沦、浮华若梦，全在这已成行尸的男人身上热梭梭地复活；是个散落前世的鬼魂见到了招魂幡，他着魔地、不可抗拒地调转了方向。

“乔公公！”

一条尖细的嗓音唤醒了他，乔运则方才记起身后还跟有两名挑担的小火者。他定了定心神，动了动指尖，若在空中勾脱一根命运之网的经纬，“别做声，跟我来。”

外臣本不得擅入大内，但齐奢又另当别论，宫中上万的侍卫护军太监宫女又有哪一个敢跳出来挡这位“太上皇”的路？大轿径直就抬入了东一长街，至坤宁宫。宫门外尺高的门槛也早有人挪开，任轿子长趋内廷。坤宁宫为中宫处所，自上一位皇后王氏被尊为皇太后移居慈庆宫，空废已久，只有几位守宫的老太监，怅落寂寥。

还是周敦先命这些人连同轿夫一律退出，待人影鱼贯消失，齐奢才与青田相携下轿。周敦留在庭院中望风，二人自往内殿中去。进了暖阁，青田长出了一口大气，终于放眼打量起这金碧楼台的九重禁闼，望向哪里都是新奇，欲向齐奢问一句什么，却见他神色殊然，连素来稳如磐石的双手居然也起了簌簌的微颤。青田知道自十岁离国为质，他再不曾踏入母亲的故居，因此定有许多的回忆——早已被忘却、却一直蹲守在此的回忆——全会如忠实的老狗，从各个角落成群结队地扑出来，撕扯、舔舐它们多年不见的小主人……齐奢被激荡得几不能立足，青田忙伸手将其挽住，但看他真情流露地潮着眼，呢呢喃喃：“变样了，变样了，三十年了……”

此时别有一个深陷往事的男人，正来到宫门外。一开始尾随齐奢的仪轿，乔运则纯粹只是出于骤见青田而不能自已，但当发现所至之地竟是无人居住的坤宁宫，且守宫太监尽被驱逐在二门外，他便知内中必大有蹊跷。一沉眉，计上心头。先向随行的两名小火者叮咛几句，就笑吟吟上前，将牙牌一亮，“奉圣母皇太后旨意，赏赐叔父摄政王花糕八盒。”

坤宁宫的主事老监头一抬，只见眼前是慈宁宫的管事牌子，大红大紫的乔运则公公，一张瘦瘦的雷公脸上就堆起了为难的笑意，“这个，乔公公，皇太后的命令咱是没胆子说个‘不’的，可摄政王爷也说了，任何人不准入内。您没瞧见我们这些个当差的全在这儿？真格是连端茶倒水的也不让进。”

“啧，你怎么犯起傻来了？”乔运则掩嘴凑近老监耳边，压低了声音，神态亦做得很严重，“摄政王这前脚才到，太后哪儿能这么快就得着信，派好了点心，打发我过来？这是太后和王爷事先约好的。王爷说‘不准入内打扰’，就是在等太后的这几盒花糕呢。你别还听不懂，说是送‘花糕’，实际是叫我口宣事关重大的密旨，怕人偷听，所以才叫不相干的人都退出。”

“哦，哦哦，原来是这样。”老监即时也跟着神秘而紧张地扭搓着拂尘，“那好，我这就进去通传。”

“慢着，跟王爷的周公公可是在里头守着？”

“是。”

“我直接进去请他通传就是，万一机密有一点儿泄露，你别枉担了干系。”

一席话破绽百出，却足以唬住一个循规蹈矩几十年的老太监。于是，乔运则和他的两名跟班，还有他那一颗充满了仇恨的心，就一起被畅通无阻地放行。

进入宫院后，乔运则鬼祟一瞭，冲后面歪歪头，两名小火者会意，担着食盒疾趋而入。把守在殿前廊上的周敦一见，惊怒交加地跨下来拦阻，“哎，你们俩干什么的？站住，说你们呢！抬的这是什么？”

两名小火者刹住脚，异常坦荡，“禀周公公，咱们俩是奉旨而来。”

“什么旨？谁的旨？”

“圣母皇太后的旨意，派我们给摄政王爷送糕来的。”

周敦两腮一瘪，淡却的陈年伤疤似埋于皮下的两簇箭头，蓄势待发，“打开我瞧瞧。”

两人装出很受了辱没的样子，不情不愿地将担子卸掉，磨蹭着打开食盒。周敦弯下腰来检审，果见是应节的糕点：夹馅并印双羊的、雕狮子蛮王的、插五色小旗的、撒木犀花的……一块块、一层层，由他明察秋毫的两眼下溜过。如果他背后也长了同样的两只眼，即会在同时看到：一条影，一如花样百出的

重阳糕，由二门前的插屏溜过了庭院、溜上穿廊、溜入殿侧——

“盖上吧。”周敦直起了腰背；背后的影消失了。

对面的小火者们敏捷地扯回了目光，其中一个貌似憨厚地笑一笑，“嘿嘿，偏生这么巧，太后让奴才们出宫给摄政王爷送糕，谁想走到半道就看见王爷的轿子往坤宁宫这边来，奴才们就抄了个近路直接送到这儿。周公公行行好，千万别同太后说起，要不她老人家又要骂我们懒骨头。”

周敦哼一声，摸出两锭碎银扔过，“说王爷谢太后的恩典，东西放这儿就成了。这是给你们的，买几双新鞋去吧。”

两个小火者千欢万喜地谢过，绕过了插屏离去。沥粉贴金的屏面上彩画年久剥落，被风霜啃噬得面目全非，唯有细细地辨才辨得出，画上原是无比吉祥美满的龙凤和玺。

周敦重新站回殿前时，殿后已多出了一个人，自然，是乔运则。

而当乔运则蹑脚紧贴住墙根，所听到的第一束声音就是齐奢——打死他也忘不了那男人冷傲的声音，这时却放得谦卑而低微，一字一句在那里幽诉着：

“下月初九，古北口行在山，将有一场大火、五具尸身。死去的，是摄政王齐奢、其外室段青田，与他们的近侍；留下的，将是一对俗世夫妻……”

不过听到这里，乔运则已凛身一抖。他仿佛看到自个体内重重交错的血管与悬挂于其间的一颗心，这心脏猛地勃振了一下，宛若一只挂在血网中的蜘蛛等来了自投罗网的猎物。

他把一耳更紧地压向窗纸，为防影子投现，缓缓地弓下了双膝。

一墙之隔，则是全然着地的一副膝。男儿膝下有黄金，令齐奢此等男儿屈身一跪的，是一张陈旧的凤榻，榻头有他亲手安放的金香炉与神主牌。香烟弥蒙了灵牌上漫长的谥号，齐奢定目痴望，虔诚致词：“母后，儿臣此去，飘蓬浪迹，四海为家，永无归来之日，实在有愧于祖宗社稷。但儿臣知道，母后定然懂得儿臣，不会责怪儿臣。今后无论儿臣身在何方，照旧会为母后安设神主，日夜祭拜。”他离魂萧然了一刻，向身旁递出手，“来，青田。”扶着青田也在拜垫上跪了，略显赧然地对神位一笑，“母后，这是您儿妃，儿臣特带来给您瞧瞧。只是她现在这样子不能够给您行大礼了，您别见怪。”

青田抚了抚挺出的小腹，细细地唤一声：“皇后娘娘。”又在齐奢含义昭彰的目视下，羞涩地改了口，“母、母后，媳妇是市井俚俗之人，不懂宫里的规矩，也不会说话，就谢谢母后给媳妇生了这样好的一个丈夫，媳妇无以为报，只能回头给您生个白白胖胖的大孙子，母后在天有灵，请一定保佑这孩子。”

这话说得不伦不类，哪里却有些触动心弦之处，齐奢开颜微笑了起来。随心境的平复，他很快就变得多言，拢起了青田，扯住她的手在殿中一会儿绕去这里，一会儿指向那边，眼神时而幽沉，时而朦胧，“我记得有一回，我贪玩跑去到废园里，结果被蚊子叮了一脑袋包，半夜里痒得睡不着，又哭又闹。奶妈哄我不住，母后就让人把我抱来她这里，就在这床上亲自哄我入睡。我要她像奶妈那样给我唱歌听，母后说她是皇后，她可不能唱歌的，这是违制。我不管，只和她撒娇。她最后说只能唱一首，然后就一直唱到我睡着……

“上书房以后，我在这儿的时间就少多了，可也常常一下学就跑来，给母后看今天做的功课。我们当时那位先生是山东人，口音很重，我背后总学他说话，母后一面责骂我不尊师长，一面却笑着把我搂去到怀里……

“后来我的腿被砸断，好几个月都干躺着不能动，母后就时时地守在这儿，事必躬亲地照料我。以前她和父皇拌嘴，我总撞见她偷偷掉眼泪，可那回她从头到尾都没哭过，她就让我反反复复地背诵《孟子》里那一段：‘天将降大任于是人也，必先苦其心志，劳其筋骨，饿其体肤，空乏其身，行拂乱其所为，所以动心忍性，曾益其所不能。’我每背完一次，她就吻我一下。到今天，我还能感到她在我脸上留下的千万个吻，我好想她……”

追随着每一句、每一字，青田亦于眼前的寂寂数椽中看到了齐奢所看到的：一位依恋亲恩的小皇子，一位美丽而哀婉的皇后。在这些幻影间，她分享着丈夫最珍贵的儿时回忆，一心的幸福和感伤。情不自禁处，将双唇摁于齐奢的大臂，隔着他衣衫轻轻一吻，温柔似水。

花格窗外，却有如火的妒忌，在越来越疯狂地燃烧着一个孤独的、被阉割的偷听者。

天色渐变，有些半阴不晴的，日晷的指针逐格东移。齐奢与青田终由坤宁宫正殿步出时，周敦指着院中的两抬点心一五一十地汇报一遍。齐奢再三问过，确认那两名火者并不曾靠近殿前一分，便不再深究，乘轿而去。

被遣出的宫人们这才各归各位，管事老监进院时碰上了独步外行的乔运则，后者仍摆出密使的架子，说摄政王专有吩咐，今日之事不可外泄半分，否则性命难保。老监惶恐而应，惴惴遥望着乔公公的背影飘飘洒洒，消失在一带赤墙后。

不出一刻，乔运则已有如天庭信使，足底生风地回到了慈宁宫，郑重一个大礼，“奴才给主子道喜。”

西太后喜荷早由先前折返的两个小火者嘴里听了个大概，正自心焦如焚。一见乔运则这般，立即摒绝余人，顿足发急，“别卖关子，快说。”

乔运则白苍苍的脸容泛起一个笑，露出一口细米牙，将一个个字嚼碎了，细密而湿濡地口哺给喜荷的耳朵。

喜荷所戴的明金额冠面珠低垂，一似满头的风雨，淅沥有声，“你可听得真切？”

“真真切切。”乔运则脸微低，两眼直直地挑视前方，“虽然是只言片语，但摄政王与段氏确凿无疑是打算在重阳节当日于古北口行宫佯死逃匿。”

喜荷向后靠住了麒麟雕椅，沉思了似有整整一个鸿蒙之久。而后，她露出了一种深怀戒备却又跃跃欲试的神情，“我倒要看看老三这次耍什么花招。运则——”

“在。”

“你去乾清宫跟皇帝说，为保这次他主持的重阳庆典顺利进行，我要去大隆福寺斋戒祈福，做整六天的法事，其间不许任何人打扰。”

“是，奴才这就去。”乔运则急切的脚步行出一截又停驻，他的人好似是一段泛黄的往事，在惨淡日照下森森回首，“主子，您该不会真是去大隆福寺吧？”

在得到了对方嘴角一对冷汪汪的笑涡后，乔运则也就斜挑起嘴角笑了，“哦，还有件事儿，今儿让给康王和王妃送去的花糕，太后还得重备一份。”他轻拂衣裾，旋踵出殿。

喜荷坐在自己的座位上一动不动，枯瘦的面颊似掠过了哀蝉的凄奏，又似峭立着，一树碧无情的晚秋[1]。

十一

九月九，古北口。

共有三支队伍，向着这六字进发。而其间每一个人物的夙命均会如一段

[1]（唐）李商隐《蝉》：“五更疏欲断，一树碧无情。”五更天的蝉鸣已稀疏得将要断绝，一树的绿叶却不为所动，碧绿依旧，显得是那样冷酷无情。诗原是借秋蝉之口抒发诗人宦途的不得意，此处单拜借蝉与树的意象，为己一用。

零落的唱腔，最终于这一天、这一地，完整拼凑成一首悠远的古谣。

第一队人马，属于齐奢。九月八日清晨来到了距古北口长城仅十几里的一座山，山上有当年为阅兵所建的行宫，故称“行在山”。齐奢命人就在山中搭棚扎彩，以备次日的赏菊会。

第二队人马，是喜荷。以隆重招摇的排场，她在九月六日直趋大隆福寺，但自入住禅房后就闭关修行，日常居食只由几名宫女传递照料。毋庸赘言，真正的西太后早已乔装隐匿快马出城，在九月八日正午抵达了与行在山呈犄角之势的一处私驿。当晚，其心腹乔运则只身驱马至二十二里外。本该是一片荒芜的空地上，此际却竖起了顶顶营帐，帐外点燃着数十支烨烨火炬，一片红光中，乔运则驻马。就在这里，他见到了第三队人马。

自两行雁翅排开的人群中，走出了他们的头目。身穿青布衣裤，横腰系着大板带，看起来就是个走江湖的汉子，只一条衣袖却空落落地束起，却是个独臂人。他将仅有的一条手臂往地上直拄下去，参行了一个大礼，“老师。”

乔运则滚落马背，将其搀起，“义少爷。”

独臂人抬头，露出了吴义的脸庞来，深望乔运则。两对眼眸的交汇处，倒映出一幕幕已逝的隐情。

一年前，吴府为新生儿举办周岁宴，宴毕，吴义留乔运则相谈。这时，一位名叫张华的仆役送上了醒酒汤。

“少爷喝多了，坐下来歇一歇。”乔运则把吴义搀扶去桌边坐下，一面把脸转向了门前，“张华，来喂少爷喝汤。”

吴义却别过头，又将手臂一抡，“我好好的，清醒着呢，张华你出去！”

吴义有功夫在身，力气过人，随意一推就把张华推得一屁股仰跌去地上。

就在这瞬间，乔运则的目光无意间从哪里掠过，猛然一亮。他回身递出手，把张华从地下拉起。张华苦笑着拍了拍屁股，去地下收拾打翻的汤碗。

吴义又伸脚朝他肩上一蹬，“听见没有？叫你滚出去！”

张华歪了歪，赶紧把几块碎瓷片捡去了托盘里，佝偻着腰身出去了。

乔运则盯着房门合起，便扭回脸来转盯住吴义，细长的睫垂罩于他的瞳仁前，犬牙交错。“少爷，我有话和你说。”

乔运则预备说的是，他刚才瞟见张华的腰间系着块铜牌，他怀疑他是镇抚司安插在吴家的细作。但可惜的是，吴义没给他说话的机会。

“不，我有话和你说！”

之后，吴义就把自己钦犯之子的身世、自己曾奉东宫之命嫁祸西宫的秘密统统对乔运则说了个干净痛快。

乔运则目不交睫地听着，一脸莫测。

吴义自始至终耷拉着脖颈，两腮、两眼全被酒焚得火红，“不该这样的，我这辈子不该这样的。不该这样的……”他的口齿越来越黏，把一句话说了又说，头和眼皮也沉了又沉，“老师，你这辈子也不该这样的，是吗？我们之所以变成这样，全怪一个人，只怪那个人——”

乔运则正待回答，双瞳却像被线用力地一扯，牵向了窗边。

“谁在外面？”

他接着把声音提高了一分，“外面是张华吗？快进来，你家少爷醉过去了，打盆冷水来给他擦擦脸。”

在行所无事的外表下，乔运则的心重重地打了个冷战。他明白那个张华根本就没走开过，而是一直躲藏在窗外，听到了一切。

窗外立响起一声：“来了！”张华嗟叹着推门而入，“唉，乔先生，少爷就是这么让人不放心，又醉成这样！大喜的日子，您说说……”絮絮叨叨地捧过了面盆，乔运则伸手来帮忙，谁知手一错，撞得小半盆水都淋淋漓漓地浇去了张华身上。

乔运则惊一声，又连说了几声“对不住”，两手就替张华扑打起衣衫来。

他灵活的手指拂过对方的腰，将衣襟上下地撩动着，就切切实实地触碰到了、窥看到了那块鱼形的铜牌。

张华忙后退了半步，“先生，不敢当不敢当，小的没事儿，这会子先给少爷抹把脸，架去床上睡吧。”

乔运则收回了手，把沾湿的手指揩一揩，“你且去换一身衣裳，这儿交给我就好，我来照顾少爷。”

“那就拜托先生，我去一去就来。”张华抖了抖湿透的衣襟，合起门出去了。

吴义业已趴倒在桌上，嘴里还在嘀嘀咕咕。乔运则朝他望了望，端起了剩下的半盆水。

后来发生了什么只有吴义和乔运则两个人晓得。乔运则把冷水倾盆浇在了吴义的头顶，还没等后者的惊跳落地，他就又接着给了他重重的两耳光，然后对着那双被打醒的、带着惊骇与残酒的眼睛，又冷静又残酷地说：“义少爷，我说的每个字你都给我认认真真地听好，不要发问，只要按我说的做。你们的家仆张华是坐探，他已得知了你的真实身份，我猜他现在就在告密的路上，最迟不过两个时辰，镇抚司的番役就会上门，你必须立刻出逃。”

吴义脸色煞白，水顺着他的头发往下流淌着，使得他像一尊正在融化的雪人，冰冷而瘫软，“张华是镇抚司的人？”

“我说了，不要发问。带上家里所有你能找到的银票，骑上最快的马往南跑，除非马一头跑死在大路上，别停下，其他的事情交给我。”

“为什么会这样？是不是我说了什么？我记不清，我头好疼。”

“就在你废话的这时候，镇抚司已经开始替你挑选逼供的刑具了。你不马上走，就永远也走不了。”

吴义的两手向上托住了自个的脑袋，左右摇晃着，仿佛要给它重新找个地方安放，“不，我不走，镇抚司抓不到我，一定会逮捕我的父母妻儿！我会害死他们！”

“别说蠢话，你的父母妻儿已经是死人了，只不过自己还不知道而已。多耽搁片刻，你就会和他们同一下场。”

“那就一起死！既然他们是受我所累，我又怎么能独自逃生？我做不到！”

吴义浑身都在抖，抖得仿佛会犯癫痫。乔运则抓住了他的手，把它们握进自己的双手中。这双手又冷又潮，但极其坚毅，极其稳定。“你做得到。你才自己说的，你姓邱，叫邱志诚，你父亲当年差一点儿手刃摄政王，以至三族被夷，你是他儿子，你也是个大英雄，你什么都做得到。”

吴义的头低垂了半晌，又仿佛是毅然下了决心的样子，猛烈地朝高一抬，“好，留得此身在，十年河东十年河西。那老师和我一起走，你在这里一样是个死。”

“不，我不会死，我自有办法。”乔运则抽回了两手，面孔上闪现过一丝欣慰，“脱掉你的外衣，赶紧。”

“什么？”

乔运则摇摇头，直接抽出吴义拴在腰里的一把小匕首，卷高袖筒，一刀就划破了自己的手腕，让血滴滴答答地落上地板。“外衣！”他再一次喊道。

“啊？哦！”吴义手足无措地解下了外衣。

乔运则一把夺过，用它堵住了暗红色的新鲜伤口，而后用燧石色的双眸盯住了吴义，“在你逃难的路上，除了时时地回头看一看追兵，记着时时地回头想一想，你被同一个人灭门了两次，就是这个人，让你除了这条命什么都不剩。那你就把这条命，好好地给他留着。老师教你的那首诗没忘吧？‘天生我材必有用’。你和我二人这一身通天抱负、这一身血海深仇，绝不会白白浪费，总有一天会派上用场，派得上大用场。走吧义少爷，后会有期。”

房间的门打开，乔运则独自走出来，又回首一顾，就匆忙而坚决地离开。

随之，就是吴家的连坐惨案，许多人死掉，许多人被遗忘。但乔运则一刻也没有忘记过吴义。

一年后，乔运则终于自净身师手中赎回自己被阉割掉的性器的那一天，他捧着一只久别重逢的米升，漫无目的地满城游走。他的人和他的人生，一样地不堪回首。然而他却回过了头——这一刻，有谁在他肩后轻拍了两下。

乔运则的两眼徐徐透出了精光。他怀抱着装有自己生殖器的米升，面对面地看清了背后的那个人：吴义——黑了，瘦了，还少了一条胳膊，但这个人就是吴义。

这是乔运则在一天当中第二次，久别重逢。

是夜，二人在曲室中剪烛密谈，谈起到前尘旧事，乔运则的两眼发出磷火一般的阴光，“和你告别后，我直接去了镇抚司，向他们揭发你。你猜负责讯问我的人是谁？——张华。他果然已先我一步到了那儿，都预备着带人回去拘拿你了。我看见他装作大吃一惊、万分后怕的样子，我对他说，我一听说你是邱若谷之子，深知事关重大，绝不敢隐瞒不报，我本来想趁着你醉酒先将你捆绑起来，谁想被你发觉，意欲逃走，我和你厮斗中刺伤了你的胸口，眼看你往北逃去。你还记得你那件外衣吗？我用自己的血染了它，又撒了两把辣椒面在里头，丢在了去镇抚司的路上。猎犬找到那件衣服就用了个把时辰，嗅到辣椒面鼻子又废了，有这半晚上，你早已远离了是非之地。而我，也因镇抚司对上变之人例行的优容，从而得以免遭牵连，调入慈宁宫。你呢义少爷？看你这样子，似乎逃难之途波折重重？”

吴义的身体又恢复了少年时的精壮，脸上的皮肤与神情一样粗犷，看起来比他实际的年龄大了十岁还不止。他那晚穿着件油栗色的丝绒长衫襟褂，褂子左边的袖口扎了两道细带。他抽开细带，把里外两层袖口一掳到底，露出了段光秃秃的截肢来，“看起来可怕吗？跟我后来的经历相比，断掉一只手简直像挠痒痒。也没什么好多说的，总之，我越过了层层关卡，最终在湘西扎下了根，我现在可以说是‘落草为寇’。这话说起来就长了，十来年前，为剪除外戚王家势力，摄政王曾大幅裁撤湘鲁二军，有些世袭军户，虽遣散时分得有几亩薄田，却习惯了吃军粮，不愿做那稼穑的营生，又个个持械好斗，就一拍即合，占山为王。他们原就对摄政王刻骨仇视，听我坦白了身世后，就收留了我。不久后，我想法子干掉了他们的头目，成了新大王。”

吴义笑了笑，但在那笑容中找不出一丝喜悦，如同在苦瓜里榨不出一点甜，“恰好前一段京中局势巨变，突然间传出皇帝亲政在即的消息，我一听说，索性就直接进京打探虚实，如今看起来，十停有九停传言竟能成真。可又有谁不晓得，摄政王不过是为了堵住天下悠悠众口，让少年天子做一个傀儡罢了，皇帝与两宫太后孤儿寡妇、根基薄弱，哪里斗得过他的手眼通天？但不管怎么样，既然摄政王自己放出了亲政的话，又解除了宫中软禁，就是个千载难逢的好机会，一旦他出现任何不测，皇帝就能够顺水推舟地当家作主。老师你眼前是西宫太后最宠信的人，就请你转告太后娘娘：‘明枪易躲，暗箭难防。’”

乔运则的手抚了抚腰间的马上封侯白玉带扣，玉越细腻，他就越觉出自己手指的粗糙，“义少爷，你当真愿意搏命一试？”

吴义依旧是一笑，“不是我，是我们。摄政王素有微行之好，但自从当年与我父亲狭路相逢后，再不敢大意，即便不用仪仗清道时，周身也都跟满了便装番役。我一个人想穿过重重的警戒接近他，简直是自取灭亡，但几十个、上百个人对付一队护军，也未必就没有胜算。这一回，我把弟兄们都带出来了，他们早就对绿林生涯心生倦意，不是被逼上绝路，谁甘心在那等鸟不拉屎的地方当缩头乌龟，一辈子靠打家劫舍来度日？”

“他们虽视摄政王为敌，却未必视死如归。万一有人怯而泄密，后果堪虞。”

“我只告诉他们，京里有一位贵人想除掉他的对头，替他干成了，下半辈子金盆洗手。我会专挑摄政王便服时行动，真正动手前，我的兄弟们都不会知晓目标是谁，而一旦动手，就来不及后悔。成功后，我会自己解决剩下的活口。毕竟，他们并不是我的兄弟，而暗杀总归是暗杀，法不传六耳。”

“那么这位贵人该当如何酬谢？”

“倘若事成，望太后下令撤掉对我的通缉，赏我个前程。倘若事败，我只当为先父的遗志赴难，绝不怨天尤人。”

乔运则终于缓之又缓地点点头，“我会转告太后。得到答复以后，如何联系到你？”

吴义嘁嘁喳喳地说了几个字，后道：“捎信去那里就成，不用署名，我认得老师的字。”

九月初的某一天，一封没有署名的信被默默放在了某个地址。几天后，乔运则与吴义就一同站立在荒原上一顶顶火光明灭的营帐间。

吴义将乔运则延入了帐中，二人的影子倒映在帐幕上，声音则被帐外的野风淹没。直到很久很久后，一阵突然爆发的笑声打破了风的寂静。

帐内，一只小泥炉，一壶烈酒。

吴义用仅有的右手端着粗瓷大酒碗，深深地眯着眼，“西太后怕风声外泄，定然不能动用官军，但她为什么肯相信我们这一支乌合之众？”

乔运则舌尖一卷，似一位爱郎舔舐情人的柔唇般，细舔去自己唇上的一层浮酒，“因为她相信我，而我相信你。”

吴义哈哈大笑，放下了碗，把颈子往前一探，“老师，我只剩最后一个问题，摄政王这次带了多少人？”

乔运则也一笑，竖起了一只手掌，“五个，其中三个男人——不，两个半。”

“当真？”

“当真。”

“老师，你知道我有多少人？”

“你有多少？”

吴义伸出了两根指头，“整整两百个，全是响当当的兵勇出身，现在是杀人不眨眼的土匪。”

二人衔杯而望，望着望着，手中的酒就全泼出来。他们笑啊笑啊，笑到一直淌下了眼泪。他们的父母、他们的女人、他们的孩子，包括他们自身，都受到过同一个仇敌不公正的戕害，现在，是公正降临的时刻。

栖息在帐顶的风为逃避这凄厉的笑声，一个筋斗，就回到了无止境的流浪中。

一里地一里地的黑暗与荒凉后，有一扇大开的窗，风便直接吻上了迎窗而立的女人的脸。许多又冰又刺的风的吻，令喜荷冷静了下来，她就着风，让所说出的每个字再度被吹回到自己的耳畔。

“十多年前，我自隆福寺孤身离京犯险，为的是救他。十多年后我故技重施，为的，却是除掉他。当真是世事难料。”

肩后有一声叹息，玉茗探过了身来，关上窗，“主子别站在风口里，仔细着凉。”

被拒之窗外的风只好又徘徊着、凄鸣着，在残垣断壁的古长城下，寻觅另一扇摇烛烨烨的窗。

窗底烛边，青田紧拥着齐奢，把自己埋在他胸膛里揉擦，“不知怎么了，心慌得厉害。”

“别担心，过了明天，一切都会好的。”齐奢擦净了青田被发丝打乱的颜容，呢抱轻躯。

他张弛有度地展开着她的身体，再把自己的身体放进去。青田横在他身前，递过了舌尖与他交吻，齐奢把兜住她小腹的右手接着下移，指尖摁住了一朵花的芯子，一个女人外露的心。青田渐变得放松而投入，继而是主动且饥渴，狂野地、急迫地索要着。齐奢一次又一次、一环扣一环地，把她，也把自己，一层层向终局的高潮推进着。高潮来临时，是极致的酷烈，是痉挛之美[1]。

露明星黯，隐隐潜潜。一动不动交叠僵硬的两具躯体却又一丝一丝地复活。新续了明灯，像之前那死去不曾发生过一般，抱搂着取暖，晏晏笑谈。回旋在窗外的流风终不耐凡俗男女的床头絮语，起舞归去。

风，吹落了空枝上的末一只秋蝶。这一夜的月，在所有人的上空升起了，恩怨无端，婵娟与共。

十二

夜尽云开，红日东升，向着九州四海，浓艳地倾下万斛秋。

这一日是重阳节，天气却出奇地好，无风无雨。北京城中的紫禁城，庆典拉开序幕。王爵大臣、翰詹科道摩肩擦踵入东华门，各按品级序列，在礼部和鸿胪寺的鸣赞之下三跪九叩。与往年不同的是，叔父摄政王并未出现在贺节的队列前，而久未露面的皇帝齐宏则端坐在金台上。青年天子瞧起来格外地意气风发，不知是因病体痊愈，或只因少了那魁梧如神的叔父在一旁的比照。接下来的赐茶、赐午膳、赐酒、赐文绮珍玩、赐入座听戏等一系列仪注，齐宏开始还稍显生疏紧张，但不多久即捭阖自如，举手投足皆不失一位君王的尊严。他在进上来的戏单子上亲笔圈点了戏码，于是，喜庆大戏、轴子杂戏、

[1] André Breton *Nadja*:《La beauté sera CONVULSIVE ou ne sera pas》.（安德烈·布勒东《娜嘉》:“美是痉挛的，否则就没有美。”）

热闹武戏、唱功清戏、生旦情戏、小丑谑戏……载歌载舞直演到申初。随即，又是晚宴。齐宏独据金龙大桌，健啖而健谈，不断地大笑，不断地给戏子们放赏。

座下的王侯臣工们，心却全不在戏台，而是各品着台下的一本大戏：监国近二十载的摄政王未出席、曾一度垂帘听政的两宫太后未出席，齐宏的这台独角戏，是否说明他已摆脱了桎梏，而将真正地登上政治舞台？那么，就意味着权力场的又一轮福祸荣宠、生死浮沉。越琢磨，诸人越觉得天厨珍味味同嚼蜡，只坐立难安地，看一轮庞然的血色斜阳在红墙顶收起它最后的光芒。

时届黄昏后、入夜前，天空呈现出一种暗调的青蓝色，笼罩着城中城，也环抱着百里之外的山外山。望之不尽的山峦间，行在山一峰独秀，画阑风清。摄政王也于一早就开始在行辕张宴作乐，松涛叠翠的亭中，戏子们唱了又唱，水袖乱抛，抛不断的一折折红尘万丈。

乐声飘入了行宫深处，深及地底的御酒窖。许多贴着黄签的酒坛被一一破开了封口，周敦立在它们间，把一大包白色的粉末挨个撒入每一只坛中。等他走出来，已是山风透骨，灯昏音稀。亭中一个十来岁的小戏在唱着套苍凉的大曲，对面殿内的一桁珠帘后，齐奢与青田相偎而坐。齐奢身穿鹔鹴裘，头戴紫貂冠，青田以一件高腰襦裙盖掩着身形，胸前垂下缕缕的玫瑰晶瓔珞。周敦走去他们身边说了寥寥的几个字，齐奢听过，一手就放肆地把青田揽入了怀中，在她耳畔嘀咕着，乐得穷相极态，不知为什么，或许只为了这山上离宫宫上楼，宋玉无愁亦自愁[1]。他带笑骂了句脏话，拍着桌子下令，将御酿的菊花酒分赏众人，从侍卫到仆役、从厨子到马夫，每个人。

[1]（唐）李商隐《楚吟》:“山上离宫宫上楼，楼前宫畔暮江流。楚天长短黄昏雨，宋玉无愁亦自愁。”

交子时，北京皇城的大宴收场，与宴者们带着倦容揖让话别。行在山也已戏终席散，却是一片肃静无哗，只有此一起、彼一落的鼾声，连戏子也身着杨贵妃的行头，醉洒百花亭。齐奢眼光澈亮，缓缓地起立，携青田离开了这狼藉的酒场。

周敦与何无为开始检视每一座殿堂、每一所房间：有人趴在案上，有人窝在床下，有人头枕着杯箸斜倚桌旁，有人手握着长矛蜷缩墙角……人人都昏睡不醒。他们里里外外全看过，就打开了一间放置杂物的房间，里头横七竖八地躺着同样深眠的五个人，三男两女。周敦与何无为将这几人一一抬出，运送到正殿东庑门外的一所小殿内，殿名“兰泽”，正建在行在山的温泉眼上，是洗浴的汤池。

当最后一个人被摆放进浴池边软帷包罗的绣床里，齐奢便走近来，将一支松油大炬向一截短烛上燎去。火焰“轰”一下腾起，扑亮了他深重的容颜。

青田在一旁和莺枝紧紧地握着手，声音有一丝微颤，“三哥，他们要替咱们活活被烧死在这里？”

齐奢将火把交予何无为，表情就隐没在昏暗中，“这些人本都是死囚，该当弃市，如今以咱们的身份死在皇家行宫中，是他们做梦都想不到的福气。灌了许多酒，又有蒙汗药，醒不过来的，不会有一点儿感觉就过去了。对他们来说，是仁慈。”

话音方毕，已听见了毕剥之响。只见何无为手举火把，将精美的垂帘丝幕一一点燃，又顺手撩翻了数盏宫灯，边焚烧、边咳嗽着往外退。烟气却已先一步冲出，一胀一胀地放着光。

齐奢护着青田远远地走开，抚一抚她身上的软絮斗篷，“车子备好了，你们先走。”

青田回首一望，就见周敦守在一辆马车旁。她重新转回头，眼底竟有莫名的泪意迸出，“我等你一起。”

“我要亲眼看着火烧完，不能出一点儿差错，否则后患无穷。火场里气味难闻、残骸可怖，你怀着身子，别见这些东西。去吧，我晚些就来，明儿一早出关。”

青田明知只是分离一会儿的时间，可蹿起了满天的火舌却仿佛在嘶念着什么邪恶的诅咒，照亮了一些什么不可见却巨大而可怕之物。她的心惊惶得不得了，泪水簌簌地往下掉，万分不舍地两手一块扯住了齐奢，把他一手直捧来唇边，哭着吻，拿额头吻、拿眼皮吻。齐奢另一手把她拢过，轻轻地拍打着，“好好的，别这样。”

青田却哭得更凶，她突然圈上了手臂箍住他，直接把舌尖抵入他齿关，在里面翻江倒海地翻腾着，像在寻找一个保证。良久良久，她才肯松开手。齐奢依旧俯着些身子，一壁抹去了唇上的胭脂痕，禁不住发笑，“怎么？难道怕我诓走了你，自个打道回府？”他咬着她耳朵，把一个信封快而隐秘地塞进她怀内，“小姑奶奶，你听仔细，这是爷的全部身家，押给你作保。你千万收好，若丢了，咱夫妻俩可就真只能一辈子关外牧羊了。”

青田在扑来的烟雾中大嗽不止，哽咽不能言。

齐奢拢着她避开两步，向不远处的莺枝手一招，又笑着往青田的泪颜上抹一把，“小傻瓜，马上就永远在一起了。”便将她往前一送，送入了莺枝的手中。

青田被莺枝搀扶着，一步三回头。上车前，周敦替她掀开了车帘，她回眸凝望而来：齐奢背向着起火的宫殿，轮廓被火光打得一深一浅、一明一暗地闪耀着，似一尊悬在忉利天上的金星。她看不清他什么表情，只看见他把右手举得高高的，向她简短地挥一下，是一个短暂的、轻易的离别。

车子滚动了。青田靠在莺枝怀内，呆呆地盯着车帘子一扑一扑。她忽记起多年前，她和他在草原上一次猝不及防的分别，青田有些明白了：他们重聚的时刻，会比她预想得晚一些、多一些波折，但总会来临的。她不停地想着齐奢最后那句“马上就永远在一起了”，逐渐觉出了心安。空旷无边的古道上，车子走得平稳有节。车辕上，周敦跷脚而坐，把两手浅捅在袖内，低低吹起了口哨。

凄楚悱恻的荒夜尽头，火光在一分分地微弱、一分分地黯淡。

十三

齐奢与何无为望着火一路烧上浴池的白玉台基，烧进满池的温泉里，滚沸着熄灭。

他们扑灭了余火，检视了那些已永远熟睡的焦尸，以及即将苏醒的见证者们,就在满地的灰烬中跨上了马背。一切都顺利得出乎意料。他们催马下山，快到了山脚下，何无为率先发现了异常，随之齐奢也注意到了，他们一起勒紧了马嚼子，抽出腰刀。一阵如同惊蛰般的骚动后，百种毒物从土地里钻出，一个、两个、三个、四个、五个、六个、七个……越来越多的人与马匹从四面包抄而来，众小幺手持火把，照亮了领头者——

吴义挂着丝狞笑，咬着牙说道：“兄弟们，那个骑白马的，要活的。”

齐奢从来没见过吴义，所以他认不出这个独臂人的脸，但他认出了他脸上的仇恨。冷汗瞬间湿透他全身，他和何无为对望了一眼，他们并肩打过许多仗，但却从未打过，两个人对两百人的战争。

没有奇迹。他们一败涂地。在料理了对方近五六十人后，齐奢坠了马。何无为下马来护主，两个人背靠背地又应付了十来个，何无为就倒下了，被刺成了刺猬，临死前挣扎着用全身覆住了齐奢。齐奢在他托付生死的侍卫的血尸下，束手就擒。

战争的失败者叫作战俘，而战俘的处境，也就是齐奢眼下这般。浑身的血、伤、脏，手脚全上了铁镣，脚上的铁镣扣进地上的一根拴马桩，桩子就直接打实在帐内的地面。帐子不算大，但再容纳两个人却绰绰有余。

他们一前一后地来到，前面的是喜荷，后面的是乔运则。

齐奢的反应激怒了他们，他举起带有划伤的眼皮朝他们一瞥的样子，绝不是个俘虏该有的样子，反而像位帝王，很惊异地在自个的皇宫中见到两个招摇过市的小丑。这一瞥，令喜荷和乔运则更加同仇敌忾。就是这个自大的男人和他下贱的女人，让他们俩双双成为被抛弃者，让嫉妒的毒牙在他们心肺间日夜刺咬，把仇恨的毒液注入了血管，把人变得不疯魔、不成活。

但如同所有最疯狂的疯子，表面上看起来，无论喜荷或乔运则均是这样地聪慧而理智。她在他所搬过的一只矮凳上曼身落座，向地下的齐奢居高一睐，“三爷，没想到吧？”

“没有。”齐奢半靠着马桩，伤痕累累，说话时有血丝自他的齿根渗出；但他的声音却很稳定，带有着近乎于冷漠的平静，“如果我现在在想什么，就是曾有一个人，在他死前告诫我要小心太后您。”

“哦？”喜荷开心地笑起来，巍峨耸立的高椎髻上珍翠曼摇，她轻巧地将手指于耳下的錾花飞鱼坠绕一绕，“不过在我看来，三爷该小心的却是自己。如果不是你自己先杀死了自己，我纵有天大的本领，也无法动你分毫。”

“诚如太后所言，我已自己杀死了自己，再把一个死人杀死一遍，有必要吗？”

喜荷干笑一声，抱住了两膝，“三爷，你是犯有谋逆大罪之人，万死难辞其咎。死两次，并不过分。”

齐奢沉重地抬动了一下擦痕密布的手腕，铁链子发出“哗啦”一响，似有一件什么巨大的器皿当空破裂。“假如我当真是谋逆之人，皇上今日就不会有单独秉政的机会，甚至在很久前，他就没了命。”

喜荷不置可否，只把两根又长又尖的金箔护甲高高地翘起在眼皮下，“除了公仇，三爷应该很清楚，你我还有私怨。这个人——”她头也不回，单把手腕轻慢地一翻，意指其背后的乔运则，“他恨你，因为你把他给阉了，叫他当不成男人。我恨你，因为我本可以成为最好的女人——我已经是了，但这女人却又被一点一点、一天一天地杀死，一场长达数年的凌迟，刽子手，就是你。”

齐奢“呸”地往地下吐出口血沫，嘴角偏去肩头上一蹭，压根不屑向乔运则一顾，“不用我阉他，他也不是个男人，从来就不是。至于太后，我只能说，对您，齐奢问心无愧。”

“这么说，三爷并不打算道歉？”

“如果道歉对太后有用的话，太后和我眼下就不会坐在这里。”

“三爷错了，如果你愿意道歉的话，我很乐意原谅你。”

“太后！”乔运则磨牙霍霍，却慑于女主人一个严厉的眼神，凝立当地。

喜荷又转脸向齐奢扫量了半晌，直到确定他确实燃起了一缕希望时，才气定神闲地开口：“解铃还须系铃人。你我之间的罪魁，相信三爷很清楚是谁。只要你点头，我会立刻派身后这个人前去拜访，这个人已向我再三地请求，他说，他会亲手剜出那颗‘朝三暮四的、婊子的心’——你是这么说的吧？”喜荷向乔运则斜斜地瞄上一眼，饱含着嘲讽的笑眼就又投回到齐奢面上，“等那女人血淋淋热乎乎的心脏被送进这帐子的一刻，三爷就可以不用死了，一次也不用。你会跟我回京，还政于皇上。我保证，绝无送交宗人府或圈禁之事，相反，除了权力，三爷要什么，我就给什么，你会以有史以来最为尊贵的亲王之礼，荣耀贵盛过完下半辈子。”

齐奢不置一词地听完，咳嗽两声，又朝地下啐了一口血，“或者？”

“或者——”喜荷把脸变了一变，阴狠尽露，“明天天明等行在山的那班人醒来，你酒醉被烧死在兰泽殿的消息就会传开，而早在那之前，三爷就已毙命于这帐中。叱咤一世、号令天下的摄政亲王，会被一群见钱眼开、连你是谁都不清楚的小人物大卸八块、弃尸荒野，再被土狗从地里刨出来，吃得连骨渣子都不剩。而我，保证有生之年绝不碰你的女人，”她又朝身后一瞥，补充道，“也不会容许其他任何人碰她，她可以安享天年，做你的寡妇。就是说，你们俩永远不可能在一起，但你可以选择，死别的那个，是她，还是你。”

“就是这样？”

“就是这样。”

“我怎么知道，太后会遵守承诺？”

喜荷由凳上起立，齐奢这才注意到，她居然穿着一身九龙四凤的五彩礼服，像来参加一起大祭礼。她对天，竖起了中间三指，语调铿锵：“我，当今圣母皇太后詹氏喜荷向皇天后土和列祖列宗起誓，方才对叔父摄政王所许之诺言，我必定谨遵谨行，若有一丝违誓之举，则天地不容，祖宗不佑。”一顿后，她增添了一句话，“我儿齐宏，社稷不保，身死国灭。”

空气中发出了一阵轻微的、古怪的异响，如砝码令一架天平平衡的声音；如渡桥，笔直地伸向彼岸。

喜荷盯进了齐奢的眼，一手扶膝，单腿跪倒在他面前。绮丽的裙面在地面铺展，绽放出巨花。

“现在，该你选了。”

静默。

极其漫长的静默。

宛如入定老僧，齐奢血痕交错的面颊无一丝多余表情，仅只轻轻地，阖起了双目。

通往现实的大门被关闭了，他不用再面对这帐中的人和物，他可以面对任何他想面对的：无垠无涯的仲夏草原，身体倒下去，下头有软的、蓬的、一浪接一浪的草把你接住，你把头一偏，就看到了并卧在身畔的爱人，你们的眸子同样被阳光晒得金亮金亮，亮到好似从没在这世界上见到过任何的丑陋和伤害。她渐渐学会了怎么把鞭子甩得又响又漂亮，一面有板有眼地唱着无比感伤的牧歌，一面老远就拿洁白的牙给你个没心没肺的笑。你的大孩子已经长到你膝盖了，你蹲在他背后，把他一对幼小的手掌攥在手中，对准天空上最彪悍的一只雄鹰，助他拉开第一张男孩子的弓。女孩子，咿咿呀呀地坐在妈妈怀中，艳羡地一根根摸过妈妈秀长的眉和睫，丝毫不知道一个青春的工夫，她就会长出一模一样的、叫所有经过她家门前的小伙子全颠倒得睡不着觉的好眉目。再过上几年，你们会在江南的一处富贵门庭，就着窗外的梅雨和桌上半残的酒菜，品藻英华，顺便笑谈起那一年秋牧走失的一只小羔羊。你们走过了东西南北、春夏秋冬，踏遍了名山和大川、重镇和小村。有天你们累了，就拼凑着记忆，选一片最美的水乡做故乡。安定的日子，是日复一日的生活和琐碎。你们大早起就开始看对方不顺眼，没事找事地摔锅打碗，你们斗嘴、斗气，气得活像两只发疯的猫，你们面目可憎地打架，然后在晚上和好，在床尾和好。你年纪越来越大，年轻时的旧伤一到阴天就发作得厉害，她好心送你一根手杖，却被你赌气给扔得远远的。然而你真的连门槛子都跨不过了，她就倚在那儿嗑瓜子，一面看你的笑话，一面重讲着她给你讲的第一个笑话，趁你怄得咬着牙笑时，她再次把那该死的手杖递了过来。这一次，你老老实实地接了。但不平等的是，当她为了再难遮掩的白发而闹脾气时，你就不能挖苦一个字，你得拿出最庄严的态度来跟她起誓，她比家里头刚买来的十二岁的小丫头看起来还要年轻和水灵，真的，嫩得能掐出水。再经过几年，你们就再也不愿换地方了，在陌生人眼中，你会是个一辈子都没离开过这小镇的老乡绅，总在晚饭后同样的时间顺着同样的路遛弯。一边，是磨白了的拐杖，　边，是磨白了青丝的她。而对于她在耳边的絮聒，你完全不用当真理会，只用隔一阵“嗯”一下就行了。好多好多年过去了，你的子子孙孙们一大家子为你庆贺大寿，你老得正吃着酒就打起了盹。梦里，你依旧是年轻时的模样，雄姿英发，坐在紫禁城皇极台的最高处，离边上那空空的龙椅只有半步。接着你下巴一点，醒过来。你看见了每一个孩子也已成熟而沧桑的脸，记起他们每一个在你和你妻子手中蹒跚学步的样子，你看见了你的妻子，一个被岁月遗留的老太太，正笑微微地盯着你，你也就笑了。你心里涌起了一句话要同她讲，但可不能为老不尊地当着孩子们，所以你拼命地记，你现在的记性坏得可以。不过这句话，你一定会记得告诉她，这是句好甜蜜的话。她会笑，笑得仿佛一颗皱巴巴的小核桃。可她的瞳眸里不会生出一丝的皱纹，它们仍是二十岁一样的光滑和光华，一生的没落与荣耀、哀伤与喜乐从那里慢慢地溢出，宛如一位绝色女子向等在窗下的情郎，放落她丰盛的长发。

齐奢盯着青田的笑靥，微微地牵动了嘴角。他离她、离这所有的一切是这样近，近到只需迈一步、伸出手就够得到，但——他睁开了眼——他脚上有镣铐、手上有镣铐。齐奢觉得不公平，不公平极了；就差这么一丁点儿。

他深吸了一口气，模糊的视线逐渐清晰，显露出面前的喜荷与她越来越刺亮的目光，这目光中涌动着万般的情仇，如狂风似怒海。齐奢直视她，意味深长地笑了，“你答应我的，我知道你会做到。但我答应我妻子的，我再也做不到了。就请你替我，捎样东西给她。”

接下来，他比了个手势。

十四

夜浓无尽，如一壶老酿，饮下去，便有一剑苦辣直穿过腑脏。似乎只醉一场的辰光，晨光已至。欲曙未曙的长天上，经过南飞的大雁，飞越了苍山莽被，在山间的一栋孤屋上萦绕几匝、长鸣数声而去。

雁叫过后，接着响起了叩门声，声音很轻，轻而短，但门几乎是应声大开。出现在门后的是周敦，身后相隔丈把则是满面狂喜的青田，她手扶莺枝撑身而起，未及移步，已迟疑地收住脚。她瞧见周敦的背影朝后踉跄着，忽地跪下去，“奴、奴才、奴才参见——，奴才参见圣母皇太后……”

再往后的话青田听不到了，她耳朵里开始有尖促的血鸣，眼目所及处，是门外的一株红枫，红得刺人盲目。

等她再次能够听、能够看的时候，她听见对面传来了一个女人的声音，冷冷地道:“他不会来了。”她看见一只金匣子，一只铺满了缠枝莲花的金匣子，摆在面前的乌木桌上。青田知道桌子尽头那覆着一幅轻纱的女人就是周敦口中的皇太后，但她对她半分也不关心，她唯一关心的就是眼皮底下的这只金匣。她直勾勾地盯着它，一夜未眠的两只眼布满了血红的蛛丝。

深黑的面纱的经纬后，喜荷则目不转睛地盯着青田。她从未见过这女人，可她和她却如此之亲密，有多少个昼夜，如一名对爱郎相思成疾的怨女，她翻来覆去、难以成眠地想着青田：想象着她的唇、她的眼、她双颊的颜色、笑起来的声音、她清晨吻起来的味道、深夜里两腿间的湿热……就是这些，将他从自己的手中夺走。这名叫青田的女子，是一尊被她詹喜荷高高供奉在仇恨的祭台上的神，神像的容颜永不落实，若隐若现在信仰后——直至此刻。同时受到膜拜与诅咒的偶像走下了神坛，就坐在这一张长桌的另一端，每一根线条透彻入微。然而正如一切偶像之坍塌，喜荷大失所望。

这就是段青田?

不错，是个十足十的美人儿，连明显的憔悴与累赘的腰腹也无法掩盖其天生的眉目如画、清丽娟秀。可她应该远不止这样，她应该浑身上下都散发出异光，是在那光幻氤氲的花国中生有着三首六臂、五色璎珞下露出一对大乳房的妖冶淫神，而非面前这像个显宦小姐，像个豪门主妇，甚至像个最庄严的寡妇，唯独不像个妓女的少妇。

喜荷简直不能忍受这失望了，连语气也变得异常生硬，“这个，他托我转交给你。”之后，她一眨不眨地盯着对面的女人伸出发抖的手，空悬一刻，揭开了匣盖。她看到那女人先是往匣中怔望着，手就揿住了胸窝，上不来气似的哮喘着，浑身抽搐；别在她发间的一枚凤簪徒劳地空振着金丝软翅，终不得逃出生天。

喜荷冷眼旁观着青田，像旁观昨夜的自己——

就在他对她做出那手势后。

她血热的双目欲哭无泪，“你是真的……？真的……？你……，我、我知道段氏有了身孕，假如她不是怀着你的骨血，你会不会……”

她这句话还没问完，齐奢就笑了，他笑着低下头左右摇了摇，而后微扬起下颌，举目直迎她，“你还是不懂，你永远也不会懂。”

并不是他的言辞，而是他的笑，那说不出是什么含义的笑，彻彻底底夺走了喜荷心底的最后一丝软弱。她的脸变了，拄在膝头的手收缩成一团。就在这一刻，身后传来了“嚓”的一声刺响。

乔运则自靴筒里拔出了短刀，在手背上擦了两擦，“太后，那就成全了摄政王吧。”

“喜荷！！”

她浑身一震——齐奢突然大声唤她的闺名。为了他这样唤她，她曾怎样地恳求乞讨，换来的永远是拒人千里之外的一声“太后”，何以在最后的时刻，在她亲手将他送上覆亡的时刻，他会这样本能地、亲昵地唤她，仿佛她还是那个一心依恋而信赖着他，也随时准备让他信赖的好女子。她瞅见齐奢的脸都急变了样，后牙明显地一鼓，“别叫这脏东西碰我，答应我，即使我死后，也不许他碰我一下。”他的眼皮上下颤了颤，似一支将熄未熄的风中之烛，“看在你我往日的情分上。”

乔运则清隽的脸庞全然变形，一手擎刀直逼而上，“死到临头你还——”

“住手！”喜荷断喝。她身体里那早已死去的好女子，原来只消他一唤就香魂渺渺地复现，对他，这女子从不忍说个“不”的。喜荷向上翻开了手掌，接过乔运则无奈放入的刀。她先站起身退两步，将刀握住一时，就朝前抛落在齐奢脚边。

他用扣着锁链的手抓过刀，似乎在品味最后的生命一般，安安静静地、专心致志地呼吸了一刻，就把刀尖对准了仍在呼和吸的自己。喜荷不知齐奢在想些什么，她只听到他低低地哼起了什么曲调。调子中，有风、有河流、有星光和雪山、有谁的一对手，还有深情相视的眼——这就是她能听出的所有了。

曲子到一半时，徐徐地停下来。

那美好的仗我已经打过了，当跑的路我已经跑尽了，所信的道我已经守住了[1]。

齐奢将嘴角往上抬了抬，插落了刀。

喜荷一下子别过头去，甚至需要躲藏进乔运则的怀中，死命地抓住他，仿如在剧痛的洪流中抓住一根浮木。她听见血流的声响，闻见了浓郁的血的气

[1]《圣经·新约·提摩太后书 4:6》:“我现在被浇奠，我离世的时候到了。那美好的仗我已经打过了，当跑的路我已经跑尽了，所信的道我已经守住了。从此以后，有公义的冠冕为我存留，就是按着公义审判的主到了那日要赐给我的，不但赐给我，也赐给凡爱慕他显现的人。”

息，她觉得淌血的是她自己，浑身的血液都在一股股淌尽，只剩下一个庞然的空洞，拿世上的所有也无法填补。喜荷终于回过头时，景象已惨不忍睹。齐奢并未完全断气，还在当地痉挛着，就躺在红河般的血泊中，双目半开，经历着难堪的、没完没了的痉挛。

喜荷不忍再多看，一转头，结果就撞见了乔运则的眼神。她从没见过谁有这样的眼神，是一只食腐动物，阴森而又狂热地盯着濒死的猎物，等待着即将到来的大餐。喜荷被一股子喷薄而出的狂怒攫住，她想到乔运则曾给她的，他的那些手、那些舌头，那肉欲的所有此际都让她无比地恶心，她有过的最美好，全是地下这胸前有个血窟窿的人给她的。这个人什么也不用做，只用把他傲慢的双目在她这里停一停，她就会跪下来吻他的脚。

这是爱，这从来都是爱。喜荷神智迷乱，欲癫欲狂，她想扑上去抱住齐奢，想把自己活蹦乱跳的一颗心挖出来塞给他，可是她的心呀，她的心也救不回他了，她的心在跟着他一起抽搐着垂死，像一块砧板上的红肉。她绵长的凌迟，从未结束，终告结束。被杀害的痛苦令喜荷满头满身滚沸着仇恨的铁浆，充血的红瞳四面乱扫，寻找着凶手。她声竭力尽地喊起来："全福！全福！"

守在帐外的全福应声撞入，因主人嘶喊的惨烈，早已在手中持握了一把出鞘的匕首。喜荷退开了半步，白皙的手腕与手指细长欲折，蔻丹猩红，如一颈剧毒的丹顶鹤，对准了乔运则。

"杀了他，全福，给我杀了他——！！！"

乔运则刚刚骇异地瞪大了双眼，就已被全福猱身而上，扎中了后心。全福的动作是这样流畅而熟练，因在他白日与黑夜的梦中，他已把这个动作习练过千百遍。这是机不可失的、你死我活的夺宠之争，一个女主人身边，只能有一个好阉奴。

乔运则倒下了，一个贱民，一个王子，一个一生都在用自毁尊严的方式追寻着尊严，在试图躲避命运的路上撞见了命运的疯子，就在最痛快的复仇后，被复仇。他躺在了宿敌齐奢的五步外，甚至比齐奢更快地停止了一切生命的迹象。

无穷的泪瀑后，喜荷望向地下齐奢仍半开半闭的、涣散的两眼，不知他是否看到了这一幕。她愿他看到了。她替他报了仇，他不用再担心那脏东西，会是她，一会儿亲手为他合拢眼皮、洗净污血，亲手把他的信物交给他的妻子。

现在，她的使命完成了。

喜荷最后看了一眼青田，就面无表情地提起了沉重的裙摆，起身离去。她走出很远，才隐约有声音自背后传来，无法形容的，活似一头母兽的低吼。然而这并不曾打乱喜荷的脚步，她优雅地、一步也不停地向前走着。这不是她选择的路，她的路，本该是执手相伴、鸟语花香，而非这样一条金茫茫、孤荒荒的逼仄天梯，她形影相吊地攀爬着，既没有爱人，也没有敌手——也许，这正是她自己所选择的路。喜荷的心中非悲非喜，空无一物；是一座广阔浩渺、千门万户，却只独守着一位空盼杳杳离人的、女子的孤城。

喜荷的身影去远了，一天风色间，晴曦散晓烟。

寂寂的空房，青田扭曲着、颤抖着，呻吟，嘶吼。她感到腹内出现了地震般的胎动，随之，泪水终究倾出。有一整片的汪洋由离恨天漏下，冲向他和她亲手筑建的、朝朝暮暮的一切。如城池之坍塌，似国度之覆灭，前盟未了，残缘分崩，过去与未来瞬息间被现在冲垮，什么也不剩，除了——青田向桌上的金匣伸出手，手在抖，抖得快将她自己震碎——纵使在现实的废墟、在死亡的彻底抹煞与空白里，他还是骄傲地，给她留下了什么。一份空无一字、却万语千言的遗嘱，一件曾与她日夜厮磨、须臾不离，她却从未亲眼一见的遗物。

一束光柱摇梦成烟，穿窗而入，正投在匣上，匣中是一颗新鲜而血红的、男人的心。由心脏的大小，可以清楚地推断若那男子握起拳，拳头的大小，也就知道那拳头展开会是怎样一副宽大有力的手掌，掌中的纹路百转千回，是一个故事绵延的伏线。

这故事，就在这已全副敞开的金匣里，如在一部打开的情书中，无声而低回地，自己，将自己叙述。

煞尾

永团圆

海棠、山茶、杜鹃、菊、梅、夹竹桃……四季之花，全在二月二这一日云集于北京城东四的大隆福寺花市。满摆着花卉的棚架栉比鳞臻，熙熙攘攘的莳花贩、川流不息的买花人，间中又夹杂有卖糖葫芦的、卖蒸糕的、卖烧酒的、卖茶汤的……肩摩毂击，笑语喧天。偌大的广场，是一幅绵绵展开的、太平盛世的大画卷，至于画上留白处一些密密的题字，因久远，也就模糊淡却了。

如同十七年前的那一切从未发生过。

执掌国柄的摄政王齐奢，在九月九重阳夜因一场意外火灾而丧生于古北口，其子侄齐宏临朝亲政，重操大权。当全天下均拭目以待这位曾被囚禁于南台数载之久的傀儡帝王对叔父进行彻底的清算，掀起一场抄家黜籍、开棺鞭尸的大风暴时，叫人大跌下巴的事情出现了。一道圣旨谕告全国，追尊叔父摄政王齐奢为帝，庙号“世祖”，谥号“仁”，而世祖仁皇帝生前所定制的各种新法新政亦尽数颁行。倒行逆施之举引起了万般的流言蜚语，深知当中内情者，仅有为数不多的几人，而现在由人群中渐行渐近的，就是其中之一。

看起来，这只是位韶华逝去但风韵犹存的年长贵妇，身边跟着几名女婢家丁，正在悠闲地观花。经过她身边的行人谁也不知道，这就是天子的生母、当朝皇太后——詹喜荷。喜荷面带惬意的浅笑，将这些或红或紫、或蓝或青的花朵，一束束、一朵朵、一瓣瓣地细赏着——

只出于寂寞。

儿子齐宏早已是成熟的中年人，朝堂上宸纲独断、后宫中佳丽满盈，除了满溢的孝心，并不再于什么地方需要这位母亲。喜荷对儿子的最后一点用处，就是古北口——她替他铲除了他永远也无法狠心铲除的心腹大患。回宫后，她接着处死了一路护送她归来的昊义及其野军，真正的历史就此被泯灭。而当齐奢死于火场的噩耗传入齐宏的耳朵时——与之后民间所流传的大相径庭——齐宏并没有高兴得直蹦到龙床上，反之，他久久地发怔，而后他哭了，就在喜荷眼皮子底下大把大把地掉眼泪。他说在临行前，叔父曾特来觐见，对他讲了很多话，很多很奇怪的话。齐宏坚信齐奢是自焚，喜荷并未多口一个字。

那之后，她大病了一场，病愈再不问世事，每一天就在礼佛奉咒、敲鱼诵经中消耗着，簇拥在身边的是当年的自己、王皇后，和淑妃们——一群口是心非、蜗角勾斗的妃嫔。喜荷厌倦这些很久了，她所愿的，只是安安静静的一个午后，和几个老朋友谈谈天。但她一个朋友也没有。玉茗早就出了宫，没多久，一场伤寒要了全福的命，而东太后王氏也在四年前的冬天过世了。连喜荷自己也不能够相信，她和王氏竟会在后来成为那么好的朋友，可以直谈到宫门下钥还舍不得离开，可以执手而握相对饮泣。大起大落的是非悲欢全部似大梦一场，醒来，就不太能记得清了。仅有的午夜梦回，就是他：他一手握着划破自个胸腔的短刀，眼半开，在一地的血海中痉挛。哪一个坐更的宫女也不晓得，就在慈宁宫那密闭的寝帐后，每一夜都会升起一片月光下的咸水湖。但喜荷从不后悔那么做，她从不后悔任何事，她只是寂寞。即便在这样拥挤的庙会中，来往之人擦身而过，谁也擦不着她，她周身满围着故人的幽灵，注视着她的也仅仅是永恒沉寂的、来自于彼岸的眼眸们，其中有一双——

喜荷猛一怔。

她两耳里震动着雷鸣的巨响，口苦而喉涩，稳了稳心神眺望去，却只见那眸子的主人已回过头，高高的背影一瞬就消失在人潮中。喜荷呆立了一刻，便跌跌撞撞地朝那方向追去。她隐约感到了谁在拉扯她，听到有人不停地叫："太——，夫人，夫人您去哪儿？"她理也不理，单是走了再走、寻了又寻。曲折长路上，数不清的面孔如开放在一条枝子上拥拥攘攘的花骨朵[1]，扑面而来掠耳而去，枝条尽处，却指向了一片空灵的、清湛的蓝天。

喜荷慢下来、停下来，凝立在转角。东风拂过，直接穿透她消瘦的躯壳。她自嘲地笑了，摇摇头，拧回身，却被股巨力狠一带，错脚向后倒去——是个鲁莽的路人，走得急，不小心撞在她肩上。宫女们忙扶稳她，隐藏在人群中的便衣禁军纷纷现身，领头的几个吆喝一声，刀拔出的同时，手已扣下。谁知那路人左一闪右一晃，极轻捷地躲开了，继而也"嗖"一下就亮出柄又短又弯的刀来，另一手还稳稳当当地举着一盆花。而自四面八方也骤地冒出来另一批人，拔出一式的弯刀护卫在那人周身。大内侍卫们纵身而上，眼看已展开一场白热巷战，却听得一声——"慢！"

喜荷将手臂支在身前，止住了一整支护军，却止不住自己手掌的颤抖。隔着有数步远，她定目端详着那险些撞自己一跤的少年人：充其量十七八岁，剑眉直鼻，气度卓然，只脸膛黑黑的，肩宽而背厚，手中一把满镶着金玉宝石的蒙古刀，比起世家子弟，倒更像个来自塞外的漠北贵族。他肆无忌惮地回望

[1] Ezra Pound *In a station of the metro*:《The apparition of these faces in the crowd/Petals on a wet, black bough》.（埃兹拉·庞德《在地铁站》："人潮中这些脸容的忽现／潮湿的、黑枝上的花瓣。"）

她，一根眉斜斜地高挑起，星朗的双目中含着丝俏皮的笑。笑意越来越明显，他将已架在一名护军脖子上的刀收回了腰间，喊了句叽里咕噜的话，他身边那些一脸凶蛮狠恶的汉子便也各自一点点撤后。少年在原地站了站，托在他掌中的花盆里盛放着几朵名本牡丹，他将手一扬就掐下一朵来，向喜荷这边抛过。接着他对她笑笑地点个头，撮尖了嘴唇一声呼哨。广场边瞬即聚集了十来匹骏马，少年登鞍扣缰，手里始终稳托着那盆花，漂亮的骑术引来了围观之人的阵阵叫好。其手下诸人仍警戒地冲官兵举着刀，先退行了一段才腾身上马。一眨眼，骑队已风驰电掣，绝尘而去。

直到此时，喜荷的泪才淌落。她知道这不是幻觉，他真的回来了，血肉之躯地，用十七岁的眉和眼，就像她第一次见到他的年纪。可那时，他那一对优美的眼睛中填满了冰冷和仇恨，盯向杀害自己妻儿的凶手。今天，这同一对眼，却朝她粲然地微笑，仿佛他们俩只是素未谋面的、友好的陌生人。喜荷久久地空望着那少年已消逝的踪影，望向心目中消逝的一个人。

这个人哪，她曾爱煞了他、恨毒了他。

手间一朵仍带有着余温的红牡丹，解释春风无限恨[1]。喜荷把它轻举在鼻前嗅着，缓缓地，笑了。

数十只马蹄上下翻飞，橐橐飞扬起缕缕红尘，为首的一匹通体无一根杂毛，雪白彪亮。马驰至离皇城不远的棋盘街，停在了苏州会馆前。才那托花的少年纵身下马，对左右又说了几句蒙古话，便独自穿过庭院，上了会馆的二楼。楼口也把守着四名壮健汉子，见了他，恭恭敬敬地扶胸请安。少年对他们点点头，疾步绕过回廊，推开正中一间客房的门。

合面迎上的，是——经历年岁的变形，让人认着要慢些，可总能认出的，

[1]（唐）李白《清平调》："名花倾国两相欢，常得君王带笑看。解释春风无限恨，沉香亭北倚阑干。"

尤其两腮上隐隐的伤疤，错不了，这是——周敦。身手一样地麻利，眼中却不再是亮油油的闪光，而已沉淀下重重牵挂。

“哎哟，我的小爷，您这大半天都跑哪儿去了，可把老奴给急死了。”边说，边爱怜地替少年掸衣。

少年“嘿嘿”两声，似一片吹透了牧野的山风又自闹市间拂过，以一般浑厚动人的嗓音，他亮出了一口漂亮的京腔：“没去哪儿，急什么？这么大人又丢不了！哎、哎，莺枝姑姑——”

捧着只茶盘踅进房的正是莺枝，年轻时一般的水杏大眼，眼下却结出了累累的眼袋，袋内装满了慈爱。她向少年还捧在手中不肯放的鲜花一瞥，莞尔称赞：“呵，好俊的牡丹！大清早就没了人，原来弄这个去了。”

少年得意地将花在手中掂弄一番，“我娘起了吗？”

“起了。”里间的锦绣帘幕一掀，青田走了出来，一袭冷青色镶边的素缎长衫，白绫裙，髻鬟紧致，单戴几件素白银器，是缟净的孀妇衣容；眉眼处已沾染了风霜，芳华刹那老，美人迟暮。但古怪的是，她的美人迟暮却并不会激起人们辛酸的感叹，反会教人惊艳地揣测，当这女子青春时该是如何倾国的绝色、有怎样倾国的传说？

传说散落于尘世间，青田在案头盈然落座，唤一声：“齐家——”

“唉。”少年应了自个的名字，忙把花盆放去桌上，抬眼偷觑着母亲。

青田双眸内的光影温柔交织，面色却拿捏得刚正不阿，“我问你，进京前，你亲口应承过你大汗伯伯什么？”

齐家颇费思量，挠挠头，“听母亲的话？”

“那我叫你不许私自乱闯，你早上却偷偷溜出门去，该受什么责罚？”

“哎呀，”齐家将两道浓眉一拧，上前牵住了青田的袖，密滚着佛家八吉祥的袖口在那一副修长手掌中，如一缕清幽莲香，“这地方又不能开弓，又不能跑马，你想把亲儿子活活闷死啊。再说了我也没乱闯，不过就是到花市上逛逛，瞧，跑遍了整个广场才挑到这一钵，卖家要十两，叫我给杀价杀到了八两半。怎么样？漂亮吧。”煞有介事地抚颔观花，半日，举手拈起了一朵来，“嗯，这朵好，这朵最好，来，我给娘戴上啊。”

“去，”青田连笑带推，一手就拨开齐家，“老太婆了，戴什么花？”

“啧，这话小爷可不爱听，什么老太婆，我娘那叫‘韶华正盛’。”说话间齐家已手一翻，将花簪入了青田的发髻间，一壁扳住她肩膀朝前来问，“敦叔、莺枝姑姑，你们说美不美？”

周敦笑开了一脸褶，大拇指一翘，“美，花美人更美。”

“哎，可别摘，”莺枝拿两手齐拦着青田，向着她左瞧右瞧，“多久身上没一点儿亮堂颜色了？这么稍加妆饰，还是当年的第一美人呢。”

青田挽一挽腕上的一环迦南香佛珠，有些忸怩得不自在了，“你们还跟着起哄。”

齐家也把脸凑来她跟前，郑重其事道：“都说爹当年为娘起了一整座大花园子，可我自小到大从没见娘簪过一回花。这次来北京，我瞧中原女子个个都戴花的，我心想若是娘也肯戴，定比她们都好看。这一瞧，竟比我想得还要好看出一万倍。只这么妆扮着，一会子下楼可别跟我走一处，万一叫住在西头的那什么总督千金撞上，见娘这样年轻貌美，自惭形秽之下，可就再不跟你儿子我暗送秋波了。”

青田闻言又笑又啐，直往齐家的眉心一戳，“也没人教，天生就这么口甜舌滑的，真就跟你老子一模一样。”

对，一模一样，就是这个词。

刚开始，青田并未觉得除了“齐家”这名字外，这孩子与他父亲有着一丝半毫的联系。他是在齐奢去世的第二天晚上出生的，那两天她一直昏昏沉沉，隐约知道是被周敦抱上了马车，颠腾了几个时辰，就见到了早等在边界的苏赫巴鲁。他用拙劣的汉语不断说着些安慰之辞，她只枯干地瞪着眼，怀抱那金匣。

之后她裙子就红了。

齐家是早产儿，刚出生时简直像只皱巴巴的小老鼠。青田没有奶水可喂，因为她几乎不吃饭。齐家只能喝牛奶、羊奶，到了国都后，他就有了自己的奶妈——三个，全都壮得像牛。齐家也很快就壮得像只小牛犊了，见风就长。苏赫巴鲁把他跟自己的几位小王子们放在一道养育，有时黄昏会亲自抱着给青田送回帐里来，一直坐到月亮升起，不知他哪来那么多话。苏赫巴鲁的汉语越来越流利，青田也会说两句蒙古话了，可她说话的时候很少，她整天都躺在床上。在她的记忆中，自己大概一直这么躺了好几年。直到有一天——

快六岁的齐家失踪了。所有人找遍了所有地方，毫无音信。青田依旧在床上，可坐了起来，直挺挺坐着，把枕边的匣子抱在手内，盯着里头她亲手拿石灰粉腌过、拿丝绸抹净、拿香油与药草浸泡过的一颗不腐的心脏，念念有词。而等人们簇拥着把小齐家送进门时，她“嘭”地合上了匣盖冲下床，抄起根马鞭就抡过来。没人劝得住她，她恶鬼附体一样把儿子朝死里打。周敦、莺枝全跪倒在地下扯住她的腿大哭，齐家自己却笑起来。那笑声吓得青田住了手，她傻瞪着这小脸蛋上又是血又是肿的孩子，他笑得欣喜若狂，“是真的，他们没骗我！娘，他们告诉我只要赤脚走到山上的神庙，每一步念一句心愿，进庙里磕十四个头，再一样走回来，心愿就会实现。他们没骗我，娘你打我打得疼死了，你手上有劲儿了，你的病好了——我向神祈求娘的病好。”他说得磕磕绊绊，汉语掺杂着蒙古语，小脚上一双纯色的红靴子——青田这才看清——那不是靴子，是干在皮肤上的血。鞭子掉落了，她拿两手蒙住了脸。一直以来，是“母亲”的身份把她强留在这已无可留恋的世上，但她的自私和冷血根本就不配“母亲”两个字。青田开始哭，放声痛哭，把儿子抱进了怀里一遍遍地吻一场场地哭，丈夫死后——她给活活地剜了心后，那是她第一次哭得这样痛快。第二天，她早早就起了床，给齐家穿衣、给他梳头、给他熬奶粥、对他笑、跟他讲故事、教他认字、说汉语，作为交换，小家伙教她蒙古语，他说得比她好一百倍。

生活似乎又一次徐徐地向她敞开了，她开始会发自内心地笑，会觉得东西好吃，会感受到今天的阳光真暖和。但有一件事叫青田害怕，自打她从那张床上起来后，齐奢就慢慢远离她了。诚然，他仍出现在梦中，像生前一般与她细语、和她欢爱，有时候，还会陪她一道坐在小齐家的床边看护他们的孩子入睡。可在白天，当她还想血肉饱满地触及他时，已一次比一次费力。他眉毛和胡须的数量、十指上涡旋的走向、胸口那道伤疤的长度，还有掩在下腹毛发中那颗米粒大的痣到底是靠左还是靠右……所有这些个微小的细节，尽管青田拼命地想要攥住它们，还是似一粒粒齑粉，通过时间的筛孔漏入了遗忘的大黑洞。压迫在她肩上的罪恶感，随时都比上一刻更沉。

解救她的，依然是齐家。

那是他十岁生日的第二天，晚饭前，抹着鼻涕恶狠狠地进了门，头一句话就是："娘，今天我被莽古斯摔倒了足足有一百遍，可每一遍我都爬起来，第一百零一遍的时候，我终于站住了。"青田从奶锅上抬起头，目光穿过升腾的甜美白雾，看到了时光深处的什么，她欣慰地笑了。

齐家从不曾见过他父亲，但他吃饭时跟他父亲的德行像一个模子刻出来似的，她隔一阵就得替他擦一擦嘴角，"慢点儿，嚼碎了再咽，没人跟你抢。"如同许多年前，她一壁替齐奢梳下髭须里的食物残屑一壁笑话他，他也讪笑着解释："战场上吃饭都快，容不得跟皇子一样细嚼慢咽的，习惯了，改不过来。"齐家生气时，那么小一张脸也会咣当一下子一沉，再气得狠了，脸色就变得煞白煞白的，到处摔东摔西。这是青田报复的时刻，因为以前他父亲这么干时，她只能气得干哭，现在她却能揪起那小耳朵就骂，还不行，就照屁股来两下。有时候齐家犯坏，就会挑高一边的眉，嘴角也一歪那样笑，活脱脱一个小齐奢。

十三岁，齐家第一次随军上战场。尽管苏赫巴鲁再三再四地向她保证，青田还是一刻也不能合眼。但两天后，她就陆陆续续收到了齐家的家书，每一封的内容都差不多，吃得好、睡得好、想家。等两个半月后大军归来，青田才得知那些信是早就写好的，托人隔几天就送给她一封。齐家十五岁，她第一次告诉他——万分艰难地告诉他：他的母亲曾是位妓女。她知道，齐家很清楚什么是"妓女"。她不敢抬眼，怕一抬就要落泪，"家儿，你会不会瞧不起娘？"隔了一小会儿回应她的，是一个又宽大又温暖的怀抱——儿子原来已比她高出那么多了。

他不再是个孩子，他什么都懂。有一天中午娘俩正吃着饭，他忽然冒出来一句："娘，大汗伯伯心里喜欢你。"然后就又把头埋进了饭碗。青田一下被呛到，大声咳嗽了起来。

多少年，多少事，苏赫巴鲁对他们母子出格地照拂，他有时望她的眼神……青田当然明白，虽然她不明白，她有什么吸引他的地方。她一年到头只穿那三五件素色衣裳，从不插金戴银，从不描眉画眼，她再也不像年轻的时候清歌艳舞、博尽风头，她沉默得像一只母羊，用温情而多泪的大眼睛照看着自己的小羊羔。时光的利剪，把她曾有的灿然丰盛如羊毛一层层剪除，与鞑靼后宫中那群花枝招展的艳姬相比，她不过是一丛不起眼的蒲苇，一个乏善可陈的寡妇。但苏赫巴鲁却总愿在她的帐中流连，怀搂小齐家，为她长篇累牍地追忆着齐奢的少年时光，听得她笑起来，他就出神凝望她的笑脸，又迅速闪躲了目光。唯独一回，苏赫巴鲁在酒后闲聊时提起知院的长子新近战亡，其幼弟就迎娶了寡嫂，"我们蒙古人自来兄亡则妻兄嫂、弟没则纳弟妇，故而国无鳏寡，族类繁炽。"青田听后，默默了一晌，答："各地各族风俗相异，本不为奇，只我们汉人向来视报嫂收继之婚为洪水猛兽，律例便明言禁止：'叔接嫂、弟妇就伯者，各绞。'"这之后，苏赫巴鲁就再没有提过类似的话。直到这一年，他亲自送她和齐家回中原，第一次向她张开了双臂，"一路顺风。记得你和小鬼都答应过我，一定会回来看我。”青田迟疑一下，笑着接受了拥抱。他们同时觉出另一个人的在场，他们在对方的怀抱中，真实地触及了齐奢热血的身躯、看见他含笑的黑眼睛。他们随着这眼睛一同望向了帐门，门外，一身汉装的齐家走了进来。周敦先怔住，又不停地扭过头抹起了眼泪，“这、这分明就是我的王爷啊！”

青田在一旁只是笑，这叫作血缘的东西，无比普通却又无比的美妙神秘。她看着早已沉入了死亡的爱人，在另一个从她身体里掉出来的、最开始像只小老鼠似的生命上复活：这是莫大的神恩，是无尚的神迹。他不仅活在她的梦、她的记忆、她的幻觉、她每一口呼吸、每一次心跳中，他就活生生地活在这孩子身上——他和她一起，在这孩子身上一刻不停地交欢，血浓于水，骨肉相系。

上天把你赐给了我，死亡并不能将你带走。

十七年后，在同样的一座北京城里，青田仍带着同样的幸福、以同样深沉的爱注视着他们的孩子。这以家为名的孩子，并不是个无父的孤儿，父亲给了他一切。父亲生前的义兄代为尽到了每一份父亲的责任，在小齐家被自己的王子们欺负时，会打头站出来，“你们觉得自个的父亲是英雄，我告诉你们，同他的父亲比起来，你们的父亲只配给他的父亲牵马。”就是这男人，将所有属于男人们的刀和枪、马和弓、酒和战争、情谊和热血，统统用无私的心力和爱授给了一个遗腹子，令他成为他父亲当年一样的“萨哈达”。父亲的奴仆们，向这孩子献上了有增无减的忠诚和爱护。齐家发热卧床时，周敦和莺枝可以几天几夜地不吃不睡，看管、照顾、祷告，又在娃儿从床上活蹦乱跳地爬起来后，接着边笑边流着泪祷告。而在他不称职的母亲从她那床上爬起来后，有天，他们给了她一个信封——是齐奢临别时塞进她怀中的，之后的悲痛和抑郁让青田把一切忘得光光的。这信封里所装的银票足够买下连阡陌跨州府的田圃、池塘、山林、川薮……但这一仆一婢，把这份足以让他们变成天底下最大的奴隶主的财产分文未动地保管了数年，依旧做着他们的奴隶，在主人神智恢复的第一天就交还给了她。青田拿着厚厚的信封，根本不知该说什么。就这样，齐家拥有了一笔庞大的遗产，还不算他寡母手中数十箱当初以最挑剔的眼光从最顶级的收藏中甄选而出的古玩、珍宝和字画，全是他父亲留给他的。但这些，这些连城倾世的金钱财宝，统统不重要。

重要的，只是他从父亲那里继承的体魄和灵魂，是他胸腔里，这一颗装在金匣中的不腐的心脏，一颗真正好男儿的心。即使有一天，这孩子被命运剥夺得一无所有，这颗心也会教给他，如何从卑微中骄傲地挺直脊梁，如何打开空空的两手迎接一个未来，如何在光天化日下坦露最黑暗的秘密，如何艰苦地、咬紧牙根地、浴血与自我作战，如何让所爱之人成为芸芸众生中最特别的一个，如何有勇气站去全世界的另一边，如何去追求绚烂的假象只为拥有说出“我不稀罕”的资格，如何在向神灵祈祷时，不做任何卑俗的请求，而只真正地聆听上面的答案。

她的孩子已有的太多了，除了感激，青田别无他言。他仅有的缺乏，也许就是——

故事。

对于父亲和母亲的故事，这孩子是永无餍足的。连这北京城在他看来，比之一座新鲜的都市，也更像是片古老的遗迹。说着说着，便又不厌其烦、兴致勃勃地开始了，“对了娘，才我回来的时候路过了槐花胡同，原来你们‘怀雅堂’的地方现在成了所废宅，重门深锁，我还特地下马瞧了瞧，隔着门一股子灰气，一点儿脂粉香也不剩了。真可惜，我还总想看看你和爹爹头一回碰面的地方。”

青田笑起来，再一次抬高手，欲摘掉头上那朵和年龄不符的大红牡丹，“那儿可不是我和你爹爹头一回碰面的地方。”

齐家马上将母亲的手轻捕住，合握进掌心，微笑着屈身半跪，“说起来，娘你当真还从没和我讲过你是怎么遇见爹爹的。”

莺枝正瀹着茶，也睁圆了清灵灵的一双眼，“可不，竟连我也从不晓得呢。”

周敦则在一角莫逆于心地笑，揣着手看过来。

青田挣脱了双手，却也不再去碰那花，任它若一段好华年，缀在已见霜色的鬓边。她在齐家的面庞上轻抚一下，接过他递来的茶，抿一口润了润嗓子，妩然一笑，“那一天……”

那一天，她是一位名满京师的艳妓，她身后跟着暮云，抱着她的琵琶，当天琵琶弦无端端地断了，临换了一套，来晚了。她们在雅间的门前快活地开着玩笑，对之后的宿命一无知晓。随即，门打开了。

门后，有寥寥的几名仆役，有礼部尚书祝一庆，有她最看不顺眼的老对手惜珠，有她一心所托的负心人乔运则，还有两个小优伶。坐在他们间的，是席首一个二十七八岁的男人。当青田的目光和他的相触时，他们就同时认出了彼此，在青田的回忆中，这二人已相逢了亿万次，熟悉得不能再熟悉，相爱得不能再相爱。因此，青田并未朝桌边的乔运则看半眼，齐奢也并未倨傲地只向她点了个眼皮，他们深深地对望着，周围的所有人和物、时间和地点，暂时都已如轻烟消散，只剩下她和他，缠绵万千地望了又望。由这对望中，有铺天漫海、一望无涯的幸福，在他们年轻干净的面容上，盛大开放。

那以后，历史才会恢复原状，布景和道具才会重新各就各位。青田会心不在焉地给乔运则一瞥，齐奢会装腔作势地无视于她。她会滚瓜烂熟地，讲一个他早已在对白里读过的笑话，他会站起身，暴露出让她佯装如雷轰顶的残疾。但他们心中只充满了笃定，既没有悲伤，也没有恐惧。因为他们牢牢地知道，在故事的结尾，他们会在一起。

在一个关于心的故事里，他们总是会，永远地在一起。

（全卷终）

匣心记

FENGHONG
凤凰联动出品